本书受“四川大学中国语言文学与中华文化全球传播学科群”资助

东西精舍

中日文学文化比较论

寇淑婷　著

中国社会科学出版社

图书在版编目（CIP）数据

东西精舍：中日文学文化比较论 / 寇淑婷著. —北京：中国社会科学出版社，2021.6

ISBN 978-7-5203-8450-6

Ⅰ.①东… Ⅱ.①寇… Ⅲ.①比较文学—文学研究—中国、日本 Ⅳ.①I313.065

中国版本图书馆 CIP 数据核字（2021）第 092644 号

出 版 人 赵剑英
策划编辑 王丽媛
责任编辑 孙砚文
责任校对 冯英爽
责任印制 王 超

出 版 中国社会科学出版社
社 址 北京鼓楼西大街甲 158 号
邮 编 100720
网 址 http://www.csspw.cn
发 行 部 010-84083685
门 市 部 010-84029450
经 销 新华书店及其他书店

印 刷 北京明恒达印务有限公司
装 订 廊坊市广阳区广增装订厂
版 次 2021 年 6 月第 1 版
印 次 2021 年 6 月第 1 次印刷

开 本 710×1000 1/16
印 张 17.5
插 页 2
字 数 253 千字
定 价 98.00 元

日文序言

東アジアから世界へ——寇淑婷氏の拓く通路

［日］島村　輝（フェリス女学院大学教授）

本書は寇淑婷氏の、この間多年にわたる日中文学・文化に関する比較研究の成果であり、その達成の充実ぶりとともに、学究としての前途の展望を示した力作である。

寇氏は2016 年から17 年にかけて、筆者の勤務するフェリス女学院大学大学院に外国人客員研究員として在籍した。当時寇氏が手掛けていたのは、本書の劈頭に論じられている、鄭成功を主人公とする文学作品におけるその形象の比較研究だった。その研究態度はたいへん熱心かつ真摯なものであり、指導を担当した筆者も教えられるものが多くあった。フェリスでの留学生活を終えて本国に帰国されてからはさらに研鑽を重ね、その後母校の北京師範大学に博士論文を提出して、博士の学位を取得され、現在は四川大学で研究と後進の指導の当たられていることは、作者簡紹に示されている通りである。

本書の覆う分野は上記の鄭成功文学の研究に留まらず、日本人による泰山・成都の表象の探求、また近代文学の分野では、アジア太平洋十五年戦争後の日本文壇にあって、異色の才能を発揮した有吉佐和子の本格的研究など、多方面に及ぶ。また理論面では、古代中国の体系的文学理論書である『文心雕龍』の日本人による受容の仕方を、時代を追って整理した興味深い研究が含まれている。こうした幅広い領域を俯瞰しつつ寇氏が示すものは、単に日中双方に関連の深い文学や文学者についての個別研究に留まらず、この書名が示唆するように、さらに広くそれらを世界的な広がりの中に再配置しようとするところであろうと考える。

日本留学中、寇氏は鄭成功の跡を訪ねて、平戸・長崎を訪れたことがある。後に、その印象は深く鮮烈だったという感想を伺った。平戸といえば、鄭成功が活躍する100年ほど前、中国出身の私貿易商人として日中間の往来に関わった人物・王直が思い出される。

有能で野心的な貿易商人であったとも、歴史に謂う「後期倭寇」の有力な頭目であったとも評価されるこの人物は、1543年、種子島にポルトガル船が入港し鉄砲が伝来したとき「我明国之儒生而名五峰」と名乗って、ポルトガル人と日本人との間を仲介したと伝えられる。王直は平戸に住んだこともあるが、彼が拠点とした長崎県五島列島の福江島には、その貿易遺構とともに、航海の安全を祈るために建立した「明人堂」も現存している。未だに確固たる評価の定まっていないこの時代の東アジア交流史を探求していくことで、ヨーロッパからインド、東南アジアへ、さらにはアメリカ大陸へと連なる世界図の広がりを展望させる可能性を、寇氏の研究は示していると言っても過言ではなかろう。

本書の上梓を心から慶ぶとともに、寇氏のますますの精進を期待するものである。

2020年12月26日記す

中文序言

从东亚走向世界——寇淑婷的学术之路

［日］ 岛村辉　菲利斯女学院大学教授

本书是寇淑婷老师多年来对中日文学与文化进行比较研究的成果，是一部内容充实、展现了其学者前途的力作。

寇桑曾于 2016 年至 2017 年在我任教的菲利斯女学院大学研究生院担任客座研究员，当时她所从事的研究就是本书开篇所论述的、以郑成功为主人公的文学作品以及郑成功形象的比较研究。她对研究充满热情，态度极其认真，担任导师的我也受益良多。在菲利斯女学院大学的研究工作结束后，她回国继续投身科研，之后，她向母校北京师范大学提交了博士论文，并获得博士学位，正如作者简介所介绍的那样，她现在任教于四川大学文学与新闻学院。

本书的研究领域并未停留在“郑成功文学”上，还探究了日本文人的泰山、成都书写。在日本近代文学领域，其研究涵盖了亚洲太平洋十五年战争后的日本文坛，以及具有独特才华的有吉佐和子及其文学等。同时，在理论方面，她还对中国古代体系性的文学理论著作《文心雕龙》在日本的受容，按照时代变迁进行了梳理和饶有趣味的研究。可见，寇桑的研究领域广泛，其并未局限在对中日两国作家、作品论的个案研究上，正如本书的书名所示，我认为她将研究放置在了更加广阔的世界中。

在日本留学期间，寇桑曾去平户、长崎参观学习，并寻访了平户的郑成功遗迹。后来，我听她提起过，她对那里的印象极其深刻。说到平户，我们就会联想起一百年前在郑成功活跃的那个时代，中国的私人贸易商人、往来于中日两国之间的一位人物，他叫王直。

王直是一位既有能力又有野心的贸易商人，历史上评价其为“后期倭寇”的代表头目。据说1543年他在种子岛邂逅了葡萄牙人的商船，并在“铁炮传来”之际，以“中国明朝儒生五峰”之名充当了日本人和葡萄牙人的中间人。王直曾经居住在平户，在其据点长崎县五岛列岛的福江岛，现在还保存着其贸易遗迹和为了祈求航海安全而建造的“明人堂”。探究尚未有定论的这个时代的东亚交流史，从欧洲到印度，再到东南亚，甚至是美洲大陆，展望与此相连的世界的可能性，这正是寇桑的研究所呈现给读者的，我认为此言一点也不足为过。

在衷心祝贺本书付梓之时，也期待寇淑婷老师在学术上日益精进，取得更大的成就。

2020年12月26日

寇淑婷译

前　言

当前的学术研究已经进展到了全球化时代，这个时代的特点是寻求文明共处、构建人类命运共同体，也是追求“和而不同”或者说“差异即对话”。如今即使国别研究都具有比较与对话的色彩，全球化已经成为任何研究的背景和方法论。拙著《东西精舍：中日文学文化比较论》所遵循和践行的就是这样的时代精神和学术理念，至于其效果如何，那只能交由同行专家和读者来评判。下面笔者首先就本书所涉及的主要概念范畴做一点儿说明和解释。

本书之所以取名“东西”，其一是因为中国位于日本之西，日本处于中国之东，即在地理意义上，“东西”分别表示日本和中国；其二是因为本书将中日文学文化研究置于全球化时代的世界性视野之中，并未完全拘泥中日两国文学文化本身，而是在中日之外另辟第三视角，即“西方”视角的使用，西方也是一个重要参照。简言之，所谓的“东西”具有双重意味：中国与日本，东方与西方。而“精舍”者也，其意本为空间概念，最初指儒家讲学的学社，后来亦指佛教中出家人修炼的场所，在本书则专指跨越东西方的研究，并兼有柏拉图“会饮”（symposium）的意趣。要之，“东西精舍”意味着对中日文学文化的世界性研究。

康德认为“时间和空间是可以从中先天地汲取各种综合知识的两个知识来源”，或者说，“空间和时间合起来是所有感性直观的纯形式，并由此而使先天综合命题成为可能”。[①] 康德其意是说，时间和空间是人类用来理解世界的先天条件，然而，在当今世界由于“比较”无处不在，“比较”已成为人们的无意识，即“比较无意识”，于是我们似乎可以冒险地提出，在康德的时间和空间之外，应该还存在第三种理解世界的方式，即“比较”。

在日常生活中，比较也随处可见，最常见的“比喻”就是一种比较。比喻是用与一种事物有相似点的另外一种事物来描写和说明此一事物，是一种常见的修辞手法，也称“打比方”或者“譬喻”。中国古代经典《诗经》中所运用的“赋”“比”“兴”等表现手法，其中的“比”可以理解为“比喻”或“类比”。类比以彼物比此物，无疑也是一种比较。关于“比喻”，美国著名文学理论家乔纳森·卡勒指出：“比喻把一种事物比作另一种事物（如称乔治是头驴，或者把我的爱人比作红红的玫瑰）。如此说来，比喻便是认知的一种基本方式：我们通过把一种事物看作另一种事物而认识了它。”[②]在卡勒看来，比喻是人类认识世界的一种方式，然而更显而易见的是，这种方式也是通过对两种事物的比较来实现的。卡勒对比喻还有进一步的阐述，如说：“理论家们称‘我们身边’的比喻为基本的比喻手段，比如‘生活是一次航行’。这种比喻手段形成了我们对世界、对人生的思维方式：我们在生活中总是努力要‘达到某一点’，总要‘找到我们的道路’，要‘知道我们正走向哪里’，要‘面对前进道路上的障碍’，等等。”[③] 毫无疑问，卡勒也认为比喻是日常生活中最常见的认知手段，对人们的思维方式具有导向作用。实际上，比喻作为一种比较，人们通常期望通过熟悉的事物来认识不为人所知的事物，从而也能够形成对于熟悉事物的再认识或认识的更新。

---

① ［德］康德：《纯粹理性批判》，李秋零译注，中国人民大学出版社 2011 年版，第 65 页。

② ［美］乔纳森·卡勒：《当代学术入门：文学理论》，李平译，辽宁教育出版社 1998 年版，第 75 页。

③ ［美］乔纳森·卡勒：《当代学术入门：文学理论》，李平译，辽宁教育出版社 1998 年版，第 75 页。

回到康德对于世界认识方式的时间和空间来看比较的话，比较可以是处于同一时间轴的比较，也可以是处于同一空间的比较，也就是说，比较被置于纵向的历史轴和横向的地理轴之中。在这一状态下审视比较，其目的便不在于求同，事物之坚硬的存在使我们无法同而化之，而在于看到彼此之间的差异，是“和而不同”，是在差异中寻求对话，这种“对话并不是要放弃差异，而是将差异置于对话主义的‘星丛’，在其中差异既是话语性的，也是本体性的”[①]。本书中的“比较”，即是基于这种理念的比较。

接下来笔者想重申的是文学与文化之关系问题。在讨论这两者关系之前，有必要首先阐明本书对“文学”这一概念的界定。关于文学概念的探讨，一直是学界关注和争议的焦点，例如中国学者金惠敏提出的“没有文学的文学理论”的命题[②]，英国学者特里·伊格尔顿的《文学理论导论》（文化艺术出版社1987年版）坚持的政治化文学的观念，日本学者铃木贞美的《文学的概念》（王成译，中央编译出版社2011年版）推荐的大文学概念，美国学者勒内·韦勒克的《文学理论》（生活·读书·新知三联书店1984年版）发展的自足性文学定义，等等。基于对学界文学概念的思考，王向远在《比较文学学科新论》中提出了“涉外文学”一说。他指出，“涉外文学”的内涵和外延都大于“形象学”，它包含了一国涉及另一国的所有形式的文学作品以及该作品的所有方面，包括了异国人物形象，以及异国背景、异国舞台、异国题材、异国主题等；它包括了“想象”性的、主观性的纯虚构文学，也包括了写实性的、纪实性的游记、见闻报道、报告文学、传记文学等。[③] 由此可见，这里探讨的“文学”已不再只是虚构性的纯文学文本，它还包括写实性的非纯文学文本。在本书中，作为研究对象的文学便是在这一意义上的“大文学”。

---

① 金惠敏：《差异即对话》，中国社会科学出版社2019年版，第18页。

② 参见金惠敏《没有文学的文学理论》，《文艺理论与批评》2004年第3期；金惠敏《阐释的政治学：从“没有文学的文学理论”说起》，《学术研究》2019年第1期。

③ 参见王向远《比较文学学科新论》，江西教育出版社2002年版，第236页。

关于“文化”的定义，泰勒在其《原始文化》（1871 年）一书开宗明义，将“文化”视作“复合之整体”（complex whole），不仅含有传统文化观所谓的“知识、信仰、艺术、道德、法律”等，也添加有其于人类学意义上对“文化”的理解，即“习俗以及人类作为社会成员所可获得的任何其他能力与习惯”。① 泰勒的定义突出了文化的物质性与整体性。雷蒙德·威廉斯也多次表述过其关于文化的定义。在其《文化与社会》（1958 年）中，他提出，文化即“整体之生活方式，包括物质的、知识的和精神的”②。在其《文化是普通的》（1958 年）一文中，他拆分开来说：“我们在两种意义上使用文化一词：意味一种整体之生活方式——共同的意义；意味艺术与学术——发现与创新性的努力。有些作者只保留这些意义中的这一个或那一个；而我则坚持二者，坚持其连接在一起的重要性。关于文化我提出的问题是深层的个人的意义。文化是普通的，不仅存在于每一社会，也存在于每一心灵。”③ 其《漫长的革命》（1961 年）又有进一步的发挥：“文化是对一种特殊生活方式之描绘，这种生活方式表达某些意义和价值，但不只是经由艺术和学问，而且也通过体制与日常行为。依据这样一个定义，文化分析就是对暗含和显现于一种特殊生活方式即一种特殊文化之意义和价值的澄清。”④ 显而易见，威廉斯的文化观汲取了泰勒定义的精髓，即文化是“整体之生活方式”，将物质的、知识的和精神的生活尽行收纳其中。此外，很多文化研究的理论家都探讨过文化的定义，例如伯明翰现代文化研究中心的创始人理查德·霍格特的《识字的用途》等。

---

① See Edward Burnett Taylor, *Primitive Culture*: *Researches into the Development of Mythology*, *Philosophy*, *Religion*, *Art*, *and Custom*, Vol. 1, Reprint Edition, Cambridge: Cambridge University Press, 2010 (1871), p. 1.

② Raymond Williams, *Culture and Society*, *1780 – 1950*, London: Chatto & Windus, 1959, p. xvi.

③ Raymond Williams, *Resources of Hope*: *Culture*, *Democracy*, *Socialism*, Robin, Gable ed., London & New York: Verso, 1989, p. 4.

④ Raymond Williams, *The Long Revolution*, Harmondsworth: Penguin Books, 1965 (1961), p. 57.

那么，文学与文化究竟是什么样的关系呢？对此，乔纳森·卡勒指出："文化研究包括并涵盖了文学研究，它把文学作为一种独特的文化实践去考察。"① 可见，文学作为一种独特的文化实践，是从属于文化的，也正是因为文化研究"坚持把文学研究作为一项重要的研究实践，坚持考察文化的不同作用是如何影响并覆盖文学作品的，所以它能够把文学研究作为一种复杂的、相互关联的现象加以强化"②。这里强调的是文化对文学的影响及其决定性作用，但实际上，文学与文化之间的关系是错综复杂的。

卡勒进一步指出："从理论上说，文化研究是包罗万象的：莎士比亚和打击乐、高雅文化和低俗文化、关于过去的文化和关于当今的文化。但是在实际当中，既然意义是建立在区别的基础之上的，那么人们就把文化研究作为相对于其他科目的研究来对待。那么相对于什么科目呢？因为文化研究是从文学研究中生成的，所以答案常常是：'相对于文学研究，相对于传统意义上的文学研究'，这种文学研究的任务是把文学作品作为作者的成就去理解，而研究文学的主要原因是那些巨著有着特殊的价值，它们无所不容，它们的美、它们的洞察力、它们的普遍意义，以及它们可能会给读者带来的什么好处。"③ 在这里，文学也包含了文化，这就是说，文学与文化是一体的。此外，文化也可以通过文学的形式再次回到文化，例如，对于信仰而言，其本身是一种文化，当这种信仰文化作为文学的内容被书写、被阅读和传播，特别是被大众化和日常生活化的时候，那么它就又回到了文化本身。例如在中国，像《三国演义》《水浒传》这类文学作品与其说是文学，毋宁说更是一种文化。

文学与文化是回环式相互转换的，文化是文学的日常形式，文学

---

① ［美］乔纳森·卡勒：《当代学术入门：文学理论》，李平译，辽宁教育出版社1998年版，第46页。

② ［美］乔纳森·卡勒：《当代学术入门：文学理论》，李平译，辽宁教育出版社1998年版，第50页。

③ ［美］乔纳森·卡勒：《当代学术入门：文学理论》，李平译，辽宁教育出版社1998年版，第49页。

是文化的理论化和精英化形式，文化可以通过文学的形式再度回归到文化，二者是循环往复的，我们姑且称此为“文学文化回环论”吧！

以上从方法论角度对本书的关键词“东西”“精舍”“比较”“文学与文化”进行了辨析和阐释，这是本研究的基本理念，也是理解本书内容的关键。对于本书所包括的“中日文学的跨学科研究”“日本文学与中国都市意象”“中日文论与文化互系研究”这些具体研究，此处不再赘言。笔者更加希望本书能够在研究视角和方法上给读者以某种启示，若此，也就不枉费自己的一番苦心和劳作。

目　　录

上编　中日文学的跨学科研究

中编　日本文学与中国都市意象

下编　中日文论与文化互系研究

上　编

中日文学的跨学科研究

郑成功的身份认定与挪位

——以中日文人的不同书写为中心*

阅读提示 历史一方面是真实发生的事件及其序列，另一方面也是他人的不断建构和改写。中国历史人物郑成功在日本历代文人的笔下便经历了一个身份不断被建构和改写的过程。江户时代，日本文人将郑成功界定为“吾大东日本之人”，体现了郑成功身份的日本文化属性；近代日本，对郑成功的身份认定为具有日本人特征的“日本种子发出的芽”，体现了郑成功身份的中日文化交融属性；现代日本，日本文人从郑成功身份的中国文化属性出发，认定郑成功为“东亚大英雄”。与此相参照，中国对郑成功的身份认定也是随时代而变迁。在南明时期郑成功被封为“延平郡王”；清朝时期则实现了从认定郑成功为“乱臣贼子”到“明季遗臣”再到承认其“延平郡王”身份的转变；抗日战争时期，郑成功被尊为“民族英雄”；第二次世界大战以降，在全球化的背景下，郑成功又被赋予“海洋英雄”“东亚英雄”的称号。研究郑成功身份的书写史，不仅是深入认识郑成功本人的关键，也是揭示自江户时代至今日本人对中国文化的接受与拒斥等复杂民族心态的突破口。

---

* 本文原载《河南大学学报》（社会科学版）2020 年第 1 期，曹顺庆为第二作者。

郑成功是关涉中国大陆及台湾、日本等国家和地区关系的重要历史人物。中日两国文人在不同的历史语境中，对郑成功赋予了不同的时代意义，由此，对郑成功的身份认定也表现出了极大的不同，甚至产生了身份挪位现象。厘清中日两国对郑成功的身份认定及身份挪位不仅是深入认识郑成功的关键，也是揭示自江户时代至今日本人对中国文化的接受与拒斥等复杂民族心态的突破口，然而，中日学界对这一问题却鲜有论述。本文以中日文人对郑成功的叙述为研究对象，分析中日两国对郑成功的身份认定及身份挪位的变迁及特点，以期为未来的中日关系以及海峡两岸关系提供参考。在论述的过程中，本文以日本为立足点，以同一时期中国的相关论述为参照，所以在时期划分上以日本的时代变迁作为标准。

一　“吾大东日本之人”：日本江户时代对郑成功的身份认定及身份挪位

1624 年 7 月 14 日，郑成功出生在日本长崎平户市，至今在平户市川内浦的千里滨仍然保留着郑成功“儿诞石”遗迹。郑成功的父亲是海商郑芝龙，母亲为日本的田川氏，郑成功的本名叫郑森。明朝崇祯三年（1630 年），七岁的郑森由叔叔郑芝燕带回父亲的家乡福建省南安县石井镇。也就是说，郑成功七岁之前的时光都是在日本平户度过的。同时，日本认为郑成功的母亲田川氏为日本人，因此，日本血统成为日本文人对郑成功进行身份认定的关键。

在江户时代，日本文人对郑成功的身份认定体现了郑成功的日本人特征。1852 年，平户第三十五代藩主松浦侯乾斋为了纪念郑成功，建立了《延平郡王庆诞芳踪》碑，该碑文所体现的日本对郑成功的身份认定极具代表性。实际上，《延平郡王庆诞芳踪》碑的碑文最初由朝川善庵撰写，但是因为善庵所撰碑文过长，未找到能够登载此碑文的巨石，因此命善庵删减，但善庵不久于人世，平户藩主又改命叶山铠轩重新撰文，即成为现在的《延平郡王庆诞芳踪》碑的碑文。

朝川善庵在其撰写的《郑将军成功传碑》中写道："吾大东日本之人，以武勇胜于万国，世所知也。夫以匹夫驰勇名于西洋，耀武威于天下者……其并勇与义而有之，吾郑将军成功，盖其人乎？"① 其中，"吾大东日本之人"的论述，表明了日本文人对郑成功的身份认定是日本人，而且，朝川善庵在碑文中对郑成功的勇武精神大加赞扬。

另外，叶山铠轩的碑文这样写道："吾乾斋老公曰：'成功以一时遭遇，自唱大义，以恢复为己任，其正气耿耿，与天壤俱存。而母亦贞烈，实不愧为日东之产矣。是或胚胎于吾封内之素教尔欤！何其迹之奇也？'"② 这里对郑成功的身份认定，强调了郑成功日本母亲的重要作用。该碑文对郑成功的身份认定强调了郑成功的日本人特征，指出郑成功的英勇皆因为具有日本血统。可以看出，这一时期，日本文人从血缘的角度，认定郑成功为日本人或者是具有日本人特征。

不仅如此，这一时期出现的近松门左卫门的戏剧《国姓爷合战》③（1715 年）也充分体现了郑成功的日本人特征。该剧以郑成功的故事为原型塑造了日本武士"和藤内"，描写的是"和藤内"率领大军与鞑靼会战，最后夺取南京城复兴了明朝的反清复明的故事。随着《国姓爷合战》的广泛传播，《国姓爷合战》的改作剧不断涌现，甚至产生了"国姓爷"热潮。

据《国性（姓）爷上演记录》④ 记载，自 1715 年《国姓爷合战》初演至明治维新之前，涌现出大量《国姓爷合战》的改作剧。比如，1716 年就出现了名为《国姓爷》的狂言，接着又有《倾城国姓爷》（1717 年）、《国姓爷后日》（1717 年）、《国姓爷宝船》（1717 年）、

---

① ［日］朝川善庵：『鄭将軍成功伝碑』，载日本随筆大成編輯部编『日本随筆大成』，東京：吉川弘文館 1975 年版，第 473 頁。

② 陈三井：《郑成功全传》，台北：台湾史迹研究中心 1979 年版，第 332 页。

③ 本文出现的"国性爷"与"国姓爷"，"性"与"姓"的不同并非笔误，近松门左卫门在《国姓爷合战》中用"国姓爷"来指代历史上的国姓爷郑成功，是为了突出其主观创作意图。

④ ［日］尾崎秀树：『国性（姓）爺上演記録』，鄭成功と同時代史研究会编『鄭成功と同時代史研究：目録・解説・展望』，長崎：鄭成功と同時代史研究会 1994 年版。本文中的译文均为笔者所译，下同。

《国姓爷后日合战》（1717 年）、《和藤内》（1723 年）、《国姓爷竹拔五郎》（1727 年）、《唐锦国姓爷合战》（1730 年）、《国姓爷合战八番续》（1731 年）、《增补国姓爷合战》（1756 年）、《假名草纸国姓爷实录》（1759 年）、《赖上增御见物样》（1764 年）、《风流国姓爷操仕立五段续》（1802 年）等一系列国姓爷改作剧，而且这些戏剧、狂言等皆上演数次、数十次之多。从上述以“和藤内”命名的改作剧可以看出，“和藤内”形象通过艺术形式，在江户时代的日本已经家喻户晓。因此，日本在记载国姓爷郑成功的历史之时，也经常使用“和藤内”这一称呼指代郑成功。1852 年，日本平户市修建的郑成功纪念碑《延平郡王庆诞芳踪》碑，在日本也被称为“和藤内之碑”就是一个最好的实例。

可以说，近松所塑造的“和藤内”形象是影响江户时代日本文人对郑成功身份认定的重要因素。随着“和藤内”形象的深入人心，日本文人形成了对和藤内这一形象所具有的日本武士特点的定式思维，并且进一步将这种思维模式与历史上的郑成功融为一体。由此可以观察到，日本文人对郑成功身份的早期认定也呈现出对其日本人特征的强化。

在川口长孺的《台湾郑氏纪事》（1828 年）中，儒学家青山延于在《青山跋》中写道：“盖成功母子虽其忠烈出于天性，亦非我神州风气之所使然欤？然则郑氏之有成功，不翅明国之光，亦我神州之华也！”[①] 这里对郑成功的身份认定，则强调了郑成功接受日本文化的影响，具有“我神州之华”的特点，亦即郑成功具有日本人特征。

此外，齐藤正谦在《海外异传》中，对郑成功的事绩评价如下：“郑大木之王台湾，亦我皇国之余烈。”[②]“郑大木慷慨唱义，招颓日于虞渊，以孤兵当勃兴之敌，百折不挠，有我楠中将之风。及其子孙，

① ［日］川口长孺：《台湾郑氏纪事》，台北：台湾省文献委员会 1995 年版，第 75 页。正如日本也曾自称“中国”一样，此处也以“神州”指代日本。

② ［日］齐藤正谦：《海外异传》，载台湾银行经济研究室编《郑氏关系文书》，南投：台湾省文献委员会 1995 年版，第 73 页。

奉正统于一隅数十年，亦与楠氏相类矣。盖孕我东方之精故欤?”[①] 从齐藤氏对郑成功的评价可知，齐藤氏对郑成功的身份认定也是强调了郑成功所具有的日本人特征。

简言之，江户时代日本文人认定郑成功是“吾大东日本之人”，将郑成功的身份定位为日本人，或者是特别强调其日本人特征。关于这一点，一方面是基于郑成功具有日本血统的事实，另一方面，也是受到了近松在《国姓爷合战》中所塑造的日本武士“和藤内”形象的影响。

实际上，郑成功生活的江户时代是日本封建统治的最后一个时代，仍然是以父权制为主体的社会，郑成功的父亲郑芝龙是中国人，即使郑成功的母亲是日本人，那么按照当时的社会性质，郑成功也应该跟随父亲郑芝龙，属于中国人。因此，日本文人从血缘的角度认定郑成功为日本人，是对郑成功身份认定的一种挪位。由此也可以看出，江户时代日本文人对郑成功身份认定的特征，重在强调郑成功身份的日本文化属性。

与江户时代的日本不同，这一时期中国对郑成功的身份认定呈现出不同的样相。首先，在明朝存续时期，郑成功以科举考试为目标，成为南京太学的学员。1630 年，明朝崇祯三年，七岁的郑森回到了父亲的家乡福建省南安县的石井镇，并以参加科举考试为目标勤学苦读。1638 年，明朝崇祯十一年，十五岁的郑森考中了秀才，并成为南安县二十位“廪膳生”之一。1644 年，明朝崇祯十七年，郑森进入南京太学学习，师从明朝硕儒钱谦益。钱谦益对郑森极其满意，替他取名“大木”作为表字。但是，由于生逢乱世，郑成功的科举之路随着明朝的灭亡而中断。1644 年，李自成起义军攻占北京，明朝最后一位皇帝崇祯帝在景山自杀，明朝灭亡。可以看出，明朝对郑成功的身份认定是南京国子监太学的学员，当时郑成功年仅二十一岁，名字是郑森。

---

① ［日］齐藤正谦：《海外异传》，载台湾银行经济研究室编《郑氏关系文书》，南投：台湾省文献委员会 1995 年版，第 82 页。

其次，南明朝廷对郑成功的身份认定，则随着南明皇帝对郑成功的不断晋封而表现出多样性的特点。南明是明朝的延续，“南”字是历史学家加上去的，以区分原来的明朝。关于南明朝廷存续的时间，有两种观点。第一种观点是将 1662 年南明最后一位皇帝永历帝被害的时间作为南明的终结；第二种观点是将 1683 年台湾明郑政权的灭亡作为南明的终结。因为在永历帝遇害后，台湾的明郑政权仍然奉永历帝为正朔进行反清复明活动，所以本文采用了第二种史家的观点，即将 1683 年视为南明朝廷的终结。在这段时期，中国对郑成功的身份认定以南明皇帝的晋封为主要方式。

1645 年，南明的弘光政权灭亡，同年，唐王朱聿键在郑芝龙等人的拥立下，在福州称帝，改元隆武。在隆武帝时期，郑成功受到隆武帝的赏识，遂赐国姓“朱”，并赐名“成功”，封为“御营中军都督”，仪同驸马宗人府宗正，这就是“朱成功”名字的来历。实际上，郑成功当时在给日本的请援书中，署名即为“朱成功”，“郑成功”之名是历史文献中记载的通称，因为这些史料多数是清朝以后记载的，于是历史学家便使用“郑”字取代了明朝的国姓“朱”字，用“郑成功”进行记载。因为隆武帝赐国姓，所以当时的郑成功也被称为“国姓爷”。隆武二年（1646 年），郑成功二十三岁，隆武帝封他为“忠孝伯”，赐尚方宝剑，挂“招讨大将军”印。也正是在这一年，郑成功父亲郑芝龙投降了清朝，隆武帝亦被清军杀害。另外还有一个事件是，郑成功的生母田川氏，遭到了清军的迫害而自杀。这两个事件决定了郑成功的人生，郑成功怀着国恨家仇，与父亲郑芝龙分道扬镳，进行反清复明的斗争。1647 年，郑成功奉在广东省肇庆被拥立为帝的朱由榔，即永历帝为正朔，在南澳起兵，以“忠孝伯招讨大将军罪臣国姓”的名义号召天下，开始了反清复明活动。

在郑成功反清复明的号召下，很多明朝遗臣都前来依附，郑成功的军队迅速壮大。1648 年 10 月，永历帝派人送来诏书，封郑成功为“威远侯”。1649 年 7 月，永历帝又遣使封郑成功为“广平公”，以褒奖其忠于明室。永历七年六月，即 1653 年 6 月，郑成功在海澄战役中取得了胜利，永历帝派兵部主事万年英到厦门送去敕册，敕晋郑成功为“漳国公”[①]，封为“延平王”。但是，郑成功却辞表没有接受，并派遣监督张自新陪同万年英回奏永历帝，请求敕封海澄战役中的功臣。于是，按照郑成功的奏请，永历帝封甘辉为崇明伯，黄廷为永安伯，王秀奇为庆都伯，赫文兴为祥福伯，万礼为建安伯，同时，对其他将士也进行了论功封赏。永历十二年，即1658年，郑成功在北征南京之前被晋封为“延平郡王”[②]。据史料记载，郑成功最喜欢的封号便是“延平郡王”，所以，直至1662年去世，郑成功都一直以“延平郡王”自居。

最后，清廷对郑成功的身份认定也随着历史的演进而不同。郑成功作为明朝遗臣，在与清朝斗争的过程中被认定为“乱臣贼子”。《清史稿》列传十一的《清史列传郑成功传》是考察清朝对郑成功身份认定的依据，其中记载：“三十九年（1700年——笔者注），上念成功明室遗臣，非吾乱臣贼子，特赐成功及子经归葬南安，如田横故事。”[③]从这里可以看出，在郑氏政权存续时期，清朝对郑成功的认定为“乱臣贼子”。在郑氏政权灭亡后，清朝对郑成功的这一认定发生了变化，认定其为“明室遗臣，非吾乱臣贼子”。

对于“乱臣贼子”之类的称呼，在清朝史臣编撰的方略《清代官书记明　台湾郑氏亡事》中随处可见。《清代官书记明　台湾郑氏亡事》原名为《平定海寇方略》，共四卷，该书原本是清朝的内阁档案，保存在台湾“中央研究院”历史语言研究所。民国19年（1930年）2月该书得以出版，改成了现在的书名。在该书中，1683年7月19日记载：“上谕户、兵二部：海洋远险，风涛不测。自明以来，贼寇盘踞岛屿，出没靡常，为害已久。本朝平定闽省，逆贼郑成功窜伏海岛，侵扰沿海地方，虽屡经征讨，未尽根株。”[④]从中可以看出，清廷当时视

① 据清史记载，永历三年，即1649年7月，永历帝晋封郑成功为“漳国公”。

② 台湾银行经济研究室：《郑成功传》，台北：台湾省文献委员会1960年版，第122页。

③ 台湾银行经济研究室：《郑成功传》，台北：台湾省文献委员会1960年版，第38页。

④ 台湾银行经济研究室：《清代官书记明　台湾郑氏亡事》，台北：台湾省文献委员会1995年版，第28页。

郑成功为“逆贼”，而郑氏则被称为“贼寇”。不仅如此，在顺治年间的史料中，充斥着对郑成功为逆贼的称呼，例如称郑成功为“海贼郑森”“海逆郑成功”“闽逆郑成功”“伪国姓”等，例如在《五大商曾定老等私通郑成功残揭帖》中有这样的记载：“伊子曾汝云受伪国姓密嘱，令其营钻生员、举人为护身之符，以便阴通内地信息。”① “郑逆盘踞海上，招集夥商，发本经营，一时遂有五大商之号。”② 对于与清廷作对，反清复明的郑成功，清廷对于郑成功的这种身份认定并不出乎意料。

除此之外，在台湾郑氏政权灭亡后，清廷对于郑成功庙的态度，也反映了对郑成功身份认定的变化。郑氏灭亡后，台湾民众仍然眷恋故国，因思慕延平郡王郑成功心切，便在邑治东安坊私建了开山王庙祭祀郑成功，尊郑成功为“开台圣王”。清朝同治十三年，即 1874 年，福建船政大臣巡台使沈葆桢巡视台澎时，台湾府进士杨士芳等禀请为郑成功追谥建祠，于是沈葆桢奏请清廷：“奏为明季遗臣，台阳初祖，生而忠正，殁而英灵，恳予赐谥建祠，以顺兴情，以明大义事。”③ 由此可知，沈葆桢是以郑成功为“明季遗臣”的身份奏请清廷并获得批准的，从中也可以看出，1874 年，清廷对郑成功的身份认定已经由原来的“贼寇”“海寇”等逆臣，恢复到明朝遗臣、延平郡王的身份认定。同时，这也是清廷对郑成功为“开台圣王”身份的肯定。

实际上，清廷对郑成功身份认定的改变，也源于外部压力。1871 年，日本借口“牡丹社事件”准备出兵台湾，1874 年日本出兵台湾后，清廷意识到了事态的严重性，遂派遣沈葆桢到台湾，一方面了解台湾的情况，另一方面也负责处理台湾的海防及外交事务。针对“牡丹社事件”，中日双方经过谈判，签订了《北京专约》，中方承认日本

① 台湾银行经济研究室：《郑氏史料续编二》，台北：台湾省文献委员会 1995 年版，第 911 页。

② 台湾银行经济研究室：《郑氏史料续编二》，台北：台湾省文献委员会 1995 年版，第 911 页。

③ 陈三井：《郑成功全传》，台北：台湾史迹研究中心 1979 年版，第 335 页。

出兵是“保民之举”，并赔偿日本白银五十万两。清廷在认识到台湾重要性的同时，也认识到了郑成功在台湾民众中的影响力，这也是促使清朝对郑成功身份认定发生变化的原因之一。

二 “日本种子发出的芽”：近代日本对郑成功的身份认定及身份挪位

从日本明治维新至第二次世界大战结束，中日关系史上发生了许多重要事件。为了便于表述，这里用“近代日本”来指代日本明治维新至第二次世界大战结束的这一段时期，即1868年至1945年。这一时期，日本文人对郑成功的身份认定及身份挪位，可以说是江户时代的延续。

甲午战争后，日本通过与清政府签订的《马关条约》，取得了对台湾的统治权，开始了对台湾长达半个世纪的殖民统治。日本又在1931年发动了“九一八事变”，逐步加快了侵华的步伐，直至1945年日本无条件投降，中日两国几乎一直处于战争状态。在这样的背景下，日本文人对郑成功的身份认定，也体现出利用郑成功这一历史人物来宣称日本发动大东亚战争的正当性的特点。因此，日本文人极力强调郑成功的日本人特征，以达到殖民统治台湾正当化以及美化侵略战争的目的。

首先，日本文人基于郑成功的日本血统认定郑成功具有日本人特征。关于这一点，在日本官方的往来文件中有着明显体现。日本殖民统治台湾时期，为了同化台湾民众，台湾总督府将郑成功信仰纳入了日本的神道体系，1897年1月13日，拓殖省下达《台甲114号》指令，批准台湾总督府的申请，将祭祀郑成功的延平郡王祠改为“开山神社”①。

---

① “贵府明治二十九年十一月十六日民内第四二八号函，提报延平郡王祠加列为县社，社号改为开山神社一节，准依所请办理。”参见温国良编译《总督府档案专题翻译（二）宗教系列之一·台湾总督府公文类纂宗教史料汇编（明治二十八年十月至明治三十五年四月）》，南投：台湾省文献委员会1999年版，第125页。

郑成功信仰之所以被纳入日本神道体系，源头自然是来自郑成功的日本母亲，也就是说郑成功具有日本血统，但是在日本官方的公文中，并未完全将郑成功看成是日本人。当时台南县知事矶贝静藏在郑成功的申报书中称："倘若尚且不论其他寻常寺庙之由来、存废，而先就本岛之开化元勋，尤为忠烈之日本妇人所生之郑成功庙，予以更改社号为开台神社，并加列国币社更依旧将其母田川氏陪祀其中。"① 可见，日本官方将郑成功视为"日本妇人所生之郑成功"，并未直接认定郑成功是日本人，正如台湾总督乃木希典在向日本拓殖省的上书中指出的那样："郑成功此人为恢复明朝，举兵作战失利，遂占据本岛，虽可谓为明朝之一忠臣，然尚且不能以我帝国之忠臣称谓，且乎其母虽亦为我帝国之臣民田川氏，然此亦不过仅与我国有点渊源，是以倘若祭之以国币社，则可谓破例之大矣。"② 可见，乃木希典将郑成功视为"明朝之一忠臣"，但是并未将其视为日本人，只不过认为郑成功与日本有渊源，即郑成功的母亲为日本人。乃木希典对郑成功的身份认定最多认为郑成功为中日混血儿，并非真正的日本人。乃木希典的言论体现了一部分日本政治家对郑成功的认识。尽管如此，日本官方依然将郑成功庙加列为国币社，其政治意图的明显不言而喻。

此外，1874 年，染崎延房在《台湾外记：一名国姓爷》中评价郑成功具有"日本魂"，郑氏三代皆具"楠氏"遗风，这与江户时代齐藤氏对于郑成功的评价具有显著的一致性。可以看出，染崎氏对郑成功的身份认定也体现了郑成功具有日本人的特征。

1894 年，依田学海在《国姓爷讨清记》中写道："诸君，读吧！读吧！声名远扬的国姓爷具有日本人气象，本书记录了他与满清交战的大雄略。占领台湾！快快占领台湾吧！以慰藉国姓爷亡魂！国姓爷

---

① 温国良编译：《总督府档案专题翻译（二）宗教系列之一 · 台湾总督府公文类纂宗教史料汇编（明治二十八年十月至明治三十五年四月）》，南投：台湾省文献委员会 1999 年版，第 114 页。

② 温国良编译：《总督府档案专题翻译（二）宗教系列之一 · 台湾总督府公文类纂宗教史料汇编（明治二十八年十月至明治三十五年四月）》，南投：台湾省文献委员会 1999 年版，第 123 页。

是日本种子发出的芽。诸君！快来读这国姓爷讨清记吧！”[①] 依田氏所言郑成功的“日本人气象”，以及“日本种子发出的芽”，都体现了郑成功的日本人特征。这里既是从血缘上强调郑成功的日本人特征，同时也是强调了郑成功身份的中国文化属性，即通过强调郑成功身份的中日文化交融的属性，来实现日本对台湾殖民统治正当性的目的。

1895 年，丸山正彦在《台湾开创郑成功》的序言中写道：“郑成功将军怀着遗恨而终，我日本仁义之师与清朝抵抗，终于迎来媾和修好的结局，整备善邻旧交，将军终焉之地台湾归入其生国日本的版图。平定匪徒指日可待。如今将军在天之灵定会无比欣慰，定会感激我日本大君的皇恩。”[②] 丸山正彦指出了郑成功开创台湾的功绩，所以，日本将台湾纳入版图是理所当然的。这种思维模式体现了郑成功身份的中日文化交融属性，即郑成功受到了中日文化的影响，这样一来，日本将台湾纳入版图也就成为合情合理的事情了。

1898 年，日本小说家幸田露伴在少年文学《郑成功》的开篇写道：成功“慷慨壮烈，真正具有日本武士之风”[③]。这与染崎氏所言郑成功具有“楠氏”遗风很相似，都强调了郑成功所具有的日本武士的特点。1903 年，宫崎滔天的《明治国姓爷》问世，该小说从 1903 年 8 月 16 日至 1904 年 1 月 29 日在日本的《二六新报》连载。《明治国姓爷》以日俄战争为背景，主人公堺铁男的出生地与郑成功出生地相同，都是日本肥前松浦的平户，宫崎滔天将主人公堺铁男誉为“明治的国姓爷”，折射出作者的大亚洲主义思想，即呼吁中国与日本合作，并联合亚洲其他国家，建立平等自由的亚洲，同时也体现出了作为同盟会会员的宫崎滔天对郑成功的身份认定。1914 年，在爱国妇人会台湾支部成立五周年之际，鹿岛樱巷在《国姓爷后日物语》开篇写道：“郑成功倾注心血的台湾，已经归入我日本版图。对台湾有巨大功劳的郑成功，自然是我日本的豪杰。成功在天有灵，得知日本夺取了台湾，想

---

① ［日］依田学海：『国姓爺討清記』，東京：六合館弦巻書店 1894 年版，扉頁。

② ［日］丸山正彦：『台湾開創鄭成功』，東京：嵩山房 1895 年版，序第五頁。

③ ［日］幸田露伴：『鄭成功・露伴叢書』（下），東京：博文館 1902 年版，第 359 頁。

必在地下也瞑目了吧。”[1] 鹿岛氏在这里明确指出了郑成功为“我日本的豪杰”，即指出郑成功出生在日本，具有日本人特征的身份认定。

概言之，在近代日本，日本文人对郑成功的身份认定同样强调了郑成功的日本人特征。与江户时代不同的是，这一时期日本文人对郑成功的身份认定与日本的殖民扩张结合在一起。在这一特定的历史背景之下，也需要强调郑成功的中国文化属性。郑成功具有日本人特征的身份认定，为日本殖民统治台湾提供了正当性，也为日本的侵略扩张提供了合理性。这一时期，日本对郑成功的身份认定体现出了郑成功身份具有中日文化交融的属性特点。

与此同时，这一时期中国对郑成功的身份认定也发生了根本性变化。1905 年，孙中山在日本东京成立了中国同盟会，郑成功反清复明、驱逐荷兰殖民者的精神与孙中山倡导的“驱除鞑虏，恢复中华”的精神相契合，于是，中国同盟会对郑成功的英雄事迹进行了大力宣传。在中国同盟会总部宣言中，孙中山指出：“自延平以抵金田，吾伯叔兄弟诸姑姊妹奉先烈遗志，报九世之仇，为争自由争人道而死者，实一千二百万人，于戲！烈矣。”[2] 这里的延平，即指郑成功。

1906 年，在中国同盟会的机关杂志《民报》上，刊载了浴日生创作的以郑成功为题材的小说《海国英雄记》。在该书序言中，浴日生写到自己在炎热的夏季到日本神奈川县的江之岛避暑：“路人告余曰：‘君其南京人，欤何思之深也。君知君之国有英雄郑成功其人欤？其母乃吾国士人之女也。’吾闻其语而益怆然悲也。夫自壮烈殉国，鞑靼入关，其不愧黄帝子孙，泣血誓师，不共天日，与逆胡抗战，卒据台湾一片干净土，延明祀于二十余稔者，吾国英雄郑成功之力也。”[3] 浴日生指出了郑成功抗击鞑靼、延续明朝正统的事绩，并感叹郑成功之悲惨遭遇，接着写道：“倘天假與年，王师再讨，满之为满，未可知耳。

① ［日］鹿島桜巷：『国姓爺後日物語』，台北：愛国婦人会台湾支部 1914 年版，第 1 頁。

② 陈三井：《郑成功全传》，台北：台湾史迹研究中心 1979 年版，第 301 页。

③ 浴日生：《海国英雄记》，《民报》（第九号），明治三十九年（1906 年）12 月 1 日。

何图天不助明，壮岁淹殁，祀仅再传，终降于虏而汉室声灵，亦随海角波涛而竟逝之。此吾海国英雄记所以作也。”① 在此，浴日生指出了撰写《海国英雄记》的原因，也对当时局势做了分析，契合了当时同盟会的思想。

不仅是浴日生，中国历史学家萧一山在《清代通史》的结尾也写道：“外国人不明中国历史，以武昌起义……不过百余日，而清帝即退位，颇讶其集事之速。殊不知自延平金田以来，为革命牺牲已千余万人，而自天地会创设以抵辛亥，且已二百三十有八年矣。”② 萧一山在此也指出了郑成功在“革命”道路上的筚路蓝缕之功。另外，关于“天地会”的创立之说，其中之一的说法为明朝遗老所开创，具有代表性的言论是孙中山将明朝遗老开创的天地会与辛亥革命进行了融合，他指出：“洪门者，创设于明朝遗老，起于康熙时代，盖康熙以前明朝之忠臣烈士，多欲力图恢复，誓不臣清，舍生赴义，屡起屡蹶，与虏拼命，然卒不能救明朝之亡。迨至康熙之世，清朝已盛，而明朝之忠烈，亦死亡殆尽。二三遗老见大势已去，无可挽回，乃欲以民族主义之根苗，流传后代，故以反清复明的宗旨，结成团体，以待后有起者，可藉为资助也。此殆洪门创设之本意。”③ 也就是说，孙中山的辛亥革命推翻了清朝的封建统治，是继承了明朝遗臣反清复明的伟业。因此，在这一时期，郑成功被宣传成了“抵御外来统治的民族英雄”。

1931 年，“九一八事变”之后，在中国遭受帝国主义侵略的时期，郑成功驱逐荷兰殖民者的事迹再次成为宣传的热点，郑成功成为抵御日本侵略者的英雄。可以看出，这一时期中国对郑成功的身份认定已经转变成为“民族英雄”。

---

① 浴日生：《海国英雄记》，《民报》（第九号），明治三十九年（1906 年）12 月 1 日。

② 陈三井：《郑成功全传》，台北：台湾史迹研究中心 1979 年版，第 302 页。

③ 陈三井：《郑成功全传》，台北：台湾史迹研究中心 1979 年版，第 301 页。

三　“东亚大英雄”：现代日本对郑成功的身份认定

第二次世界大战以降，日本对郑成功的身份认定趋于客观化。为了便于表述，笔者将第二次世界大战以降，即1945年以后称为“现代日本”。

日本自20世纪60年代以来便开始在郑成功诞辰日的7月14日举办“郑成功生诞祭”来纪念郑成功。根据平户市观光协会郑成功部会的负责人石田康臣在《郑成功与平户》中所述，1962年，也就是在郑成功收复台湾三百周年之际，当时的平户市长在台湾国立台北商业技术学院任教时期的学生，也是当时“明延平郡王祠”的负责人，在平户市能够望见川内港“郑成功儿诞石”的丸山公园，建立了台湾“延平郡王祠”的分灵庙“郑成功庙”。从那以后，平户每年都会在郑成功诞辰日举办“郑成功生诞祭”，祭祀活动采用日本传统的神事祭祀方式，以“彰显东亚大英雄郑成功的伟业”①。

笔者曾考察过平户的郑成功遗迹，并参加了2017年在平户举办的“郑成功生诞祭”，切身感受到了以平户为首的日本举办郑成功纪念活动的隆重程度。在郑成功的纪念公园，矗立着由中国福建省南安市政府赠送的郑成功雕像，上面刻着“东亚英雄国姓爷郑成功”字样，并在雕像的背面分别用日语、中文简体字、中文繁体字记载了寄赠的具体内容：“中国福建省南安市，是在平户出生东亚英雄郑成功度过少年时代的地方。1995年南安市与本市缔结为友好城市，友好交流一直持续至今。伴随着2013年郑成功纪念馆的开馆，此雕像作为交流的象征，由南安市所寄赠。今后为了让郑成功作为市民的瑰宝而彰显、传

① ［日］石田康臣：『鄭成功と平戸』，载河村哲夫著『龍王の海：国姓爺・鄭成功』，福冈：海鳥社2010年版，第49頁。

承于后世，特此设立于此。”[①] 时间为“2014 年 9 月”。平户市将中国捐赠的写有“东亚英雄国姓爷郑成功”字样的雕像竖立在郑成功纪念公园，并且“郑成功生诞祭”的负责人石田康臣在文章中也称郑成功为“东亚大英雄”，表明了日本现代对郑成功的身份认定特点。

在中日邦交正常化之后，随着中日两国文化交流的不断深入，日本文人对郑成功的身份认定，也体现出了郑成功身份的中国文化属性。和田武久在《海寇：国姓爷一族的镇魂歌》的后记中写道：“现在，国姓爷作为解放台湾的恩人，享有很高声望。”[②] 在这里，和田武久从台湾的视角出发，将郑成功认定为“解放台湾的恩人”。

林田芳雄在《郑氏台湾史——郑成功三代兴亡实记》的后记中写道：（郑成功）“明朝末期被尊崇为忠臣、豪杰人物，在清朝被贬为海寇、逆贼，民国以降，又被尊为民族英雄。”[③] 可见，林田芳雄对郑成功的身份认定，也是从中国的视点出发，遵照历史事实对郑成功进行的身份认定。

森本繁在《台湾的开祖：国姓爷郑成功》中写道：“无论是在台湾，还是在中国大陆，日明混血儿国姓爷郑成功都作为不出世的民族英雄而受到尊敬。”[④] 可见，森本繁将郑成功视为中华民族的民族英雄，同时也指出了郑成功与日本的渊源，即郑成功为中日混血儿。

白石一郎在小说《怒涛》的后记中写道：“作为开国之祖、民族英雄，现在的台湾和中国大陆对郑成功的评价都极其高。郑成功虽然是中日混血儿，但是若说起与中日之间的关系之深，还是他的父亲郑芝龙。”[⑤] 从白石一郎对郑成功的评价可以看出其对郑成功的身份认定亦

---

① 平户市郑成功纪念公园刻在郑成功雕像后的《寄赠・中国福建省南安市政府》的赠文。

② ［日］和田武久：『海寇：国姓爺一族への鎮魂歌』（下），福冈：葦書房 1991 年版，第 232 頁。

③ ［日］林田芳雄：『鄭氏台湾史——鄭成功三代の興亡実紀』，東京：汲古書院 2003 年版，第 317 頁。

④ ［日］森本繁：『台湾の開祖国姓爺鄭成功』，東京：国書刊行会 2014 年版，第 349 頁。

⑤ ［日］白石一郎：『怒涛のごとく』（下），東京：每日新聞社 1998 年版，第 319 頁。

表现出了站在中国大陆及台湾的立场，客观地认为郑成功为“开国之祖”“民族英雄”。

要言之，现代日本文人从郑成功身份的中国文化属性出发，认定郑成功是“东亚大英雄”“解放台湾的恩人”“台湾的老祖宗”“民族英雄”。

在中国大陆，从《人民日报》对郑成功的一系列报道中，可以看出这一时期中国官方对郑成功的身份认定。在《人民日报》1949年题为《人民的“七七”纪念》的报道中指出，中国人民必须解放台湾，并指出郑成功为“民族英雄”[①]。在接下来的1955年10月25日的题为《台湾一千七百年的历史》的报道中称：“郑成功是中国历史上著名的爱国英雄，他驱逐了在台湾的外国侵略势力，一直受到中国人民的崇敬。”[②] 可见，在中华人民共和国成立之初，中国官方对郑成功的身份认定即为“爱国英雄”“民族英雄”。在1956年2月11日的报道中，直接出现了“民族英雄郑成功”[③] 的称呼。在1958年12月28日的报道中，也直接称呼郑成功为“明末民族英雄郑成功”[④]。可见，中华人民共和国成立后，20世纪50年代中国官方对郑成功的身份认定为“民族英雄”或者“爱国英雄”。在之后的20世纪60年代至今，中国官方对郑成功为“民族英雄”的身份认定仍然没有改变。

在中日邦交正常化不久，1974年，华裔作家陈舜臣的《风云儿郑成功》问世。1977年讲谈社又出版了单行本，该书的中文译者卞立强在序言中写道：“陈舜臣曾经说过这样的话：‘作为我们台湾人来说，提起郑成功，就有自己亲人的那种感觉。’‘对于台湾的汉民族来说，觉得郑成功就是台湾的老祖宗。’他就是怀着这样的崇敬之情来写郑成功的。”[⑤] 这段话不仅体现了华裔作家陈舜臣对郑成功的身份认定，即

---

① 王泠斋：《人民的“七七”纪念》，《人民日报》1949年7月7日，第4版。

② 刘大年：《台湾一千七百年的历史》，《人民日报》1955年10月25日，第3版。

③ 陈嘉庚：《在中国人民政治协商会议第二届全国委员会第二次全体会议上的发言　陈嘉庚的发言》，《人民日报》1956年2月11日，第7版。

④ 俊卿、雨田：《英雄儿女》，《人民日报》1958年12月28日，第5版。

⑤ ［日］陳舜臣：『鄭成功　旋風に告げよ』（下），東京：中央公論新社1999年版，第2頁。

郑成功是台湾汉民族的祖先，也体现了台湾人民对郑成功的特殊感情。

在《风云儿郑成功》译本的封底，还刊登了一些近代以来的中国文人对郑成功的评价，这些评价表现出了对郑成功身份认定的特点。其中，近代诗人丘逢甲写道："由秀才封王，主持半壁旧江山，为天下读书人顿增颜色；驱外夷出境，自辟千秋新事业，语中国有志者再鼓雄风。"[①] 丘逢甲对郑成功收复台湾、驱逐外国殖民者的事迹给予了肯定。

文学评论家李文晓写道："作为中国家喻户晓的民族英雄，郑成功是联系两岸的重要历史人物。他高举反清大旗，曾经控制了中国东南半壁江山；他驱逐荷兰人，收复台湾，被奉为'开台圣王'。他的雕像遍及各地，其真实面目却鲜为人知。本书以小说的形式深入发掘了国姓爷壮烈奇崛的一生。"[②] 这里指出了郑成功为"民族英雄""开台圣王"。

历史学家温建明指出："郑成功是唯一一位可以串联中国大陆、中国台湾、日本与荷兰的历史人物，兼具本土与国际双重身份，堪称国际级人物。三百多年来，郑成功从未从历史的国际舞台上消失。"[③] 温建明强调了郑成功与中日两国的特殊渊源。

另外，随着全球化时代的到来，中国学者对郑成功的身份认定逐渐转向了海洋视角。2014 年，苏文菁在《海洋英雄郑成功》中写道："21 世纪是全球化的时代，这个全球化起源于 16 世纪的大航海。郑芝龙、郑成功父子在大航海时代就代表中国积极参与，且在海洋贸易与维护中国的海权方面有着不俗的表现。我们今天完全可以在英雄郑成功的身上挖掘出另一层的文化价值，那就是海洋英雄。"[④] 可以看出，在当今时代中国对郑成功的身份认定更加多元化。

在中国台湾，1947 年"二二八事件"爆发后，国民政府的国防部

---

① ［日］陳舜臣：『鄭成功　旋風に告げよ』（下），東京：中央公論新社 1999 年版，封底。

② ［日］陳舜臣：『鄭成功　旋風に告げよ』（下），東京：中央公論新社 1999 年版，封底。

③ ［日］陳舜臣：『鄭成功　旋風に告げよ』（下），東京：中央公論新社 1999 年版，封底。

④ 苏文菁：《海洋英雄郑成功》，厦门大学出版社 2014 年版，第 3 页。

长白崇禧到台湾进行宣抚工作，特意到延平郡王祠祭拜郑成功，并撰写了对联："孤臣秉孤衷，浩气磅礴留万古；正人扶正义，莫教成败论英雄"，横批为"忠肝义胆"。1986年5月1日，《人民日报》报道了台湾各界纪念民族英雄郑成功的祭祀活动，"据台湾报纸报道，台湾各界4月29日举行纪念民族英雄郑成功收复台湾三百二十五周年的公祭仪式，由'内政部长'吴伯雄主祭"①。1995年5月3日，据《人民日报》报道："台湾民众纪念'国姓爷'郑成功登陆台湾334周年的庆祝活动于4月30日中午达到高潮……"② 可见，在中国台湾，郑成功也被誉为"民族英雄"。

另外，原台南县长苏焕智在《郑成功的台湾时代》的序言中写道："不管郑成功是否是大中华历史上的'中兴'圣王，他绝对是一位对台湾历史文化、民间生活影响重大的人物。"同时他还指出：

> 虽然他（郑成功）在台湾只住了四百二十天，后来还被迁葬回中华，可没几个人不认为郑成功不是台湾人。……郑成功争台改变了台湾历史进程。一是文化上的，台湾自此跟东南亚、太平洋等南岛文化分道扬镳，汉文化渐渐成为台湾的主流文化；另一是政治上的，台湾从此纳入中华的势力范围内……在台湾，郑成功不只是历史上的人物，同时也是祖先、神明，跟我们密切地生活在一起。③

在这里，苏焕智从郑成功对台湾文化和政治的影响方面，肯定了郑成功的功绩，指出郑成功是"台湾的祖先、神明"。

---

① 新华社：《台湾各界纪念民族英雄郑成功收复台湾三百二十五周年》，《人民日报》1986年5月1日，第2版。

② 新华社：《台湾民众举行多种活动　纪念郑成功登陆台湾334周年》，《人民日报》1995年5月3日，第4版。

③ 陈锦昌：《郑成功的台湾时代》，台北：向日葵文化2004年版，第3页。

综上所述，中日两国对郑成功的身份认定具有不同的时代性特点。日本对郑成功的身份认定及身份挪位，可谓一条日本民族主义发展演进的路径，尤其是近代日本对郑成功为“日本种子发出的芽”等一系列话语建构，通过强调郑成功为日本人的豪杰、英雄，从而达到日据台湾时期对台湾殖民统治正当化及达到同化台湾民众的目的。与日本相比，中国对郑成功的身份认定也走过了漫长的道路。在今天，中国在认定郑成功为民族英雄的同时，也尊崇其为“海洋英雄”“东亚英雄”，体现了对郑成功身份认定的多元性。作为“东亚英雄”的郑成功，凝聚着东亚地区的中国和日本两国的共同历史记忆，是东亚整体性的一个象征，这对于面向未来的海峡两岸关系以及中日关系的发展具有一定的借鉴意义。

中日关系书写的一个“纽结点”
——从日本郑成功研究知识史认识日本民族主义思潮的演进*

阅读提示 拥有近三百年研究历史的日本郑成功研究，是中日关系书写的一个“纽结点”。观照这一“纽结点”，可以探寻出一条日本郑成功研究知识史的发展轨迹，呈现出日本民族主义思潮的演进过程。从时间脉络来看，日本的郑成功研究经历了江户时期的先声期，明治、大正及昭和前期（公元 1945 年前）的发展期，第二次世界大战后日本郑成功研究的繁荣期，当代（20 世纪 90 年代以来）日本郑成功研究的稳定期这样一个发展演变历程。综观各个发展历程，日本的郑成功研究知识史呈现出“多元化”发展态势，主要体现在作为身份认同史之“纽结点”的郑成功历史研究，“人”“神”转变史之“纽结点”的郑成功关联研究，英雄被塑造史之“纽结点”的“郑成功文学”研究和“华夷变态”思想史之“纽结点”的郑成功衍生思想研究四个方面。厘清日本郑成功研究纵横交错的发展脉络，是解读中日关系发展、认识日本民族主义思潮演进的一条有效途径。

* 本文原载《跨文化对话》第 37 辑，商务印书馆 2017 年版。

郑成功作为中日文化交流史上的重要人物，受到日本社会各界的广泛关注。日本学界的郑成功研究[①]是中日关系书写的一个“纽结点”，这里所谓的“纽结点”，是指在中日文化交流史上，中日学者围绕郑成功这一历史人物开展了如政治、历史、经济贸易、军事、文学、哲学、宗教、文化等各领域的研究，在跨文化对话的过程中形成了相互交织、相互关联、固着的知识场域和言说空间，并且这种对话与交流一直延伸到现在，实现了学术研究与现实意义的对接。这种对接体现为日本的郑成功研究是认识日本民族主义思潮发展演进的路径。“民族主义”（nationalism）这一概念，在参考了各类事典的基础上可总结为，“某一民族或多个民族，为守护生活、生存安全，保持民族或民族间共通的传统、历史、文化、语言、宗教等，为了发展而形成民族国家（nation-state），以维持或强化对国内的统一性、对外国的独立性为目标的思想原理、政策或者运动的总称”[②]（笔者译，下同）。民族主义这一概念一般认为产生于近代，然而，关于民族主义何时产生，学界也存在质疑的声音。民族主义“脱胎于‘民族’（nation）的思想或感情，若‘民族’自古以来就有的话，那么即使没有‘民族主义’这一称呼，与此相同意义的后来成为‘民族主义’的民族主义的萌芽，应该自古以来就存在”。[③] 铃木贞美在该书中论述了日本民族主义产生的过程，他认为日本最初的民族主义产生于平安初期，佛教故事集

① 关于日本的郑成功研究，日本学者川勝守的《日本における鄭成功研究をめぐって》（《中国研究月报》1993 年 6 月。此文 1994 年收录于郑成功与同时代史研究会所编《鄭成功と同時代史研究：目録・解説・展望》），以时间演变为顺序，论述了近世的郑成功研究、明治维新以后，1945 年以前的郑成功研究、战后的郑成功研究、最近（即到该书出版的 20 世纪 90 年代）的郑成功研究与今后的展望，是对日本郑成功研究的综述，具有一定的参考价值。但是作者将《国姓爺合戦》《国仙野手柄日記》等文学作品也列为研究之列，混淆了文学创作与研究的界限，同时，未能在相应的时间跨度内清晰呈现日本郑成功研究的多元化，文献综述不全面甚至对于日本郑成功研究的重要成果也有疏漏，另外该文发表的 1993 年至今已相隔二十余年，这期间日本郑成功研究的最新成果也有待梳理。

② ［日］鈴木貞美：『日本の文化ナショナリズム』，東京：平凡社 2015 年版，第 28 頁。

③ ［日］鈴木貞美：『日本の文化ナショナリズム』，東京：平凡社 2015 年版，第 29 頁。

《日本灵异记》记录的与日本相区别的其他国家的佛教故事，如“天竺”（印度）、“唐土”（中国）、“百济”（朝鲜）是日本民族主义的表现。日本的郑成功研究肇始于江户时期，距今已有近三百年的学术传统，具有厚重的学术积累。观照日本郑成功研究这一中日关系的“纽结点”，能够梳理出一条日本郑成功研究的发展轨迹，反映出日本郑成功研究的变化，进而呈现出日本民族主义思潮发展演进的过程，成为解读中日关系的一条有效途径。

日本的郑成功研究大体上经历了江户时期日本郑成功研究的先声期；明治、大正及昭和前期（1945 年前）日本郑成功研究的发展期；第二次世界大战后日本郑成功研究的繁荣期；当代（20 世纪 90 年代以来）郑成功研究的稳定期这样一个发展演变历程。在不同历史阶段，日本郑成功研究所涉及的领域也不尽相同。从先声期的历史研究领域，扩大到发展期的历史、经济贸易、军事、文学领域，再到繁荣期和稳定期囊括政治、历史、经济贸易、军事、文学、哲学、宗教、文化、艺术等各个领域，呈现出“多元化”发展态势。同时，涌现出了石原道博、丸山正彦、宫崎来城、稻垣孙兵卫、川口长孺、林田芳雄等一批郑成功研究的专家群体。打破郑成功研究的历史分期，综观各领域的日本郑成功研究知识史，主要体现在以下四个方面：郑成功历史研究、郑成功关联研究、“郑成功文学”研究和郑成功衍生思想研究。

一 身份认同史之“纽结点”：日本的郑成功历史研究

郑成功传记①是郑成功历史研究的重要组成部分。日本早在江户时期，就出现了郑成功传记，这一时期也是日本郑成功研究的先声期。1797 年，朝川善庵的《郑将军成功传碑》是日本第一部郑成功传，全文用汉文写成，对郑成功的生平事迹进行了论述与评价，是这一时期

① 传记本身就是对历史人物的研究，因此本书将郑成功传记纳入郑成功研究范畴。

具有代表性的论断。"吾大东日本之人，以勇武胜于万国，世所知也。夫以匹夫驰勇名于西洋，耀武威于天下者……其并勇与义而有之，吾郑将军成功，盖其人乎？"[①] 作者站在日本立场对郑成功评价甚高，"驰勇名于西洋"，"耀武威于天下"，且兼具"勇"与"义"，但这一切似乎都归功于日本，因为郑成功乃"吾大东日本之人"。在同一时期，儒学家藤田幽谷在《藤田幽谷書簡》（1800 年）中，也撰写了《郑成功传》。池田晃渊在《德川幕府時代史》（早稻田大学出版部，1800 年）的第五章，论述了《明朝郑成功的请援与松平信纲、堀田正信的冲突》。1850 年斋藤德藏的《海外異伝》也对郑成功进行了评述。可见，郑成功传记是这一时期日本郑成功研究的主要形式，日本学者对郑成功冠以"大东日本之人"的身份，体现了郑成功的"大和魂"，是具有强烈民族主义[②]情绪的日本民族主义意识的萌动。

进入明治时期，出现了大量以郑成功命名的专著。染崎延房的《台湾外記：一名国姓爺》（永保堂，1874 年）就是其中一部。作者在开篇就指出该书是一部郑成功略传，并说明曾在剧场多次观看郑成功的戏剧，作者认为郑成功具有"日本魂"，并在该书扉页配上了一个插图，插图右上角图片为郑成功父亲郑芝龙，左上角图片为母亲田川氏。图片中央为双手挥舞着军刀的郑成功，并用文字加以说明其父为中国豪杰，其母为日本娼妓，郑成功就是双手握着日本刀，杀敌数万攻下台湾孤岛，郑氏三代颇具"楠氏"遗风。[③] 这里所说的"楠氏"指日本南北朝时代河内国的武家豪族楠木氏，此说法是指郑氏三代具有武士精神，这与前述朝川善庵对郑成功的评价不谋而合。高崎修助的《鄭森偉伝明清軍談》（1886 年），西村富次郎《国姓爺忠義伝·鄭森偉伝》（1886 年），也是以人物传记的形式对郑成功历史进行研究的著作。若松节、池田尚所编

---

① 日本随筆編輯部：『善庵随筆』，『日本随筆大成』より，東京：吉川弘文館 1975 年版，第 473 頁。

② "民族主义"（nationalism）是近代以来产生的概念，作为解释民族和民族国家的灵魂和意志，某一民族成员的民族认同和民族情感，是与民族国家的建立和建设紧密相连的概念术语。

③ ［日］染崎延房：『台湾外記：一名国姓爺』，東京：永保堂 1874 年版，第 1—3 頁。

《支那歷史綱要》（成城学校出版局，1889 年）的第六卷、第七卷中，对郑芝龙降清、郑成功收复台湾等史实进行了论述。丸山正彦的《台湾開創鄭成功》（嵩山房，1895 年），从历史研究的角度对郑成功的生平及收复台湾的事迹进行了系统论述。该书以大明朝的郑芝龙与日本田川氏的结合为开端，论述内容涉及郑芝龙、郑成功以及隆武帝、永历帝各个阶段的历史，是一部详细论述郑成功历史的著作，该书最后一章还附录了郑氏的遗业及在日本平户千里滨的传碑。1895 年，中日《马关条约》的签订，日本开始了对台湾长达半个世纪的殖民统治。丸山正彦的《台湾開創鄭成功》，该书名就已经包含了作者的政治立场，该书无疑为日本统治台湾的正当性提供了学术支持，日本郑成功研究的政治色彩逐渐浓厚。这一时期的相关著作还有宫崎来城的《鄭成功》（大学館，1903 年），该书论述了从明史到倭寇与南方的海贼，再到郑芝龙、郑成功、郑经，郑氏三代的历史，甚至包括了郑成功的弟弟田川七左卫门以及郑经去世后清朝统一台湾的历史，是一部详细论述郑氏三代台湾统治史的著作。田中善立的《台湾と南方支那》（新修養社，1913 年），该书由过去的台湾、现代的台湾、将来的台湾、南部中国、南方那殊的福建宗教五章构成，书末附录了郑成功的相关史料。因为该书出版于 1913 年，所以作者所指的“现代的台湾”，正处于 20 世纪第一个十年中国社会变革期，台湾处于日本殖民统治时期，因而在“将来的台湾”中作者重点研究了台湾殖民统治的优点及不足，并在最后一章指出南部中国研究的必要性并对南部中国各种问题进行了研究。在郑成功史料附录中，以郑成功为中心，对郑成功的父亲、母亲、弟弟七左卫门等以及郑成功收复台湾的主要事件都做了详细介绍。该书作为一部系统研究台湾及郑成功的著作，发表于“日据台湾”时期的 1913 年，对台湾的殖民统治进行了系统分析，反映了当时日本殖民统治者的主流意识，为日本的台湾统治提供学术支持。

第二次世界大战以后，日本郑成功研究不但没有衰落，而且涌现出郑成功综合研究的专著，并且呈现出前所未有的研究高潮。进入 20 世纪 90 年代，郑成功综合研究的成果明显增多。郑成功与同时代史研究会编的《鄭成功と同時代史研究：目録・解説・展望》（鄭成功と同時代史研究会，1994 年）是纪念郑成功诞辰 370 周年的《大航海时代的平户——郑成功与 16—18 世纪的国际交流》国际学术会议的论文集，其中收录了数篇郑成功研究的论文，内容涉及广泛，是郑成功研究的综合性专著。其中包括郑广南的《福建郑成功及郑氏贸易的研究现状》、川胜守的《日本的郑成功研究》、石万寿的《台湾的郑成功研究》、尾崎秀树的《“国姓爷”上演记录》等，极具参考价值。林田芳雄的《鄭氏台湾史一鄭成功三代の興亡実紀》（汲古書院，2003 年）通过对大量史料如《台湾外记》《先王实录》《闽海纪要》《海上见闻录》等的考察，从郑氏台湾政权的成立过程、郑经时代的台湾与清朝——交战与议和交错的二十年、郑氏台湾政权的统治政策、郑氏台湾的菲律宾远征计划、郑氏台湾政权的终结与清朝统一台湾五个方面进行了论述。齐藤孝治的《秘話　鄭成功異聞》（いなほ書房，2013 年），该书的关注点则倾向于不为众人所熟知的郑成功及郑氏后人的秘闻。而且，研究内容涉及广泛、论证严谨，令人大开眼界，是一部不可多得的郑成功研究著作，具有重要的参考价值。森本繁的《台湾の開祖　国姓爺鄭成功》（国書刊行会，2014 年），由“地之卷　郑芝龙的南海称霸”“空之卷　国姓爷郑成功的登场”“天之卷　国姓爷的台湾攻略”三部分构成，对郑成功进行了细致的论述。该书在郑成功登场部分，有这样一段描写：七岁的郑成功告别母亲和祖父回到明朝，临别前，祖父叮嘱郑成功，要坚定信念，实现人生抱负。祖父用朱熹的诗勉励郑成功“阳气发处，金石亦透；精神一到，何事不成”。并向郑成功讲到朱熹在《资治通鉴纲目》中对义士岳飞将军的盛赞。令祖父惊讶的是，郑成功随口背诵了岳飞的诗《满江红》“靖康耻，犹未雪；臣子恨，何时灭？驾长车，踏破贺兰山缺。壮志饥餐胡虏肉，笑谈渴饮匈奴血……”① 郑成功拥有一颗岳飞式的精忠报国的赤子之心，显然，郑成功是在中国文化熏陶下成长为英雌的，这

① ［日］森本繁：『台湾の開祖　国姓爺鄭成功』，東京：国書刊行会 2014 年版，第 128—129 頁。

与朝川善庵的《郑将军成功传碑》中所述“吾大东日本之人”，染崎延房的《台湾外記：一名国姓爺》中所述郑成功具有“日本魂”，具有“楠氏”遗风的武士精神的论调截然不同，可见第二次世界大战后日本对郑成功身份认同发生了显著变化。

关于郑成功历史研究的主要学术论文，明治时期丸山正彦的《平戸における鄭成功》[《史学雑誌》6（10），1895 年] 对郑成功与日本平户的历史进行了论述。第二次世界大战后，松浦章的《〈鄭成功研究論叢〉の紹介によせて》[《史泉》（61），1985 年 2 月]，从文献综述的角度对《郑成功研究论丛》所收录的论文及中国郑成功研究的概况进行了综述。林世景的《鄭成功に関する評価の再考》[《国学院大学紀要》（27），1989 年 3 月]，此长文从另一个侧面，即从郑成功是否忠于南明王朝的角度对郑成功进行了再评价。从郑成功的父亲郑芝龙开始论述，包括郑成功与明朝、与清朝的关系、“南下勤王”、与清朝议和、台湾政策几方面重新对郑成功进行了评价，指出中国对于郑成功的评价过高，清朝、台湾、中国大陆对郑成功的评价都是基于政治因素，而且不同时代，当局对郑成功的评价都是鉴于人心所向，郑成功被神化是古今东西政治政策常用的手段。20 世纪 90 年代以来的成果主要有星佳生子的《鄭成功の族譜に対する再考察—その一》[《アジア文化研究》4（4），1997 年]，通过对郑成功族谱的考察，对中国郑成功祖先的认定，即郑成功一族为同安县人、闽南人，并非客家人的说法提出了质疑，通过对可信赖的《郑氏宗谱》的考察，作者指出郑氏一族应该为宋代移居闽南的客家。但是，宋代入闽的汉族即使是客家，其子孙现在也是闽南人，闽南人与客家很难区分，现在的客家研究以是否保持客家文化、是否说客家语为认定标准。松浦章的《鄭成功——清朝とオランダに抵抗した〈国姓爺〉》[《しにか》11（10），2000 年 10 月]，论述了郑成功抵抗清朝与荷兰侵略者，收复台湾的事迹。此文还对其父亲郑芝龙、儿子郑经及孙子郑克塽进行了简单介绍，难能可贵的是这篇文章引用了一些极具史料价值的原典文献，具有参考价值。郑成功的《台湾を独立に導いた英雄——明軍率い清に最期まで抵抗》[《政経人》48（10），2001 年 10 月]，以郑成功在日本的子孙为切入点，论述了郑氏系谱、郑氏在日系谱，并由此引出了郑成功在平户诞生、郑成功与妈祖信仰、驰骋南海的父子、郑成功与隐元禅师、郑成功的教育、明国的郑森、郑成功的成长等一系列郑成功的经历，指出郑成功是中日双方共同的英雄。片倉佳史的《新台湾紀行（6）台南——民族英雄“鄭成功”と台湾の歴史》[《東亜》(447)，2004 年 9 月]，以叙述的形式从古代中国世界与台湾的接触、“民族英雄”郑成功、台湾各地的郑成功传说、祭祀郑成功的异色神社、被为政者利用的“英雄”、探访现在的开山神社几方面叙述了台湾郑成功的历史。山添啓司的《林田芳雄〈鄭氏台湾史—鄭成功三代の興亡実紀〉》（《東洋史苑》64，2005 年 1 月），分别从郑氏台湾政权的成立过程、郑经时代的台湾与清朝、郑氏台湾政权的统治政策、郑氏台湾的菲律宾远征计划、郑氏政权的终结与清朝的台湾统治对林田芳雄的著作《鄭氏台湾史——鄭成功三代の興亡実紀》进行了评论。蔡易達的《連雅堂撰〈臺灣通史〉訳注（第 2 回）卷二建國紀（前半）〈解題〉国姓爺合戦と鄭成功の歴史的評価》[《帝京史学》(30)，2015 年 2 月]，从东亚的海域利用、倭寇、郑氏一族的兴亡、国姓爷合战、郑成功的历史评价五方面进行了论述，重点论述了不同时期郑成功的历史评价，指出在西洋殖民者眼中，郑成功是海贼、恶魔；在清朝看来，郑成功是边境开拓者；在日据台湾时期，郑成功被视为日中（台）融合的象征；从中华人民共和国的立场看，郑成功是反抗帝国主义侵略、收复台湾的民族英雄；在台湾汉族系住民看来，郑成功是通过战争帮助台湾人建立的外来政权；在台湾原住民看来，郑氏是侵入者、镇压者。

以上日本学者关于郑成功历史的研究，也是立足于郑成功的本体研究，这些研究使郑成功的历史更加明朗化，推进了郑成功研究的发展。同时，立足于日本郑成功研究的历史，可以看出，不同历史时期，日本学者郑成功研究的政治立场也有所不同。江户时期、明治时期一直到第二次世界大战前，日本一直以郑成功是日本人或者郑成功的日本血统而自居，第二次世界大战后，森本繁在《台湾の開祖 国姓爺鄭成功》中，指出郑成功是受中国文化影响，拥有“精忠报国”赤子之心的英雄。而且，第二次世界大战后日本郑成功研究的关注点也发生了变化，从对郑成功身份认同的关注转向对郑成功历史的综合研究，日本郑成功研究关注点的转变揭示出日本对郑成功身份认同的变化，这种转变也是中日关系这一内在因素变化的结果。

二 “人”“神”转变史之“纽结点”：日本的郑成功关联研究

日本学者的郑成功关联研究，是郑成功历史研究的延续，研究领域已经扩大到了军事、海外贸易、郑氏家族以及以郑成功信仰为主的宗教领域。

第一，郑成功相关史实研究。昭和前期，幣原坦的《南方文化への建設》（冨山房，1930 年），对《国姓爷的台湾攻略》《国姓爷的吕宋招谕》从军事角度进行了论述。郑成功相关史实的研究在“战后”出现了繁荣。森克己的《国姓爺の台湾攻略とオランダ風説書》［《日本歴史》（48），1952 年 5 月］，以实证研究的方法，论述了荷兰的风说书与郑成功的台湾攻略的关系。荷兰风说书为极其罕见的文献资料，本论文全文刊载，具有重要的史料价值。石原道博的《鄭成功関係史料補説》［《茨城大学文理学部紀要》（12），1962 年 1 月］介绍了关于郑成功的史料《延平二王遗集》《郑延平王三世实录》《皇明石井郑氏祖坟志》《皇明监国鲁王圹志》《石匮书后集》《明季遂志录》《郑成功复台三百年纪念特辑》《郑成功神像》共八种，可见石原道博在郑成功研究领域用力之深。吉田武三的《鄭成功と台湾》［《政策月報》（187），1971 年 8 月］，从郑成功与台湾的鹅銮鼻、郑成功母亲、郑成功的评价几方面论述了郑成功与台湾及日本的关系。20 世纪 90 年代以来的成果有林観潮的《隠元と鄭成功との関係について》［《黄檗文華》（122），2001 年 2 月］，作者以大量史料作支撑，以实证研究的方法对郑成功与隐元禅师的关系做了考察。从隐元东渡与郑成功的关系、徐孚远的诗与隐元禅师、隐元禅师与郑成功的关系、隐元禅师的郑成功观等方面进行了论述。作者指出，隐元禅师作为佛教家，虽然在东渡日本时乘坐的是郑成功的船，但并非郑成功的使者，其作为佛教家所保持的超俗与自由的处世立场必须重视。

第二，郑氏集团海外贸易研究。郑氏父子日本请援时期，日本正处于“锁国”期，但《华夷变态》所载内容随处可见来自南京船、思明州船等地的风说书，说明“锁国”下的德川幕府与明朝的交流并未中断，不但互通书信，而且还一直保持着海外贸易往来。

昭和前期，相关的研究有小葉田淳的《中世南島通交貿易史の研究》（日本評論社，1939 年）、《中世日支通貿易史の研究》（刀江書院，1941 年）、《史説日本と南支那》（野田書房，1942 年），从经济贸易的视角对郑氏集团的海外贸易进行了研究。第二次世界大战后，石原道博的《明末清初日本乞師の研究》（富山房，1945 年），对郑芝龙的日本南海贸易进行了研究。作者以《华夷变态》《八达维亚城日志》《出岛兰馆日志》所记载的大量实证资料为依据进行了论述。在郑芝龙的日本贸易中，着重论述了一官（郑芝龙）贸易的展开、与荷兰贸易的关系、切支丹潜入日本问题、贸易请援、南京船贸易的抬头；在郑芝龙的南海贸易中，重点论述了从清朝贸易到台湾贸易、台湾贸易、从台湾贸易到日本贸易、日本南海贸易、贸易请援等问题。20 世纪 90 年代以来，上田信的《海与帝国：明清时代》（高莹莹译，广西师范大学出版社，2014 年），在第七章“海域世界的末日”中论述了郑芝龙海上贸易的开展、郑成功收复台湾并以台湾为据点与日本进行海外贸易，并建立互市体系的情况。

昭和前期，相关的研究论文有内田銀蔵的《三百年前日本と台湾との経済的関係に就いて》[《史林》2（2），1917 年]、田中克巳的《清初の支那沿海—遷界を中心として見たる》[《歴史学研究》6（1・3），1936 年]。第二次世界大战后的相关论文有片山誠二郎的《明代海上密貿易と沿海郷紳層》[《歴史学研究》（164），1953 年]、佐久間重男的

《明代海外私貿易の歴史的背景》[《史学雑誌》62（1），1953 年]。永積昭的《鄭氏攻略をめぐるオランダ東インド会社の対清交渉》[《東洋学報》44（2），1961 年]、岩生成一的《鄭成功の一書翰について》[《法政史学》（17），1965 年 3 月]，以上学术论文以实证研究的方法，论述了郑成功与台湾、荷兰、日本以及东南亚的海上贸易情况。

第三，郑成功母亲研究。郑成功的日本血统一直是关注焦点，而作为郑成功母亲的田川氏自然成为焦点中的焦点，也被纳入日本学者郑成功研究的历程。这一研究主要出现在第二次世界大战后，藤塚隣的《鄭成功母子の図をめぐる日鮮明清の文化交流》（《日鮮清の文化交流》，1947 年）是较早关注郑成功母亲的一篇论文。中山久四郎的《国姓爺鄭成功の母》[《歴史教育》6（10），1958 年 10 月] 以中日文献如《国姓爷合战》《郑成功传》《明季续闻》《和藤内》《大阪朝日新闻》等对郑成功母亲叙述的史料为切入点，对郑成功母亲做了细致的考察。黒石陽子的《〈国姓爺合戦〉考——3 段目の老母像を中心に》[《言語と文芸》（102），1988 年 2 月]，以《国姓爷合战》中郑成功母亲的形象为切入点，通过与《明清斗记》等作品及同时期其他时代净琉璃中郑成功母亲形象的对比，分析了差异存在的原因，他指出近松意在刻画郑成功母亲作为日本人代表的完美的女性形象，兼具义与道，并能为明朝复兴牺牲自己。20 世纪 90 年代以来，平田澄子的《近松浄瑠璃の「女性」——底意をあらはす女たち》[《日本文学》46（10），1997 年 10 月]，从近松净琉璃作品中女性的视角，其中包括《国姓爷合战》中锦祥女、和藤内母亲的形象，论述了受“耻文化”影响的近松所塑造的女性形象，具有“公的”视野，即能够为国家、为社会牺牲自己，强调了与男性对等的女性以及女性强烈的生存意志，作者认为这是近松理想女性形象的代表。

第四，郑成功信仰研究。“日据台湾”时期，日本统治者发现“郑成功信仰”在普通民众间悄然盛行，“郑成功信仰”也因此成为日本殖民统治正当化的有力工具。郑成功庙，也就是今天的“延平郡王祠”，逐步被神圣化为日本的“国幣社”，成为“开山神社”，郑成功则成为了“开台圣王”。20世纪90年代以来，日本学者关于郑成功信仰的研究也逐渐展开。菅浩二的《台湾最初の神社御祭神とナショナリティ——台南・旧開山神社（鄭成功廟）について》[《国学院大学日本文化研究紀要》（88），2001年9月]，作者通过大量实证资料，论述了台南的旧开山神社（郑成功庙）由“庙宇”到“神社化”的转变过程，以及这一转变所呈现出的国家主义意识。松田吉郎的《阿里山ツオウ族の鄭成功・呉鳳伝説について》[《現代台湾研究》（23），2002年7月]，以大量史料作支撑，论述了阿里山邹族的郑成功、吴凤传说。通过一系列的考察发现，在汉文史料中，对郑成功、吴凤的历史认识与邹族口述史料出现差异，但是在郑成功对不归顺的原住民邹族的驱赶，以及吴凤在欺骗邹族这一点上是一致的。呉華君的《台湾総督府領台初頭の民情認識と「鄭成功」顕彰——「同化」と「旧慣保存」の関係性に対する考察として》[《年報日本思想史》（2），2003年3月]，以日本统治台湾初期实行的“同化”政策与“旧惯保存”政策作为考察点，指出在同化政策中因为郑成功的日本血统，成为日本殖民者对台湾统治正统化的工具，也是寻求与台湾人民共同情感的根源，即同为清朝敌人。对延平郡王祠的改称，公学校教材中导入郑成功的故事，以及儒学的运用，逐步实现其“同化”策略，同时，“旧惯保存”是进行“同化”的另一种方式。以上这些都是日本殖民者对台湾共同体意识建构的过程。二階堂善弘的《書評・新刊紹介高致華著〈鄭成功信仰〉》[《東方宗教》（111），2008年5月]，作者从《郑成功信仰》一书的结构、内容、思想性等方面对该书进行了评价。作者指出，该书在郑成功信仰受到官方及政治左右问题上的分析值得称道，但不同时期的郑成功信仰在章节的关联性方面稍弱。其总体上是一部论述了从明清至现代民间信仰不可多得的必读书。

以上日本学者的郑成功研究，充分体现了日本郑成功研究知识史的“多元化”特点，从郑成功相关史实，到郑氏集团海外贸易，再到郑成功母亲、郑成功信仰的研究，呈现出作为日本对台湾殖民统治正当化的郑成功由“人”到“神”的转变路径，这也是在中日关系大背景下对郑成功身份认同转变的结果。同时，随着郑成功英雄事迹在日本的广泛传播，涌现出大量以郑成功为题材的文学作品，日本学者的“郑成功文学”研究将日本的郑成功研究推向了高潮。

三　英雄被塑造史之“纽结点”：日本“郑成功文学”研究

1661 年，在郑成功收复台湾的前一年，日本就出现了第一部以郑成功为题材的文学作品《明清斗记》，在 1701 年，又出现了净琉璃《国仙野手柄日记》，这两部作品为后来风靡整个日本的近松门左卫门的净琉璃《国姓爷合战》（1715 年）的出现奠定了基础。1715 年 11 月，《国姓爷合战》在大阪竹本座初演，据记载，该剧上演三年间，创造了连续十七个月上演的长期兴盛纪录，当时大阪人口约三十万，其中百分之八十的人观看过此剧。之后，近松接着又创作了《国姓爷后日合战》（1717 年）、《唐船噺今国姓爷》（1722 年），被誉为“国姓爷三部曲”。《国姓爷合战》的成功，掀起了日本“国姓爷文学”的热潮，也为日本学者郑成功研究的“多元化”提供了契机。关于日本的“国姓爷文学”，笔者有如下思考：日本文学中以郑成功为题材的文学作品（例如《国姓爷合战》等），笔者将其定义为日本的“郑成功文学”，相对于日本文学中产生的“国姓爷文学”热潮而言，将“国姓爷文学”的外延扩大，它包含了中国大陆、台湾、日本、荷兰等所有以郑成功为书写对象的文学作品。之所以定义为“郑成功文学”，是因为中日两国的语境不同。2001 年，中日合作的一部关于郑成功的电影，在中国的题目为《英雄·郑成功传》，在日本上映时题目为《英雄·国姓爷合战》。可以看出，在中国的语境下中国人对郑成功的认识是“郑成功”，而不是“国姓爷”。受到近松门左卫门《国姓爷合战》的影响，在日本的语境下日本人对郑成功的认识是“国姓爷”，而不是“郑成功”。因此，本文出现的以郑成功为题材的文学作品，笔者将其划归为日本的“郑成功文学”研究范畴。日本的“郑成功文学”研究，近松门左卫门的《国姓爷合战》是关注焦点，研究成果数量相对较多。主要体现在以下方面。

第一，对《国姓爷合战》文学文本的研究。日本学者关于《国姓爷合战》的研究，肇始于大正时期。坪内逍遥的《近松之研究》（春陽堂，1900 年）是最早研究戏剧家近松门左卫门的著作，其中包括对近松的名作《国姓爷合战》的研究。进入昭和时期，相关研究主要以学术论文的形式为主。野間光辰的《〈国姓爺御前軍談〉と〈国姓爺合戦〉の原拠について》（京都帝国大学国文学会编《京都帝国大学国文学会二十五周年記念論文集》，星野書店，1934 年）、豊竹古靱太夫的《国姓爺合戦と日本の母》［《浄瑠璃雑誌》（424），1940 年］、野原光辰的《〈明清闘記〉と近松の〈国姓爺合戦〉》（《国語国文》，1940 年 1 月），对《国姓爷合战》文本与《明清斗记》《国姓爺御前軍談》进行了对比研究。第二次世界大战后，研究成果显著增多。長谷川強的《浮世草子の通俗軍談利用と〈国姓爺合戦〉》（《国語国文学研究》2，1966 年 12 月）对近松的《国姓爷合战》与浮世草子的通俗军谈的关系进行了论述，指出《国姓爷后日合战》受到《三国志》《太平记》等军记物语的影响。同时代的其他作品如江岛其碛的《国姓爷明朝太平记》等也是如此。松井静夫的《近松晚年の時代浄瑠璃——〈国姓爺合戦〉論の前提》［《語文》（26），1967 年 4 月］从作品论的角度分析了《国姓爷合战》，指出《国姓爷合战》《国姓爷后日合战》均为“臣下谋反型”作品，这类作品共通点为善的一方经过“败退”“离散”到“再会”“胜利”的过程。白方勝的《〈国姓爺後日合戦〉小考》［《愛媛国文研究》（17），1967 年 12 月］，在与《国姓爷合战》进行对比后，论述了《国姓爷后日合战》的戏剧构造，并指出二者的不同，同时指出《国姓爷合战》属于乐天、浪漫型作品，而《国姓爷后日合战》为现实、严肃型作品。中村忠行的《〈台湾軍談〉と〈唐船噺今国姓爺〉》［《天理大学学報》21（3），1970 年 3

月］从《台湾军谈》的史料出发，论述了其与《唐船噺今国姓爷》的关联。佐藤彰的《〈国姓爺合戦〉の評価（作品論の新視角・近松）》［《日本文学》21（6），1972 年 6 月］，指出《国姓爷合战》具有时代净琉璃所具有的“公的秩序”如“国家安全、国民繁昌、五谷丰饶”等以及世话净琉璃所具有的“私的人类命运”。杉村英治的《〈国姓爺合戦〉虚と実と》［《文學》54（12），1986 年 12 月］，从郑成功的经历出发进行论述，通过对《明清斗记》与《国姓爷合战》文本的比较，论述了二者在情节上的不同。信多純一的《〈国姓爺合戦〉の竜虎》［《語文》（49），1987 年 9 月］，以《国姓爷合战》的民俗艺能化为切入点，论述了近松的《国姓爷合战》中和藤内“猎虎”等场面如何受到谣曲《龙虎》的影响。20 世纪 90 年代以来的主要学术论文有神谷勝広的《豆本〈国姓爺合戦〉——広範な流布の可能性》［《演劇研究会会報》（31），2005 年 6 月］，比较了豆本《国姓爷合战》与近松的《国姓爷合战》场面的不同，同时与豆本《和藤内》进行了比较，指出豆本《国姓爷合战》的出现，使国姓爷的故事得以广泛流传成为可能。并且该文在文末附上了豆本《国姓爷合战》的原文，极具参考价值。神谷勝広的《近松と〈絵本宝鑑〉》［《日本文学》46（12），1997 年 12 月］，论述了《绘本宝鉴》对近松的《国姓爷合战》的影响，指出《国姓爷合战》在情节上借鉴了《绘本宝鉴》。松田存的《近松〈国姓爺合戦〉着想攷》（《二松學舍大學論集》43，2000 年 3 月），从《国姓爷合战》创作之前的能、狂言对近松创作的影响出发进行论述，指出《国姓爷合战》受到了谣曲《唐船》的影响，该剧的五段式构造也受到了世阿弥能乐理论的影响。上笙一郎的《日本植民地児童文学史（稿・45）銅版児童本〈絵本国姓爺合戦〉など（台湾篇の3）》［《日本古書通信》77（10），2012 年 10 月］，介绍了日本铜板儿童绘本《绘本国姓爷合战》，指出郑成功作为中日混血儿的身份具有特殊意义，显而易见，国姓爷的故事已达到了抓住儿童大众心理的目的。藤井康生的《映像の中の芸能（40）国姓爺合戦》［《上方芸能》（185），2012 年 9 月］，以 2001 年中日合作的电影《英雄郑成功》

（日本译为《国姓爷合战》）为切入点，从《国姓爷》与《国性爷》中“姓”与“性”的不同、近松门左卫门不寻常的经历、《国姓爷合战》执笔的经纬、《国姓爷》实话、近松的《国姓爷合战》、中日合作电影《国姓爷合战》几方面进行了论述，指出近松意在刻画与中国不同的“国姓爷”，即具有日本国民性的“和藤内”，这也是近松使用“国姓爷”的原因。樋口大祐的《鄭成功の“子どもたち”》［《アジア遊学》（161），2013 年 3 月］，以宫崎滔天的《明治国姓爷》为中心，通过与近松的《国姓爷合战》中郑成功言说，以及对中国的郑成功言说的对比，形成了郑成功言说的系谱，并论述了郑成功与秘密结社的关系，指出郑成功所涉及的亚洲地政学的研究尚需要继续进行。倉員正江的《〈明清軍談国姓爺忠義伝〉をめぐって》［《国文学研究》（85），1985 年 3 月］，通过对《忠义传》出典的考察，指出《忠义传》是在对数种文言体史书翻案的基础上与白话小说自由自在地交织，并加上自己的创作而写成的极具娱乐性的通俗读物。大橋正叔的《資料紹介〈国姓爺大明丸〉近松序》［《山邊道》（50），2007 年 2 月］介绍了近松的《国姓爷大明丸》序文并论述了其真伪。松岡純子的《長崎・平戸と“鄭成功”の物語：海域・地域・境界を越えて》（《東アジア評論》8，2016 年 3 月），该文以许地山与郑成功的关联为切入点，即许地山在《我底童年》中记载的“窥园”的位置即现在台湾的“延平郡王祠”附近，从跨越“海域、地域、境界”的跨文化研究的视角，论述了长崎、平户与“郑成功”的故事。

第二，从戏剧研究的角度对《国姓爷合战》的研究。大正后期，相关研究成果有三田村鳶魚的《国姓爺合戦》（《史実より観た歌舞伎芝居》，蒿文営，1923 年）是继坪内逍遥的《近松之研究》之后，从戏剧角度研究的学术论文。昭和前期，土方与志的《〈国姓爺合戦〉上演に際して》（《築地小劇場》，1928 年 10 号）、小山内薫的《〈国姓爺合戦〉改作追記》（《築地小劇場》，1928 年 10 号）、久保栄的《鄭芝龍と鄭成功》（《築地小劇場》，1928 年 10 号），是在小山内熏改作的《国姓爷合战》上演之际刊发，围绕改作剧进行了多角度论述，具有重要的学术意义。第二次世界大战后，河竹繁俊的《〈国姓爺合戦〉の味》[《文学》(10)，1952 年 10 月]，从戏剧构成的角度对《国姓爷合战》进行了细致解读，指出在戏剧构成技法上，人形操作场面的壮大、喜剧要素的适当运用使大众喜闻乐见是该剧成功的原因。同时，作者指出《国姓爷合战》不仅是近松的代表作，也是日本戏曲史上的杰作。田中喜一的《日本の新劇と演劇伝統：小山内薫的〈国姓爺合戦〉をめぐって》[《日本文学》6（4），1957 年 4 月]，是依据小山内熏在莫斯科关于新剧与演剧传统的演讲形成的论文，结合小山内熏改作的《国姓爷合战》进行了具体论述。作者指出，小山内熏试图针对《国姓爷合战》这样的作为日本文化遗产的歌舞伎，将外观的戏剧变成能够进行“民众的艺术征服”的戏剧。森修的《作品構造の分析（戯曲構造）——〈国姓爺合戦〉》[《国文学解釈と教材の研究》15（9），1970 年 7 月]，从戏曲结构的角度考察了时间、事件、场所三要素。并指出《国姓爷合战》在中间没有狂言引发观众欢笑的情况下，凭借戏曲自身的悲喜交织、富于变化的特点获得了前所未有的成功。朝田祥次郎的《人形劇の創作技法 VI：〈国姓爺合戦〉の場合（1)》(《神戸大学教育学部研究集録》，1973 年 3 月)、《人形劇の創作技法 VII（最終回)：〈国姓爺合戦〉の場合（2)》(《神戸大学教育学部研究集録》50，1973 年 10 月)，这两部论文从人形剧的创作方法的角度对《国姓爷合战》的各个场面进行了细致的分析。曾田秀彦的《“国民演劇”と小山内薫——古劇研究会から〈国姓爺合戦〉まで》[《文芸研究》(41)，1979 年 3 月]，详细论述了小山内熏作为新剧运动的先驱所推崇的《国民演剧》的发展脉络，指出《国姓爷合战》的改作体现了其对于“国剧的将来”的构想。千葉篤的《〈国姓爺合戦〉について》[《文学研究》(53)，1981 年 6 月]，通过对《国姓爷合战》剧情的分析，指出该剧获得成功在于：第一，以庶民性的视点完成明朝复兴的大业；第二，故事的发端、发展、高潮、渐进、大团圆结局是典型的戏曲形式；第三，该剧构成的节奏紧张（初段、第三段、第五段）与弛缓（第二段、第四段）并进；第四，该剧趣向的多义性；第五，人形净琉璃的特质得到充分发挥；第六，巧妙地表现了人情的喜怒哀乐。浅野時一郎的《築地小劇場の〈国姓爺合戦〉》［《悲劇喜劇》35（8），1982年8月］，通过对小山内熏改作的《国姓爷合战》的分析，认为该剧结合了东西元素，但尽量保持了东洋剧的特色。鳥居フミ子的《〈国姓爺合戦〉——からくり・手妻の“国姓爺”》［《国文学解釈と教材の研究》30（2），1985年2月］，指出《国姓爷合战》成功的原因是从“人形”到大道具都花费了心思。“络缲人形”“手妻人形”在借鉴《国仙野手柄日记》的基础上又有创新，场面宏大。故事情节具有国际化视野，增加了趣味性和吸引力。向井芳樹的《近松の時代浄るりの劇空間——〈国姓爺合戦〉をめぐって》［《国文学解釈と教材の研究》30（2），1985年2月］，以近松的《国姓爷合战》为切入点，论述了该剧作为时代净琉璃的剧空间的设定。斎藤安秀的《クラルテが〈国姓爺合戦〉に挑戦（関西劇信）》［《悲劇喜劇》42（3），1989年3月］，介绍了在大阪文化祭之际，人形剧团（kurarute）上演的《国姓爷合战》。小山内熏、矢代静一版本对原作的结尾未做改动，都以讨伐鞑靼王的胜利告终。但是此次吉田省吾的脚本却加入了吉田的创作，在胜利攻取鞑靼王的城池后不久，和藤内因为疏忽，鞑靼军反攻，甘辉战死，和藤内也死了，以此作为该作的结尾。作者认为该剧具有现代视野，但是结局有些唐突。20世纪90年代以来，犬丸治的《12月の歌舞伎力業・“国姓爺”》［《テアトロ》（678），1999年2月］，通过对猿之助表演的歌舞伎《国姓爷合战》的分析，指出近松雄浑的剧空间在今天通过猿之助的精彩表演得以再现。山田和人的《劇場・舞台——〈国姓爺後日合戦〉の舞台と人形》［《国文学解釈と教材の研究》47（6），2002年5月］在与《国姓爷合战》进行对比的同时，论述了《国姓爷后日合战》的舞台设置和人形造型的不同之处。朴麗玉的《〈国姓爺合戦〉における“変化”と“統一”の方法をめぐって》（《京都大学國文學論叢》8，2002年6月），从戏剧构造的角度指出《国姓爷合战》为时代净琉璃的五段式结构，在本作固有的剧中剧场面中进行了创新，各段的意向构造具有多样性变化的特点。而且，《国姓爷合战》巧妙地在意向的“变化的方法”和“统一的方法”中达到了调和。高橋則子的《江戸における〈国姓爺合戦〉の受容——浄瑠璃抄録物草双紙の視点から》[《近松研究所紀要》(13)，2002 年 12 月]，以出版物为切入点，对江户时期《国姓爷合战》的受容进行了论述。其中包括青本《国姓爷合战》与净琉璃、青本《国姓爷合战》与黑本《国姓爷合战》、二代目市川团十郎的国姓爷歌舞伎、净琉璃绘本·浮世草子与黑本《国姓爷合战》、黄表纸《和藤内三舛若众》《和藤内九仙山合战》与青本《国姓爷合战》、合卷《国姓爷合战》、江户《国姓爷合战》受容的问题。犬丸治的《(2003 年) 4 月の歌舞伎現代劇·“国姓爺”》[《テアトロ》(736)，2003 年 6 月]，对《国姓爷合战》从现代剧的角度进行了评论。作者指出，在国家发动暴力战争前期，人如何被蹂躏、人如何在被蹂躏中确保尊严，这些问题近松在三百年前就做了回答。小林昌廣的《時評〈国姓爺合戦〉を中心に》[《舞台芸術》(4)，2003 年 8 月]，以正宗白鸟对歌舞伎的评价“痴呆的艺术”为切入点，以歌舞伎《国姓爷合战》为中心，通过与近松的剧本原典《国姓爷合战》作比较，指出了歌舞伎《国姓爷合战》中的优点与不足。藤井康生的《〈国姓爺合戦〉のバロック性》(《表現文化 1》，2006 年 3 月)，从中日合作的关于郑成功的电影题目的不同切入，论述了《国姓爷合战》的巴洛克特点。他指出，近松借用了《明清斗记》中“国姓爷”的史实而创作的具有双重国民性特点的和藤内，将“国姓爷”写成“国性爷”是在模仿。题目“合战”本身亦具有中国和日本国民性的同一性。《国姓爷合战》通过影响关系及歌舞伎本来的双重构造，体现了全球化的巴洛克艺术特点。他认为，《国姓爷合战》是近松具有代表性的巴洛克净琉璃。犬丸治的《(2010 年) 11 月の歌舞伎現在と切り結ぶ“国姓爺”》[《テアトロ》(843)，2011 年 1 月]，通过分析《国姓爷合战》的各个场面，指出该剧与现代的交织。

第三，从比较文学的角度对“郑成功文学”的研究。这一研究开始于第二次世界大战后，山本治夫的《国姓爺(鄭成功)文学の比較文学的研究》(Ⅰ)(《福岡大学人文論叢》，1975 年 3 月)论述了国姓爷这一研究课题的比较文学轮廓，并从国际性、海洋性、机略和节义四方面论述了郑成功伟大成就成立的四要素。在机略要素中，从军事、通商贸易、外交、内政方面，对郑成功机略的四个环节进行了分析。第一环节：（1）据守厦门、金门，收复失地。（2）施行东洋、西洋、南洋的商贩贸易。（3）日本乞师。第二环节：南京攻略。第三环节：解放台湾。第四环节：经营台湾和吕宋招谕的南进策。在节义要素中，他指出，郑成功是儒教伦理节义精神的集中体现。这对水户派的核心人物朱舜水有深刻影响。山本治夫的《国姓爺（鄭成功）文学の比較文学的研究—3—》（《福岡大学人文論叢》，1975 年 9 月），从海洋、海洋文学的角度阐述了东西文学的典型，达·伽马文学与国姓爷文学的异同。他指出，在幕府施行的儒教化政策下，日本文学整体缺乏否定了海洋的契机。山本治夫的《国姓爺（鄭成功）文学の比較文学的研究—3—(2)》（《福岡大学人文論叢》，1975 年 12 月），则从海洋的角度指出日本文学传统中存在对海洋的否定与恐惧。

第四，《国姓爷合战》翻案剧的研究。第二次世界大战后，近松的《国姓爷合战》的成功，使日本出现了“国姓爷文学”热潮，同时也出现了许多对《国姓爷合战》进行翻案创作的小说和剧本。尾崎宏次的《正反批判——〈法隆寺〉〈国姓爺〉》［《悲劇喜劇》12（7），1958 年 7 月］从作品、演出、演技三方面评论了矢代静一改作的《国姓爷》。石原道博的《中国の国姓爺史劇八種——鄭成功三百年忌によせて》［《日本歴史》（161），1961 年 10 月］，介绍了中国，包括香港和台湾在内的八种历史剧，主要是 20 世纪 50 年代的郑成功历史剧，指出中国这一时期对于郑成功的关注度仍然很高。横山正的《国姓爺合戦座敷軍談》［《文学研究》（57），1983 年 6 月］，介绍了《国姓爷合战》的关联物的一种，《国姓爷合战座敷军谈》以及本书与原作《国姓爷合战》在结构和内容上的异同。20 世纪 90 年代以来，渡边淳的《翻案劇 3 態——松竹〈王女メディア〉，うらら舎〈水の街のメディア〉，東宝〈虎——野田秀樹の国姓爺合戦〉（劇評）》，［《テアトロ》（626），1995 年 2 月］，从翻案剧的角度评价了野田秀树版的《国姓爷合战》。倉員正江的《〈国姓爺明朝太平記〉の方法：近松と其磧との間》（《京都語文》7，2001 年 5 月），以《翁草》所载日本俳人神泽杜口对江岛其碛及近松门左卫门的评价为切入点，比较了江岛其碛的《国姓爷明朝太平记》与近松的《国姓爷合战》的关联与不同。佐藤みか的《己の皮膚を覆う他者—〈虎野田秀樹の国姓爺合戦〉試論》［《ユリイカ》33（7），2001年6月］，从野田版《国姓爷合战》出发，从剧世界的皮肤构造《作为国家的轮廓线》、登场人物的镜像经验与皮肤感觉、现实世界与剧世界间的轮廓线三方面对该剧进行了评论。重友毅的《〈国姓爺合戦〉の成功について》［《広島女学院大学論集》（18），1968年12月］，对于《国姓爷合战》的成功，首先是因为唐风的勇士、美人做主演，外加唐土华丽的宫殿楼阁、服装风俗，迎合了大众的好奇心；其次，在日本与中国的对照中，使用了大量本国自高自傲的台词；最后，剧情场面的自由变化、人物配合刚柔相济、场景波澜壮阔。在前人提出的这些成功要素的基础上，作者立足于作品文本，对文本的内容、特征、舞台技术等进行了再探讨，指出作品内容、戏剧表现才是《国姓爷合战》经久不衰的原因。

日本学者的“郑成功文学”研究，充分体现了对近松《国姓爷合战》的关注度之高，对该剧的研究可谓面面俱到！一部文学作品能得到如此广泛而深入的研究实属不易。它也揭示出近松所塑造的“国姓爷”形象对日本社会的影响之深，这种影响甚至上升到了政治的高度，成为观测中日关系的晴雨表。然而，虽然日本学者对“郑成功文学”的研究数量相对较多，但是仅局限在对近松的《国姓爷合战》或《国姓爷合战》翻案剧的研究上，对近世以后“郑成功文学”的研究尚未开展，出现了学术繁荣背后的“贫瘠”现象，这也为今后学者的郑成功研究提供了可能的空间。

四　“华夷变态”思想史之“纽结点”：日本郑成功衍生思想研究

日本郑成功衍生思想研究主要体现在对《华夷变态》和《国姓爷合战》的研究上。江户时期是日本郑成功研究的先声期。林春胜、林信笃父子所编撰的《華夷変態》[①]（1732 年），可视为日本郑成功研究的发端。该书记录了自 1644 年至 1717 年长崎奉行上报给德川幕府的中国局势变化报告书，也称之为“唐船风说书”（一种口述历史材料），由当时担任德川幕府儒官的林春胜、林笃信父子负责整理，作为德川幕府档案秘藏于内阁文库。该书第一卷记载了郑芝龙、郑成功、郑经等郑氏家族与日本幕府的交流史。其中包括郑芝龙的日本请援；郑芝龙败军；郑彩寄书两篇，一篇请援兵，一篇求通商船；鲁王谕琉球；朱成功（郑成功）献日本书等重要史料，是中日关系研究极具参考价值的文献。该书所记载内容也揭示出日本德川幕府对于当时中国国内形势的密切关注。《华夷变态》序言开篇这样写道：“崇祯登天，弘光陷掳，唐鲁才保南隅，而鞑虏横行中原。是华变于夷之态也。”[②] 这也是《华夷变态》一书的核心意旨，它揭露了日本人试图在“华夷秩序”“失序”状态下重塑新秩序的华夷思想的转变。

围绕《华夷变态》所载明朝末期及郑氏父子的日本请援，后代学者展开了深入研究。昭和前期的成果有稻垣孙兵卫的《鄭成功》（台湾経世新報社発行，1929 年），从明国乞援与日本政府、郑成功的奋起与日本的关系、郑成功的最盛期、郑氏收复台湾以前的台湾与日本、台湾与荷兰及西班牙、郑成功收复台湾、郑成功在台湾的终末期、第二代郑经的初期、郑经的南部中国活跃期、郑家三代的终末期几方面做了详细论述，是一部深入研究郑成功的著作，具有重要的理论和史料价值。关于郑成功及明末清初日本乞师的研究石原道博可谓权威。自 1936 年至 1945 年石原道博在历史研究领域的杂志上发表多部相关论文，这些论文最终以著作的形式出版。石原道博的《鄭成功》（三省堂刊，1942 年）对郑成功的生涯、日本请援、南京攻略、粮饷问题、郑成功杂考进行了细致考察与论述。第二次世界大战后，1945 年出版

① 《華夷変態》一书，1958 年由日本东洋文库正式出版。

② ［日］林春勝、林信篤：『華夷変態』，東京：東洋文庫 1981 年版，第 1 頁。

的《明末清初日本乞師の研究》（富山房，1945 年）中，石原道博从明末周鶴芝、冯京第的日本乞师，郑芝龙父子的日本乞师，明末的日本乞师与郑经，日本乞师失败的原因，明末清初请援罗马始末等方面进行了详细论述。对于日本乞师失败的原因，石原道博首先批判了黄宗义关于日本拒绝出兵的原因“不见兵革之事”，“多忘武备”。石原道博指出，日本之所以拒绝出兵，原因在于首先明朝形势复杂，明朝遗王、遗臣矛盾冲突激烈，各方势力分裂严重，没有绝对的领导核心，缺乏灭私奉公、同心协力坚决抗清的态度；其次，从请援的经过来看，乞师的目的是牵制清朝，对于请援行动缺乏计划性、组织性，是个别的、断续的行动。同时，郑芝龙降清，使日本幕府对明朝陷于失望的境地。[①] 20 世纪 90 年代以来，川口长孺的《台湾郑氏纪事》（台湾省文献委员会，1995 年）通过对《明史稿》《郑成功传》《三朝实录》《华夷变态》等的考察研究，对郑氏的相关问题进行了论述。增田涉的《西学东渐与中国事情》（由其民、周启乾译，江苏人民出版社，2010 年）由第一部《日中文化关系史的一面》及第二部《日本开国与鸦片战争》《〈满清纪事〉及其著者——关于我国所传的“太平天国”》《山本宪（梅崖）》构成。在第一部的论述中，作者对郑成功的研究是其中重要的部分，包括对《宽永小说》与《日本乞师记》，乞师颠末，萨摩、倭寇与中国明朝，郑成功与“国姓爷”，《明清斗记》与郑成功传等进行了具体论述。

关于郑氏父子的日本请援，大正时期的主要学术论文有桑原隲藏《明の鄭天壽より羅馬法皇に送呈せし文書》（《史学雜誌》，1900 年第 11 编第 3・5 号）、水山烈《鄭芝龍援兵を請ひたる時の藝藩の態度》（《尚古》，1907 年 4 卷 1 号）、稲葉岩吉《明末清初乞師日本始末》（《日本及日本人》，1911—1912 年 572・4 号）、鳥山喜一《明末遺臣の日本乞師に就て》（《東亜研究》，1912 年 2 卷 11 号）、中山久四郎

① ［日］石原道博：『明末清初日本乞師の研究』，東京：富山房 1945 年版，第 120—123 頁。

《明末の日本乞師及び乞資》（《史学雑誌》，1915 年第 26 篇第 5・6 号）、中山久四郎《朱成功（鄭成功）につきて》（《東亜研究》，1915 年 5 卷 1 号）、後藤粛堂《明末乞師弧忠張斐》（《史学雑誌》，1915 年第 26 編第 8 号）等，是日本学者较早研究明末清初日本乞师的学术论文。20 世纪 90 年代以来，河原英俊的《鄭成功の日本請援と隠元禅師の江戸行化——〈華夷変態〉所載鄭成功援兵要請書の年代解釈について》[《黄檗文華》（120），2000 年]，以林春斋的《华夷变态》所载郑成功的日本请援为出发点，论述了其与隐元禅师的江户行化的关系。作者认为隐元禅师的江户行化与郑成功的日本请援在时间上的一致性不是偶然，而是有计划而行之。

《华夷变态》的作者林春胜、林信笃父子在记录风说书内容的同时，也表露出作者的政治立场。例如该书对于清朝的称呼“鞑虏”“鞑靼”“努酋”无疑是视清朝为夷狄。同时，郑成功在向日本请援兵陈述理由时极力强调清朝的夷狄本质，“彼鞑靼者何哉？文字不解，礼节无辨，人而禽兽，叛服无常”[①]。郑成功的说辞并非长他国志气灭自国威风，而是当时大明朝对清朝的普遍认同。顾炎武在《日知录》中分析得颇为透彻：“有亡国，有亡天下。亡国与亡天下奚辨？曰：易姓改号，谓之亡国；仁义充塞，而至于率兽食人。人将相食，谓之亡天下。……保国者，其君其臣，肉食者谋之；保天下者，匹夫之贱，与有责焉耳矣！”[②] 大顺政权（李自成政权）是“易姓改号”，是“亡国”，而满洲贵族入主中原则是“被发左衽”（“剃头改制”），是“亡天下”。但郑成功的说辞无疑迎合了日本德川幕府及日本社会华夷思想转变的政治诉求。在《华夷变态》产生之前，日本戏剧家近松门左卫门创作的净琉璃《国姓爷合战》（1715 年）则充分体现了这一点。《国姓爷合战》不仅是一部戏剧，也可称为一部思想史。“日本文化与其他各国文化的一个很大的不同点，就在于

---

① ［日］林春勝、林信篤：『華夷変態』，東京：東洋文庫 1981 年版，第 26 頁。

② 顾炎武：《日知录》，周苏平、陈国庆点注，甘肃民族出版社 1997 年版，第 593—594 页。

日本人的思想主要是通过文学的方式来表现和传达的。”① 在《国姓爷合战》中，郑成功驱逐了鞑靼王，占领了南京城。近松对这一史实的歪曲，如果用当时信息传递不发达来解释的话，那么在他后来创作的《国姓爷后日合战》（1717 年）中，鞑靼王反攻，南京再次沦陷，又是国姓爷郑成功在日本神灵的保佑下，再次夺回南京城，这又做何解释？同时，在《唐船噺今国姓爷》（1722 年）中，近松是以反清复明的英雄“朱一贵”为原型创作的，把朱一贵比作郑成功。朱一贵被俘遇害是在 1722 年，《唐船噺今国姓爷》也是在这一年完成，有力地说明了近松有非常可靠的信息来源。而对史实的故意歪曲正是当时社会所生成的华夷思想转变的体现。

对此，日本学者也有深刻认同。明治时期，小倉秀貫的《德川家光支那侵略の企画》（《史学雑誌》，1891 年第 2 编第 15 号），细致分析了德川幕府对中国侵略的企图，而“华夷变态”是实施侵略计划“名正言顺”的理由。“战后”，相关研究呈现繁荣景象。松本新八郎的《〈国姓爺合戦〉——その民族観について》（《日本古典文学大系月報》28，岩波書店，1959 年），从近松的《国姓爷合战》出发，通过对文本的分析，指出近松具有“华夷思想”的国家意识。江藤淳的《“国姓爺”と国家意識・近松門左衛門（3）——文学史に関するノート（連載第八回）》［《文學界》20（1），1966 年 1 月］，从《国姓爷合战》产生的契机出发，论述了近松在该作品中所体现的国家意识。江藤淳指出，江户时代爆发的大规模的诸国信徒参拜伊势神宫的热潮，是民众无意识中的对“故乡”即“国家”意识的追寻，而在大批长崎参拜者中，就有郑成功的弟弟田川七左卫门，长崎信徒及七左卫门可能是郑成功事迹的传播者，这也可能是近松以郑成功的故事为创作题材的原因之一。而《国姓爷合战》的成功正是当时日本人内心状态的写照，它影射了元禄时期日本人的国家意识。20 世纪 90 年代以来，小

① 王向远：《中国外国文学研究的学术历程　日本文学研究百年史》，重庆出版社 2016 年版，第 11 页。

笠原幹夫的《近松の華夷思想——〈国姓爺合戦〉をめぐって》，[《作陽音楽大学・作陽短期大学研究紀要》24（1），1991年]，以《国姓爷合战》为中心，从锁国与海外雄飞的志向、郑氏父子的“日本乞师”以及幕府的回应、浪人问题及近松的出身、“华夷思想”与日本主义四方面论述了近松华夷思想的形成过程以及在此过程中所受到的来自日本政治、文化等方面的影响。小森阳一、内藤千珠子的《〈国姓爺合戦〉と伝説の記憶》（東京大学出版会，2002年2月），该文从文字与声音的争斗、殖民地主义与“国姓爷”“母亲”的表象、作为“因缘”的郑成功四方面论述了日本对郑成功的政治利用过程，指出郑成功是日本统治台湾正当化的工具。井上厚史的《〈国姓爺合戦〉から〈漢国無体　此奴和日本〉へ——江戸時代における華夷観の変容》[《同志社国文学》（58），2003年3月]，以《国姓爷合战》和《汉国无体　此奴和日本》作为切入点，论述了江户时代日本华夷观的发展。他指出，17世纪前半期到18世纪后半期的150余年间，日本华夷观的变容经历了两次转折，分别为17世纪后半期的“日本、中国对等”为表象的时期，到18世纪后半期的“日本优越中国”的表象期。后者彻底颠覆了传统的华夷观，而《国姓爷合战》和《汉国无体　此奴和日本》正是这一时期华夷观逆转现象的象征。在这一时期，诞生了吉田松阴的“尊皇攘夷”论，日本爆发了“尊皇攘夷”运动，近松在《国姓爷合战》中所刻画的鞑靼国（清朝）“无道无法迥异的畜生国”的“他者像”也成为日本侵略亚洲的口实。大橋里沙的《近松の国姓爺像とその創作意識》[《学芸国語国文学》（41），2009年3月]，以近松的“国姓爷三部曲”为依据，通过分析近松一以贯之的“国姓爷形象”，指出近松意在塑造郑成功“孝行者”的形象，在与同时期其他作家的作品进行对比中发现，其他作家所塑造的国姓爷“军事家”的形象与近松大为不同，作者认为近松的国姓爷形象体现了他的创作意图及国家意识。崔官的《鄭成功から和藤内へ——近松の〈国姓爺合戦〉を中心に》（《東アジア文化交渉研究別冊8》，2012年2月），从东亚的郑成功、近松的《国姓爷合战》、近松《国姓爷合战》与壬辰倭乱的关联，以及从中国的郑成功到日本的和藤内的转变论述了近松《国姓爷合战》所体现的以日本为中心的民族意识。

要言之，《国姓爷合战》所体现的近松的“华夷思想”正是日本国家意识和社会集体意识的反映，《华夷变态》则充分暴露了德川幕府试图重新建立“华夷秩序”的政治理想。从日本郑成功研究知识史可以看出，这种“华夷变态”的思想在日本江户时期就已经形成，日本学者对于郑成功的日本请援及《国姓爷合战》的研究揭示了日本型“华夷秩序”的形成是一个历史必然。

综观日本郑成功研究近三百年的知识史，它揭示出了日本郑成功研究发生、发展、高潮的演变过程。日本江户时期，是郑成功研究的先声期，在历史研究领域，涌现出以郑成功传记为主的郑成功历史研究，此时日本的郑成功研究关注于郑成功的身份认同，郑成功被津津乐道为日本人的英雄；在明治、大正及昭和前期（公元 1945 年前），日本郑成功研究得到迅速发展，研究领域扩大到历史、经济贸易、军事、文学等，以郑成功命名的专著大量涌现，出现了一定数量的郑成功研究的学术论文，在郑成功身份认同问题上仍然没有改变，甚至为日本对台湾殖民统治提供学术支持；第二次世界大战后，日本郑成功研究不但没有衰落，而且呈现出繁荣景象，研究领域囊括了政治、历史、经济贸易、军事、文学、哲学、宗教、文化、艺术等各个方面；20 世纪 90 年代以来，日本的郑成功研究进入稳定发展时期。绵亘近三百年的日本郑成功研究，在跨文化对话中呈现出“多元化”的相互交织、相互关联、固着的发展态势，出现了郑成功综合研究的专著，郑成功研究的关注点也转向了“多元化”的综合研究。综观日本郑成功研究知识史，集中体现在日本郑成功历史研究、日本郑成功关联研究、日本“郑成功文学”研究和日本郑成功衍生思想研究四个方面。其中，日本郑成功历史研究呈现出一条日本对郑成功身份认同的历史；日本郑成功关联研究揭示出了作为日本对台湾殖民统治正当化的郑成功由“人”到“神”的转变史；日本“郑成功文学”研究则揭示了郑成功作为英雄在日本文学中被塑造的历史；日本郑成功衍生思想研究昭示了日本“华夷变态”的思想史。无论哪段历史，都是中日关系这一内因的外在体现，因此可以说，日本郑成功研究知识史就是立足于郑成功这一“纽结点”的中日关系书写史。

民族与国家立场及中日“郑成功文学”中的郑芝龙*

阅读提示 郑成功的父亲郑芝龙跌宕起伏的传奇人生，也成为中日两国文人的书写对象。由于民族与国家立场不同，各国文人对郑芝龙的认识以及所持态度也有所不同。因此，基于对郑芝龙不同认识的文学想象呈现出郑芝龙的不同样相。在中国，郑芝龙的海盗背景以及投降清朝的历史，与郑成功反清复明、收复台湾的壮举形成鲜明对比，致使郑芝龙经常作为与郑成功相对的反面形象出现。这种片面化、碎片化的认识导致了对郑芝龙这一历史人物缺乏全面的认识和客观评价，也无法呈现出围绕郑芝龙所形成的中国大陆及台湾，日本、荷兰等国家和地区交流史的实像。因此，观照中日“郑成功文学”中的郑芝龙形象，同时以荷兰等国家的“郑成功文学”为参照，能够认识郑芝龙形象的历史变迁，以及中日“郑成功文学”郑芝龙形象变迁的特点及差异，进而最大限度地还原出历史上郑芝龙的真实面貌。

一 东西方文本中的郑芝龙

历史上对郑芝龙的评价众说纷纭，褒贬不一。在中国、日本乃至

---

* 本文原载《河北民族师范学院学报》2020 年第 3 期。

荷兰等国家的“郑成功文学”中，各国文人基于不同的民族与国家立场，对郑芝龙的评价也呈现出争议与赞扬并存的多种样相。

在中国，关于郑芝龙的评价存在多元化倾向。郑芝龙一出生，就被视为不平凡的人物。对此，江日升在《台湾外志》中写道：“是年万历甲辰（1604 年）三月初十日，春暖融和，天气晴明。厦门忽尔云雾四合，电雷闪烁，霹雳一声，海渚劈开一石……十八日辰时，芝龙生，其母黄氏，梦三妇人引红霞一片堆于怀，徐而採抹地下。表名一官。”[①]对于郑芝龙出生之时的异象，在陈三井的《郑成功全传》中这样评论道：“足见有些人对郑芝龙虽不视之为一代伟人，但似乎视之为非凡之人，不过更有视之为妖孽者。”[②] 对于“妖孽之说”，匪石在《郑成功传》中写道：“吾大不解吾中国元祖黄帝之何子何孙、以何年何月何日乃怪产一郑芝龙！先儒有说，国家将亡，必有妖孽……郑芝龙者，屠杀国族之刽子手也，降叛旗下之好人物也。肇自始生之年，下逮身死之岁，芝龙无一时、无一事不与朱明为死敌。黄帝在天有灵，其泪滴滴化而为石。”[③] 可见，匪石将郑芝龙视为了“妖孽”，而且对他持完全批判的态度。

那么，与朱明为敌的郑芝龙，清朝方面评价如何呢？在《清史列传郑芝龙传》中写道：“郑芝龙，福建南安人。明末，入海寇颜思齐党为盗；后受抚。累官总兵。”[④] 这段简练的文字，揭示了郑芝龙入海为盗、受明朝招抚的史实。但是，这段记载并未表达出将郑芝龙作为清朝人或清朝官员的认同。总兵这一官职是郑芝龙受明朝招抚后，作为明臣的官职。事实上，在“芝龙投降后，不数日即被挟往北京。明永历七年（清顺治十年，西元 1653 年）满清封芝龙为同安侯。自是而后芝龙及其家人失去行动自由，但暗中与成功通信，明永历九年因此被劾下狱。明永历十一年清廷流放芝龙及其家属于宁古塔，终于在明永

---

① 陈三井：《郑成功全传》，台北：台湾史迹研究中心 1979 年版，第 28 页。

② 陈三井：《郑成功全传》，台北：台湾史迹研究中心 1979 年版，第 28 页。

③ 台湾银行经济研究室：《郑成功传》，台北：台湾省文献委员会 1960 年版，第 74 页。

④ 台湾银行经济研究室：《郑成功传》，台北：台湾省文献委员会 1960 年版，第 41 页。

历十五年，清廷照谋叛律将芝龙及其在京诸子一律处死。”① 如此看来，郑芝龙的结局非常悲惨。郑芝龙下决心降清之时，郑成功曾极力阻止父亲，“成功曰：‘清兵不足患也，闽粤吾所自有，父欲得之，则乘时练兵集饷，号令天下，岂无应者？’不听。子弟劝入海，不听。成功又谏曰：‘父教子忠，不闻以贰！且北朝何信之有？倘有不测，儿只惟缟素复雠而已！’又不听。”② 与郑成功相比，被视为妖孽、视为朱明之死敌的郑芝龙，成为民族的败类、明朝的叛徒。郑芝龙降清，成为左右人们对郑芝龙认识和评价的决定性内因。

在日本，关于郑芝龙，朝川善庵在《郑将军成功传碑》中写道：“芝龙，后号飞黄将军，泉州南安县人，祖翔宇，曾祖寿寰……初芝龙以妾故，失爱于父，父怒逐之，芝龙亡奔一洋船，父犹詈言，寻出杀之，洋船又刻时挂帆，乃恳巨商，带往日本，时年十八。”③ 此碑文原来为日本平户第三十五代藩主松浦侯为建立郑成功纪念碑而命朝川氏所写，但是由于碑文全文两千余字过长，遂命朝川氏删改，但朝川氏不久于人世。后来改命叶山铠轩重新撰文，就是现在的《延平郡王庆诞芳踪碑》，该碑文与朝川氏所述略不同，其中写道：“（郑芝龙）福建南安人，以庆长壬子来我邦。幕府召见，问以外国事，命馆长崎，遂徙我平户河内浦。”④ 叶山氏所撰碑文，删去了朝川氏所述郑芝龙失爱于父的记载，而将郑芝龙受德川幕府召见一事记录其中，可见，日本对于郑芝龙的认同程度非常高。芝龙“屡往来外国，称平户老一官……芝龙入海寇颜思齐党，颜死而其党归芝龙，遂收台湾仕明。积军功封平国公……芝龙保安平，与清将窃通信约降，成功泣谏不听，遂降”⑤。这里，不仅对郑芝龙入海为盗、受明朝招抚、开发台湾、投

① 陈三井：《郑成功全传》，台北：台湾史迹研究中心 1979 年版，第 36—37 页。

② 台湾银行经济研究室：《郑成功传》，台北：台湾省文献委员会 1960 年版，第 76—77 页。

③ ［日］朝川善庵：『善庵随筆』，日本随筆編輯部『日本随筆大成』，東京：吉川弘文館 1975 年版，第 473 頁。

④ 陈三井：《郑成功全传》，台北：台湾史迹研究中心 1979 年版，第 331 页。

⑤ 陈三井：《郑成功全传》，台北：台湾史迹研究中心 1979 年版，第 331 页。

降清朝的史实清晰地表达了出来；而且，还记录了郑芝龙受到德川家康召见的事情，这与日本史料所记载的德川家康召见郑芝龙一事具有一致性。

从以上叙述可以看出，日本对郑芝龙持正面赞同态度。而且，对于郑芝龙降清一事，日本文人也持理解态度。对此，司马辽太郎借主人公之口写道：“‘现在清兵握有北方，南京被拿下，又控制了中部地方，到了这种地步，大明的正统皇帝又下落不明，实在是征战两败了，大家都得为自己打算’……‘你看日本的源平战争，关原之战或大阪之战都是如此。在大阪之战时，受过丰臣秀吉恩惠的各诸侯，纷纷背叛幼主丰臣秀赖，而倒向德川家康。大家不是不爱丰臣秀赖而是先求自保。’”① 司马辽太郎从商人重现实利益的角度，对郑芝龙降清持理解态度。另外，在日本历史上也出现过与郑芝龙类似的情况，所以司马氏认为郑芝龙降清是非常时期出于自保的行为。

在西方国家，对郑芝龙的评价似乎也与中国不同。首先，《平户荷兰商馆日记》记载的对郑芝龙的称呼，可以看出其身份的变化。在1628年7月的日记中记载为“一官”②“海贼一官”③，平户荷兰商馆1628年10月的日记也称之为“海贼一官”④“唐人一官”⑤，“海贼一官对中国沿岸封锁严重”⑥。在1639年9月的日记中，称呼发生了改变，称之为“都督一官”⑦，在1640年4月16日的日记中，记载为

① ［日］司馬遼太郎：『大盗禅師』，東京：文藝春秋2003年版，第338頁。

② ［日］永積洋子：『平戸オランダ商館の日記』（第一輯），東京：岩波書店1969年版，第151頁。

③ ［日］永積洋子：『平戸オランダ商館の日記』（第一輯），東京：岩波書店1969年版，第153頁。

④ ［日］永積洋子：『平戸オランダ商館の日記』（第一輯），東京：岩波書店1969年版，第264頁。

⑤ ［日］永積洋子：『平戸オランダ商館の日記』（第一輯），東京：岩波書店1969年版，第431頁。

⑥ ［日］永積洋子：『平戸オランダ商館の日記』（第二輯），東京：岩波書店1969年版，第316頁。

⑦ ［日］永積洋子：『平戸オランダ商館の日記』（第四輯），東京：岩波書店1970年版，第288頁。

“官人一官”[①]，在1640年11月的日记中则记载为“支那人一官”[②]。这里的“一官”当然指的就是郑芝龙，但是一官前面的修饰语从“海贼”到“都督”，再到“官人”“支那人”发生了变化。修饰语的变化，也体现了郑芝龙自身身份的变化，即由海贼转变成明朝都督。

另外，荷兰最后一位台湾总督揆一，在《被遗误的台湾》中对郑芝龙有这样评价：“在反清行列中，有一个出身卑微、名叫一官（I-quan，即郑芝龙）的英雄人物，成为以明帝皇亲为号召的反抗组织的都督。”[③] 意大利学者白蒂指出，郑芝龙是一位海洋“杰出的探险家”[④]。

综上可以看出，中国、日本以及荷兰等西方国家基于不同的民族与国家立场，对郑芝龙的评价也截然不同。在中国，郑芝龙被认为是海盗，是投降清朝的逆臣；在日本，对郑芝龙持认同态度，且对降清一事表示理解；在西方国家，郑芝龙被认为是英雄人物、杰出探险家。郑芝龙传奇的一生，在中日“郑成功文学”中也被广泛书写，呈现出了郑芝龙形象的不同特征。

二 中日“郑成功文学”中郑芝龙形象的变迁

郑芝龙的一生经历多次沉浮，中日“郑成功文学”中的郑芝龙形象也因此呈现出复杂多样的特点，具体表现为郑芝龙老一官的忠臣形象、才貌双全的有志青年形象、海盗/海商的海上王形象、“飞虹将军”的官僚形象、台湾开拓者的形象和投降清朝的逆臣形象的特点。

---

① ［日］永積洋子：『平戸オランダ商館の日記』（第四輯），東京：岩波書店1970年版，第377頁。

② ［日］永積洋子：『平戸オランダ商館の日記』（第四輯），東京：岩波書店1970年版，第439頁。

③ ［荷］C. E. S.：《被遗误的台湾　荷郑台江决战始末记》，林野文译，台北：前卫出版社2011年版，第16页。

④ ［意］白蒂：《远东国际舞台上的风云人物郑成功》，庄国土等译，广西人民出版社1997年版，第18页。

（一）郑芝龙老一官的忠臣形象

近松门左卫门在《国姓爷合战》中对郑芝龙的描写，体现了郑芝龙的忠臣形象特点。这一形象特点在《国姓爷合战》的改作剧中得到了延续。小山内薰的《国姓爷合战》、矢代静一的《国姓爷》等改作剧，也突出地表现出郑芝龙忠臣形象的特点。

在《国姓爷合战》中，郑芝龙因受到明朝奸臣陷害，逃到日本肥前国平户，改名“老一官”，娶了平户渔夫的女儿生了和藤内。适时逆臣李滔天暗通鞑靼兵攻占了南京城，杀害了思宗烈皇帝及宠妃华清夫人。皇妹旃檀皇女漂流到日本平户，被郑芝龙老一官的儿子和藤内所救，郑芝龙带着妻儿回到明朝，以图复兴明朝。在狮子城城主甘辉的协助下，和藤内率领明军欲与鞑靼军合战。在合战之前，郑芝龙老一官曾留下遗书前去与鞑靼同归于尽，和藤内、甘辉、吴三桂等攻陷南京城，救出了老一官，复兴了明朝。

在《国姓爷合战》中对郑芝龙的称呼是“老一官”。“老一官”是对人的敬称，相当于“大哥”之意。对于“老一官”“一官”的称呼，陈三井的《郑成功全传》写道：“有些西文著作说郑芝龙曾受洗礼为天主教徒，教名叫‘Nicolas Gaspard’（尼古拉斯·加斯巴尔德），但中日文资料未见此事之记载。郑芝龙究竟是否为天主教徒，仍待研究。”①然而，笔者查阅资料时发现，对于郑芝龙皈依天主教一事，日本学者桑原隲藏②指出，明末皈依耶稣教的皇族大官中郑芝龙是其中之一，而且记载了郑芝龙的教名为“Nicolas Gaspard”。实际上，郑芝龙之所以皈依天主教，是为了方便与天主教国家做生意，而且他还学会了葡萄牙语和荷兰语。对于“一官”的称呼，日本学者的著作中记载为“老一官”“一官”的情况比较多。例如，稻垣孙兵卫的《郑成功》中有：

---

① 陈三井：《郑成功全传》，台北：台湾史迹研究中心 1979 年版，第 36—37 页。

② ［日］桑原隲藏：『桑原隲藏隲藏全集』（第四卷），東京：岩波書店 1968 年版，第 621 頁。

“郑芝龙字飞黄，在日本称为老一官”①，另外，石原道博的《郑成功》中也写道：“明朝的日本甲螺郑芝龙，字飞黄，又字飞皇、飞虹，又称一官。”②

在《国姓爷合战》及其改作剧中，郑芝龙老一官的忠臣形象，首先表现在对明朝皇妹旃檀皇女的搭救上。《国姓爷合战》中对于郑芝龙，这样写道：“和藤内的父亲本非日本人，是大明国的忠臣太师郑芝龙，因谏言被皇帝放逐，辗转来到日本，改名老一官。”③ 郑芝龙老一官虽身在日本，却时刻没有忘记故乡，“我娶了日本女人做妻子，随着岁月的流逝，令我魂牵梦萦的还是故乡的山川草木”④。可见，郑芝龙老一官不仅是忠臣，而且是明朝德高望重的太师。大明思宗烈皇帝之妹旃檀皇女，在逆臣李滔天谋反之时被吴三桂所救，旃檀皇女从港口乘船漂流到了日本平户，又被老一官的儿子和藤内所救。老一官见到旃檀皇女分外激动，许诺定会复兴明朝。“我是郑芝龙，是明朝人，现在妻子和儿子都是日本人，但是我一刻也没有忘记明朝皇帝的恩情。”老一官表示，自己已经上了年纪，但是儿子和藤内“生性勇猛，从小我就传授他兵法战术，一定能够担当大任。我会协助儿子，复兴明朝”⑤。于是，老一官将旃檀皇女留在日本，托付给和藤内的妻子小睦，与妻儿一同踏上了归国之路。

与历史上在日本从事海外贸易、拥有强大武装势力的海上霸主郑芝龙形象不同，在《国姓爷合战》及其改作剧中，和藤内复兴明朝大业的完成，是在老一官的女婿——狮子城城主甘辉的协助下实现。虽然不是直接来自郑芝龙老一官的力量，却与老一官息息相关。

其次，郑芝龙老一官的忠臣形象还表现在对复兴明朝大业的协助

---

① ［日］稲垣孫兵衛：『鄭成功』，台湾経世新報社発行 1929 年版，第 44 頁。

② ［日］石原道博：『鄭成功』，東京：三省堂刊 1942 年版，第 1 頁。

③ ［日］近松門左衛門：『国姓爺合戦』，『近松門左衛門集』，東京：新潮社 1986 年版，第 178 頁。

④ ［日］矢代静一：『国姓爺』，『新劇』1958 年第 5（6）期，第 15 頁。

⑤ ［日］小山内薫：『国姓爺合戦』，『小山内薫全集』（第三巻），東京：春陽堂 1929 年版，第 740 頁。

上。郑芝龙非常关注明朝的国势，“我从住吉明神那里得知，‘战争在千里之外，西方是幸运的方向。’唐土距日本千里之遥，在日本西方，若是现在出战，我们定能取得胜利”。[①] 老一官从住吉明神处得知战况，即受了日本神明的指引，可以看出郑芝龙老一官形象的日本化特点。另外，在《国姓爷合战》中，郑芝龙老一官曾留下遗言去与鞑靼同归于尽。“吾为报先帝之恩，重返大明，无功无誉，期望能以余命力战鞑靼。现去南京城讨死，望以微名留和汉。郑芝龙老一官，享年七十三岁。”[②] 可见，老一官舍身赴死是为了报答先帝之恩，这与该剧开头介绍的老一官为明朝太师的身份相呼应。

对这一情节，小山内薰的改作剧《国姓爷合战》描写得更加详细。当老一官被鞑靼军俘获，被用以威胁和藤内之时，老一官一心赴死，激励和藤内不要因为顾忌他而忘记了复兴明朝的大业。“我已七十多岁，生命对我而言不是我最大的所求。难道你忘记了你母亲临死前的嘱托了吗？好不容易快要胜利了，不要在最后的关键时刻失了大义。日本人若不重义，会成为日本的耻辱。即使是女人，你的母亲都那样重视祖国，为了日本宁可舍弃生命……不要忘记复兴大明的伟业。”[③] 这里老一官形象的日本化倾向更加明显。老一官站在日本立场，以日本人重义的精神激励和藤内，以和藤内母亲牺牲为榜样，说服和藤内以复兴明朝的伟业为重。

对老一官被鞑靼俘虏这一场景的描写，矢代静一的《国姓爷》描写得更具神奇色彩。当和藤内大军与鞑靼军对峙之际，老一官被捆绑在鞑靼军中，以此威胁和藤内。这时，一只猛虎，即和藤内降服的那只老虎，“突然出现，冲进鞑靼军中，咬断了老一官身上捆绑的绳子，救出了老一官”[④]。这一情节，一方面与和藤内在千里竹林降服猛虎相

---

① ［日］矢代静一：『国姓爺』，『新劇』1958 年第 5（6）期，第 15 頁。

② ［日］近松門左衛門：『国姓爺合戦』，『近松門左衛門集』，東京：新潮社 1986 年版，第 255 頁。

③ ［日］小山内薫：『国姓爺合戦』，『小山内薫全集』（第三巻），東京：春陽堂 1929 年版，第 772 頁。

④ ［日］矢代静一：『国姓爺』，『新劇』1958 年第 5（6）期，第 42 頁。

呼应，另一方面也说明了和藤内是受了日本神明的保佑，定会完成复兴明朝的伟业。同时也体现了矢代静一的《国姓爷》在情节上具有的虚构特点。

由以上论述可知，在《国姓爷合战》及其改作剧中，明显体现了郑芝龙老一官的忠臣形象特点。而且，郑芝龙的忠臣形象具有日本化倾向。这一日本化倾向主要表现在虽然郑芝龙为明臣，但是剧中刻画的郑芝龙所站的立场却是日本，该人物的语言及行为也体现出明显的日本化特点。另外，围绕郑芝龙忠臣形象的情节设计与历史事实完全背离，具有虚构性特点。关于郑芝龙日本化的忠臣形象特点，在中国的“郑成功文学”中没有体现。然而，对于郑芝龙的有志青年形象，却是中日“郑成功文学”共有的特征。

（二）才貌双全的有志青年形象

年轻时期的郑芝龙，是才貌双全的有志青年，这一形象在中日“郑成功文学”中都有体现。《台湾外志》描写道：“越戊申（万历三十六年，西元 1608 年），一官五岁，绍祖送启蒙，取名国柱，颇聪明。庚戌，一官七岁。读书放午，归于途。戏石过墙，误中太守蔡善继纱帽。继失惊，遣人擒入。绍祖始为免巾请罪。善继见一官眉目清秀，气宇轩昂，赞之曰：‘此宁馨儿也！’赏而释之。”[1] 这里的“一官”指的就是郑芝龙。幼年郑芝龙用石头击中太守蔡善继的故事，在中日“郑成功文学”中都有描写。郑芝龙幼少时期表现出的聪明才智，在青年时期得到充分展现。

关于郑芝龙青年时期的容貌，福住信邦在《新国姓爷合战物语》中有这样的描写：“这位叫一官的青年，瓜子脸大眼睛，高鼻梁，眉毛像画了一样的半月眉，面带微笑。无论谁见了都有种莫名的亲近感，会情不自禁地没有警戒心。而且，内心蕴含着无穷斗志与谋略，从言

① （清）江日升著，刘文泰等点校：《台湾外志》，齐鲁书社 2004 年版，第 3 页。

谈举止中很容易看出来。”① 可见，郑芝龙可以算作一位美男子。森本繁在《台湾的开祖 国姓爷郑成功》中也有类似描写：“芝龙是位美男子，容姿端丽，头脑聪敏。幼时就胆量过人，聪明且性情豪放不羁。”②郑芝龙不但容貌出众，而且“年轻的他，与咬文嚼字的古典研究相比，更倾向于实用的天文、地理、科学、药学、建设、造船、航海术等，对于这些未知世界的探索对他更富有吸引力。练习能够自卫的武术当然也擅长，但是马上进入了像火术、游艺、宗教之类的实习，这些能够马上指导现实生活”③。可见，郑芝龙是一位非常注重实用性和现实利益的青年才俊。

郑芝龙到达日本后，为了取得德川幕府的通商许可，曾谒见德川家康。“据说郑芝龙曾向德川家康献自著的兵书，表达经国雄略，但是该兵书没有流传下来……芝龙五岁能读书，七岁在军营学习，被世人称为神童，将来能够胜过戚继光的人物。”④ 少年时代的郑芝龙就表现出了军事才能，成为将来能与抗倭英雄戚继光相媲美的人物。关于郑芝龙谒见德川家康一事，日本的《郡府记》庆长十七年（1612 年）八月十五日中有记载：“大明人一官进上御药种等，又，大明人祖官出御前，仍召两人，及唐土御杂谈。”⑤《外国入津记》记载：“一官献上药种数品，且经国雄略二十卷。”⑥

福住信邦在《新国姓爷合战物语》中对郑芝龙谒见德川家康的场景，也做了详细描写：“当时，家康的正面是外交官本多正信与长子正

① ［日］福住信邦：『新国姓爺合戦物語り』（上），東京：講談社 1988 年版，第 18 頁。

② ［日］森本繁：『台湾の開祖国姓爺鄭成功』，東京：国書刊行会 2014 年版，第 25 頁。

③ ［日］福住信邦：『新国姓爺合戦物語り』（上），東京：講談社 1988 年版，第 37 頁。

④ ［日］稲垣孫兵衛：『鄭成功』，台北：台湾経世新報社発行 1929 年版，第 44 頁。

⑤ 東京帝國大學文科大學史料編纂掛编：『大日本史料』（第十二編之十），東京：東京帝国大学 1901 年版，第 56 頁。

⑥ 東京帝國大學文科大學史料編纂掛编：『大日本史料』（第十二編之十），東京：東京帝国大学 1901 年版，第 56 頁。

纯，家人门阀的代表酒井忠利、忠世，以土井利胜为首的将军的军师，以及府中重臣、翻译儒学家林罗山，都是当时的一流人物。在谒见之前，按针把可能问到的问题都为芝龙做了预测，因此谒见非常顺利，祖官的翻译也非常流利，取得了圆满成功。家康说道‘那就让他自由贸易吧。’听到这句话，芝龙的脸上露出了满意的微笑。”[①] 显然，以上描写加入了作者的想象，但是否为历史事实，还有待进一步考证。关于郑芝龙到达日本的时间，据考证是在1612年到达长崎。[②] 这与福住信邦在《新国姓爷合战物语》中所述郑芝龙到达日本的时间也相吻合，“平户藩藩主隆信与郑芝龙第一次见面，是在庆长十七年（1612年）早春”[③]。齐藤孝治[④]在《秘话郑成功异闻》中指出，郑芝龙到达日本平户的时间是1623年，日本天启三年，当时为德川家光统治时期。德川家康在1616年去世，《郡府记》等所记载郑芝龙谒见德川家康的事情是虚构的。福住信邦据此所描写的郑芝龙与德川家康的会面也不是事实。因此，若按照齐藤氏所言，则日本史料中记载的郑芝龙与德川家康会面一事亦属虚构。

在中国的“郑成功文学”中，对于郑芝龙形象的塑造，也与上述描写有相通之处。幼年时期的郑芝龙在学堂上学时，很让先生头疼，时常一转身就不见人，“他的一个手掌被戒尺打肿了，痛得嘴唇咬出了血，却又伸出另一手掌，说：‘还有这边’……他最崇拜的英雄是戚继光，常在同伴们面前，神气活现地装扮戚继光”。[⑤] 虽然如此，对于“《三国》、《水浒》又看得入迷，味同嚼蜡的医术，他却一看就记入心里”[⑥]。可见，郑芝龙从小就具有成为英雄的梦想，他所崇拜的抗倭英

① ［日］福住信邦：『新国姓爺合戦物語り』（上），東京：講談社1988年版，第22頁。

② 吴凤斌：《郑成功父子时代与日本华侨》，《南洋问题》1983年第3期。

③ ［日］福住信邦：『新国姓爺合戦物語り』（上），東京：講談社1988年版，第16頁。

④ ［日］斉藤孝治：『秘話鄭成功異聞』，東京：いなほ書房2013年版，第468—469頁。

⑤ 陈福郎：《海峡枭雄：开台先驱郑芝龙》，九州出版社2007年版，第11页。

⑥ 陈福郎：《海峡枭雄：开台先驱郑芝龙》，九州出版社2007年版，第11页。

雄戚继光，确实与后来成为海盗、海商的他有千丝万缕的关联。

从上述描写还可以看出，郑芝龙具有成为将军的天赋。他除了对军记小说、兵法感兴趣外，本身也具有强壮的体魄。“郑成功也的确天赋异禀，十几岁就人高马大，一身力气，可以一手将一只上百斤的石锁拎起来，上下舞动，十多个人都近不了身。”① 另外，郑芝龙酷爱武术，他在到达日本平户后，曾跟随日本剑神宫本武藏的传人花房权左卫门学习剑术，后来花房先生也成为郑成功的剑术指导老师。司马辽太郎关于郑芝龙学习日本剑法有如下描写：“郑芝龙年轻时在日本平户和五岛长大，人们都叫他五岛一官和平户一官，他在平户家有一个老婆田川氏。他也曾从松浦家的院丁那里学到精妙的日本剑法——二刀法。……他的眉毛很长，一直垂到眼皮上，两眼细长，两颊微陷地笑着。”② 可见，在司马辽太郎的笔下，郑芝龙才貌双全的有志青年形象也很明显。

以上郑芝龙的才貌双全的有志青年形象，具体表现为郑芝龙不但是个美男子，而且才华出众，头脑灵活，学习知识注重应用价值，熟读兵书，精通剑术，被誉为可与戚继光相媲美的人物。另外，日本“郑成功文学”中所描写的郑芝龙谒见德川家康的情节，一方面受到日本史料记载的影响，另一方面也说明日本文人注重赋予郑芝龙以青年才俊形象的倾向性。青年郑芝龙的聪明才智以及过人的军事天赋，为其后来成为海上王、明朝的海军都督奠定了基础。

（三）海盗/海商的海上王形象

郑芝龙作为海盗/海商的海上王形象，是中日“郑成功文学”共有的典型形象。首先，郑芝龙的海盗形象与其曾加入海盗集团息息相关。关于郑芝龙加入海盗集团有如下记载：“芝龙到日本后，仍然如同幼年时代那般活跃，陆陆续续结交了不少所谓‘英雄豪杰’，并经由杨天生

---

① 安之忠、林锋：《郑芝龙：海商传奇》，当代世界出版社2013年版，第7页。

② ［日］司馬遼太郎：『大盗禅師』，東京：文藝春秋2003年版，第319—320頁。

的介绍得与当时旅日侨界领袖颜思齐相识……芝龙就在杨天生的推荐下，参加了结盟组织……其中以芝龙年纪最轻，排为尾弟……思齐于是月十四日率众搭船仓皇逃离日本，经商决议往台湾，航行八昼夜始抵台湾。抵台后将徒众分寨安顿，后横行海上，四出抢掠，遂成为中国东南海上的海盗集团。"[①] 这里阐明了郑芝龙与海盗头目颜思齐的关系，也明确指出了郑芝龙成为海盗的事实。

不久，颜思齐因病辞世。郑芝龙被推举为海盗首领。对此，《台湾外志》描写道："杲卿曰：'今欲再举一人统领诸军，弟恐新旧爱恶不一，倘苟且从事，自相矛盾，反为不妙。然统军亦非易事，当设立香案，祷告苍天，将两碗掷下，连得圣筊而碗不破者，即拥之为首。管见如此，不知有合众意否？'众曰：'此论最当，庶勿后言。'随排香案，众各拈香，跪告毕，依序向前拜祝。两碗掷下，粉碎无一完者，咸踌躇焉，唯一官尚未掷，又忽其年轻。一官跪祷，将两碗掷下，恰好一个圣筊，碗不破。众皆骇然。一官取起掷下，复如前。忠纪曰：'我不信。'取原碗，当天祷告：'我等大哥已死，欲推一人领诸军。天若相一官，再赐两筊，众愿相扶。'又连掷两圣筊，碗不破。间有不信者，祷告掷下，复如前。如是者屡，屈指计之，共成圣筊三十。众齐哄曰：'此乃天将与之，谁能违之？吾等愿倾心矣。'"[②] 这里描写了郑芝龙被推举为海盗首领的过程，而且指出这是天意使然。

关于郑芝龙成为海盗首领，黄宗羲的《郑成功传》也有详细记载："思齐死，众无所立。乃奉盘匙割牲而盟，以剑插米，各当剑拜，拜而剑跃动者，天所授也。次至芝龙，再拜，果跃出地；众乃俱伏，推为魁。"[③] 关于郑芝龙成为海盗头领一事，以上两种说法有一个共同点，那就是顺应天意。

在日本的"郑成功文学"中，关于郑芝龙被推举为海盗首领，也

---

① 陈三井：《郑成功全传》，台北：台湾史迹研究中心1979年版，第30—31页。

② （清）江日升著，刘文泰等点校：《台湾外志》，齐鲁书社2004年版，第12—13页。

③ （明）黄宗羲：《赐姓始末》，台北：台湾省文献委员会1995年版，第9页。

有类似描写：“芝龙被选为海盗首领，称为‘日本甲螺’。”① “颜思齐死后，群龙无首。欲推举一人成为首领，一时争议不下。最后决定由天定夺。于是在米中插上剑，每人参拜剑。如果谁在参拜的时候，剑倒了说明是上天选中的首领。芝龙参拜的时候，剑倒。众人皆恐惧，跪倒臣服于芝龙……原来，此事能够成功，在于手下平助的计策。平助利用从土耳其获得的强力磁石的引力术，操纵剑的倒向。具体细节不知，但是利用磁石操纵剑确属事实。”② 此处描写与黄宗羲之说有类似之处，可以推测是受到了黄宗羲之说的影响。而且，作者对于为何剑能够屹立不倒给出了合理的解释。

对于郑芝龙成为海盗首领一事，福住信邦在《新国姓爷合战物语》中指出，郑芝龙的乡党对他的期待很大，于是想派遣他去平户，深入调查倭寇海盗。至于史书记载，芝龙因与父亲的小妾私通，而被父亲逐出家门的说法，是因为四男芝鹄的生母二夫人，嫉妒正室黄氏无法自拔，而且那样说是为了掩盖芝龙离家渡日从事秘密贸易的事实。③ 这里对于郑芝龙的海盗行为解释为“深入调查海盗”或许有失偏颇。该书作者福住信邦为郑成功的弟弟田川七左卫门在日本的第十一代子孙，《新国姓爷合战物语》以文史结合的历史小说形式，描写了郑芝龙以及郑成功的历史故事。该书具有很强的史料价值，也具有很高的权威性，但在关于郑芝龙的某些细节问题描写上，具有为郑芝龙开脱之嫌。

但是，郑芝龙虽为海盗，却约束部下，“不许虏妇女，屠人民，纵火焚烧，斩艾稻谷”④。可见，郑芝龙与普通的海盗不同。郑芝龙在日本锁国政策下，能够获得日本幕府的许可进行海外贸易确实具有不平凡的功绩，而且当时郑氏集团的海外贸易已经获得了明朝官方的许可，

---

① ［日］福住信邦：『新国姓爺合戦物語り』（上），東京：講談社 1988 年版，第 236 頁。

② ［日］福住信邦：『新国姓爺合戦物語り』（上），東京：講談社 1988 年版，第 237 頁。

③ ［日］福住信邦：『新国姓爺合戦物語り』（上），東京：講談社 1988 年版，第 40 頁。

④ （清）江日升著，刘文泰等点校：《台湾外志》，齐鲁书社 2004 年版，第 17 页。

郑芝龙成为庇护一方的海上霸主，成为海上王。

“芝龙幼习海，知海情，群盗皆故盟或门下。自就抚后，海舶不得郑氏令旗不能来往。每舶例入三千金。岁入千万计，以此富敌国。自筑城于安平镇，舳舻直通卧内。所部兵自给饷，不取于官。鑱凿剽锐，徒卒竞劝。凡贼遁入海者，檄付芝龙，取之如寄。以故郑氏贵震于七闽。”① 可见，郑芝龙垄断了进行海外贸易的海洋通道，“海舶不得郑氏令旗不能来往”，成为威震海上的王者，郑氏集团也达到富可敌国的程度。“芝龙具有很强包容力，他手下聚集了日本、中国、朝鲜、琉球各民族的部下，而且，他能根据每人的技术、才能、适应性、经验而委以重任，他们皆以成为一官麾下而自豪，说道‘我们是一官的人’！”② 可见，郑芝龙具有识人的眼力和用人的胸怀，因此，可以成为群雄之首。“郑氏家族的实力，的确不是一个小岛国倭人所能想象的。郑芝龙不止是个武装商人，势力遍布中国沿岸，其实各河川伸入的内陆也都是他的势力范围。”③

另外，作为海上王的郑芝龙是有实际贸易业绩的。郑芝龙的“一官船”声名远扬，“他经商如同运用兵法。具有敏锐的商业头脑，勇敢的决断力，冷静的判断力，又具有识人的慧眼，是位将才”。④ 关于一官船与日本贸易的实绩，福住信邦结合史料，将其整理如下：⑤

1631年60艘，幕府制定“奉书船”制度，与荷兰的贸易终止。

1632年4艘，禁止芝龙渡航日本，荷兰给幕府送去人质申请

---

① 陈三井：《郑成功全传》，台北：台湾史迹研究中心1979年版，第3页。

② ［日］福住信邦：『新国姓爺合戦物語り』（上），東京：講談社1988年版，第30頁。

③ ［日］司馬遼太郎：『大盗禅師』，東京：文藝春秋2003年版，第314頁。

④ ［日］福住信邦：『新国姓爺合戦物語り』（上），東京：講談社1988年版，第30頁。

⑤ ［日］福住信邦：『新国姓爺合戦物語り』（中），東京：講談社1988年版，第82頁。

再度进行贸易，第二年获得许可。

1633 年至 1635 年，35 到 40 艘，中国船半数派遣到台湾的荷兰商馆援助。

1636 年 64 艘，补充禁止朱印船渡航不充足部分，只开长崎一个港口。

1637 年 93 艘，家族移住长崎，作为向幕府的援助。

1638 年 74 艘。

1639 年 97 艘，家族移居长崎获准。

1640 年 74 艘，11 月按照幕府的命令，平户的荷兰商馆遭到破坏。

1641 年 97 艘，迫使荷兰商馆移出长崎，作为空档期的补充。

1642 年 34 艘，半数向台湾及荷兰出口援助。

1643 年 34 艘。

1644 年 54 艘。

1645 年 76 艘，允许妻子阿松渡航，派遣援军请愿使。

1646 年 54 艘，拒绝派遣援军，芝龙降清媾和，阿松自杀。

对于以上描写，笔者查阅了《长崎荷兰商馆日记》，在 1645 年 3 月 9 日的日记中，记载“支那船十二艘到达长崎……大部分为一官党的船”[①]，而且，记载了郑芝龙的日本“夫人获得了允许出海去中国的许可”[②]。并且，在 1645 年 5 月 11 日，记载了“一官的夫人从日本长崎出发去中国”[③] 的事情。若将《长崎荷兰商馆日记》记载的内容与上述福住信邦所述进行对比，可以发现虽然没有确定一官船的数量，但是对于郑芝龙妻子出海去中国的记录时间完全一致，可见，福住信

① ［日］村上直次郎:『長崎オランダ商館の日記』第二輯，東京：岩波書店 1957 年版，第 36 頁。

② ［日］村上直次郎:『長崎オランダ商館の日記』第二輯，東京：岩波書店 1957 年版，第 36 頁。

③ ［日］村上直次郎:『長崎オランダ商館の日記』第二輯，東京：岩波書店 1957 年版，第 39 頁。

邦的上述数据是有一定依据的。

对于中日双方海外贸易的商品，从中国运到日本的“苏木、鹿皮、鲛皮、象牙、珊瑚珠、更纱、木棉缟等，大多数为南方的产物。在明朝和日本都属于珍贵物品，在日本销售的价格要翻数倍”[①]。而从日本运往中国的商品，有“银、铜、铁、樟脑、漆细工、刀剑、昆布、鯣、鲞鮨等……来回双方都能获得莫大的利益”[②]。

另外，对郑芝龙的海外贸易，在中国的“郑成功文学”中也有描写：“朱印船[③]的贸易利润，则可以用‘惊人’二字来形容。从日本载出的大量白银和铜钱，换来的是中国大批的生丝、各种丝织品，以及东南亚各国的鹿皮、鲛皮等。日本人将丝、丝织品做成各种服装，体现自己的身份尊贵和豪奢；用各种毛皮制成武士的护胸、裤子、上衣、鞋套、手套、刀鞘、刀柄，以及包裹火绳枪的皮袋……所有的货品都供不应求，每一艘朱印船进港，都会有来自日本各地的大批经销商在这里等着接货、卸货。一次出海，一船商品获得的最少利润，也在百分之百，有的甚至高达百分之二三百，获利之丰，难以想象。”[④] 由此可见，郑氏家族富可敌国并非徒有虚名，海上王郑芝龙所打下的基业，为郑成功的反清复明提供了坚实的经济基础。

要言之，郑芝龙的海上王形象兼具海盗与海商两个特点，这一形象在中日“郑成功文学”中作为典型形象被广泛书写。郑芝龙富可敌国，成为威震一方的海上霸主，正因为如此，才受到明廷的招抚，转变成为“飞虹将军”。

（四）“飞虹将军”的官僚形象

郑芝龙“飞虹将军”的官僚形象的出现，与他接受明廷的招抚、

① ［日］白石一郎：『怒涛のごとく』（上），東京：每日新聞社 1998 年版，第 134 頁。

② ［日］白石一郎：『怒涛のごとく』（上），東京：每日新聞社 1998 年版，第 134 頁。

③ “朱印船”，是指在 16 世纪末至 17 世纪初，在日本锁国政策下，经幕府许可授予朱印状（海外渡航许可证），允许进行海外贸易的船只。

④ 安之忠、林锋：《郑芝龙：海商传奇》，当代世界出版社 2013 年版，第 50 页。

成为海防将军的史实相关，另外还因为郑芝龙字“飞虹”，故日本“郑成功文学”中多以“飞虹将军”称之。郑芝龙成为海上王，明廷欲招抚郑芝龙，“惟查芝龙系泉州府吏郑绍祖子，六岁时曾受知府蔡善继掷石不责之恩，即起善继泉州巡海道，招安芝龙”①。郑芝龙也表示出愿意接受招安之意，“海上弄兵，原非本意。因寄迹东洋，受困倭人，迫而成之。今既承道宪严命，以负德意”。② 但是后来芝龙得知明朝只是想解散他们的党羽，并无招抚诚意，于是就率众逃离了泉州。

在崇祯元年（1628 年），泉州知府王猷再次提出招安郑芝龙，他指出：“郑芝龙两次大胜洪都司而不追，获卢游击而不杀，败俞都督，师至海内，中左弃城逃窜，约束其众不许登岸，不动草木。是芝龙不追不杀不掠者，实有归罪之萌。今一时剿难卒灭，抚或可安。”③ 于是巡抚熊文灿派卢毓英向芝龙说降：“抚台委弟前来招安，业将尔衷曲一一剖名，甚是欢喜。着将军退师海外，立功之日，定然保题，绝不负将军归诚之意。”④ 双方谈妥条件之后，当年九月，郑芝龙率众投降。“遂以‘义士郑芝龙收郑一官功’题，委为海防游击，又委毓英为都督，督芝龙军平诸盗。”⑤ 对于招安郑芝龙一事，陈三井的《郑成功全传》记载：“明朝官军屡讨东南海盗无效之后，改以盗治盗的策略，招安芝龙，而芝龙则借其海上雄威，向明朝邀官投降，以明军的姿态，出没东南海上。”⑥

郑芝龙成为明朝的海防游击后，先后讨平李魁奇、杨六、杨七、褚彩老等海盗，并在消灭李魁奇后被提拔为参将。崇祯八年（1635 年），郑芝龙奉命讨伐大海盗头目刘香。崇祯十二年（1639 年），芝龙又击败了前来进犯的荷兰军队，1640 年 8 月晋升为福建总兵，成为扬名海内外的将军。

---

① （清）江日升著，刘文泰等点校：《台湾外志》，齐鲁书社 2004 年版，第 17 页。
② （清）江日升著，刘文泰等点校：《台湾外志》，齐鲁书社 2004 年版，第 18 页。
③ （清）江日升著，刘文泰等点校：《台湾外志》，齐鲁书社 2004 年版，第 31 页。
④ （清）江日升著，刘文泰等点校：《台湾外志》，齐鲁书社 2004 年版，第 32—33 页。
⑤ （清）江日升著，刘文泰等点校：《台湾外志》，齐鲁书社 2004 年版，第 33 页。
⑥ 陈三井：《郑成功全传》，台北：台湾史迹研究中心 1979 年版，第 35 页。

在中国的“郑成功文学”中，关于郑芝龙受招抚成为明朝将军一事，也有详细描写：“卢毓英来见郑芝龙，详细讲述了朝廷欲重用其经过，郑芝龙大喜……请卢毓英携带亲笔信一封，交给熊文灿：‘芝龙倾心归化，情愿戴罪立功，充军辕门，以效犬马之劳。所有福建以至浙、粤海上诸盗，当一力平靖……’除了书信，郑芝龙还另外托卢毓英给熊文灿以及其左右官员送上一份厚礼。熊文灿大喜，立即答应允准郑芝龙受抚，并且题奏一本，得到恩准，授予了郑芝龙一个‘海防游击’的正式官职……郑芝龙摇身一变，由‘日本甲螺’变为了‘五虎游击将军’。”①

对此，日本“郑成功文学”中也有类似描写：“有一巨盗兴起，名叫郑芝龙，他是福建泉州府安平镇人，拥有中国最大的私人商船队，也可以说是亚洲首富。明朝为了招降他，给他一个海军游击都督的名义。”② 可见，中日两国文人对于郑芝龙由海盗变身将军的描写具有相通之处。

对于郑芝龙受明朝招抚一事，揆一写道：“明朝军队数度想征剿他，都被他巧妙英勇地击退。当时明朝皇帝还须应付许多棘手难题，只好宽赦他的海盗行为，并封他为防海游击，他有了这个官职后，便顺势成功地发展，后来更晋升为驱逐鞑虏的总兵。”③

最后，郑芝龙的“飞虹将军”的官僚形象，首先表现为郑芝龙具有将军的谋略。在日本的“郑成功文学”中，描写了郑芝龙在日本锁国政策下，获得与日本继续进行海外贸易的途径，“首先，准备齐备的证明书。他从福建巡抚熊文灿那里获得了作为福建省都督而统领水师的圣旨并出具了证明书。然后，他请来画师，身穿都督服饰，背景是他所率领的大军军容赫赫的风姿。并向幕府提交了叹愿书：‘我已并非当年的老一官，我现在身负重职，是能够左右明朝南海命

---

① 安之忠、林锋：《郑芝龙：海商传奇》，当代世界出版社 2013 年版，第 50 页。

② ［日］司馬遼太郎：『大盗禅師』，東京：文藝春秋 2003 年版，第 163 頁。

③ ［荷］C. E. S.：《被遗误的台湾　荷郑台江决战始末记》，林野文译，台北：前卫出版社 2011 年版，第 16 页。

运的大将军。’”[①] 郑芝龙成为明朝名副其实的大将军，日本幕府不得不刮目相看。在锁国政策下，日本只开放长崎一个港口允许外国人进行海外贸易，而最后经过竞争，只允许两个国家的商人在日本进行海外贸易，即中国和荷兰。在“颜思齐时期，曾与荷兰人缔结‘相互贸易’、‘军事协定’契约，芝龙作为颜思齐的翻译共同参加。他们拜访了荷兰总督，以‘双方不相互攻击，大陆的物产由倭寇运到台湾提供给荷兰人’为条件，荷兰方面也需要对日贸易的生丝，如此便不会担心倭寇的攻击，于是缔结了对双方都有利的条约”[②]。可以说，荷兰对于郑氏集团来说，一直是竞争对手。面对强劲对手，郑芝龙在与对方合作的同时，不断武装自己的军队，增强军事力量。

其次，“飞虹将军”的官僚形象还表现在增强军队战备的武装力量上。郑芝龙成为福建水师将军后，不断加强自己的武装力量。“英国最新式大炮，倭人组成的铁人部队，泰国制造的快速舰队与洋式帆船等组成强大的战斗力。而且，‘过往不究’的心理战术所形成的战线脱落促进作战，历次作战史的夸大化，国际连携关系以及占领地的教抚宣传等，所有都成为提高虚名的情报活动。”[③] 郑芝龙做这些虚张声势的准备，是出于令敌人闻风丧胆的考虑。“飞虹将军虽然为南海第一军阀，但是他的本性并非好战。他只是出于保护部下，确保通商安全，维持友好关系带来的利益，保证隶属辖区人民的和平，因此拥有强大的武力是必须的。”[④] 可见，“飞虹将军”的形象是正义者的官僚形象。上述提到的“铁人部队”，以及进口的武器装备，这些都在实际战斗中为郑芝龙的获胜提供了保证。

---

① ［日］福住信邦：『新国姓爺合戦物語り』（上），東京：講談社 1988 年版，第 303 頁。

② ［日］福住信邦：『新国姓爺合戦物語り』（上），東京：講談社 1988 年版，第 250 頁。

③ ［日］福住信邦：『新国姓爺合戦物語り』（上），東京：講談社 1988 年版，第 301—302 頁。

④ ［日］福住信邦：『新国姓爺合戦物語り』（上），東京：講談社 1988 年版，第 301 頁。

最后，“飞虹将军”的官僚形象，还表现在善于运用国外力量与资源上。郑芝龙军队之所以能够所向披靡，与从日本获得的支援有很大关系。郑芝龙曾经让日本人部下暗中招募日本兵，尤其是日本的浪人，“一官党募兵以扩充巡航战斗船队的船员为目的，这些船员是为了保护那些向一官党缴纳令旗费的交易船的航海安全。仙兵卫因为没有获得私人募兵的正规许可，不能光明正大地募集兵士，只能进行地下工作，因此是一件很花费精力的工作”。[①] 关于郑芝龙的“铁人部队”有以下描写：“铁人顾名思义，他们穿着日本式的甲胄，面部、颈部以及手上都包裹着铁甲，只露出眼睛、鼻子和嘴，如同铁制的机器人一般。”[②] 在郑芝龙与清军作战中，铁人部队发挥了重要作用，可以抵挡清军如雨般的毒箭。铁人部队在郑成功时期，也是与清军作战必不可少的武装力量。

“飞虹将军”郑芝龙除了暗地派人招募日本兵、获取日本的甲胄等物资外，还曾向日本幕府请援。德川幕府时期，日本幕府解散了原来支持丰臣秀吉的武士群体，很多曾经的武士成为浪人，浪人的不稳定因素成为日本社会的隐患。日本幕府曾慎重考虑过郑芝龙的请援，支持派兵的日本官员提议启用浪人群体，一方面支援了明朝，另一方面也解决了日本社会的浪人问题。关于郑芝龙日本请援的经过及请援书，在《华夷变态》一书中有详细记载。另外，针对明朝的日本请援问题，日本学者石原道博进行了深入研究，撰写了学术著作《日本乞师研究》（富山房，1945 年）。但是，日本德川幕府最终没有出兵支援。

要言之，郑芝龙从“日本甲螺”变身成为明朝将军，在中日“郑成功文学”中均有书写。在日本，关于“飞虹将军”官僚形象特点的论述，多以正义者的形象出现。另外，“飞虹将军”不但具有军事谋略，而且善于运用国际力量武装军队。至此，郑芝龙形象多元化的特

① ［日］福住信邦：『新国姓爺合戦物語り』（上），東京：講談社 1988 年版，第 214 頁。

② ［日］福住信邦：『新国姓爺合戦物語り』（中），東京：講談社 1989 年版，第 153 頁。

点可见一斑，除了“飞虹将军”的形象外，在中日“郑成功文学”中，作为台湾开拓者的郑芝龙形象也很突出。

（五）台湾开拓者的形象

郑芝龙的台湾开拓体现了他的胆识和谋略。郑芝龙台湾开拓者的形象也在中日“郑成功文学”中淋漓尽致地表现了出来。

对于明朝开拓台湾的记载，川口长孺在《台湾郑氏纪事》开篇写道：“台湾为海中孤岛，古无闻焉，明人始来往其地。”① 而郑芝龙对于台湾的开拓，陈三井的《郑成功全传》记载：“数岁，芝龙与弟芝虎亡之颜思齐党中为盗。思齐，海澄人，居台湾；一时群盗陈衷纪、杨六、杨七、刘香等皆出其门。衷纪，亦澄人，最桀骜；芝龙委身事焉。台有居人，自芝龙等始。”② 可见，郑芝龙是第一批到达台湾的明朝人。在日本江户时代的《落栗物语》中写道：“郑芝龙本身是位强者，加入了颜思齐集团，弟弟郑芝虎、芝豹、芝凤也随同，占据了南海的大岛台湾”③，郑芝龙作为颜思齐海盗集团的一员，“他们分乘十三艘船，航海八昼夜后，到达台湾中西部的诸罗海岸，现在的嘉义市云林县的北港附近”④。

郑芝龙到达台湾后，认识到了台湾的重要性，台湾“其地在琉球西，有鸡笼山，淡水洋。东北至日本，水道顺风七十更可达。其鸡笼城与明之福州对峙，至福州港口，五更可达。自台湾港至澎湖屿，四更可达。自澎湖屿至金门，七更可达”⑤。当时，“明人以其在澎湖屿东北，故名北港，又名东番，更称台湾”⑥。郑芝龙送到台湾的移民，

---

① ［日］川口长孺：《台湾郑氏纪事》，台北：台湾省文献委员会1995年版，第1頁。

② 陈三井：《郑成功全传》，台北：台湾史迹研究中心1979年版，第1页。

③ ［日］藤原家孝：『落栗物語』，国書刊行会編：《百家随筆》（第一巻），東京：国書刊行会1918年版，第484頁。

④ ［日］河村哲夫：『龍王の海：国姓爺・鄭成功』，福岡：海鳥社2010年版，第56頁。

⑤ ［日］川口长孺：《台湾郑氏纪事》，台北：台湾省文献委员会1995年版，第1頁。

⑥ ［日］川口长孺：《台湾郑氏纪事》，台北：台湾省文献委员会1995年版，第1頁。

最初就是在台湾北港进行开发。郑成功在《复台》诗中写道："开辟荆榛逐荷夷，十年始克复先基。"其中"先基"，指父亲郑芝龙曾屯兵积粮于此，后被荷兰揆一所侵占。可见，郑芝龙对台湾的开拓性贡献。

中日两国文人在中日"郑成功文学"中，也着力塑造了郑芝龙台湾开拓者的形象。在郭沫若的戏剧《郑成功》中，对郑芝龙的台湾开拓也进行了描写："一官太师送了成千上万的汉人到台湾去，每人给银三两，每三人配牛一头，把台湾开垦得和内地一样了。关于台湾的详细情况，赶我所知道的，我都写在《台湾地理志》里面了。"[①] 而且，郑芝龙先于荷兰人开拓台湾，"那是天启四年（1624 年）的事，比我们迟到三年。但是，荷兰人一来，靠着他们的铁甲船、红衣大炮、洋枪队，就把七鲲身占领了。他们把汉人和高山族人当奴隶，在七鲲身的尖端筑了一座热兰遮城，作为荷兰人的大本营，台湾从此就成为了活地狱。荷兰人焚烧残杀，奴役剥削，真是灭绝人性。"[②] 面对荷兰人的残暴统治，郑芝龙的台湾势力勇敢地与荷兰殖民者抗争。可以说，郑芝龙对台湾的开拓，也是与荷兰殖民者斗争的过程。

当时觊觎台湾的除了荷兰、倭寇还有西班牙。"芝龙为了日后开发台湾的梦想，确保开垦地，招募倭寇中的志愿者作为开拓民，在台湾桥头堡留下两千余人，将自己的部下战斗队长郭怀一和农民出身的何廷斌作为领导者留下，芝龙判断荷兰人、西班牙人不会袭击农业开垦地。"[③] 曾德厚在《台湾逐寇记》中有这样一段描写，荷兰使者前来拜访郑成功，当他们说到台湾是荷兰人发现的，且荷兰已经开发了三十七年的时候，"'放肆！'郑成功激动起来，两道剑眉威严地拧在一起，剑眉下，炯炯有神的目光扫视着案前的两位洋人。他愤慨地说：'三十七年，三十七年算什么?！我们的祖先早在一千年前就发现了台湾，辛勤地开发着这块土地！就是三十七年前，我先太师就已经在这里练兵

① 郭沫若：《郑成功》，上海文艺出版社 1979 年版，第 20 页。

② 郭沫若：《郑成功》，上海文艺出版社 1979 年版，第 20 页。

③ ［日］福住信邦：『新国姓爺合戦物語り』（上），東京：講談社 1988 年版，第 254 頁。

屯田，用‘三金一牛’的政策帮助大陆沿海灾民来台湾开发！你们睁开眼睛看看，这里的每一寸土地都浸润着我们先辈的血汗，这里的山河早已掩埋着我们祖先的尸骨！揆一不是想了解我此来的目的吗？你们回去告诉他，金银珠宝我不稀罕，你们可以带走，但是台湾的每一寸土地，却必须全部归还！’”[①] 这里所说的“先太师”，指的就是郑成功之父郑芝龙。郑成功不但表明了中国人先于荷兰人开发台湾的事实，而且阐述了郑芝龙“三金一牛”的开发台湾的政策。

关于郑芝龙开发台湾的政策，在日本的“郑成功文学”中也有表现，“在飞虹将军的心里，经营台湾的梦想仍在继续。在自己的协调下，为荷兰的台湾中继贸易走上轨道的那些害怕饥荒战乱的沿岸流民作为集团移民到台湾。奉劝荷兰‘广大的土地不是用来玩耍的。利用移民来生产农作物，增加主要出口物资如砂糖、鹿皮、鹿肉等是上策。’对于大陆方面，在大千魃的影响下像熊文灿巡抚进言，允许选择数万名饥民移民台湾，每位移民给三两银子，三个人给一头牛去开垦台湾的荒野。改变过去以男性为中心的移民方针，而将以家族为中心的集团移民作为主导。女性与子女发挥了活跃作用。移民们以芝龙留在台湾的首领郭怀一和何廷斌的北港部落为中心，开拓周边新领域。连史书记载狂暴性的颜思齐，都因为开垦北港引进了铁锹而被认为是台湾移民的恩人。荷兰人因为热衷于贸易，对移民并不收取田赋，由一官船选派的移民分散在城外以农耕为主，每年收获三次分外喜悦”。[②] 这里也表明了郑芝龙开发台湾的“三金一牛”政策的正确，而且郑芝龙还将自己的部下郭怀一、何廷斌作为台湾移民的首领留驻台湾，负责管理移民。

不仅如此，郑芝龙的台湾开发，还解决了福建闹饥荒的问题。“原来芝龙未做海盗之先，因做贸易，时常来往日本、台湾各处，他晓得台湾除荷兰人之外，一概是生番，是不做事的；就荷兰人也不事耕种

---

① 曾德厚：《台湾逐寇记》，湖北人民出版社 1982 年版，第 162 页。

② ［日］福住信邦：『新国姓爺合戦物語り』（上），東京：講談社 1988 年版，第 290—291 頁。

的。每每看见，便道：‘可惜一片好土地，没人收拾。’所以今天熊文灿一说赈荒，他便想到台湾。当下出来，便叫人去贴了一张告示，招人开垦，每人给三两银子，带到台湾去。不几日，果然就招了五六万人。芝龙便拨了三四十万的家私，买了两万余只的牛，五万余副耕田的家伙，然后把这许多人都载到船上，又带了一切日用家伙，不一日来到台湾。……开了约一月之久，早开好把万亩的良田。及试一种时，果然极其肥沃。……从此福建靠台湾的米，米价才平了下来，不致闹荒了。”①

而且，郑芝龙的台湾开发得到了民众的赞扬。“你阿爸（郑芝龙）是个有眼力的人。他看台湾土地肥沃，稻谷一年三熟，又是个进可攻、退可守的好地方，就对我们说，男子汉大丈夫，正该在此宝地做出一番事业。于是，我们跟着他在台湾砍木架屋、开荒种地、骑马练兵，还派人架船跑南洋做生意。只几年工夫，我们就聚起了几千人马，有了一支像样的船队。官兵们诬蔑我们是海盗，真正的海盗却又常常来骚扰我们。你父亲一怒之下，真的领着船队在海上与海盗、官兵打起仗来。一些海盗降服了，投到了郑字旗下；官兵接二连三地吃了败仗，见着郑字船队就望风而逃，你父亲因此得了海上之王的称号。”②

概言之，在中日“郑成功文学”中，郑芝龙的台湾开拓者形象是非常明显的。明朝人是最早到达台湾的移民，而郑芝龙又是第一批开发台湾的人，他采用“三金一牛”的政策吸引大陆移民到台湾去开发。同时，也将自己的势力范围扩大到台湾。在开发台湾过程中，为了大陆移民的利益，郑芝龙的势力也在不断地与荷兰殖民者斗争。移民台湾、开发台湾不仅解决了福建的饥荒等实际问题，也为后来郑成功收复台湾奠定了基础。

---

① 陈墨峰著，孙菊园、孙逊校注：《海外扶余》，湖南人民出版社 1985 年版，第 25—26 页。

② 曾德厚：《台湾逐寇记》，湖北人民出版社 1982 年版，第 8 页。

（六）投降清朝的逆臣形象

历史上的郑芝龙是一位存在争议的人物，作为明臣投降清朝，可以说是他人生中最大的瑕疵。郑芝龙的逆臣形象，也体现在中日“郑成功文学”中。

明朝末期形势非常严峻，崇祯七年（清顺治元年，西元 1644 年），李自成军队攻陷了北京城，崇祯帝在景山自缢，吴三桂迎清兵进入山海关，明朝灭亡。1644 年 5 月，诚意伯刘孔昭、司礼监韩赞周等在南京拥立福王即位，第二年改年号为弘光，并且封福建总兵郑芝龙为南安伯。弘光元年（顺治二年）五月，清军攻陷南京，弘光朝灭亡。1644 年 6 月，福建巡抚张肯堂、巡按御史吴春枝、礼部尚书黄道周、南安伯郑芝龙、靖虏伯郑鸿逵等在福州拥立唐王即位，改元隆武。隆武帝封郑芝龙为平虏侯，封郑鸿逵为定虏侯。但是，面对清朝的招降，“芝龙以拥立非本意，日与文臣忤。又度章皇帝神武，必不能偏安一隅，密有归款意。时招抚江南者内院洪承畴、招抚福建者御史黄熙胤，皆晋江人，与芝龙同里，通声问”。[①] 郑芝龙的态度表明了同意投降的意愿。在“隆武二年（清顺治三年，西元 1646 年）隆武帝知道仙霞关失守。于八月打算转进江西，行抵汀州，清兵追至，遂遇难。九月芝龙退守安平，满清贝勒博洛军进驻福州，派芝龙故旧郭必昌向芝龙说降。芝龙一向以保全名位为做人处事的准则，而置忠君、保国、卫民于度外，一听清朝将以闽粤总督相待，就欣然于是年十一月十五日到福州投降”。[②]

对于郑芝龙降清，郑成功曾力劝父亲，“成功曰：‘清兵不足患也，闽粤吾所自有，父欲得之，则乘时练兵集饷，号令天下，岂无应者？’不听。子弟劝入海，不听。成功又谏曰：‘父教子忠，不闻以贰！且北朝何信之有？倘有不测，儿只惟缟素复雠而已！’又不听”。[③] 可见，

---

① 台湾银行经济研究室：《郑成功传》，台北：台湾省文献委员会 1995 年版，第 41 页。

② 陈三井：《郑成功全传》，台北：台湾史迹研究中心 1979 年版，第 36 页。

③ 台湾银行经济研究室：《郑成功传》，台北：台湾省文献委员会 1960 年版，第 76—77 页。

郑芝龙、郑成功父子对清朝的态度完全不同。在中国“郑成功文学”中，与郑成功的忠君形象相比，郑芝龙的逆臣形象更加鲜明。然而，对于郑芝龙降清，日本的“郑成功文学”所塑造的郑芝龙形象却有所不同。

首先，日本文人对郑芝龙降清表示理解，认为郑芝龙在当时的形势下，出于自保也理所当然，而且，商人的本质决定了郑芝龙的选择。对于郑芝龙降清，司马辽太郎写道：“这个做父亲的郑芝龙虽然器宇不凡，但他骨子里还是商人心态。他虽然对流亡的明国皇族要复兴帝室的努力非常感动，也愿意伸张大义，反清复明。另一边却基于现实利益，想半通清国，两边骑墙，他的感情和心理是矛盾而复杂的。”[①] 司马辽太郎也指出了郑芝龙降清是由于商人注重现实利益的原因。这与中国的观点不谋而合。“孝和忠，是福松，也就是后来的郑成功一生事业的立足基石，这和郑芝龙出身商人，以‘利’和‘害’作为自己的处事标准，有着根本的区别。最后父子分道扬镳的结局，其实从开始就注定了。”[②]

其次，日本“郑成功文学”中，对郑芝龙降清一事从阳明学角度给予了解释，“将军的思想体系与阳明学很接近，重视心底发出的要求，不拘泥于‘忠臣不侍二主’的形式，而是认为若必须替代的话也不是不好”。[③] 这与从郑芝龙商人角度对降清一事的理解完全不同。福住信邦不拘泥于郑芝龙商人重利的表面化解释，从阳明学的角度分析了郑芝龙降清的思想根源。

而且，福住信邦[④]在《新国姓爷合战物语》中，分析了当时郑芝龙的处境，认为他有三条路可走。第一条路是彻底抵抗，即固守朱明王朝的大义名分，与清王朝宣战，为夺回八闽继续抗战，然后与内陆的

---

① ［日］司馬遼太郎：『大盗禅師』，東京：文藝春秋 2003 年版，第 303 頁。

② 安之忠、林峰：《郑芝龙：海商传奇》，当代世界出版社 2013 年版，第 123 页。

③ ［日］福住信邦：『新国姓爺合戦物語り』（中），東京：講談社 1989 年版，第 103 頁。

④ ［日］福住信邦：『新国姓爺合戦物語り』（中），東京：講談社 1989 年版，第 207—208 頁。

义军协力呼应北上。第二条路是脱离大陆，转战海洋。因为海洋是郑芝龙可以发挥优势的舞台，这样可以避免陆上作战的消耗，控制沿岸诸岛，像倭寇那样，焚掠沿海各地以扰乱敌人的后方，打游击战以待大陆反攻。第三条路就是投降清朝。若郑芝龙采用第三种方案，可以得到清朝所封南方三省总督之职，那么在确立了管辖领土的统治权后，实施仁政受到民众拥戴后不久，可将势力伸向江西、安徽两省，从而以长江为界控制华南。而且，招抚后，还可通过闽浙广三省总督的职务，换取清朝海军总督之职。如此一来，就可实现郑芝龙建立新海军，建造超级战舰，建设超越西方诸国舰队的海军力量，进而掌控海上霸权的构想。而采用第一个方案，即坚决抵抗的前提是能够从日本获得援军。

据《华夷变态》[①] 记载，郑芝龙曾向日本请求援军。正保三年（1646 年），隆武帝的使者黄徵明渡海到日本请援，带来郑芝龙书简数通，日本正京皇帝两通，上将军三通，长崎王三通，各有进贡礼品。同年十月，黄徵明从长崎到江户（今天的东京），在给正京皇帝的书简中，提出了向日本“借兵五千”[②] 的请求，并列出了进贡礼物的明细，均为上等的绫罗绸缎。在给上将军、长崎王的三通书简中，均为两通借兵之事，一通请求妻子渡海之事。但是，郑芝龙的日本请援终究没有成功。若按照前述福住信邦的分析，郑芝龙日本请援的失败，也是其选择投降清朝的一个原因。

对于郑芝龙的日本请援，在日本的“郑成功文学”中被广泛描写，当郑芝龙得知日本幕府拒绝出兵之时，顿时道：“万事休矣”[③]，可见郑芝龙对日本援军到来的迫切期望。郑芝龙期待日本援军，其中一个原因是以身着甲胄的倭人军作为先锋，可以抵挡清军的毒箭，另一个原因是得到日本的支持，可以达到威吓敌军的目的。

---

① ［日］林春勝、林信篤：『華夷変態』（上），東京：東方書店 1981 年版，第 17—19 頁。

② ［日］林春勝、林信篤：『華夷変態』（上），東京：東方書店 1981 年版，第 17 頁。

③ ［日］白石一郎：『怒涛のごとく』（下），東京：毎日新聞社 1998 年版，第 122 頁。

对于郑芝龙降清，荷兰最后一届驻台湾总督揆一写道："战争进行多年，甚至在明朝皇帝驾崩后，一官仍继续抵抗入侵者，但他最终发现自己的资源逐渐耗竭，不得不和鞑靼人议和。可是，鞑靼人并不信任他，在1630年（此处为误记，应为1646年）将他送到北京的大清朝廷，处以终身监禁。"① 可见，在荷兰殖民统治者眼中，郑芝龙是勇于抵抗清军的明朝将军，是出于无奈不得不与清廷议和，不得不投降于清朝，这与日本"郑成功文学"中的描写具有相通之处。

实际上，近年来中国也有学者指出："史料中的郑芝龙总是海盗和投降派的形象以陪衬他人。为避美化海盗之嫌，对其伟大历史功绩和贡献，总是一笔抹杀，以致国人皆知郑成功，却很少有人知道郑芝龙。其实郑芝龙是一位有人生瑕疵的伟大人物。"② 可见，对于历史人物的认识，并非只是一枚硬币的两面，只有全面认识这一人物，才能做出客观的判断与评价。

由以上论述可知，中国、日本以及荷兰文人基于不同的民族立场与国家立场，对于郑芝龙降清一事所持观点具有不同之处。与中国"郑成功文学"中的郑芝龙逆臣形象明显不同的是，日本"郑成功文学"所塑造的郑芝龙形象，没有认定郑芝龙是逆臣，而且对郑芝龙降清一事给予了理解，并结合日本历史上曾出现的类似情况，从商人重现实利益的角度和阳明学的角度进行了解释。

三　郑芝龙形象的特点及差异

中日两国文人基于不同的民族立场与国家立场，所塑造的郑芝龙的文学形象也存在差异。综观中日"郑成功文学"中郑芝龙形象的演变，可以发现郑芝龙形象的变迁体现了以下特点。

首先，中日"郑成功文学"中郑芝龙形象的变迁具有纵向的时序

---

① ［荷］C. E. S.：《被遗误的台湾　荷郑台江决战始末记》，林野文译，台北：前卫出版社2011年版，第16页。

② 姜正成：《拓台先驱郑芝龙》，中国财富出版社2015年版，第2页。

性特点。中国“郑成功文学”所表现出的郑芝龙形象具有历时性特征，即这些形象特征伴随着郑芝龙的人生经历而产生，是在中国的民族与国家立场下产生的郑芝龙形象。而日本“郑成功文学”的郑芝龙形象，也体现了“郑成功文学”在日本发展演进的时序性特点。[①] 其中，郑芝龙老一官的忠臣形象主要体现在日本“郑成功文学”发展的第一阶段，这一形象特点与历史事实缺乏一致性。而郑芝龙的其他形象特点，则体现在日本“郑成功文学”发展的第二阶段和第三阶段，既体现了与历史事实的一致性，也反映了郑芝龙形象的日本变容。而中日“郑成功文学”中共通的郑芝龙的海上王形象、官僚形象以及台湾开拓者形象，反映了郑芝龙在海外贸易、抗击海盗和荷兰殖民者以及开发台湾上的功绩，对于全面认识郑芝龙在历史上的地位具有重要意义。

其次，中日“郑成功文学”中郑芝龙形象的变迁，体现了围绕郑芝龙所形成的明清关系史、中日海外贸易关系史、中国大陆与台湾地区的关系史、中国与荷兰的关系史等不同的国际关系场域。其中，郑芝龙老一官的忠臣形象，是背离历史事实的郑芝龙形象的虚构性描写，体现了郑芝龙形象日本化的特点。这一形象产生于日本江户时代的“国姓爷”热潮时期，在《国姓爷合战》及其改作剧中表现得尤为突出，反映了江户时代日本社会的国家主义意识形态。郑芝龙才貌双全的有志青年形象，体现了中国、日本文人在“郑成功文学”中对郑芝龙形象塑造的特点，为郑芝龙成为叱咤风云的海上王等形象埋下伏笔。郑芝龙海盗/海商的海上王形象，是中日“郑成功文学”中郑芝龙的典型形象，体现了明末清初中日海外贸易的发展状况以及郑芝龙在东中国海海域的影响力。郑芝龙“飞虹将军”的官僚形象，一方面继续反映了中日海外贸易的发展状况，另一方面也表现出明清交替之际复杂的国内形势、国际形势以及郑芝龙抗击海盗等业绩。郑芝龙的台湾开拓者形象，肯定了郑芝龙开发台湾、抗击荷兰殖民者的功绩。而郑芝

---

① 笔者将日本的“郑成功文学”划分为三个时期进行论述，分别为江户时代（1661—1867 年）的先声期；明治、大正及昭和前期（1868—1945 年）的发展期；第二次世界大战（1945 年至今）以降的繁荣期。

龙投降清朝的逆臣形象，虽然在中日“郑成功文学”中的表现有所不同，但却反映了郑芝龙降清的历史事实以及基于这一历史事实的中日两国的不同认识，从而影响了历史上对郑芝龙的评价。

最后，中日“郑成功文学”中郑芝龙形象变迁的特点，体现了如前述历史上某些学者对于郑芝龙评价的片面性和碎片化倾向性的特点。在中国“郑成功文学”中，郑芝龙形象的多元化特点与郑芝龙自身跌宕起伏的人生经历密切相关。可以看出，郑芝龙不仅仅是投降清朝的逆臣，作为海上王的郑芝龙与日本进行海外贸易从而促进中国海洋事业发展的功绩，作为台湾开拓者形象的郑芝龙开发台湾的功绩，以及抗击荷兰殖民者等功绩是无法抹杀的。如匪石所言“郑芝龙者，屠杀国族之刽子手也，降叛旗下之好人物也。肇自始生之年，下逮身死之岁，芝龙无一时、无一事不与朱明为死敌”。[①] 显然这样的判断是片面的。实际上，郑芝龙在与日本进行海外贸易的过程中，对于促进中日文化的交流，无疑也起到了重要作用。

另外，基于不同的民族与国家立场，中日两国文人在“郑成功文学”中所塑造的郑芝龙形象的差异主要体现在两个方面。首先，郑芝龙老一官的忠臣形象是日本“郑成功文学”独有的郑芝龙形象，而这一形象特点在《国姓爷合战》及其改作剧中表现得最为突出。可以说，郑芝龙忠臣形象特点具有虚构性，与历史事实完全背离，这种背离一方面受到了《国姓爷合战》产生之前的《明清斗记》中郑芝龙忠臣形象的影响，另一方面也是为了衬托郑成功日本武士的忠诚形象，反映了作者的国家主义创作意识。其次，围绕对郑芝龙降清这一史实的不同观点，中日“郑成功文学”中郑芝龙的逆臣形象也有所不同。与中国“郑成功文学”中郑芝龙鲜明的逆臣形象不同，日本“郑成功文学”中表现出了郑芝龙降清时不得已顺应大势所趋的无奈心理，对郑芝龙降清一事不但给予理解，而且还对商人重现实利益和郑芝龙思想体系具有阳明学的特点进行了解释。也就是说，郑芝龙的逆臣形象在

① 台湾银行经济研究室：《郑成功传》，台北：台湾省文献委员会1960年版，第74页。

日本“郑成功文学”中并没有清晰的表现。以上两点体现了郑芝龙形象在日本“郑成功文学”中的变容。

究其原因，中日“郑成功文学”中郑芝龙形象的差异，体现了中日两国文人基于不同的民族与国家立场对郑芝龙的不同认识。中国“郑成功文学”中郑芝龙逆臣形象的鲜明特点，首先受到了中国儒家思想体系下忠君思想的影响。郑芝龙身为明臣，投降清朝，是不忠的表现，因此为逆臣。其次，郑芝龙投降清朝，而清朝在中国儒家思想体系下被视为夷狄，这种华夷观念也是影响郑芝龙逆臣形象形成的一个原因。而在日本，日本文人基于日本历史所出现的类似史实，对郑芝龙降清持理解态度，并且对商人重视现实利益以及郑芝龙思想体系中阳明学“心即理”的思想特点进行了解释。所以，日本“郑成功文学”中对于郑芝龙降清虽然也进行了描写，但并没有以逆臣相称。日本认为郑芝龙并非逆臣，也与郑芝龙的忠臣形象形成了某种程度上的一致性。

要言之，受到中日两国不同的民族与国家立场的影响，中日“郑成功文学”中的郑芝龙形象体现了纵向的时序性特点，以及横向的围绕郑芝龙形成的不同的国际关系场域的特点，同时，也反映了中国历史上对于郑芝龙评价所存在的片面化、碎片化倾向的特点。另外，中日“郑成功文学”郑芝龙形象的日本变容，体现在郑芝龙的忠臣形象与逆臣形象不同的两个方面。

综上所述，立足于不同的民族与国家立场，中日两国文人在“郑成功文学”中，对郑芝龙的评价呈现出争议与赞扬并存的诸多样相。其中，在中国，由于受到郑芝龙投降清朝等人生经历的影响，以及在郑成功反清复明、收复台湾等壮举的反衬下，形成了对郑芝龙为海盗、为逆臣的普遍认识；在日本，日本文人对郑芝龙持认同态度，对郑芝龙降清一事也给予理解；在荷兰等国家，则认为郑芝龙是英雄，是海洋探险家。另外，考察中日“郑成功文学”中郑芝龙的形象可以发现，郑芝龙的形象呈现出以下特点，具体表现为郑芝龙老一官的忠臣形象、才貌双全的有志青年形象、海盗/海商的海上王形象、“飞虹将军”的官僚形象、台湾开拓者的形象和投降清朝的逆臣形象的特点。分析郑芝龙形象的变迁可以发现，在中日两国民族与国家立场的影响下，首先，中日“郑成功文学”中的郑芝龙形象体现了纵向的时序性特点，其中，中国“郑成功文学”中的郑芝龙形象与其人生经历的发展具有一致性。而日本“郑成功文学”中的郑芝龙形象，也体现了日本“郑成功文学”发展演进的阶段性特点。其次，中日“郑成功文学”中郑芝龙形象的演变，从横向上看，形成了围绕郑芝龙的不同国际关系的场域，反映了中日海外贸易关系史、明清社会关系史、中国大陆与台湾地区的关系史、中国与荷兰关系史等领域的侧面。最后，中日“郑成功文学”中郑芝龙形象的变迁也反映了中国历史上对于郑芝龙评价所存在的片面化、碎片化倾向的特点。另外，立足于中日两国不同的民族与国家立场，中日“郑成功文学”中郑芝龙形象的日本变容，体现在郑芝龙的忠臣形象与逆臣形象不同的两个方面。其中，郑芝龙老一官的忠臣形象为日本“郑成功文学”独特的形象特点，这一形象特点与历史事实完全背离。而围绕对郑芝龙降清一事的不同认识，与中国“郑成功文学”中郑芝龙鲜明的逆臣形象不同，日本“郑成功文学”中虽然也言及郑芝龙降清一事，但却并未冠以逆臣称号。

郭沫若《郑成功》中的海洋书写及其“哲学意味”

阅读提示 郭沫若在日本的海洋体验对其电影剧本《郑成功》的创作产生了重要影响。从《郑成功》中对“海战”“通洋裕国”“收复和开发海岛台湾”等一系列海洋书写可知，该剧是海洋文学的典范之作。郭沫若对郑成功作为海洋英雄的文学再现正是其创作该剧的所谓“历史的兴趣”，亦即“哲学意味”之所在，这也是其独特的审美眼光和超越时代的海洋精神的外在表达。

郭沫若的《郑成功》是为纪念郑成功收复台湾三百周年，应八一电影制片厂的稿约而创作的电影剧本。该剧本发表在1963年《电影剧作》的第2、3期上，这是郭沫若唯一的一部电影文学剧本。目前，学界对于该剧本的主要研究成果①多集中在郭沫若的创作意图及其所表现的郑成功收复台湾的功绩等方面，未见从海洋的视角进行研究的成果。而且，

---

① 主要有朱幼棣、李建勋的《郭沫若的〈郑成功〉值得重视》（《文学评论》1982年第3期）、黄火荣的《“开辟荆棘千秋功业，驱逐荷虏一代英雄”——简评郭沫若的电影文学剧本〈郑成功〉》（《抚州师范学院学报》1993年第3期）、李畅的《郭沫若、阿英〈郑成功〉创作意图和人物形象比较》（《四川戏剧》2014年第3期）等，这些文章对郑成功收复台湾的壮举给予高度评价，并从电影剧本的特征分析了《郑成功》剧本的艺术成就：其一是场面描写与细节描写大大加强，其二是人物语言非常简练。剧本的戏剧结尾是郭沫若作为浪漫主义诗人的理想主义特色。另外，邓经武在《郭沫若电影剧本〈郑成功〉的尴尬》（《现代中国文化与文学》2015年第1期）中指出，这部电影剧本受到“冷遇”，是因为郭沫若创作的核心思想与当时中共高层的政治主张出现了隔膜。

“《郑成功》不像郭老的其他历史剧，它几乎没有引起重视和讨论，也为很多研究者所忽视”①。“现有的文学史教材、众多谈论郭沫若创作的研究文章，几乎都省略了《郑成功》，以至于许多从事中国现当代文学研究的专业者，不知道郭沫若有这样一部作品。”② 本文则立足于《郑成功》中的海洋书写，探讨其背后的所谓“哲学意味”，呈现出郭沫若在进行郑成功形象塑造时着力表现的海洋英雄郑成功的文脉。

一　情感记忆之滥觞：郭沫若与《郑成功》的渊源

对郭沫若而言，“郑成功”是特殊的存在，其出生地为日本长崎平户，祖籍福建南安，都与郭沫若有着一定的渊源。郭沫若的祖籍是福建汀州府宁化县，1927 年 7 月他在参加完南昌起义之后，于 9 月 3 日到达福建汀州，在给当地革命群众演讲时，他的第一句话是：“三百年前我也是汀州人。”③ 据专家考证，郭沫若的祖先到达四川的时间是乾隆四十六年（1781 年），至郭沫若已是入蜀的第六代。另外，郑成功的出生地日本长崎的平户市，距离郭沫若在日本留学的九州大学并不遥远。郑成功在日本受到文人的广泛青睐，日本自江户时代以来就以近松门左卫门的净琉璃戏剧《国姓爷合战》（1715 年）为代表，产生了“国姓爷”热潮，后世文人以郑成功为题材创作的文学作品绵延不绝，而且，以《国姓爷合战》为范本而改作的剧本亦屡见不鲜，其中，日本著名戏剧家小山内薰、久保荣等都创作过《国姓爷合战》的改作剧，并且，近松的《国姓爷合战》作为日本的经典剧目至今还会定期在东京和大阪的国立剧场上演。这对于旅居日本十余年、熟谙日本文

---

① 朱幼棣、李建勋：《郭沫若的〈郑成功〉值得重视》，《文学评论》1982 年第 3 期。

② 邓经武：《郭沫若电影剧本〈郑成功〉的尴尬》，《现代中国文化与文学》2015 年第 1 期。

③ 陈耀中：《“三百年前我也是汀州人”——谈郭沫若与福建》，《郭沫若学刊》1990 年第 3 期。

学与文化的知日作家郭沫若而言，无疑会产生深远影响。与郑成功的渊源能够唤起郭沫若内心深处的情感与记忆，这也转变成郭沫若创作《郑成功》的原动力。

郭沫若在创作该剧本之前，在纪念郑成功收复台湾三百周年之际，于1962年2月1日在《南方日报》上发表了七律诗《郑成功光复台湾三百周年纪念》，《文汇报》继而刊出了他创作该诗的书法手稿：“台湾自古属中华，汉族高山是一家。岂许腥膻蒙社稷？不容蟊贼毁桑麻。千秋大业驱荷虏，一代英雄国姓爷。三百年来民气壮，教他纸虎认前车。”

1962年10月至11月，郭沫若在完成电影剧本《郑成功》初稿后，曾赴福建田野考察郑成功遗迹，修改完善该剧本。他在《学习、再学习》中写道：“郑成功是我国历史上反殖民主义的先驱，这个历史人物是值得肯定的，剧本在十月间完成初稿，已经打印了出来，为了增加点感性知识，我又到福建、浙江沿海和舟山群岛等地去跑了一趟。”[①]他在泉州考察时，写下了律诗《咏五里桥》怀念郑成功，“五里桥成陆上桥，郑藩旧邸踪全消；英雄气魄垂千古，劳动精神漾九霄；不信君谟真梦醋，爱看明俨偶题糕；复台得意谁能识，开辟荆榛第一条”，并在该诗后面注有郑成功的《复台》一诗：“开辟荆榛逐荷夷，十年始克复先基。田横尚有三千客，茹苦间关不忍离。”

不仅如此，郭沫若在福建考察期间，1962年11月12日参观郑成功纪念馆时曾发现一枚铸有“漳州军饷”的银币为“郑成功大元”，这引起了郭沫若的浓厚兴趣，他认为这枚银币上的花押是“成功”二字，随即作诗一首：“故垒想雄风，海天一望中。漳州军饷在，二字署成功。”为了得以确认，他亲自去厦门大学拜访专家陈文松教授，陈教授对郭沫若的观点给予了肯定，并补充说花押应该是“朱成功”[②]三个字。根据这一发现，郭沫若撰写了两篇研究论文，分别是《由郑成

---

① 郭沫若：《学习、再学习》，载张澄寰编选《郭沫若论创作》，上海文艺出版社1983年版，第524—525页。

② “朱成功”是南明隆武帝所赐，郑成功原名郑森，隆武帝赐其国姓“朱”，名“成功”，因此，郑成功也被称为“国姓爷”。

功银币的发现说到郑氏经济政策的转变》和《再谈有关郑成功银币的一些问题》，发表在了《历史研究》（1963 年第 1、2 期）上。在追踪这一研究线索的过程中，郭沫若在上海还发现了花押为“国姓大木”的另一种郑成功军饷银币。郭沫若的这一研究将中国自铸币的历史“从清代的道光年间推前了将近 200 年，这在中国货币史上应该说是‘一个划时代的事件’”。[①] 可以看出，郭沫若对郑成功的关注、创作与研究是具有内在驱动力的。郭沫若耗时两年，洋洋洒洒十余万字的电影剧本《郑成功》终于在 1963 年问世。

那么，诗人郭沫若所创作的郑成功形象有何不同呢？姑且移开戏剧视线而转向其诗歌创作，可以发现海洋题材是郭沫若诗歌创作中大量涌现的题材，“人们只要读一读《女神》《星空》两个诗集中的诗作便不难发现，海的形象是在这时期郭沫若抒情诗中出现最多的一种具体可感的物象。更重要的是，海不仅仅是郭沫若描写的纯客观对象，而且是他的最具个性特色的诗作的内在精神和审美特征”。[②] 另据李怡先生考证，[③]《女神》中出现的海洋意象占总篇目的百分之五十以上，在郭沫若诗歌的名篇中，出现海洋意象的篇目高达百分之五十五。海洋是郑成功生命中的原风景，郭沫若的剧本《郑成功》就是一部海洋文学的典范之作。

二　海洋文学之典范：郭沫若《郑成功》中的“海洋”书写

对于海洋文学，中国学者段波指出，海洋文学是“指以海洋作为叙述或故事发生的主要场景或者背景，以大海、水手、舰船、岛屿等

① 赫治清：《郭沫若与郑成功研究》，载林林主编《郭沫若研究》第十辑，文化艺术出版社 1992 年版。

② 王富仁：《他开辟了一个新的审美境界》，《郭沫若研究》1988 年第 7 期。

③ 李怡：《日本体验与郭沫若诗歌抒情方式的改变》，山东大学《博约论坛》演讲稿，2020 年 8 月 6 日。

要素作为小说的主要元素，以水手作为叙事的主要角色，以航海叙事、海洋历险、海上探险、船难等为题材或根据海上的体验写成的生动展现了大海与人类、人类与自然、人类与社会的复杂关系和审美意蕴的文学作品”①。对此，日本学者小岛敦夫在《世界的海洋文学·总解说》中也指出，优秀的海洋文学应该具备三方面特征，“第一，要以正确的海洋知识为基础”；“第二，对海洋、海事的独特观察以及丰富的感性和表现力”；“第三，作者本身具备海事认识以及海洋精神”。② 在日本的“郑成功文学”中，海洋成为日本文人创作郑成功题材文学作品的一个独特视角，“‘二战’以降，日本‘郑成功文学’产生了泛海洋化书写的现象”。③ 郭沫若曾旅居日本多年，其自身的海洋体验及其对海洋潜移默化的认识影响了其对郑成功的评价及其文学创作，他在剧本《郑成功》中，选取的是郑成功一生中最辉煌的时段，即1657—1622年发生的历史故事，描写了郑成功反清复明、北征南京、东征收复海岛台湾等一生中的光辉事迹，而串联这些历史记忆的底色便是海洋。

首先，“海战”是郭沫若在《郑成功》中重点书写的对象。电影剧本《郭沫若》开篇便以海洋拉开帷幕，在郑成功出场前，电影呈现给读者的是清晨平如明镜、深蓝广袤的大海以及海天飞舞的白鸽、海湾中无数船只交相辉映之景象，最终画面聚焦在一艘装饰华丽、桅杆上插着大红三角旗、上有金黄色“郑”字的郑成功座船上，这个时候太阳从海平面徐徐升起……郑成功就是在这种宁静、和平的气氛中出场的：

> 郑：“天空海阔，真是开拓人的心胸呵！”
>
> 忽然有一只老鹰，远远飞来，在海上盘旋。郑成功看到这只

---

① 段波：《“海洋文学”的概念及其美学特征》，《宁波大学学报》（人文科学版）2018年第4期。

② ［日］小岛敦夫：《世界的海洋文学·总解说》，东京：株式会社自由国民社1998年版，第10—11页。

③ 参见拙文《郑成功的海洋观与日本“郑成功文学”中的海洋思想》，《山东社会科学》2020年第4期。

鹰，睥睨着它，心中生出不愉快的联想。他指着老鹰向随侍者说道："这是多么可恶的扰乱平静的侵入者！这就像外来的兵马侵占了中华，荷兰人的海盗侵占了台湾。"①

这里的"白鸽"是象征和平的使者，"鹰"则是打破宁静气氛的闯入者，亦是"扰乱平静的侵入者"，既象征外国侵略者，也暗示着荷兰对台湾的侵占。在该剧中，郑成功命部下射杀这只鹰，最后鹰被甘辉将军射穿了双眼，郑成功将它作为"礼物"送给了荷兰使臣汉布鲁克神甫，他将国姓爷郑成功赠送的礼物制作成了标本留作纪念。这一情节传达出郑成功对荷兰殖民者的深恶痛绝，也为其后来驱逐荷兰殖民者做了铺垫。

聚焦《郑成功》中的"海战"书写，可知第一场海战便是郑成功"北征南京"的战役。永历十二年（1658 年）阳历 6 月 13 日，郑成功从厦门率师北征南京，大军出发之时，送行的男女老幼在观音大士前祈祷菩萨保佑郑成功马到成功，"望海上风平浪静，一帆风顺"②。在北征途中，郑成功军队羊山遇险的情节，更加凸显了海洋的重要性。郑成功大军顺利到达羊山后，引水都督李顺向郑成功谏言，让他杀羊祭羊山神，否则羊神会兴风作浪。郑成功起初并不相信，传命各船鸣锣收兵。然而，"不一会儿黑云微起，天气起了变化。俄而狂风大作，奔雷闪电，雨大如注。海中大浪如山岳崩颓。一时天色昏黑，人在对面亦不能相见。大小几百艘船只互相碰击，有的被掀翻，有的被漂流。只闻折裂冲击，人喊马叫，呼死呼救之声"③。经历此番劫难，水手和一部分将官向郑成功跪求，言国姓爷乃星宿下凡，遭此劫难定是因为得罪了龙王，因此请求国姓爷拜几拜龙王。"郑成功挽弓在手，跪在船头，接连向海中射了四箭。说也奇怪，不一会儿黑云散了，暴雨歇了，狂风止了，波浪又逐渐平静下来。大家高叫了起来：'国姓爷的跪拜真

① 郭沫若：《郑成功》，上海文艺出版社 1979 年版，第 6—7 页。
② 郭沫若：《郑成功》，上海文艺出版社 1979 年版，第 31 页。
③ 郭沫若：《郑成功》，上海文艺出版社 1979 年版，第 34 页。

有灵，感动了龙王！’郑大笑：‘如果真有龙王，是我把龙王射死了！’”[①] 龙王亦是海王，此处将郑成功北征途中羊山遇险归结为龙王发怒，致使郑成功大军损失惨重，虽是夸张的表现手法，但足以见出海洋的气候变化左右着郑成功北征的成败。因有前车之鉴，在永历十三年（1659年）阳历5月17日（阴历七月六日）第二次北征之时，郑成功军队得以顺利通过羊山，“郑：‘风力饱满，船就象生了翅膀一样呵！’李顺：‘国姓爷，你现在可相信了吧？不鸣锣击鼓，就不会惊动瞎子龙王’”[②]。

在《郑成功》中还有另外一场重要的“海战”，那就是郑成功收复台湾的渡海战。在欲渡海的关键时刻，引水都督李顺“回到船尾去，跪在一处僻静的角落里祷告：‘龙王老爷，请你不要生气，请你保佑招讨大将军，你收风歇浪吧！……’李顺又从船尾跑到船头来，在暗淡的灯光中，又向郑成功叩头：‘恭喜你，招讨大将军，你是天上的星宿下凡，龙王老爷向你投降了’”[③]。郑成功军队渡海收复台湾之时，正是利用了鹿耳门海道潮汐的变化，在涨潮之时开动大船迅速渡海，才得以神兵天降，令荷兰殖民者大惊失色。当荷兰的汉布鲁克神甫得知此事，“立刻改变了脸色。‘国姓爷在风雨中自天而降，这还了得！两万多久经战斗的中国兵，纪律很严，最近还在厦门海上打败了二十多万清兵，他们来了，这还了得！’他拿着信急急忙忙跑上楼去找揆一”[④]。众所周知，郑成功最终收复了海岛台湾，驱逐了荷兰殖民者。

其次，郭沫若《郑成功》中的海洋书写还表现在“通洋裕国”乃郑成功军队生存之保障上。以商养军是郑成功军队生存之根本，郭沫若在《郑成功》中也着墨对郑成功海商集团的海外贸易进行了描写。

---

① 郭沫若:《郑成功》，上海文艺出版社1979年版，第35页。
② 郭沫若:《郑成功》，上海文艺出版社1979年版，第37页。
③ 郭沫若:《郑成功》，上海文艺出版社1979年版，第119页。
④ 郭沫若:《郑成功》，上海文艺出版社1979年版，第132页。

在该剧中，有郑成功派遣德高望重的部下到台湾经营“令旗费”的情节，“常老，我想请你到台湾去，帮助何老主持这件事，对来往商船重新征收通海税款”[①]。实际上，郑氏海商集团自郑成功父亲郑芝龙时代开始便已垄断东南海域，向过往船只征收令旗费了。“先年太师一官殿下发给通海旗帜，每只船每年都要缴纳三千两呢。”[②] 令旗费只是郑氏海商集团收入的一部分而已，实际上，郑成功海商集团由山路五商和海陆五商构成，山路五商负责从陆地采购物资并运送到总部厦门，海陆五商则将这些物资输送到海外，这就是郑成功在“延平条陈”中提出的“通洋裕国”方略。隆武二年（1646 年）三月，郑成功在延平向隆武帝提出“据险控扼、拣将进取、航船合攻、通洋裕国”的方针，后人誉为“延平条陈”，“‘延平条陈’的军事策略既是郑成功反清复明事业的指导方针，同时也是郑氏政权得以维持的基础”。[③]

关于郑成功派遣部下征收“令旗费”的原委，在郭沫若的《郑成功》中还有下文，那就是瓜州操江督门朱衣佐在前往台湾途中，发现了通海旗帜的秘密，“我在海船上，看见很多船只的樯桅上都挂着一面三角形的小红旗，上面用金线横绣着 Koxingga 等字样”[④]。朱衣佐将此秘密向荷兰东印度公司告发，荷兰驻台湾总督揆一下令抓捕负责此事的何斌等人，致使“常寿宁用火烧死，何斌褫夺公权，财产充公，挖去左眼，扎断右膊。其余的人一律铳杀”[⑤]。这是荷兰殖民者制造的一起骇人听闻的屠杀事件，其残忍程度令人发指，这一事件也阻断了郑成功海商集团征收“令旗费”的经济来源。

为了将郑成功赶尽杀绝，清廷下达了海禁政策，清朝福建总督张贴的告示这样写道：“郑匪成功，釜底游魂。抗命天朝，窃据厦门。乃

---

① 郭沫若：《郑成功》，上海文艺出版社 1979 年版，第 22 页。

② 郭沫若：《郑成功》，上海文艺出版社 1979 年版，第 15 页。

③ 参见拙文《郑成功的海洋观与日本“郑成功文学”中的海洋思想》，《山东社会科学》2020 年第 4 期。

④ 郭沫若：《郑成功》，上海文艺出版社 1979 年版，第 77 页。

⑤ 郭沫若：《郑成功》，上海文艺出版社 1979 年版，第 83 页。

有奸民，通海下洋。……通海者斩，抗迁户焚。告尔军民，其各秉遵。”① 海禁政策的实施，阻断了郑成功山路五商采购物资的渠道，摧毁了“通洋裕国”这一郑成功军队赖以生存的保障，这成为郑成功最终决定收复台湾的一个重要原因。

最后，郭沫若在《郑成功》中，极力赞扬了郑成功收复和开发海岛台湾的功绩。在剧本《郑成功》中，郑成功曾多次亲口说出海岛台湾乃中国疆土这一不争之事实。郑成功首次出场时曾指着海空中飞翔的老鹰说道：“这个多么可恶的扰乱平静的侵入者！这就象外来的兵马侵占了中华，荷兰人的海盗侵占了台湾。”② 在接到荷兰总督揆一要求恢复通商的信件时，郑成功说道：“这信写得很蹊跷，台湾是中国的疆土，你们荷兰国不远万里而来，在那里开设公司，怎么还说通商未能如愿？”③ 作者借郑成功之口多次强调台湾是中国的疆土。在郑成功登陆海岛台湾之时，曾致信揆一总督。

> 大明招讨大将军郑成功致书于荷兰台湾督办先生：
>
> 台湾是中国疆土，我今率兵前来屯垦。荷兰公司只允在此经营贸易，乃竟四处建筑城堡，拥兵自雄，虐我汉人与高山族人，如奴隶牛马。今与尔等约：即日放下武器，献出城堡，愿归者可保安全离境，愿留着可保和平经商。④

在这封信中，郑成功再次义正词严地声明“台湾是中国疆土”，收复台湾乃正义之举，这也是郭沫若强调的重中之重！

追溯海岛台湾的历史可知，郑成功的父亲郑芝龙要早于荷兰人到达台湾，郑芝龙对台湾有开拓之功。“常老：‘荷兰人到台湾是什么时候？’何：‘那是天启四年（1624 年）的事，比我们迟到三年。但是，

---

① 郭沫若：《郑成功》，上海文艺出版社 1979 年版，第 106 页。
② 郭沫若：《郑成功》，上海文艺出版社 1979 年版，第 7 页。
③ 郭沫若：《郑成功》，上海文艺出版社 1979 年版，第 14 页。
④ 郭沫若：《郑成功》，上海文艺出版社 1979 年版，第 152 页。

荷兰人一来，靠着他们的铁甲船、红衣大炮、洋枪队，就把七鲲身占领了。他们把汉人和高山族人当奴隶，在七鲲身的尖端筑了一座热兰遮城，作为荷兰人的大本营，台湾从此就成为了活地狱。荷兰人焚烧残杀，奴役剥削，真是灭绝人性。'"[①] 据此推算，郑芝龙在1621年便已开始开发海岛台湾，在荷兰人占领台湾之后，台湾的汉人和高山族人便成为他们奴役的对象。在该剧中，作者描写了郑芝龙对台湾实施的开拓政策："郑：'我听我父亲说过，他经营台湾费了不少的工夫。'何：'是呵，一官太师送了成千上万的汉人到台湾去，每人给银三两，每三人配牛一头，把台湾开垦得和内地一样了。关于台湾的详细情况，赶我所知道的，我都写在《台湾地理志》里面了。'"从某种意义上可以说，郑成功对台湾的开拓继承了父亲郑芝龙的事业。

实际上，郑成功在东征海岛台湾之前，便已做好开垦发展台湾的准备了。郑成功在战船上带了许多耕牛，不幸的是，东征途中他们遇到风暴不能前行，在断粮之际，部下提出要杀耕牛充饥，郑成功坚决地反对道："不行！耕牛是带到台湾去开垦的，一头也不准杀！要杀牛，不如来杀我！"[②] 由此可见郑成功的远见卓识。收复台湾后，郑成功随即便下达了屯垦命令。

> 关于屯垦的事也要开始着手了。这个步骤我们早就有部署，也请黄安负责，把各营各镇分配到台湾各地进行屯垦。先发半年的粮饷，有了半年粮，以后就靠收成了。最要紧的一条，是不准圈占高山族和汉人的耕地，违抗者杀头。[③]

可以说，郑成功不仅是一位卓越的政治家、军事家，还是一位名副其实的经营家，他对海岛台湾的开发具有不可磨灭的历史功绩。

---

① 郭沫若：《郑成功》，上海文艺出版社1979年版，第20页。
② 郭沫若：《郑成功》，上海文艺出版社1979年版，第115页。
③ 郭沫若：《郑成功》，上海文艺出版社1979年版，第176页。

三　海洋英雄郑成功的文学再现：郭沫若《郑成功》中的“哲学意味”

对于历史剧的创作，1946年郭沫若在上海市立戏剧学校曾这样讲道：“写历史剧可用诗经的赋、比、兴来代表。准确的历史剧是赋的体裁；用古代的历史来反映今天的事实是比的体裁；并不完全根据事实，而是我们在对某一段历史的事迹或某一历史人物，感到可喜可爱而加以同情，便随兴之所至而写成的戏剧，就是兴。”① 他把历史剧创作归为三类，即“一是再现事实，其次以历史比较现实，再次历史的兴趣而已”②。根据郭沫若历史剧的创作特征，童庆炳先生认为，历史文学有三个层面，即“重建—隐喻—哲学意味，由表及里，层层深入。重建完整的历史世界，才能艺术地隐喻现实；而哲学意味则不是外加的，就在重建、隐喻中”③。童庆炳指出，郭沫若所言“历史的兴趣”就是历史文学作品的第三层面“哲学意味”。

“哲学意味”这个概念出自亚里士多德的《诗学》，他说：“写诗这种活动比写历史更富于哲学意味，更被严肃对待；因为诗所描述的事带有普遍性，历史则叙述个别的事。”④ 若作如是观，历史文学作为一种诗性活动，同样可以揭示人生真谛。童庆炳进一步指出：“‘哲学意味’就是作品中所暗示出来的对人生真谛的那种可言不可言、可道不可道的状态。历史文学若要达到极致，像其他伟大作品一样成为不朽的经典，就不能停留在对于历史的重建上，不能停留在对现实的隐

① 郭沫若：《谈历史剧——在上海市立戏剧学校演讲》，《文汇报》1946年6月26、28日。

② 郭沫若：《谈历史剧》，载《郭沫若论创作》，黑龙江人民出版社1982年版，第155页。

③ 童庆炳：《重建·隐喻·哲学意味——历史文学作品三层面》，《社会科学辑刊》2006年第6期。

④［古希腊］亚里士多德：《诗学》，载《诗学·诗艺》，人民文学出版社1962年版，第29页。

喻上，还必须更上一层楼，要有暗示人生‘哲学意味’的效能。”[①] 而历史文学中的“哲学意味”可以概括为三点：“第一，这哲学意味是自然的，是作者从生活体验中提炼出来的，而不是生硬灌输进去的，更不是在作品中写哲学讲义；第二，这哲学意味是从作品的整体中透露出来的，不是个别细节插入；第三，哲学不同于常识，因此历史文学中的哲学意味应该是深刻的，它像火种那样点燃圣人的希望，像阳光那样照亮人生道德道路，像魔镜那样照彻人的心灵，让你的灵魂无所逃遁。”[②] 郭沫若倾注心血创作的电影剧本《郑成功》便是一部倾注“历史的兴趣”亦即“哲学意味”的力作。

郭沫若创作《郑成功》的“历史的兴趣”或称“哲学意味”，在于用文学的形式再现海洋英雄郑成功的光辉形象。如前所述，郭沫若在日本旅居十余年，在他的诗歌中，海洋题材占有相当高的比重，可知海洋体验已内化为郭沫若对客观的人和事进行审美判断的内在精神。郑成功出生在日本海滨城市平户，从其父亲郑芝龙时代开始，郑氏海商集团就与日本进行海外贸易，海洋是郑氏海商集团赖以生存的基础，郑成功与海洋的深厚渊源与郭沫若自身的海洋体验不谋而合，其剧本《郑成功》中的海洋书写便是最好的明证。不仅如此，郭沫若在剧本《郑成功》中以一首“郑成功之歌”开篇，开篇诗便已将郑成功与海洋结合在了一起，“阿里山的神木呵，东海啊，那是你的手臂和精神！……天就垮了，海就干了，你也不会抛掉我们。中国的台湾呵，可不是你的灵魂?”[③] 这里将“东海”作为郑成功的精神之所在，哪怕海洋干了，郑成功也不会抛下中国的台湾，因为那是他的灵魂，可以说剧本开篇海洋英雄的形象已跃然纸上。

然而，上海文艺出版社在该剧本末尾的《编后》中这样写道：“作

① 童庆炳：《重建·隐喻·哲学意味——历史文学作品三层面》，《社会科学辑刊》2006年第6期。

② 童庆炳：《重建·隐喻·哲学意味——历史文学作品三层面》，《社会科学辑刊》2006年第6期。

③ 郭沫若：《郑成功》，上海文艺出版社1979年版，第2—3页。

者以巨大的热情，为我们描绘了一幅气势宏伟、壮丽的历史画卷，塑造了民族英雄郑成功的光辉形象。”[①] 毫无疑问，郑成功是我国的民族英雄，但是，综观全篇的格调与作品的整体精神，郭沫若力图塑造的不仅仅是作为民族英雄的郑成功，凭借其超越时代的审美眼光，他塑造的更是作为海洋英雄的郑成功。

在中国作家创作的郑成功题材的戏剧中，较之郭沫若更早的是阿英（又名魏如晦）创作的话剧《海国英雄》（一题《郑成功》）。该话剧于1940年完成，1941年在上海新艺剧社公演。在《写作杂记》中，阿英追溯了中日两国郑成功题材的五部戏剧创作史，其一是郑成功歌剧，这部歌剧虽然在《白麓藏书郑成功传叙》中有记录，但未见真书；其二是日本戏剧家近松门左卫门的《国姓爷合战》（1715年）；其三是小山内薰根据近松《国姓爷合战》改作的同名剧《国姓爷合战》（1935年）；其四是浴日生发表在《民报》上的《海国英雄记传奇》（1906年），但是并未刊完；其五便是李扑园所著史剧《郑成功》。阿英表明了创作《海国英雄》的原因，那是因为“出于日人手笔者，不仅歪曲史实，抑且别具用心，殊不宜于中国演出。由国人创作者，则或因写作时间关系，不适于今代，或因伤感气氛过重，不足以激励，亦非吾人所需，而郑成功一生的韧性战斗精神，在今日却极足以表扬，此亦《海国英雄》新本之所以作也”[②]。正如阿英所言，《海国英雄》反映的是基于南明史实的民族英雄郑成功的韧性战斗精神，这与该剧创作的时代背景，即抗战的特殊时期亦相契合。但是，虽然题为《海国英雄》，通篇却未出现“海洋”二字，可见阿英创作《海国英雄》的旨趣并不在海洋。

与阿英不同的是，郭沫若的《郑成功》虽然在题目中并未有“海”“海洋”或是“海国”字样，但是通篇都未曾离开海洋的视角和书写，“海战”“通洋裕国”“收复和开发海岛台湾”等一系列书写意

---

① 郭沫若：《郑成功》，上海文艺出版社1979年版，第231页。

② 魏如晦：《海国英雄——郑成功》，国民书店1941年版，第26页。

在塑造海洋英雄郑成功的形象。一言以蔽之，海洋英雄是郭沫若对郑成功的重新认识和文学再现，亦是郭沫若《郑成功》中的“哲学意味”之所在。

综上所述，郭沫若的日本经历及其海洋体验对其电影剧本《郑成功》的创作产生了深远影响，从《郑成功》中的“海战”“通洋裕国”“收复和开发海岛台湾”等一系列海洋书写可知，该剧是海洋文学的典范之作。郭沫若凭借其独特的审美眼光和超越时代的海洋精神，塑造了海洋英雄郑成功的光辉形象，这也是其创作该剧的所谓“历史的兴趣”，亦即“哲学意味”之所在。郭沫若《郑成功》中的海洋英雄形象是历史人物郑成功的文学再现。

郑成功之妻董氏与郑氏三代兴亡史之关联
——以中日“郑成功文学”的董氏书写为中心*

阅读提示 郑成功之妻董氏与台湾郑氏三代兴亡史具有深度关联。以中日“郑成功文学”的董氏书写为研究对象可以发现，郑成功之妻董氏的女性形象呈现出贤妻良母的女性形象、理智冷静的女性形象以及台湾“西太后”形象的特点。在郑成功时期，董氏不仅发挥了妻子的责任与义务，还成为郑成功事业上的支持者；在郑经统治时期，董氏作为母亲，在协助郑经经营台湾的同时，不忘郑成功的遗志，继续进行反清复明活动并参与政策的制定与决议；在郑克塽时期，董氏作为祖母，是郑克塽继承郑氏政权大统的决定性人物。

在中日“郑成功文学”① 中，中日两国文人对郑成功之妻董氏的书写是不容忽视的存在。长期以来，中日两国学者多将目光投向郑成功或者郑氏家族的其他人物，对郑成功之妻董氏的论述甚少。② 而且，中国史料对董氏的记载也很有限。实际上，董氏是郑氏政权中非常重要

* 本文原载《中外文化与文论》第 43 辑，四川大学出版社 2019 年版。

① “郑成功文学”包括以郑成功为题材的戏剧、小说等虚构性的纯文学作品和传记、日记等写实性的文学作品，参见寇淑婷、岛村辉《日本“郑成功文学”的形成、流变及其研究态势》，《东疆学刊》2017 年第 3 期。

② 主要有林星《郑成功妻子董友的女性生活史研究》，载洪本地主编《郑成功研究文集》，厦门大学出版社 2012 年版。该文从女性生活史的角度，对郑成功之妻进行了论述。

的女性人物，在丈夫郑成功、儿子郑经、孙子郑克塽三代郑氏政权的统治中，发挥了不可估量的作用。考察中日“郑成功文学”中的郑成功之妻董氏形象，有助于还原出历史上董氏的真实面貌，进而认识董氏与郑氏三代兴亡史之关联，也可以揭示郑成功的女性观及郑氏政权的内部情况。

一　郑成功之妻董氏考

郑成功的原配夫人董氏，原名“董友”，又称“董酉”、董酉姑。陈三井的《郑成功全传》中对董氏有如下记载：“郑成功原配董夫人，曾因丈夫的丰功伟绩而成为台湾妇孺皆晓的人物。可是，也许因为我国传统忽视女性，前代史家述夫人的事绩，类多寥寥数语，十分简略。董氏为泉州进士礼部侍郎董飏先的胞侄女。生于明天启三年（西元1623年）癸亥九月廿四日。至迟在崇祯十五年孟春便已嫁给郑成功。永历三十五年六月十六日病逝安平王城。享年五十九岁。董夫人是位德行与能力备全的女性，始则全力相夫，继而督训世子，一生积极，可谓女中豪杰。”[①] 这里指出了中国历史上对董氏史料记载的不足及原因，同时也可以看出，董氏出身于名门望族，从她的出生年月来看，比郑成功长一岁，而她去世的永历三十五年，即西元1681年，台湾郑氏政权的第二代统治者郑经去世，也是在这一年，董氏参与了争夺台湾郑氏政权第三代统治权的政变，监国郑克臧被杀害，年仅十二岁的郑克塽继承了王位。而在董氏去世后的第三年，即1683年，郑氏政权就走向了灭亡。可以说，董氏几乎伴随了郑氏政权发展的整个历程。在郑成功去世后的二十余年间，董氏在郑氏政权的统治中实际上发挥了重要作用，这一点待后述。另外，从《郑成功全传》中对董氏的评价可以看出，董氏“德行与能力备全”，德行体现在她全力相夫教子上，能力应该指对郑成功事业上的支持，以及后来在郑氏政权的统治

---

① 陈三井：《郑成功全传》，台北：台湾史迹研究中心1979年版，第336页。

中所发挥的作用，因此，被称为“女中豪杰”。

在《郑成功全传》中，关于董氏还有进一步的记载：“崇祯十六年（1643 年）初，成功十九岁，成功娶雷廉道董容先之女，礼部尚书董飏先之胞侄女。同年，生子经。”① 这里记载的董氏的父亲为“雷廉道董容先”，而非“礼部尚书董飏先”，但据其他学者考证，这二人为同一人，“学术界对郑成功夫人姓名为董友、生父为董飏先、祖籍地为石狮市永宁镇沙堤村、出生地为永宁村的认同即是明证”②。所以，“董氏为人，方正端雅，凡理家政，处妾媵，俱以贤德称。尤以能协助成功事业。黄梨洲谓：‘凡海上所至，禁奸止杀，董实有力焉。’成功死后，朝廷复议招抚，百般诱惑，郑经不为所动，董氏的勉励，必甚有力。她不但能鼓励其子继承父志，且对百姓尤存爱恤之心”③。可以看出，董氏不仅具有女性的贤德品质，而且能够辅助郑成功的事业。众所周知，郑成功军队的纪律非常严明，“奸淫妇女者斩首示众，连坐上官”④。对于奸淫妇女的处置可谓极其严厉，而董氏“实有力焉”，可见，郑成功对女性的尊重，实际上也受到了董氏的影响。而且，董氏在嫁给郑成功后不久，便生下了长子郑经，实际上已经奠定了在郑氏家族不可动摇的地位。另外，董氏对于百姓，也存“爱恤之心”，这体现了身为统治阶层的仁德。

在董氏的一生之中，遭遇过诸多大事，但是其中两个事件尤为重要。其一为郑经私通乳母之事，其二为郑氏政权第三代继承人的争夺之事。对于郑经私通乳母之事，陈三井编纂的《郑成功全传》写道：“延平立法严峻，虽亲族有罪不稍贷，有功必赏，颁赉无吝容……长子锦舍，即郑经，与弟裕舍乳母陈氏通，生一子。延平知之，命以妇投之海，锦舍又私匿之，已逾三载，无敢言。陈氏恃宠，时凌锦舍妻，

---

① 陈三井：《郑成功全传》，台北：台湾史迹研究中心 1979 年版，第 268 页。

② 李天锡：《对〈郑成功夫人董氏身世考略〉的一点补充》，载洪本地主编《郑成功研究文集》，厦门大学出版社 2012 年版，第 163 页。

③ 陈三井：《郑成功全传》，台北：台湾史迹研究中心 1979 年版，第 268 页。

④ 秦就：《台湾第一世家：台湾之父郑成功》，实学社 2002 年版，第 50 页。

颇不能堪，以告其祖尚书唐枚臣，为致书延平。时锦舍守厦门，延平以令箭授都事黄元亮，命渡海立取锦舍陈氏母子头来台，并令锦舍母董夫人自尽。”① 对于私通之事，郑成功起初并不知情，郑经向郑成功谎称是与侍妾所生之子，郑成功得知自己有了孙儿，非常高兴，大加赏赐。郑经妻子是前尚书唐显悦的孙女，唐显悦在给郑成功的信中写道：“三父八母，乳母亦居其一。令郎狎而生子，不闻饬责，反而赉赏。此治家不正，安治国乎？”② 郑成功得知实情后，勃然大怒，“我欲成大事，乃不能治家，遑问天下”③。于是派人去杀郑经，还要杀结发妻子董氏，惩罚她治家不严。

对于此事，黄宗羲在《郑成功传》中也有记载：“成功既治家严刻，长子经居岛破耽声色，狎老女，与乳妪通，生子。成功闻之，大怒；令黄昱、洪有鼎至岛，谕郑泰监杀经及经母董，以教儿不谨也。诸部大惊；又知成功病革，或乱命，谋保全。谓经，君子也，不可拒交；推泰，泰于成功为兄行，谓兄可拒弟；克期举事。”④ 当时郑经与董氏驻守在厦门，而郑成功已经收复台湾。对于这一突发事件，长子郑经及原配夫人董氏都面临着被处死的危险。但是，在诸多部下的协助下，最终化险为夷。结果，郑经和董氏得以保全性命。办法是让郑成功的堂兄郑泰出面，因为“世子，子也，不可以拒父；诸将，臣也，不可以拒君；泰于藩主为兄弟行，拒之可也”⑤。于是，部下联名上奏郑成功，请求宽恕郑经及其母亲，郑成功在得知金门、厦门诸将抗命后，病情更加恶化。从这个事件可以看出，董氏在郑氏政权中的势力，就连执法以严格著称的郑成功也没能够奈何得了她。实际上，“董飏先与郑芝龙结为亲家，除了他是进士，门第较高外，也和他支持郑氏政权有关。他的不少族人参加了郑成功的抗清活动。儿子董腾后追随郑

① 陈三井：《郑成功全传》，台北：台湾史迹研究中心1979年版，第315页。
② 陈锦昌：《郑成功的台湾时代》，台北：向日葵文化2004年版，第284页。
③ 陈锦昌：《郑成功的台湾时代》，台北：向日葵文化2004年版，第285页。
④ （明）黄宗羲：《赐姓始末》，台北：台湾省文献委员会1995年版，第30页。
⑤ 陈锦昌：《郑成功的台湾时代》，台北：向日葵文化2004年版，第285页。

成功收复台湾，曾长期率水军驻扎澎湖”①。澎湖是台湾的门户，可见郑成功对董腾的信任程度，同时也反映出了董氏在郑氏政权中的地位。

另外一个事件是在郑经去世后，在郑氏政权第三代继承人的争夺中，董氏发挥了决定性作用。郑经在世时，对长子郑克臧极其欣赏，立其为监国，欲让他继承王位。黄宗羲在《郑成功传》中，对郑克臧有如下记载：“长子克臧，旧为监国。藏，郑氏螟蛉子也；原姓李。经嬖妾林养之。其事秘，经莫知也；以永华女配之。及经西寇。委政永华；永华请克臧为监国。克臧严毅，颇儆成功；诸弟畏之。迨经败东还，永华亦没；以国付臧。亡何，经死；诸弟扬言曰：‘克臧非吾骨肉！一旦得志，吾属无遗类矣。’董即命收监国印。”② 这里所谓的郑克臧为“螟蛉子”的说法，还有待考证。由上述记载可以看出，郑克臧是陈永华的女婿，被委任为监国，在郑经、陈永华相继去世后，郑克臧可以说失去了靠山，在政治上开始处于弱势。而在郑氏政权继承人的争夺中，敌对的冯锡范一方，使用了最为卑劣的手段，对郑克臧以致命的一击，即郑克臧为螟蛉子的说法。

对此，陈三井的《郑成功全传》也有记载：“郑经率舟师渡海，克臧已弱冠，性刚毅果断，遇事敢为。经爱之，令守台，号监国。裁决国事，赏罪功罪，一出至公，即诸父昆弟有过不少假，用是宗族多怨之。及经厦门败归，视监国处事悉当，益信其贤。与精兵三千人为护军，族人益惮，而怒愈深矣。及经疾遽亡，未立后。经母董太夫人，穿集各官读遗命，立新主。”③ 由上述记载可知，郑克藏贤德、公正，具有身为统治者的才能，但也因此结怨颇多，郑氏族人因此产生畏惧，也产生了怨恨心理。这里的“董太夫人”，即郑成功之妻董氏，这是在郑成功去世后对董氏的称呼，还有文献称其为“董国太夫人”。据黄宗羲的记载，董氏在郑经去世后，主张“立新主”，可见董氏在这场政变

---

① 林星：《郑成功妻子董友的女性生活史研究》，载洪本地主编《郑成功研究文集》，厦门大学出版社 2012 年版，第 67 页。

② （明）黄宗羲：《赐姓始末》，台北：台湾省文献委员会 1995 年版，第 43 页。

③ 陈三井：《郑成功全传》，台北：台湾史迹研究中心 1979 年版，第 317—318 页。

中的立场和作用。

对于这一政变过程，陈三井的《郑成功全传》写道："经诸弟白太夫人，请先收监国印，诺之。令太监往取，克臧不与，太监归。讹传监国率兵且至，众仓皇不知所出。经妾和娘者，克塽母也。曰：监国明达，必无是，请往取之。至晤克臧，讯印绶事。克塽曰：此印先君所授，军国紧焉。太夫人使一介传命，真伪莫据，何可轻与，和娘来固当持去。遂随和姬往，再拜纳印。太夫人曰：汝非郑氏骨血，宁不知乎？克臧未及对，经诸弟群起挞之。克臧笑曰：挞我何足武，我平日不避嫌怨，守法不阿，殆为郑氏疆土耳，今日死生惟命。太夫人命置别室，不令出。经诸弟又遣乌鬼往杀之。乌鬼者，荷兰之奴，凶悍且黠。克臧已有先知，遂自缢死。明日立克塽为嗣，而移克臧柩于门外。太夫人乃召克臧妻陈氏谕之曰：汝参军女也，参军与先王为至交，于国有大功，汝居宅中无敢犯也。"① 可见，以董氏为首的郑氏政权的统治阶层，以克臧非郑氏骨血为由，收回了郑克臧的监国印，免去监国一职，并欲秘密杀害克臧，结果导致了克臧的自尽，何足哀哉！当时的郑克塽年纪尚幼，由冯锡范辅政。郑氏政权失去郑克臧这样一位具有郑成功遗风的领导者，可谓最大的损失。"永历卅五年，清康熙二十年，世藩殂，董太妃杀监国克臧，以克塽为世子，袭王位。时塽年方十二，不能亲理庶政，国事冯锡范主之，兵事刘国轩主之。大臣互相猜忌，遂肇乱源。是年六月董太妃薨。"② 郑氏政权在围绕继承人的争夺中，产生了政治上的混乱，导致政局不稳，这也是郑氏政权不久就被清朝灭亡的一个要因。也就是在这一年永历三十五年，董氏去世，享年五十九岁。

从以上对郑成功之妻董氏的考证可知，董氏出身于名门望族，不仅贤良淑德，而且还能够辅助郑成功的事业，是一位德行与能力兼备的女中豪杰。另外，从郑经私通乳母生子之事以及郑氏政权第三代继

---

① 陈三井：《郑成功全传》，台北：台湾史迹研究中心1979年版，第318页。

② 陈三井：《郑成功全传》，台北：台湾史迹研究中心1979年版，第319页。

承人的争夺之事可以看出，董氏在郑氏政权的统治中，发挥了非常重要的作用。这样一位具有传奇色彩的女性，也成为中日文人的书写对象，在中日“郑成功文学”中，董氏的女性形象也呈现出别样的面貌。

二 中日“郑成功文学”中的董氏形象

（一）贤妻良母的女性形象

在中日“郑成功文学”中，郑成功之妻董氏的文学形象呈现出了贤妻良母的女性形象特点。董氏出身于名门，深受中国儒家传统女性观的影响，是一位非常称职的贤妻良母。

这一点首先表现在董氏对郑氏家族的经营上。郑成功忙于反清复明活动，与妻子董氏聚少离多，但是郑成功对妻子极其信任，将郑氏家族的事务交与董氏打理。“‘你在战场上拿生命在做赌注，身为你的妻子，我能为你做点什么呢?’成功回答道：‘守好这个家！代我守好家!’‘家?’‘是的。守不住家的男人更不会守住天下。你是我的妻子。守好家就是你最重要的工作，希望你能够接受这个任务。你和我两个人是合为一体的一个人。’”[①] 从这段描写可知，郑成功认为家庭与国家一样重要，只有守护好家庭，自己才能够安心为国家奋战，才能够反清复明。而他将守护家庭的重担交给了妻子董氏。郑成功在上战场前，董夫人和长子经前来送行，“成功盯着八岁的儿子看，然后对妻子叮嘱道：‘守好家是妻子的责任，保卫国家是丈夫的责任’”[②]。可见，身为妻子有守好家的义务，有成为贤妻良母的义务。在中国儒家传统的女性观中，成为贤妻良母是对女性的要求。在上述郑成功要求董氏守好家庭的情节上看，郑成功是按照中国儒家传统的女性观来要求妻子的。在荒俣宏的小说《海霸王》中，这样的情节曾反复出现：“董夫人有些害怕郑成功。郑成功是少见的严格头领。为了明朝

---

① ［日］荒俣宏：『海霸王』（下），東京：角川文庫1993年版，第79頁。
② ［日］荒俣宏：『海霸王』（下），東京：角川文庫1993年版，第218頁。

的再兴，他是兼具武力和道义的男人。而且，对待家庭问题也一样严格。成功不断告诉董夫人，‘国家的事情我来管，家庭的事情你来管。只有家庭管理得有条理，我才能够安心地反清复明。’”① 可见，郑成功本身深受中国儒家传统女性观的影响，这与他从小接受的儒学教育密切相关。对此，森本繁在《台湾的开祖　国姓爷郑成功》中有如下描写：“郑成功受到朱子学儒教思想的影响，要求妻子成为一位贤内助。董氏每日忙于织布、缝制部下将士的军服、修补甲胄等工作，从照顾家庭的饮食起居到育儿，事事都要操心，没有休息的时候。作为贤惠的夫人，她很少违逆丈夫，指挥第二夫人以下的妾室，无私奉献。”② 另外，董氏对于郑经的教育也非常严格，努力培养郑经成为郑氏的接班人。郑经的诗集《东壁楼集》所载诗歌480首，是从康熙三年到十三年间所作诗文。从这点可以看出，郑经的确才华横溢。董氏对郑氏家族的无私奉献有目共睹。而且，董氏管理家庭的能力也得到了证明：“托董夫人的福，妻子董氏是替我管理这个家的功臣。我反清复明失败了……但是董氏成功地达成了我的愿望，她带来了郑氏一族的繁荣。”③ 可见，郑成功对董氏经营的郑氏家族非常满意。

其次，董氏的贤妻良母形象还表现在对郑成功反清复明事业的支持上。郭沫若在戏剧《郑成功》中，对董氏也有涉及。“缝纫所，全是女子，在制造军装、军鞋、军帽等，也有刺绣部门，在锦缎上刺绣郑成功的肖像和花鸟人物，这是用来做奖品和商品的。”④ 这是董氏组织女人们为郑成功的将士准备的奖品以及军需物品。郑成功被封为延平郡王，董氏则是延平王妃，但是，董氏没有像一般的王妃那样只顾享受生活，而是成为郑成功事业上的有力支持者。关于这一点，在鹿岛樱巷的《台湾红泪史》中也有类似描写：“郑氏的后庭却设立了

---

① ［日］荒俣宏：『海覇王』（下），東京：角川文庫1993年版，第448頁。

② ［日］森本繁：『台湾の開祖　国姓爺鄭成功』，東京：国書刊行会2014年版，第210頁。

③ ［日］荒俣宏：『海覇王』（下），東京：角川文庫1993年版，第455頁。

④ 郭沫若：《郑成功》，上海文艺出版社1979年版，第24页。

相当于红十字社或者爱国妇人会等的机构，由董夫人亲自指挥众多的婢妾侍女，裁缝机械，看护疗养，众多的织女分工合作进行作业。国姓爷论功行赏之时，头巾战袍、衣带、扎头巾等各类物品，皆出自延平王妃亲手制作，这在台湾府志有明确记载。”① 因此，鹿岛樱巷对郑成功之妻董氏给予了非常高的评价：“董国太夫人实际上是上下三千年东洋的历史上，少见的女豪杰。我认为正是因为有了这样的一个妻子，才有了郑成功事业的万丈光芒，若没有这个妻子，郑成功在历史上不会有这么重要的位置。”② 也许这一评价具有某些倾向性，过于强调董氏的地位，但是却反映出董氏在郑成功事业上所起到的重要作用。

再次，董氏的贤妻良母形象还体现在面对郑成功的侧室所表现出的贤德上。郑成功除了原配夫人董氏以外，他的一生中拥有诸多侧室，生了十个儿子。“娶侧室，董氏也没有意见。当时一般的男人都有一两个妾。为了全家繁荣，应当多生孩子。从这种意义上说，甚至认为娶侧室是‘孝行’的表现。”③ 据郑氏族谱的《石井本宗族谱》记载，郑成功“妣董氏，雷兼道董容先女。姬庄氏、林氏、温氏、史氏、蔡氏、曾氏、蔡氏、许氏。生十男”④。在这里，有记载的侧室有八人。而且，在郑成功的十个儿子之中，董氏不仅生了郑经，据《郑氏宗谱》记载：“经又名锦，聪，俱董出。明、睿、智，庄出。宽，温出。裕，董出。温，史出。柔，温出。发，蔡出。”⑤ 从上述记载可知，董氏与郑成功生了三个儿子，分别为“经、聪、裕”，可见，郑成功对原配夫人董氏还是非常有感情的。“董氏具备的贤德，使得后来成功的妾八人，子十

---

① ［日］鹿島桜巷：『台湾紅涙史』，台北：愛国婦人会台湾支部 1914 年版，第 81 頁。

② ［日］鹿島桜巷：『台湾紅涙史』，台北：愛国婦人会台湾支部 1914 年版，第 81 頁。

③ 陳舜臣：『鄭成功　旋風に告げよ』（上），東京：中央公論新社 1999 年版，第 166 頁。

④ 厦门市郑成功纪念馆：《厦门市郑成功研究会 · 郑成功族谱四种》，福建人民出版社 2006 年版，第 177 页。

⑤ 厦门市郑成功纪念馆：《厦门市郑成功研究会 · 郑成功族谱四种》，福建人民出版社 2006 年版，第 197 页。

人，家中一切营运皆能相安无事。”① 由此可知，郑成功的侧室不仅仅只有族谱上记载的那八位，数量远远超出了所记载的范围。董氏面对侧室的态度，若用儒家传统的女性观来衡量的话，也充分体现了董氏的贤德。

从以上论述可以看出，郑成功之妻董氏是一位贤妻良母，这一形象特点主要表现在其对郑氏家族的经营、对郑成功事业的支持以及面对郑成功诸多侧室所表现出来的贤德上。而董氏贤妻良母的女性形象特点，是深受中国儒家传统女性观影响的结果。

（二）理性冷静的女性形象

郑成功之妻董氏的文学形象还呈现出理智冷静的女性形象特点。在陈舜臣的《风云儿郑成功》中，董氏的这一形象特点表现得尤为突出。

首先，在面对郑成功母亲因清军而死的问题上，董氏能够保持异常的理智与冷静。当时董氏提醒郑成功：“‘请您不要忘记，现在郑家全家人的眼光都在注视着您的一举一动啊！’郑成功的妻子在丈夫耳边小声地说。她的声音十分冷静。”② 董氏之所以提醒郑成功，是不想因为郑母的去世而对郑成功在郑氏家族中的地位产生影响。“‘您刚才的哀哭很好。郑家一门会受到感动的。’妻子董氏低声地说。”③ 根据习俗，父母去世，子女要在尸前放声恸哭，这称之为“哀哭”。哀哭的好，往往受到人们的称赞。董氏称郑成功哀哭的好，说明郑成功没有失去礼数。然而，“郑成功刚才的恸哭，完全是真实感情的流露，没有任何做作。他自己并不知道自己哭出了什么样的声音，流了多少眼泪，

① ［日］福住信邦：『国姓爺鄭成功の母』，東京：講談社 1987 年版，第 173 頁。

② ［日］陳舜臣：『鄭成功　旋風に告げよ』（上），東京：中央公論新社 1999 年版，第 328 頁。

③ ［日］陳舜臣：『鄭成功　旋風に告げよ』（上），東京：中央公論新社 1999 年版，第 330 頁。

而他的妻子却称赞哭的‘很好’”①。与董氏相比，郑成功表现出了非常注重亲情、注重感情的一面。“碰到婆婆自刎这样不寻常的大事，董氏却能非常冷静地对待，几乎像处理日常事务一样。‘这女人……！’郑成功对妻子的这种冷静，平常就一半感到佩服，一半感到厌恶。”②但是，也许郑成功就是需要这样一位具有理性和冷静头脑的妻子作为贤内助。当“妻子大概看到哀哭已告一段落，在嗓子眼里轻轻地咳嗽了一声，递给丈夫一个纸卷说：‘母亲留下了一封遗书。上面的字我们都不认识。’”③ 这段描写将董氏理智冷静的特点体现得淋漓尽致。在面对生死的问题上，董氏表现出异常的冷静，而且又不失方寸，处处站在郑成功的立场，把握大局。可以说，像郑成功这样的一位伟大人物，是不能缺少理智冷静的妻子作为贤内助的。

其次，当清军攻入厦门时，守将郑芝莞并没有全力抵抗，而是命令将金银财宝装上船逃跑。当时，董氏也在厦门，“当仆人来招呼她快逃时，她首先把郑成功母亲的牌位揣在怀里，然后抱起儿子郑经，朝海岸边跑去”④。从董氏的行为可以看出，她没有像郑芝莞一样选择带金银珠宝逃跑，而是将郑母的牌位及儿子郑经放在首位，表现出董氏在理智冷静下所体现出的见识和谋略。虽然在郑母去世时，她表现出的异常理智与冷静显得不近人情，但在此时所体现出的对郑母的重视，对郑成功的忠诚显而易见。因此可以说，董氏的理智与冷静，并非她不懂得人情，而是一种具有见识和担当的体现。然而，郑芝莞拒绝让董氏上船，“‘我是首领国姓爷的妻子，我当然要上船。’‘不成，很危险。’郑芝莞极力阻挠董夫人上船。……‘我知道危险。我愿意冒一冒

---

① ［日］陳舜臣：『鄭成功　旋風に告げよ』（上），東京：中央公論新社 1999 年版，第 330 頁。

② ［日］陳舜臣：『鄭成功　旋風に告げよ』（上），東京：中央公論新社 1999 年版，第 328—329 頁。

③ ［日］陳舜臣：『鄭成功　旋風に告げよ』（上），東京：中央公論新社 1999 年版，第 330—331 頁。

④ ［日］陳舜臣：『鄭成功　旋風に告げよ』（上），東京：中央公論新社 1999 年版，第 45 頁。

险。’董夫人态度坚决。她早就看透了叔父的心思。没有理由不让全军统帅郑成功的妻子登上兵船”[①]。董氏临危不惧，带着对郑成功而言最重要的人，而不是金银珠宝等身外之物，在郑芝莞拒绝的情况下坚持上船逃离厦门，这体现了董氏过人的胆识。而且，当时董氏看到了船上所装载的皆为金银珠宝，但却装作没有看见，没有揭穿郑芝莞，惧怕郑芝莞害她母子的性命，也体现出她心思的缜密。待与郑成功会合后，郑成功以厦门失守的罪责问罪于郑芝莞，大义灭亲，将郑芝莞斩首，并且一并杀了有失守之责的官员阮引。于是，当时“诸将股栗，兵势复兴”。当郑成功得知董氏在遇到危险之时，首先保护的是母亲的牌位和儿子郑经之时，备受感动，对董氏更加刮目相看。因此，郑成功对这样一位妻子，需要格外重视，因为“董氏一旦话说出口，是不会轻易收回的。她平时话不多，所以说出的话显得很有分量。郑成功意识到反对也没有用。他是一个要求绝对服从的专制首领，唯独对正室董氏无可奈何”[②]。可以说，董氏颇懂“御夫”之术，她理智冷静的性格特点，对郑成功事业的协助具有一定作用。也正是因为董氏在厦门失守时所表现出的理智冷静，才使得郑成功开始重视董氏，关于军事和政治上的一些问题，也会征求董氏的建议。对此，森本繁在《台湾的开祖　国姓爷郑成功》中有如下描写：“郑成功对妻子董氏表现出敬意，关于政治上的事情开始听取她的意见，就是从这次厦门沦陷之后。她在逃离厦门之时，没有选择带金银珠宝，而是选择将郑成功母亲田川氏的牌位带上，说明她理解成功对母亲的思慕之情。这令国姓爷郑成功极其感动，因此，对于军事和政治上的事情，成功也会征得董氏的意见。”[③] 可以说，这也为董氏在郑成功去世后，在郑氏政权统治中发挥的重要作用奠定了基础。

---

① ［日］陳舜臣：『鄭成功　旋風に告げよ』（上），東京：中央公論新社 1999 年版，第 45—46 頁。

② ［日］陳舜臣：『鄭成功　旋風に告げよ』（上），東京：中央公論新社 1999 年版，第 165 頁。

③ ［日］森本繁：『台湾の開祖　国姓爺鄭成功』，国書刊行会 2014 年版，第 210 頁。

最后，在郑氏政权面临危机以及重要抉择之时，董氏的理智与冷静也发挥了重要作用。因此。日本作家鹿岛樱巷在《台湾红泪史》中写道："若董夫人不是威严的女丈夫，郑成功去世后将会一片混乱。但是这位董夫人并非寻常人物。"① 也就是说，在郑成功去世后，董氏在郑氏政权中发挥了重要作用，使得郑氏政权实现了平稳过渡。对于郑经与乳母私通生子，郑成功下令杀害郑经及董氏的问题，鹿岛樱巷指出郑成功下令杀董氏及郑经，是在发狂状态下的命令，而且，当时郑成功也是为了维持军令至上主义的思想，不久郑成功就离开了人世。而董国太夫人当时泰然自若，采取适当措施躲过了惩罚，令人佩服。如果董氏并非理智冷静之人，面对郑成功下达的命令将会束手无措。郑成功的严格治军是中外闻名的，而且铁面无私。也正因为郑成功军队的纪律过于严明，郑氏政权中的一些将领若打了败仗，便知是死罪难逃，所以会选择背叛郑成功投降清朝。郑成功部下大将黄梧，因战败被降级而对郑成功产生了不满，最后选择投降了清朝。黄梧掌握着郑成功军队上层领导者的军事机密，他向清朝谏言，献上了平海五策，清朝采纳黄梧的建议，实施迁界令，切断郑成功军队的经济命脉等一系列政策，对郑氏政权的打击是致命的，这也许是郑成功选择收复台湾的原因之一。因此，按照历史上郑成功的性格，既然他下令处死郑经及董氏，就不会更改。而董氏一方面具有理智冷静的头脑，另一方面在郑氏政权中也具有一定的势力，加之郑成功当时身体已经走向崩溃，才能够化险为夷。事实上，董氏的这种理智和冷静，也对郑经具有保护作用。郑成功北征之时，在羊山遇险，结果随郑成功北征船上的六位妃嫔和三个儿子全部遇难，当时董氏和郑经留守厦门。可见，董氏具有的理智冷静的头脑，也是郑经能够继承王位的一个原因。

要言之，具有理智冷静头脑的郑成功之妻董氏，成为郑成功事业上的坚强后盾。无论是在处理家庭内部的事情，如面对郑成功母亲死亡的问题，还是处理危机问题，如清军攻陷厦门之际的选择，以及面

① ［日］鹿島桜巷：『台湾紅涙史』，台北：愛国婦人会台湾支部1914年版，第95頁。

对郑氏政权更迭及个人安危之时，董氏的理智与冷静都是使问题得以顺利解决的关键因素。也正因为董氏所具有的理智冷静，加之前述董氏的贤惠聪明，才使得她在郑氏政权的统治中发挥了重要作用。

（三）台湾“西太后”形象

如前述，在厦门沦陷事件之后，无论在政治上还是军事上，郑成功都会征求董氏的意见，这也为郑成功去世后，董氏在郑氏政权统治中发挥的重要作用提供了条件。国姓爷郑成功去世后，董氏被称为董国太夫人，“她可谓东洋女杰，可以与英国的维多利亚女皇陛下和清朝的西太后并称”①。董氏之所以被称为“西太后”，是因为她在郑氏政权的政治统治中发挥了重要作用。

首先，在郑成功去世后，长子郑经继位，由陈永华辅政，但是很多时候“董国太夫人垂帘听政，并作出决定。以巾帼之身，在后来的十余年里维持着东南的半壁江山，率领三百余万遗民奋战，无论如何都会佩服董国太夫人灵魂之伟大，不逊色于须眉男子”②。关于郑经继位后，重用陈永华经营台湾一事，在历史上有诸多明确记载，但对于董氏“垂帘听政”一事，恕笔者管见，并未见史料中有明确记载，但在江日升的《台湾外志》中，对于董氏执掌郑氏政权一事确有详细描写，例如在《台湾外志》的卷二〇为《败七府国太执法，入潮州进忠归正》，其所描写的内容与《台湾红泪史》对董氏的描写具有相似性，所以笔者认为，鹿岛樱巷的《台湾红泪史》受到了《台湾外志》的影响。在郑成功去世后，据守厦门的郑经与台湾的势力曾发生过争斗，“永历十六年夏至十八年春，为郑经排除异己稳固其政权时期”③，其中，这里的异己，也包括郑泰。郑经的政治重心在思明州，即厦门，在郑经赴台之后，郑泰曾与台湾的势力勾结反抗郑经，因此郑经在台湾的势力稳定后，决定除掉郑泰。最后，郑泰知道自己没有退路而选

① ［日］鹿島桜巷：『台湾紅涙史』，台北：愛国婦人会台湾支部1914年版，第95頁。
② ［日］鹿島桜巷：『台湾紅涙史』，台北：愛国婦人会台湾支部1914年版，第97頁。
③ 陈三井：《郑成功全传》，台北：台湾史迹研究中心1979年版，第212页。

择了自杀，导致“泰弟鸣骏及泰子缵绪终率所部战船一百八十余艘，士兵七百三十余人降清。文武官员从之者亦有四百余人”①。在乱世之秋，按照常理推断，董氏是不会置台湾的政治于不顾的，而且，“在郑成功去世后的二十多年时间里，董国太夫人继承了郑氏的遗业，继续与清朝对抗，实为巾帼英雄，是应该流传千古的英雄豪杰”②。在董国太夫人的协助下，郑经重用了陈永华总理国政。“郑经英武倔强虽不及其父，但颇知人善任。起兵之初，信任洪旭，重用陈永华，及永历廿年洪旭病故，遂一意信任陈永华，使之专秉国政。而永华亦剖心不二，竭尽其能，辅佐国政。乃使台湾经济富足，社会安定，文治日兴。”③因此，“台湾的天下，就是董国太夫人和陈永华的天下”④。可见，董氏在台湾郑氏政权统治中的地位。

其次，董氏在郑经统治时期，仍然没有忘记郑成功的遗志，继续反清复明的大业。“董国太夫人全心投入到台湾的经营中，但是时刻也没有忘记郑成功反清复明的遗志。”⑤ “永历二十八年二月，董国太夫人终于首肯郑经出师攻打清朝，陈永华留守东宁，作为总制使，冯锡范为侍卫诸阵的都督，左武卫薛进忠，右武卫刘国轩。由这六位组成了内阁政务员，大舰队前后两次挺进厦门。”⑥ 永历二十八年，即1674年，郑经的西征，是以1673年清朝试图平定“三藩之乱”为背景的。当时耿精忠响应吴三桂发起的三藩事变，答应为郑经提供战船，以求得郑经出兵清朝。三藩打出了“兴明讨虏”的旗号，正好契合了郑成功的遗志，这也是郑经加入三藩事变的重要原因。郑经授予世子郑克臧为监国，命陈永华辅政后，率军抵达厦门。但是当时的厦门为耿精忠的势力范围，郑经一心想夺回厦门，因此导致最终与耿精忠交恶。在耿精忠被逼无奈投降清朝后，郑经在面对清军主力部队之时，接连

---

① 陈三井：《郑成功全传》，台北：台湾史迹研究中心1979年版，第211页。

② ［日］鹿島桜巷：『台湾紅涙史』，台北：愛国婦人会台湾支部1914年版，第4頁。

③ 陈三井：《郑成功全传》，台北：台湾史迹研究中心1979年版，第214页。

④ ［日］鹿島桜巷：『台湾紅涙史』，台北：愛国婦人会台湾支部1914年版，第124頁。

⑤ ［日］鹿島桜巷：『台湾紅涙史』，台北：愛国婦人会台湾支部1914年版，第110頁。

⑥ ［日］鹿島桜巷：『台湾紅涙史』，台北：愛国婦人会台湾支部1914年版，第111頁。

败退。当战败的情报传到台湾之时，董国太夫人十分震怒。“当时的董国太夫人完全是郑成功的后身，她执行先王以来信赏必罚的军律，即使身为妇人，当得知战败的情报后，她柳眉竖立。”① 于是，她即刻派遣快船到厦门，并带去了董国太夫人的懿旨：“‘监子无能，倾覆桑梓，辱及先王。下令惩罚责任者。命令将丧军的罪魁祸首许耀、擅自弃城逃跑的薛进忠两人斩首示众，追祭赵德胜以及其他阵亡将士’。”从鹿岛樱巷的描写中可以看出，董氏一直掌控着台湾的大局，而且时刻关注着郑经的战况。对于此情，《台湾外志》中也有类似描写：“留守东宁总制使陈永华将败七府始末上阵，董国太大怒曰：‘监子无能，倾覆桑梓，辱及先王。’下令切责，并究丧军之魁者许耀，擅弃城池者薛进忠，斩首示众。”② 将江日升的描写与鹿岛樱巷在《台湾红泪史》中对董氏的描写进行对比可以发现，二者基本相同，因此再次证明了《台湾红泪史》中对董氏的描写受到了《台湾外志》的影响。1680 年正月，清朝的福建水师进攻郑经据守的金门、厦门，郑经命令右武卫林陛率兵抵御清军，当时，刘国轩部亦自海澄前来支援，结果还是遭到了失败，郑经无奈只好率领诸将退回台湾。董氏责备郑经道：“‘七府连败，二岛亦丧，皆由汝无权略果断，不能任人，致左右窃权，各树其党。’郑经无言以对。”③ 可以说，董氏作为郑成功的正室，继承了郑成功的遗志，立志继续反清复明。而且，郑经也抓住了三藩事变的契机，与清朝进行对抗，但结果却遭到了失败。清朝武力撤藩，实际上也受到了重创，损失惨重。也正是因为郑氏政权在三藩事变中给清朝海军以重创，才使得清政府真正意识到了郑氏政权的存在所具有的威胁性，因此，在 1683 年以施琅为首的清朝海军，消灭了台湾的郑氏政权，统一了中国。

最后，董氏在郑氏第三代政权继承人的争夺中，发挥了决定性作用。如前述，郑经委任郑克臧为监国，负责处理政务，也欲将王位让

---

① ［日］鹿島桜巷：『台湾紅涙史』，台北：愛国婦人会台湾支部 1914 年版，第 113 頁。
② （清）江日升著，刘文泰等点校：《台湾外志》，齐鲁书社 2004 年版，第 277 页。
③ ［日］鹿島桜巷：『台湾紅涙史』，台北：愛国婦人会台湾支部 1914 年版，第 124 頁。

郑克臧继承。实际上，郑经非常赏识郑克臧，郑克臧对郑经也极其孝顺，“经因纵欲过度，痔疮暴胀，大肠紧闭，医治无效。克臧日夜侍侧，衣不解带，督视汤药。经忖不能起，传国轩至床前，指克臧而言曰：‘与君患难相从，意望中兴。岂期今日半途而别！此子才干颇有所望，君善辅之。吾死，九泉亦瞑目也……经又谓锡范曰：‘吾不免矣，诸凡全赖君与武平协力，辅此孺子。’”[①] 郑经在将郑克臧托付给二位重臣后，不久于人世，年仅三十九岁。在郑经去世的前一年，陈永华已经去世。郑克臧乃陈永华的女婿，也是郑经私通乳母所生之子，因此，从感情上来讲，董氏对郑克臧并无好感。陈永华去世后，当时冯锡范的势力很大，冯锡范欲拥立自己的女婿郑克塽为王，遂预谋篡夺王位。“范着礼官郑斌等办理丧事，随密向国轩谋曰：‘监国乃螟蛉子，安得承继?’轩曰：‘此郑氏之家事，岂外人所预?’范曰：‘自有成算，公勿左袒。’轩许之。”[②] 于是，在决定嗣位的六官会议上，冯锡范向郑氏诸公子说，自古以来继承大统之人，嫡庶尚有分别，何况是螟蛉之子，于是，郑聪等诸公子指责郑克臧乃李氏之子，是抱养之子，并非郑氏骨血。一时间这一消息引起了众人的非议，然后诸公子一起去向董国太夫人禀报，“国太骇然曰：‘何由致此?’聪曰：‘以监国非郑氏血脉，故人心不服耳。’”[③] 起初董氏并未相信，但是冯锡范煽动兵民情绪，共同反对郑克臧继承大统。“国太时亦老迈，主意不定，虑其有变，即允易位。”[④]

实际上，在陈永华去世后，台湾的半壁江山都落到了冯锡范手中，若郑克臧继承了王位，冯锡范的位置岌岌可危，这也是他阻止郑克臧继承大统的原因之一。冯锡范的行为辜负了郑经临终的嘱托，而且，他谎称“监国郑克臧并非郑氏血脉”的理由是最致命的，也是最能够

① （清）江日升著，刘文泰等点校：《台湾外志》，齐鲁书社 2004 年版，第 332—333 页。

② （清）江日升著，刘文泰等点校：《台湾外志》，齐鲁书社 2004 年版，第 333 页。

③ （清）江日升著，刘文泰等点校：《台湾外志》，齐鲁书社 2004 年版，第 333 页。

④ （清）江日升著，刘文泰等点校：《台湾外志》，齐鲁书社 2004 年版，第 334 页。

服众的，"董国太夫人贤明淑德，严守家规，在郑成功去世后的十余年间，垂帘听政，创建了台湾的基业，取得了伟大成绩，即使是史家也会佩服，但是，当时她已经衰老了。她那明晰的头脑被乌云遮蔽了，也因此留下了千古遗憾"①。在郑克臧自杀后，郑克臧的夫人，也是陈永华之女悲痛欲绝，也选择了自尽，据说她当时已经怀有身孕。"时夫人有孕，国太遣老妪勤慰至再：'俟生男女，我自善待之，勿徒自戚也。'夫人曰：'成立之父，尚不能保七尺躯，何况此呱呱耶！'"② 对于郑克臧及其夫人的悲惨故事，感动了民众，当时流传着《文正公③兮文正女》之歌。

要言之，郑成功之妻董氏在郑成功去世后，也就是郑经统治时期，掌控着台湾郑氏政权，她垂帘听政，参与管理台湾政务，继承郑成功遗志继续反清复明，在第三代郑氏政权继承人之争的政变中，发挥了决定性作用，堪称台湾的"西太后"。

三　董氏与郑氏三代兴亡史之关联

关于历史小说的真实性，台湾学者翁佳音在《台湾第一世家：台湾之父郑成功》的"导读"中曾指出重写郑成功历史的必要，因为目前有关郑成功史事的研究，还存在很多盲点。他还指出，并不是以前的历史文献没有记载，就表明没有发生过此事。"历史小说与历史事实之间，真真假假，扑朔迷离。反而人们相信为真的故事，是'历史'，发生过的事实，若后人不复记忆，能否称之为'历史'，还有得争论。"④ 从翁佳音的论述可知，他认为历史小说是历史事实的反映，在公众之中的影响力有时甚至会超过历史事实本身。实际上，从中日"郑成功文学"中的董氏书写，也可以窥见董氏与郑氏三代兴亡史的

① ［日］鹿島桜巷：『台湾紅涙史』，台北：愛国婦人会台湾支部1914年版，第124頁。
② （清）江日升著，刘文泰等点校：《台湾外志》，齐鲁书社2004年版，第335页。
③ "文正"是陈永华的谥号，"文正公"是对陈永华的敬称。
④ 秦就：《台湾第一世家：台湾之父郑成功》，台北：实学社2002年版，第17页。

关联。

首先，在郑成功时期，董氏作为郑成功的妻子，不仅发挥了妻子的责任与义务，相夫教子，成为贤妻良母，同时具有理智冷静的处事风格，成为郑成功事业上的支持者。可以说，董氏是一位“上得了厅堂，下得了厨房”的妻子。如前述，郑成功对董氏的要求是要掌管好郑氏家族的事务，可以说，郑成功的女性观受到中国传统的儒家思想的影响，即女性要以家庭为重心。董氏不仅是郑成功的贤内助，还对郑成功的事业起到了积极作用。郑成功军队的奖励物品以及部分军需物品，都是在董氏的带领下制作的，成为郑成功军队的后援力量。而且，董氏在厦门沦陷事件中，以理智冷静的处理方式，保全了郑成功之母田川氏的牌位，并带着郑经成功逃离厦门，令郑成功刮目相看，成为郑成功最为信任的人，并且对于军事和政治问题，也开始听取董氏的意见。在郑经私通乳母一事上，郑成功下令处死郑经及董氏之时，董氏仍然能够泰然自若，最终化险为夷。可以说，在郑成功统治时期，董氏作为妻子，不仅贤良淑德，而且理智冷静，不仅持家有道，而且表现出参政的谋略。

其次，在郑经时期，董氏垂帘听政，掌控着台湾郑氏政权的大局，可谓台湾的“西太后”。在郑成功时期，董氏作为郑经的母亲，对郑经保护有加。在郑成功去世后，郑经继承了大统，成为郑氏政权的第二代统治者。郑经任人唯贤，将台湾的国政交由陈永华处理，同时，董氏也参与了政策的决定，并且起到了重要作用。董氏不仅全力支持台湾的经营，而且没有忘记郑成功反清复明的遗志，在三藩事变之时，郑经与三藩联手抗击清朝，虽然遭遇失败，却给清朝以重创。可以说，作为母亲，董氏在保护郑经的同时，也积极辅助郑经的事业，稳固郑经的地位。在郑经统治时期，董氏在政治上发挥了重要作用。

最后，在郑克塽继承王位的政变中，董氏发挥了决定性作用。实际上，在郑经去世前已经确定了继承人。但是，郑氏政权围绕继承权争夺发生了政变，导致监国郑克臧自杀，结果年幼的郑克塽继承了王位，由冯锡范辅政。在这场政变中，虽然操纵者是冯锡范，但是若没有董氏的默许，这场政变也难以成功。废郑克臧的监国之位，如同废太子一般，关系到郑氏政权的命运。董氏作为祖母，以郑克臧为螟蛉子为由，废除了他的监国位置，并试图谋害郑克臧。可以说，董氏没有亲手杀害郑克臧，但是郑克臧确实是因为董氏而死。史料记载，郑克臧具有郑成功的遗风，是非常适合作为郑氏政权的统治者的，郑经在任人这一点上，确实技高一筹。但是遗憾的是，郑克臧不但没有继承大统，而且结局很悲惨，去世时年仅十七岁。实际上，陈永华在世之时，一心培养郑克臧成为贤主，郑克臧在任监国期间，已经表现出了优秀的统治才能，也因此，陈永华受到了冯锡范等人的排挤，导致陈永华抑郁而终。可以说，在郑经去世后，郑克臧已经失去了政治上的靠山，这也是致使冯锡范等人发动政变的一个原因。而在这场政变中，作为祖母的董氏发挥了决定性作用。最终，郑克塽成为郑氏政权第三代统治者。

由以上论述可以看出，董氏是伴随着郑氏政权三代兴衰的关键人物。在郑成功时期，董氏作为妻子，不仅发挥了妻子的责任与义务，还成为郑成功事业上的支持者。在郑经统治时期，董氏作为母亲，在协助郑经经营台湾的同时，也不忘郑成功的遗志，继续反清复明的活动，参与政策的制定与决议。在郑克塽时期，董氏作为祖母，是郑克塽继承郑氏政权大统的决定性人物。可以说，郑成功之妻董氏是伴随着台湾郑氏政权的成立、发展直至走向灭亡的关键性人物。

历史与文本之间：中国文化人眼中的有吉佐和子

阅读提示 以中国文化人对有吉佐和子的研究文本为研究对象，可以映射出中国文化人眼中有吉佐和子的完整镜像，反映出中日关系的发展变化。其中，中国文化人与有吉佐和子的文化交流，是中日民间外交的一个组成部分，见证了中日邦交正常化的过程；中国文化人对有吉佐和子文学文本的译介，体现了由主流向边缘转变的特点，这种转变亦伴随着中日邦交正常化所带来的中日关系的发展变化；而中国文化人对有吉佐和子文学文本的研究所体现的“多元化”发展态势，则是全球化时代学术文化研究繁荣的表现。

日本现代著名女性作家有吉佐和子（1931—1984 年）与中国有着不解之缘，她曾多次访问中国，与中国文化人建立了深厚的友情，中国体验也成为其文学创作的源泉。自 20 世纪 60 年代以来，中国文化人对有吉佐和子及其文学的关注度始终未减。中国文化人与有吉佐和子的文化交流、对有吉佐和子文学文本的译介和研究构成中国文化人眼中有吉佐和子的完整镜像。透过这一镜像，可以窥见中日关系发展变化的轨迹，而中日关系发展变化所体现的当时社会的主流意识又是促使中国文化人进行有吉佐和子研究的内在因素。因此，二者相辅相成、不可分割。本文以中国文化人对有吉佐和子的研究文本为研究对象，从某种意义上可称之为“研究之研究”。对此，王志松曾指出：

"'研究之研究'理应成为日本文学研究界的常态。可以说真正富于创新性的研究只能建立在与学术史的对话与超越之上。"[①] 王向远在《2015 年度中国的日本文学研究》一文开篇就写道："学术史的研究非常重要，对于中国的日本文学研究而言也是如此。"[②] 基于此，本文试图立足于中国文化人的有吉佐和子研究文本，并将其放置于中日关系的历史长河中进行考察，从而探寻中国文化人的有吉佐和子研究所反映的中日关系发展变化的历史轨迹。本文中的"中国文化人"是指文学家、学者、政治家、新闻家、艺术家、宗教人士、军人等各阶层的知识分子的总称。而"有吉佐和子"在这里主要不是作为一个"人"的对象，而是作为其所拥有的中国文化人对其研究的文本为对象。

一 文本的"记忆"：中国文化人与有吉佐和子的文化交流

首先，中国文化人与有吉佐和子文化交流活动的新闻报道，可以视为中国文化人介绍有吉佐和子的发端，同时也为有吉佐和子的研究提供了第一手材料。中国开始关注有吉佐和子，始于 1961 年 7 月日本文学代表团访问中国。当时中日邦交尚未正常化，而民间外交活动已逐步展开。民间外交作为中日两国文化交流的桥梁，对于改善中日关系发挥着重要作用。对于"民间外交"的界定，不同学者有不同见解，但笔者认为《国际政治大辞典》的解释具有代表性。即民间外交"是与'官方外交'或'政府外交'相对的概念，广义是指各国人民之间的一切友好往来，狭义是指那些不代表官方又具有一定官方背景的民间往来活动，是'官方外交'的补充"[③]。日本文学代表团访华，是中日民间外交活动的组成部分。在这之前的 1954 年 10 月，新中国第一

① 王志松：《2014 年日本文学研究综述》，《日语学习与研究》2015 年第 1 期。

② 王向远：《2015 年度中国的日本文学研究》，《日语学习与研究》2016 年第 2 期。

③ 刘金质、梁守德、杨准生等：《国际政治大辞典》，中国社会科学出版社 1994 年版，第 711 页。

个访日代表团——中国红十字会代表团访问日本，揭开了中日民间外交的帷幕。1955 年 12 月，郭沫若率领中国科学代表团访日，促进了中日民间学术文化的交流。1956 年 5 月，艺术大师梅兰芳率中国京剧代表团访问日本，加深了中日两国人民的友谊。日益活跃的民间外交活动为日本文学代表团访华奠定了重要基础。当 1961 年有吉佐和子作为日本文学代表团的一员访问中国时，受到中国各界的广泛关注。《人民日报》对有吉佐和子访华活动进行了系列报道。这次访华，有吉佐和子一行拜访了中国作家协会主席茅盾、中国文学艺术界联合会副主席周扬，中国对外文化协会副会长阳翰笙，并且分别访问首都文学界人士吴晗、老舍、刘白羽、谢冰心等，欢叙友谊，畅谈文学创作问题。同时，有吉佐和子一行还受到周恩来总理的接见。对此，池田大作在文章中写道："她（有吉佐和子）说：'和服上的花纹要是中国的国花牡丹就好了'，而周总理却说：'您自身就是一朵牡丹花嘛。'在拍纪念合影的时候，周总理本来是站在中央，在按快门的那一瞬间，却突然站到我的身边来了。"① 显然，周总理的平易近人，给有吉佐和子留下难以磨灭的印象。这是有吉佐和子初次访问中国，也是她与中国缘分的开始。在接下来的 1962 年、1964 年、1974 年、1978 年、1981 年，有吉佐和子往来于中日两国之间，成为中日文化交流的使者。有吉佐和子也与中国作家建立了深厚友情，巴金在《促镰仓带回的照片》（《上海文学》1961 年第 7 期）中回忆了在日本与年轻的小说家有吉佐和子见面交谈的情景，对于广岛原子弹问题，巴金与有吉佐和子的意见很一致，那就是要"制止原子弹的罪恶"。冰心也写文章回忆了与有吉佐和子在日本的会面，在有吉佐和子访华前，冰心作为中国作家代表团的一员访问日本，她在文章中写道：（有吉佐和子）"一直以最恳挚的态度，表示想到中国来看看……她谈到她的短篇小说《半醉》——是描写原子弹受害者的故事的——的时候，她的眼泪涌了上

① ［日］池田大作：《我以"人"的名义写作——忆有吉佐和子女士》，卞立强译，《作家》2003 年第 8 期。

来。她说：‘美国人尽管在广岛盖了很许多房子，也抹不掉日本人民心上的创痕，日本人民是永远忘不了这件事的！’”[①] 当时年仅30岁的年轻女作家有吉佐和子是多么富有情感！同时也可以看出，有吉佐和子当时已经具有“社会派”作家的敏锐感觉。1963年11月5日，以巴金为团长的中国作家访日代表团在日期间，个别访问的作家中，有吉佐和子是其中一位。[②] 有吉佐和子也把在中国的见闻以小说或报告文学的形式介绍到了日本。文洁若在《两位日本作家访华后的观感》（《当代》1980年第1期）中，介绍了有吉佐和子在1978年访问中国后所创作的《有吉佐和子的中国报告》，同时她还引用了《有吉佐和子的中国报告》中的一些内容，关于巴金，有这样一段对话：（有吉佐和子说）“巴金先生幸而还健在。”巴金说：“……当时我们就相信，‘四人帮’一定会失败，要垮台的。我们必须保重身体，活的长长的，等待胜利的那一天。”同时，有吉佐和子还为中日邦交正常化贡献了力量。黄大慧在《日本公明党与中日邦交正常化》（《东北亚论坛》2007年第3期）一文中提到1965年7月，经日本作家有吉佐和子牵线搭桥，时任“LT贸易”日本办事处首席代表孙平化先生和刘德有先生在东京会见了创价学会青年部长秋谷荣之助（后任创价学会会长）。纪亚光在《论周恩来与池田大作的情谊》（《井冈山大学学报》2011年第3期）中也指出：“1966年，周恩来与池田大作通过有吉佐和子有了第一次的间接交流。”[③] 周总理独具慧眼，有吉佐和子亦不负所望。国之交在于民相亲，民间外交是国家总体外交的重要组成部分，对于发展对外关系起着重要作用。中日邦交正常化之前，在周总理的“民间先行、以民促官”“官民并举”的外交思想的指导下，中国在文化教育等领域实行民间外交，有力促进了对外关系的发展。1972年，中日两国实现了邦交正常化，中日民间往来更加频繁。此时的有吉佐和子不仅仅是一位作家，她俨然已经成为一位中日文化交流的使者，是中日友好历

① 冰心：《忆日本的女作家们》，《世界文学》1961年第5期。

② 洁：《中国作家代表团在日本》，《世界文学》1964年第Z1期。

③ 纪亚光：《论周恩来与池田大作的情谊》，《井冈山大学学报》2011年第3期。

史的见证人。

其次，中国文化人对有吉佐和子的悼念文章成为中日文化交流的一道独特风景线。1984 年 9 月 3 日，《人民日报》报道了有吉佐和子病逝的消息："日本著名女作家有吉佐和子八月三十日突然病逝，终年五十三岁。有吉佐和子一九三一年生于和歌山市，大学毕业后一直从事文学创作活动。她所著的《恍惚的人》、《复合污染》、《非色》等代表作，从正面暴露了日本的社会问题，从而成为畅销书。"[①] 这一消息，震动了中国文坛。中国各界人士纷纷撰文悼念有吉佐和子。胡洁青、舒乙以"有吉佐和子　你走的太早"为题，回忆与有吉佐和子交往的点滴。文章写道："她毕竟是现代的日本女作家。在她身上古老的好的一面和现代化巧妙地结合在一起了。她懂科学，懂技术，会外文，常出国，敢碰当代的尖锐社会课题，肯打破沙锅问到底，肯钻进去，沉到底，搞个水落石出。"[②] 从这段文字可以看出中国文化人对有吉佐和子的评价非常高。"她竟然死了，真不敢相信啊。""有吉佐和子的故事是有典型性的……她那颗平凡的心的后面激荡着崇高的伟大的友好情谊。"[③] 林林也写了题为《人去文采在——悼有吉佐和子女士》的文章，"有吉佐和子这位日本有名的女作家，我们欢迎她来我国访问，是廖承志同志推荐的。廖公读过她的作品，赏识她的文采。现在赏识者的廖公故去了，而被赏识的有吉女士也遽尔长逝，这真令人黯然神伤，为之悲悼不已"。[④] 苏波在《日本著名女作家有吉佐和子逝世》（《世界文学》1984 年第 5 期）中写道："她的突然病逝使我们丧失了一位可敬可爱的朋友，对于她过早地逝世我们不胜惋惜。"[⑤] 莫邦伟在《日本文艺界哀悼有吉佐和子突然逝世》（《译林》1984 年第 4 期）中报道了日本文艺界对有吉佐和子逝世的哀悼和惋惜。徐效民在《"忘年会"的

---

① 人民日报：《国际简讯》，《人民日报》1984 年 9 月 3 日。

② 胡洁青、舒乙：《有吉佐和子　你走的太早》，《人民日报》1984 年 10 月 9 日。

③ 胡洁青、舒乙：《有吉佐和子　你走的太早》，《人民日报》1984 年 10 月 9 日。

④ 林林：《人去文采在——悼有吉佐和子女士》，《人民日报》1984 年 11 月 9 日。

⑤ 苏波：《日本著名女作家有吉佐和子逝世》，《世界文学》1984 年第 5 期。

回忆》（《世界博览》1984 年第 12 期）中，回忆了在日本“忘年会”上与有吉佐和子的交流：“有吉女士也侃侃而谈，介绍她来年的写作计划，言谈中洋溢着一位有成就的女作家的自豪。”① 范作申在《日本名作家有吉佐和子逝世》（《外国文学研究》1985 年第 1 期）中，介绍了有吉佐和子的生平及作品，同时也指出有吉佐和子急逝的原因，一是因为有吉佐和子身体状况一直不好，二是可能来自同行男作家的排挤以及写作压力过大。有吉佐和子的译者李德纯在《不知疲倦的探索者（悼念有吉佐和子）》（《读书》1985 年第 3 期）中，回忆了与有吉佐和子的交流，并在文章结尾附上了极具价值的有吉佐和子为《非色》的中文译本写的序言：“这篇小说描述了当时纽约的种族问题，而我的意图却想假托美国，来刻画普遍存在于世界各国的不平等思想。”② 有吉佐和子是一位与众不同的极具思想性的女作家，她的离世是日本乃至世界文学界的损失。

池田大作在回忆有吉佐和子时写道：“她不是凭‘才’写作，也不是作为‘女流’作家写作，她自负是作为人在写作。”“……‘以人的名义！’有吉女士在这里倾注了她的热情。”③ “以人的名义！”这是支持有吉佐和子最大的信念，她与中国的关系，与中国文化人的交往也是“以人的名义”。“我跟中国的交往，和别人就是不一样嘛！……我是怀着像对待自己的父亲、兄弟姊妹那样的心情来交往的。”④ 因此，有吉佐和子赢得了中国各界人士的尊敬，中国文化人哀悼、怀念有吉佐和子的文章，也是“以人的名义”的证明。

中国文化人与有吉佐和子的文化交流作为中国民间外交的一个组成部分，见证了中日邦交正常化的过程。第二次世界大战后，随着冷战体制的形成，日本作为美国阵营的一员开展“遏制中国”的政策，

---

① 徐效民：《“忘年会”的回忆》，《世界博览》1984 年第 12 期。

② 李德纯：《不知疲倦的探索者（悼念有吉佐和子）》，《读书》1985 年第 3 期。

③ ［日］池田大作：《我以“人”的名义写作——忆有吉佐和子女士》，卞立强译，《作家》2003 年第 8 期。

④ ［日］池田大作：《我以“人”的名义写作——忆有吉佐和子女士》，卞立强译，《作家》2003 年第 8 期。

中日关系曾一度陷入非正常状态。为了打破这种局面，中国政府大力促进对日民间外交，以期借助中日两国人民的传统友谊谋求中日关系的正常化。在中国民间外交开展过程中，中日两国的文化交流起到了积极作用。它不仅增进了两国人民的相互理解与信任，也为中日两国邦交正常化奠定了感情基础。中国文化人与有吉佐和子的文化交流体现了中日两国人民渴望友好、渴望和平的愿望，同时也体现了中日两国人民为改善中日关系、为中日友好而走过的漫长而艰辛的道路。

二　从主流转向边缘：中国文化人对有吉佐和子文学文本的译介

随着有吉佐和子与中国文化人的交流日益频繁，她的作品不断被介绍到中国。《世界文学》杂志是把握外国文学动态的机关杂志，在有吉佐和子初次访问中国的1961年9月，“世界文学动态”栏目介绍了有吉佐和子的新作《开幕铃声响起时》，“日本女作家有吉佐和子十年前写的《恍惚的人》，一问世便成了畅销书。《恍惚的人》这个书名也成了日本的流行语。相隔十年，新潮社最近出版了她的长篇新作《开幕铃声响起时》”①。1963年《世界文学》杂志介绍了有吉佐和子的小说《并非因为肤色》，文章指出，小说“通过描写一个日本少女嫁给美国黑人士兵的经历，抨击了种族歧视，也揭示了纽约黑人区的贫困”②。1972年，《世界文学》再次介绍了有吉佐和子的小说《恍惚的人》，“讲一个痴呆多病的老年人如何给儿孙带来无穷的烦恼”③。李德纯全面介绍了有吉佐和子的作品，今天看来李德纯的评价似乎带有强烈的时代印记。“在民族矛盾和阶级矛盾激化的情况下，新的文学作品带着独特的色彩出现”，他指出

① 莫邦富、楼志娟：《近两年在日本最受欢迎的作家及作品》，《世界文学》1961年第Z1期。

② 《世界文学》编辑部：《世界文学五十年（文学资料，连载一）》，《世界文学》2002年第6期。

③ 《世界文学》编辑部：《世界文学五十年（文学资料，连载三）》，《世界文学》2003年第1期。

《非色》“揭露了美帝国主义占领日本期间的种种罪行，暴露了美国社会黑暗腐朽的侧面”，在介绍小说《地歌》《一条线》时，他指出这两部作品是“取材于梨园社会的小说”，“字里行间渗透着对民族艺术的无限深情，委婉地表现了面对美国文明泛滥日本的社会现实而发出的深沉的民族感情”。[①] 莫邦富在《日本文坛的新动向》（《外国文学研究》1981 年第 2 期）中，对有吉佐和子的《恍惚的人》《复合污染》进行了介绍，并指出“在一向以曲高和寡而闻名的纯文学史上，还从来没有过如此令人耳目为之一新的新鲜气象”[②]。

中国文化人对有吉佐和子文学的翻译也始于 20 世纪 60 年代。1961 年 7 月 20 日，刘德有在《世界文学》发表了有吉佐和子的小说《祈祷》的译作。刘德有的译文清新流畅，简洁明快，译文风格与原作风格极其相似，即使今天读来，仍然感觉不到任何违和感，体现了译者丰厚的日语和汉语功底。接着，钱稻孙、文洁若翻译的《木偶净琉璃》（作家出版社 1965 年版）出版，《木偶净琉璃》是有吉佐和子初期代表作，是以日本艺能为题材的作品。有吉佐和子小说中文译本的出现，为中国读者了解有吉佐和子、了解日本文学提供了条件。可见，在中日邦交尚未正常化的 20 世纪 60 年代，中国文化人对有吉佐和子文学的译介是中国社会主流意识形态的反映，两国间的学术文化交流已超越了两国政治层面的隔阂，促进了中国人民对日本人及日本社会的理解。

到了 20 世纪 70 年代，有吉佐和子文学翻译的数量逐渐增多。这与中日邦交正常化有密切关系。1972 年 7 月，孙平化率领上海芭蕾舞团访日，正是田中角荣内阁上台时期，田中首相曾公开表示中日邦交正常化的时机已经成熟。孙平化在这次访日期间按照周恩来总理的指示，向田中首相转达了周总理的邀请。终于，在 1972 年 9 月 25 日，田中角荣首相访华，经过与周总理的会谈，于 9 月 29 日中日两国政府签署了联合声明，宣告中日邦交正常化的到来。1977 年，文洁若、叶

---

① 李德纯：《战后日本文学概貌》，《世界文学》1979 年第 5 期。
② 莫邦富：《日本文坛的新动向》，《外国文学研究》1981 年第 2 期。

渭渠翻译的《有吉佐和子小说选》（人民文学出版社 1977 年版）问世。该书收录了《地歌》《黑衣》《木偶净琉璃》《墨》四部有吉佐和子的早期作品。其中，《墨》是有吉佐和子取材于中国的第一部小说，歌颂了中日两国人民的深情厚谊。1979 年，秀丰、渭慧翻译的《恍惚的人》（人民文学出版社 1979 年版）出版。《恍惚的人》是有吉佐和子“社会问题”小说的代表作，也是日本的畅销书，书名“恍惚的人”还成为当年的流行语。同年，李进守注释的《黑衣》（上海译文出版社 1979 年版）出版。

进入 20 世纪 80 年代，随着中日交往的加深，文学领域也展开了广泛的交流。作为与中国文化人有着深厚情谊的有吉佐和子，在当时中国的关注度极高。有吉佐和子文学的译介达到了高峰。1982 年，文洁若在《日语学习与研究》（1982 年第 3 期）上连载了有吉佐和子的小说《青瓷瓶》（第十二话）的注释与译文。1984 年，也是有吉佐和子逝世的当年，贾琸在《日语学习与研究》（1984 年第 4 期）上继续译注了《青瓷瓶》（十三）。梅韬翻译的《暗流》（中国文艺联合出版公司 1984 年版）、李德纯翻译的《非色》（上海译文出版社 1984 年版）也相继出版。到了 1986 年，在有吉佐和子逝世两年后，刘德有等译的《祈祷》（黑龙江人民出版社 1986 年版）、岭月译的《变色碟》（台北：大地出版社 1986 年版）、唐月梅译的《暖流》（春风文艺出版社 1986 年版）出版。王纪卿译的《死神悄悄来临》（中国文联出版公司 1987 年版）出版。可以看出，20 世纪 80 年代是有吉佐和子文学被大量翻译的时代。但不幸的是，这位天才女作家却因突发脑溢血而突然病逝。有吉佐和子文学得到大量译介也与此息息相关，中国文化人以对其文学作品译介的方式悼念这位中国人民的朋友，这种超越国界的友谊是中日两国人民友好历史的见证。

20 世纪 90 年代以后译介数量呈现下降趋势，廖名鸽翻译的《复合污染与健康》（台北：青春出版社 1995—1996 年版）、《公害与你》（台北：台湾地球日出版社 1993 年版）出版。2011 年，李炜复译了《恍惚的人》（南海出版公司 2011 年版）。可见，20 世纪 90 年代以来，有吉佐和子的文学作品被译介的数量大量减少，但是，却出现了以这些译作为研究对象的翻译文学研究。

谢天振在《非常时期的非常翻译——关于中国大陆文革时期的文学翻译》（《中国比较文学》2009 年第 2 期）中指出，“文化大革命”时期翻译出版并“内部发行”的外国文学作品中，日本文学方面有 9 种 13 部，其中包括“有吉佐和子的《恍惚的人》（秀丰、渭惠译，人民文学出版社 1975 年版）”。甘丽娟在《叶渭渠与日本近现代文学的翻译》（《日本研究》2011 年第 2 期）中指出，叶渭渠的翻译生涯是从翻译有吉佐和子的小说《三个老太婆》开始的，然而迫于“文化大革命”压力而未能出版。后来又翻译了有吉佐和子的《木偶净琉璃》（1977 年）、《墨》（1981 年）、《青瓷瓶》（1982 年）。叶渭渠作为日本文学界泰斗级的人物，最早翻译的作品却是有吉佐和子的小说，可以看出，有吉佐和子的作品在当时中国受欢迎的程度之高。此外，武春阁的硕士学位论文《〈恍惚的人〉译本比较研究——从两译本的异同看译者翻译方法的运用》（外交学院，2012 年 6 月），以有吉佐和子的翻译文学为研究对象，在对《恍惚的人》的秀译本（秀丰、渭慧译）与李译本（李炜译）进行译本比对的同时，引入了“译文学”观念，即对译文进行了评价，同时，分章论述了两个译本的译者对原作的创新，即“创译”的部分。可以说，该论文在研究方法上具有“译文学”观念的前瞻性，是一篇很有价值的论文。

20 世纪 90 年代以来，有吉佐和子文学作品译介数量的减少，除了受到日本新作家作品被译介的冲击外，也与冷战结束后美日调整对华战略、日本国内渐趋保守化对中日关系造成了不良影响有关。中日政治关系变冷，对两国文化交流也产生了不良影响。20 世纪 90 年代，中国文化人对有吉佐和子文学译介数量的大幅锐减，也是一个有力证明。

从以上中国文化人对有吉佐和子文学译介的发展趋势可以看出，从 20 世纪 60 年代到 20 世纪 90 年代，有吉佐和子文学的译介经历了发端、发展、高潮到衰落的一个过程，揭示了有吉佐和子文学在中国的译介从主流向边缘的转变，这种转变映射了或伴随着中日关系的发展变化。从20世纪60年代中日民间外交的广泛开展，到20世纪70年代中日邦交正常化的实现，再到20世纪80年代中日关系的稳定发展，以及20世纪90年代中日关系趋冷，这条中日关系发展变化的脉络与有吉佐和子文学在中国译介的轨迹基本一致。中国文化人对有吉佐和子文学的译介，为有吉佐和子文学的研究奠定了基础。

三 “多元化”趋势：中国文化人对有吉佐和子文学文本的研究

进入21世纪，在全球化时代的大背景下，随着中国现代化的发展，面临的环境问题、社会问题、教育问题等日益深刻，颇为需要借鉴西方现代社会发展的经验。而伴随女性主义理论、性差论、后殖民主义理论、比较文学理论、生态批评理论等的引入，有吉佐和子文学研究呈现“多元化”发展趋势。以有吉佐和子文学作品为研究对象的硕士学位论文数量逐年增加，而且出现了有吉佐和子文学研究的博士学位论文。中国文化人似乎企图从有吉佐和子的作品中发掘出对中国社会发展有所启迪的东西。

首先，关于有吉佐和子的女性文学研究。有吉佐和子作为日本现代小说家，创作了大量女性题材的文学作品，在日本现代文学史中占据一定的位置。肖霞在《突围与建构：论日本现代女性文学的发展》（《文史哲》2010年第5期）中认为有吉佐和子是“新女性文学的代表人物”之一，认为这些女性作家的创作“呈现出明显的多元化创作趋向”，“年轻的女作家们面对日新月异的社会，开始在高科技信息化社会以及在信息爆炸和精神隔绝中寻找精神家园。她们凭借旺盛的创作能力和活跃的思维方式，以独特的后现代视角和细致透明的剖白，开始叙述女性生存的欲望，重新续写女性意识的谱系，以表达对原有性别秩序、性别规范与性道德的质疑”。[①] 而有吉佐和子的《恍惚的人》

① 肖霞：《突围与建构：论日本现代女性文学的发展》，《文史哲》2010年第5期。

向人们传达了“只要活着，人生就有价值”这一主题。肖霞的另一部著作《日本现代文学发展轨迹——作家及其作品》（山东大学出版社2011年版）第二编《日本现代文学作家与作品》中收录了有吉佐和子作品，并对其生平和作品进行了介绍。杨珍珍的博士学位论文《有吉佐和子小说研究》（北京大学，2013年5月）是目前国内第一部专门研究有吉佐和子的博士学位论文。该论文由六部分构成，除了绪论和结语部分之外，对有吉佐和子文学的研究主要分为四章。第一章为“传统世界及传统世界中的女性”，分别以《纪川》《香华》《华冈青洲之妻》《出云的阿国》为研究对象，属于女性文学视角的研究范畴。第二章为“经济高速发展期的家庭图景”，以《不信之时》《夕阳之丘三号馆》为研究对象，探讨了女性的“家庭”意识。第三章为“有吉佐和子的社会责任感”，以《非色》《海暗》《恍惚的人》为研究对象，属于“社会问题”小说的研究。第四章为“有吉佐和子小说的艺术特色”，论述了有吉佐和子具有明确的读者意识和具有独特视角处理丰富题材的能力。虽然该论文在研究视角上没有明显创新，但是却将国内有吉佐和子文学的研究向前推进了一步。另外，胡永红的硕士学位论文《艺术和性的双重结构——论〈出云的阿国〉中的“阿国”形象》（厦门大学，2006年4月）从“艺术”即歌舞伎、“性”即女性的双重视角解读了“阿国”的女性形象。舒文兰的硕士学位论文《女性的道路——读有吉佐和子的〈华冈青洲之妻〉》（厦门大学，2008年5月），从女性视角解读了有吉佐和子的长篇小说《华冈青洲之妻》。郝玲的硕士学位论文《关于〈纪之川〉中家庭传统的考察——以三代女人为中心》（辽宁大学，2012年5月）论述了三代女人，即明治、大正、昭和时期女人对家庭传统的理解。

除此之外，张建华的《浅析有吉佐和子的代表作〈纪之川〉》（《日语知识》2001年第2期）从女性的视角分析了三代女人的命运，是较早研究有吉佐和子的论文。吴菲的《〈不信之时〉的女性话语及日本的女性主义运动》（《甘肃联合大学学报》2008年第1期）、《日本明治女性的自我意识：以〈纪之川〉为例》［《短篇小说》（原创版）

2012 年第 18 期]，从女性主义视角解读了当时的女性主义运动及男权社会女性的“他者”地位以及《纪之川》中女性自我意识的觉醒。寇淑婷的《试论有吉佐和子小说〈纪之川〉中的女性关系》（《日本与东方语言文化研究集萃——东方主义语境下的语言、文本与翻译》，上海交通大学出版社 2014 年版），从“家”的视角论述了《纪之川》中四代女人的复杂关系以及“家”观念的差异，揭示了日本明治、大正、昭和时期女性的家庭观。周婷婷在《日本作家有吉佐和子笔下的女性形象》（《黑龙江教育学院学报》2014 年第 9 期）中分析了《香华》《华冈青洲之妻》中的女性形象。杨珍珍、高西峰的《超越时空的优雅——〈纪川〉中“花”的形象解析》[《语文学刊》（外语教育教学）2014 年第 11 期]，指出《纪川》的主人公“花”在传统世家的家庭奉献中实现了自我，体现了超越时空的优雅。杨珍珍的《在日本女性文学教学中导入家族意识的重要性——以〈华冈青洲之妻〉为例》（《内蒙古师范大学学报（教育科学版）》2015 年第 11 期），指出女性文学研究不应该局限于男权意识中，还应该有“家族意识”，分析了《华冈青洲之妻》中的“家族意识”。刘钟鸣、曾妍的《有吉佐和子的历史题材小说中的女性人物》（《作家》2015 年第 6 期），对《出云的阿国》等历史题材小说从人物形象、创作主题等方面进行了分析并探讨了小说所体现的女性命运、女性的现代价值、艺术论等。纪微的《论〈恍惚的人〉中的女性话题》（《吉林省教育学院学报》2016 年第 3 期），指出《恍惚的人》塑造了敢于承担责任、追求自立、超越自我的非典型日本女性形象。

其次，关于有吉佐和子社会问题小说的研究。王向远在《王向远著作集　中国题材日本文学史（第 4 卷）》（宁夏人民出版社 2007 年版）的第十一章“当代作家的中国纪行”中对有吉佐和子的中国题材作品及社会问题小说进行了论述，其中对《有吉佐和子的中国报告》进行了详细分析，他指出“有吉佐和子是将环境污染问题、公害问题作为一个超越国界的人类共通问题来看待的，这也是她要深入中国农村考察的根本动机……而早已作古的有吉佐和子当然不知道，眼下的中国，污染问题不但没有得到控制，而且日益深刻化”①。该著作具有重要的学术价值与文化意义。杨晓辉的博士学位论文《日本当代生态文学研究》（吉林大学，2013 年 6 月）的第四章“有吉佐和子及其生态文学作品”中对《复合污染》和《有吉佐和子的中国报告》从生态文学的视角进行了研究。她指出，《复合污染》体现了作者“场所”生态危机的思考，《有吉佐和子的中国报告》展现了作者跨越国界的生态思索以及“场所意识”所强调的归属感与共同体意识，为有吉佐和子文学的研究提供了更加宽阔的视角。赵菲的《生态批评视野下的有吉佐和子〈复合污染〉》（《青年文学家》2013 年第 36 期），也从生态批评的视角关注了有吉佐和子的《复合污染》。

此外，关于有吉佐和子的社会问题小说的研究，主要集中在对《恍惚的人》和《非色》的研究上。关于《恍惚的人》的研究主要有：朱金和的《浅谈日本小说〈恍惚的人〉》[《复旦学报》（社会科学版）1979 年第 2 期]，介绍并评论了《恍惚的人》。蓝泰凯的《有吉佐和子和她的社会问题小说》[《贵阳师范高等专科学校学报》（社会科学版）2004 年第 4 期]，介绍了《暖流》《恍惚的人》《复合污染》《非色》等作品，并对《非色》进行了细致分析。他指出《非色》深刻地揭示出种族歧视问题的严重性和世界性，是日本当代女性文学的典范。魏华的《透视〈恍惚的人〉所折射的日本文化观念》（《现代企业教育》2006 年第 13 期）、余聪的《看“恍惚的人”如何优雅地老去——从〈恍惚的人〉和〈老人这宝贝〉看老龄化问题》（《外国文学鉴赏》2015 年第 1 期），也对《恍惚的人》进行了评论。

关于《非色》的研究主要有以下作品：李德纯的《沧桑历尽志弥坚——评有吉佐和子〈非色〉》（《日语学习与研究》1989 年第 3 期）是较早评论《非色》的论文。吴菲、任常毅的《并非因为肤色——对有吉佐和子的〈非色〉的后殖民女性主义解读》[《北京第二外国语学院学

---

① 王向远：《王向远著作集　中国题材日本文学史（第 4 卷）》，宁夏人民出版社 2007 年版，第 371 页。

报》（外语版）2007 年第 8 期］从后殖民女性主义的视角分析了《非色》所揭示的种族歧视问题的严重性和世界性。寇淑婷的《有吉佐和子小说〈非色〉的“他者”形象》（《中华女子学院学报》2014 年第6 期）从“他者”的视角，指出“战争新娘”是美国社会的“双重他者”身份，并分析了“战争新娘”在美国社会中对自立自强、自我解放道路的探寻。蓝泰凯的《一部揭露美国种族歧视的作品——〈非色〉》（《贵州民族研究》2015 年第 1 期），指出《非色》揭露了美国种族歧视的罪恶，探究了种族歧视的历史根源。武晓晓的硕士学位论文《关于日本战争新娘的命运——以〈非色〉为中心》（辽宁师范大学，2015 年 5 月），通过对《非色》中四位战争新娘命运的分析，揭露了当时社会的人权和女性群体存在的处境。余聪的硕士学位论文《对“战争新娘”的历史沉思——以〈非色〉、〈人性的证明〉为中心》（东北师范大学，2015 年 5 月），论述了第二次世界大战后，“战争新娘”这一女性群体的悲剧命运及其文学形象所蕴含的重大历史认知价值。

对其他社会问题小说研究的论文主要有：柳广利的《有吉佐和子〈暖流〉刍议》（《艺术广角》2009 年第 6 期）；杨珍珍、高西峰的《“弱”与“强”的碰撞与共生——有吉佐和子〈海暗〉论》（《日语教育与日本学》2015 年第 1 期），分别对有吉佐和子的《暖流》和《海暗》进行了研究。

最后，关于有吉佐和子文学特色的研究。李国栋的《试论有吉佐和子的〈地歌〉的主题——内发性作品研读》（《日语学习与研究》1988 年第 5 期），从主题研究的角度对《地歌》的文本做了细致的分析与解读。李先瑞在《私小说与女性主义文学——日本女性主义文学表现手法探究》（《日语教育与日本学研究》2011 年第1 期）中指出，战后的女性作家中，女性意识较强的是有吉佐和子等人，并介绍了有吉佐和子的代表作《纪之川》。叶琳在《论日本战后女性文学的创作风格》（《外语研究》2010 年第 6 期）中指出，有吉佐和子擅长用现实主义手法把握通常由男性垄断的社会题材，将创作视角从家庭内部转向整个社会，从而突破了女性作家多采用“私小说”的窠臼。寇淑婷的硕士学位论文《论有吉佐和子的文学特色》（山东大学，2011 年 5 月），从文学的视角分析了有吉佐和子的女性题材、社会题材、中国题材的代表作。方芳的硕士学位论文《试论有吉佐和子的〈复合污染〉——从文学的视角》（河北大学，2013 年 6 月），从文学创作、文学特征的视角分析了《复合污染》。凌红的《论有吉佐和子的幽默表现手法——以对〈恍惚的人〉的解读为例》（《江苏经贸职业技术学院学报》2013 年第 3 期），认为《恍惚的人》在处理严肃的社会问题的同时运用了幽默的表现手法。寇淑婷的《有吉佐和子文学作品中的中国元素——以小说〈墨〉为中心》（《生物技术世界》2014 年第 6 期），从比较文学的视角对有吉佐和子的小说《墨》所体现的中国元素进行了分析。

要言之，中国文化人对有吉佐和子文学文本的研究，体现了全球化时代中国学术研究的“多元化”趋势以及中国现实社会自身发展的学术诉求。

综观中国文化人的有吉佐和子研究文本，体现了有吉佐和子研究在中国的发展轨迹及其变容，同时也映射出这期间中日关系的发展变化。其中，中国文化人与有吉佐和子的文化交流主要体现在新闻报道和悼念文章两个方面，这段交流史是中日民间外交的一个组成部分，见证了中日邦交正常化的过程；中国文化人对有吉佐和子文学文本的译介发端于 20 世纪 60 年代，发展于 20 世纪 70 年代，成熟于 20 世纪 80 年代，20 世纪 90 年代以来呈现下降趋势，总体呈现出由主流向边缘转变的特点，这种转变亦伴随着中日邦交正常化所带来的中日关系的发展变化，具体表现为：20 世纪 60 年代中日民间外交的广泛开展，20 世纪 70 年代中日邦交正常化的实现，20 世纪 80 年代中日关系的稳定发展，以及 20 世纪 90 年代中日关系趋冷，这条中日关系发展变化的轨迹与中国有吉佐和子文学译介发展的轨迹具有相关性；中国文化人对有吉佐和子文学文本的研究则呈现“多元化”发展趋势，主要体现在对其女性文学、社会问题小说、文学特色的研究三个方面，有吉佐和子文学研究在中国的“多元化”发展态势，则是全球化时代学术文化研究繁荣的表现。

论有吉佐和子小说《非色》中的“他者”形象*

阅读提示 《非色》是有吉佐和子一系列社会问题小说的开篇之作。小说以四位日本“战争新娘”在美国的遭遇为主线，揭露了美国社会种族歧视对人性的残害。“战争新娘”既是性别上的“他者”，也是美国社会的“他者”，同时，在美国社会，黑人又是白人的“他者”。本文从女性主义视角，就黑人阶层的“他者”处境、“他者”的话语权两方面对《非色》中的“他者”形象进行了跨文化的研究。

一 有吉佐和子与《非色》

有吉佐和子（1931—1984 年）是一位享誉世界的日本当代著名女作家，她的出现被日本文坛誉为“真正的才女时代的到来”。有吉也是中国读者比较熟悉的作家，从 1961 年开始，她曾先后五次访问中国，与中国有着不解情缘。有吉的作品涉及的领域广泛，她谙熟艺人生活，初期代表作多以反映艺人生活的题材为主。有吉将日本的古典艺术物语化，因此赢得“物语能手”的称号。代表作有《地歌》《木偶净琉璃》《墨》等。作为女性作家，有吉在小说中倾注了对女性问题的关心，创作了大量以女性为主题的作品。有吉笔下的女性形象活灵活现，

* 本文原载《中华女子学院学报》2014 年第 6 期。

她的作品也因此被称为“女子一代记”，代表作有《香华》《出云的阿国》《华冈青洲之妻》等；有吉还有一部分作品是以家庭舞台为主题的，这一系列小说也被称为“家系小说”，代表作有《纪之川》《鬼怒川》《祈祷》等；有吉难能可贵的是写了一系列令男性作家都望而却步的社会问题小说，这一系列小说写实风格比较突出，细节描写真切具体，对人物的心灵撞击和情绪变化刻画得细致入微。《非色》就是有吉这一系列社会问题小说的开篇之作，之后又发表了《恍惚的人》《复合污染》等，在日本文坛引起了强烈的反响。

1959 年，有吉接受洛克菲勒基金会的资助，赴美国留学一年，研究种族问题，《非色》就是这一时期的代表作。《非色》发表于 1963 年，这部小说围绕着种族问题，在第二次世界大战后初期的日本和美国两个大背景下展开故事情节，描写了战后萧条的日本社会，许多妇女迫于生计，同美国占领军的下级军士结婚。当这些军士服役期满回国后，日本的“战争新娘”们便随夫远渡重洋到达纽约。然而，等待她们的不是照片中看到的花园洋房式的贵族生活，而是淹没在高楼大厦中贫民窟的低贱生活。小说描写了同船来到美国的四个“战争新娘”，分别是笑子、竹子、丽子和志满子，她们因为丈夫是黑人、波多黎各籍和意大利籍的美国人而饱受种族歧视，遭受了非人的待遇。

1931 年，有吉出生于日本和歌山市，然而她的幼年并不是在日本度过的，她很小就随同在银行工作的父亲移居印度尼西亚，10 岁才回到日本。有吉幼年时代的国外生活以及赴美留学生活，对这部作品的创作产生了很大影响，使她能够以一种“异邦人”的眼光，即“他者”的眼光看待问题、分析问题。《非色》这部小说描写的种族问题，有吉是借四位日本“战争新娘”的生活和遭遇表现出来的，“战争新娘”既是性别上的“他者”，也是美国社会的“他者”，同时，对于美国的黑人阶层而言，黑人又是白人的“他者”，本文试从女性主义的视角，对《非色》中的“他者”形象做探索性解读。

二　《非色》中的“他者”形象

“他者”是西方后殖民理论中常见的一个术语，在后殖民的理论中，西方人往往被称为主体性的“自我”，殖民地的人民则被称为“殖民地的他者”，或直接称为“他者”。“他者”（the other）和“自我”（self）是一对相对的概念，西方人将“自我”以外的非西方世界视为“他者”，将两者截然对立起来。所以，“他者”的概念实际上潜含着西方中心的意识形态。宽泛地说，他者就是一个与主体既有区别又有联系的参照，比如白人可以把黑人作为他者。同时，在女性主义理论中，女性被看作是“第二性”，是男性眼中的“他者”。波伏娃在她的《第二性》“历史”一部中对女性被确立为“他者”的原因进行了深入的分析，她认为，最根本的原因是父权制的社会制度。在父权制社会中，女性始终处于边缘地带，处于被压迫的地位，没有话语权。

在《非色》这部小说中，笔者认为有两类“他者”的存在。第一类是以托姆为代表的美国黑人阶层，他们受到种族歧视，处于美国社会的最底层，受到剥削压迫。第二类是以笑子为代表的由日本远渡重洋到美国的“战争新娘”，她们既是性别上的“他者”，也是美国社会的“他者”。然而，有吉却赋予了具有双重“他者”身份的“战争新娘”以女性的话语权，借着“战争新娘”的“他者”之口，对美国社会根深蒂固的种族问题进行了深入剖析。小说中多次提到“并不是由于肤色”，然而，这句话似乎在提醒着读者：就是因为肤色吧。

（一）黑人阶层的“他者”处境

这里所说的黑人阶层的“他者”处境，即根植于美国社会的种族歧视问题。种族歧视（racial discrimination），是指根据种族将人们分割成不同的社会阶层从而加以区别对待的行为，即种族与种族之间的歧视。美国的种族歧视表现为，绝大多数黑人因肤色被剥夺了享有与白人同等待遇的权利。种族歧视是对人类尊严的凌辱，受到了国际舆论和国际组织的一再谴责。

在《非色》这部小说中，有吉在描写黑人的“他者”处境时，没有单刀直入，而是通过主人公笑子等四位日本的“战争新娘”在美国的遭遇体现出来的。首先让笑子感觉种族差异的是她和托姆的相识、相恋和结婚。因为托姆是个黑人，所以整个过程都遭到了家人的反对，就连笑子的妹妹都与她划清了界限。但是爱情战胜了一切，笑子义无反顾地与托姆成婚，并过上了幸福的生活。然而，不久她又一次受到了打击，她怀孕了，母亲因为担心她会生个黑孩子，所以极力反对。在当时的日本，虽然很多日本女人会迫于生计嫁给占领军的黑人士兵，但是她们不会给黑人生孩子，每当发现怀孕都会把孩子打掉，这已形成了一个习惯。但是笑子却还是把孩子生了下来。这一次，是母性战胜了一切！当托姆回国后，笑子认为可以凭借一口流利的英语，找到一份满意的工作，然而她引以为豪的英语，也因为“有黑人口音”而在面试时遭到了市谷高地的联合国军队第八军办事处工作人员的拒绝。此时，种族歧视的烙印已深深地烙在了笑子的心上。面对一个完全跟托姆一样的黑人孩子梅丽，笑子在以后的生活中受到了嘲讽与轻蔑，梅丽因为肤色跟别的孩子不同，也受到了其他孩子的排挤和欺负。母亲曾经劝笑子把梅丽送到孤儿院，同时跟托姆离婚，重新开始自己的生活，但是笑子拒绝了。这个时候，母性又战胜了一切！为了梅丽，笑子选择远渡重洋到美国去，到梅丽可以自由呼吸的美国去。

与笑子同船去美国的还有另外三个日本女人，分别是丽子、志满子和竹子。笑子和竹子的丈夫都是黑人，竹子的儿子也是黑人的孩子，梅丽很快跟他成为朋友。而丽子和志满子的丈夫都是白人，丽子是个年轻漂亮的日本女人，她的丈夫是波多黎各籍白人男子，英俊潇洒，为了爱情，丽子远渡重洋与丈夫团聚。志满子的丈夫是个意大利籍白人男子。大家都很羡慕丽子找到了门当户对的爱人。四个女人，各自怀揣着梦想来到美国，等待她们的却是处于美国社会最底层的生活。当笑子来到高楼大厦鳞次栉比的、充满豪华气息的国际大都会纽约时，当她看到自己的家却是哈雷姆区一个狭小的半地下室，而且只有一个破沙发和一张床时，曾无数次感慨：这当真是美国吗？为了生计，笑子刚到美国，就到内藤餐厅去当服务员，过着艰辛的生活。笑子还受到了同为日本人井村的骚扰，原因是笑子是黑人的妻子，在他们眼里，黑人的妻子是没有尊严的。在歧视黑人的美国，身为黑人妻子的笑子也被有色化，被看成低贱的、不被人尊重的人。

然而，丽子和志满子的丈夫是波多黎各籍和意大利籍的白人，他们虽为白人却也同样受到了歧视。就连身为黑人的梅丽在她的作文《我的家庭》的最后都写道：“我不会同波多黎各人结婚的，因为父亲讨厌他们。”① 原来，波多黎各籍的白人，在美国的社会地位竟在黑人之下！

波多黎各是大西洋西印度群岛中的一个岛屿。波多黎各语是“富港”的意思，但是在 8897 平方公里的小岛上，挤满了 200 多万人。1509 年，波多黎各沦为西班牙的殖民地。1898 年，美西战争爆发，美军入侵，波多黎各成为美国的殖民地。1917 年，美国把“美国公民籍”强加给波多黎各人民。1952 年成为美国的一个“自由联邦”，被准许有较大的自治权，但在政治、经济和军事上仍由美国继续控制。岛上居住困难，生活艰苦。为了摆脱贫困，大量的波多黎各人怀着侥幸的心理流向纽约，所以他们被认为是比黑人还低一等的最底层的种族。这个事实很出乎意料，如果不深入美国社会中，谁会想到白人之间也存在歧视呢！这正如丽子和志满子不知道这点，而嫁给了自认为是门当户对的波多黎各籍和意大利籍男子一样。

在美国，笑子面对贫困与歧视，她没有逃避现实，而是选择了坚强地面对。她清醒地意识到自己是黑人的妻子，自己的孩子也是黑人。在笑子的世界里，或许没有人种的区别，她在莱登夫人家里做保姆时，很勇敢地承认了自己是黑人妻子的事实。在她接受了莱登夫人的邀请，参加国际性的宴会时，她的心情无比激动，“明天就不同了。明天我也

① ［日］有吉佐和子：《非色》，李德纯译，上海译文出版社 1984 年版，第 155 页。

和夫人一样，作为一名国际人物，同他们平等交谈了"[①]。笑子当时的内心充满胆怯，不敢奢望，说明作为黑人妻子的她是多么渴望得到平等的待遇！莱登夫人看出了她的心思，鼓励她说："笑子，不必犹豫。人人平等，联合国是这方面的典范。"[②]小说的最后部分，笑子最终选择与黑人站在一起，到黑人的工厂去工作，与黑人同甘共苦。这种选择是心灵深处对黑人的一种认同，同时也是一种无声的反抗，更是对存在严重种族歧视的美国种族制度的一种挑战。笑子以实际行动选择与黑人为伍，实现与黑人的平等对话，是作者着力塑造的女性形象。

1963年11月20日，即《非色》发表的当年，联合国大会通过了《联合国消除一切形式种族歧视宣言》，要求迅速消除世界上存在的一切种族歧视。1966年3月7日，联合国大会通过的《消除一切形式种族歧视国际公约》规定：在政治、经济、社会、文化或公共生活的各个方面（如交通工具、旅馆、餐馆、咖啡馆、戏院、公园等），禁止一切种族歧视。1973年11月30日，联合国通过《禁止并惩治种族隔离罪行国际公约》，再次明确宣布，凡犯有种族隔离行为的组织、机构或个人，即为犯罪，应负国际罪责。在小说中，有吉通过四位"战争新娘"的遭遇以及对她们在美国生活的细致描写，揭露了标榜公平、人权的美国社会存在的根深蒂固的种族歧视以及对人性的摧残，同时也向读者揭示了黑人阶层在美国社会的"他者"处境。

（二）"他者"的话语权

关于话语权，法国著名的思想家米歇尔·福柯（Michel Foucault，1926—1984年）有以下观点，他认为"权力"是"各种力的关系在他们所运作及构成它们自身的组织的领域里所展现的多样性"。[③]"话语"是权力运作的方式之一，"是间断的、偶然的和有形的特殊事件系列。

---

① ［日］有吉佐和子：《非色》，李德纯译，上海译文出版社1984年版，第246页。

② ［日］有吉佐和子：《非色》，李德纯译，上海译文出版社1984年版，第246页。

③ ［法］米歇尔·福柯：《知识考古学》，谢强、马月译，上海三联书店1998年版，第129页。

话语作为一种具有自身的连贯和前后相继形式的实证性实践，既不同于线性的言语或书写，也不同于流变的意识。而话语事件的前后连贯和相继出现就意味着认可间断、断裂、散布、界限和转换等的存在，否定了事件的一成不变的线性连续性”①。话语与权力是不可分的，权力通过话语来实现，话语是权力的产物，也是权力的组成部分，二者互相影响。福柯对权力的理解是独特的，他认为权力渗透在个体的生活之中，而在话语的发展史中，权力与话语始终是如影随形的，话语最终发展成了一种权力，这便是“话语权”。谁掌握话语权，谁就掌握了一种强大的、渗透人身体和思想的权力。受福柯的影响，女性主义者认为性别与社会文化的建构有着不可分割的联系，社会将女性置于相对于男性的“他者”地位，这种控制体现在身体和话语两个方面。在权力的影响下，女性不再是有独立意志的主体，而是成为客体和“他者”，她的身体被操纵、构造、干预，按照男性给予的标准模式发展，最后变成了男性驯服的对象。话语同时也参与了男性对女性的身体控制，通过内在的权力，逐渐剥夺女性的话语权，影响她们对自身的判断。女性话语一直处于主流话语的边缘位置或被压制的地位。父权制通过对社会伦理、行为规范的建构，控制女性，接受男性的支配。因此，获得话语权，获得用话语表达意识、表达思想的能力，女性才能作为完整的、被赋予平等人权的主体。

有吉在《非色》故事情节的设计中，无疑是倾向于女性的，也就是说她赋予了女性足够的话语权。小说描写了战败后的日本，笑子为了母亲和妹妹的生计而到占领军的酒馆当服务员，这里没有提到她的父亲，父亲角色的缺失不言而喻。小说中所出现的男性，是身为黑人的托姆、波多黎各籍的何塞、犹太人后裔的莱登先生等，这些人虽为占领军，却是处于美国社会底层的代表，他们没有话语权。小说中所能听到的是“战争新娘”的女性的声音，是美国社会“他者”的声

① ［法］米歇尔·福柯：《知识考古学》，谢强、马月译，上海三联书店 1998 年版，第 130 页。

音。而在父权制社会中，女性是作为男性的“他者”而存在的，女性是没有话语权的，但在这部小说中，有吉赋予了女性呐喊的“双重奏”，对于小说主题思想的深化更具表现力。

小说中四位“战争新娘”的遭遇是主线，在这四个人物的塑造上，有吉泼墨最多的却是两个人，即笑子和丽子的形象。两人的性格不同，笑子是在残酷的生活中不断地接受现实，顽强地拼搏，最后融入现实生活中的女性形象；而丽子则活在自欺欺人的现实世界中，是个虚伪的人，她最终选择了自杀。最初当她们同船来到美国时，笑子因为丈夫是个黑人，不得不在哈莱姆黑人区过着艰辛的生活，而丽子因为丈夫是个白人，她对生活的期待值很高，认为自己从此可以过上幸福的令人羡慕的生活，但是残酷的现实告诉她，波多黎各籍的丈夫即使是个白人，但在美国，地位还不如黑人。丽子没有选择重新回到日本，尽管她在日本的家里还是富足的。虚荣心促使她留在了美国，并且用打工挣来的钱购买奢侈品，将照片寄回日本去，炫耀自己幸福、富裕的生活。然而，残酷的现实打碎了她的梦，她怀孕了。在当时的美国，堕胎是犯法的，丽子想把孩子做掉，她卖掉了自己所有值钱的东西，但最后还是没能成功。丽子怀孕的事实昭示着她自欺欺人的骗局必将被揭穿，然而她是一个活在梦中的女人，她接受不了家人知道真相的事实，从而选择了自杀。“丽子依靠梦想勉强支撑起来的生活，在妊娠这一事实面前土崩瓦解，女人身体变化强烈地震撼着她的情绪，怎样愚蠢的女人，也会面对现实的。”① 丽子的遭遇是可悲可叹的。然而，试想如果丽子能够如其所愿地嫁给一个门当户对的白人作为妻子的话，她的生活应该是幸福的。究其原因，是美国的种族歧视制度断送了丽子的梦想，从而造成了丽子生活的悲哀。丽子的命运有力地抨击了种族歧视对人性的摧残，对人类平等权利的践踏，撕下了美国社会所谓的民主、自由、人权的虚伪面纱，戳穿了“人间天堂”的矫饰和谎言。

与丽子的生活态度不同，笑子虽然也挣扎过，她在日本发现自己

① ［日］有吉佐和子：《非色》，李德纯译，上海译文出版社1984年版，第204页。

第二次怀孕时，毅然决然地选择做了人流手术，她不想再有一个黑人孩子降生。然而，当她到了美国，与托姆共同生活时，却又怀孕了三次，生下了芭芭拉、贝蒂两个女儿和一个儿子沙姆，同时，她努力工作，赚钱维持家计和孩子们的开支。笑子的生活态度是积极向上的，虽然作为一个黑人妻子处处遭遇歧视，但她没有逃避现实，而是选择与黑人一起，到黑人的工厂上班，从心底把自己变成了一个黑人。“我的丈夫是黑人，尤其重要的是，我的孩子也是黑人，为什么我没有早些这么想呢?”① “我已经变质了，就像华盛顿的樱花那样！我是黑人!”② 笑子在美国生活的近七年，饱尝了种族歧视的辛酸，体验了种族歧视对人的正常感情的压抑所造成的痛苦，最后终于自我觉醒，选择与黑人一起同甘共苦。可以说，笑子自我觉醒的道路也是一条自我解放的道路。

有吉笔下的女性大都是坚强的，正如小说中的笑子，如同她的名字一样，无论遇到什么困难，都会笑对人生，坚强地生活下去。她们是善良的、勇敢的，无形之间向读者传递一股正能量。《非色》中的叙述话语是女性，有吉赋予女性们足够的话语权，这无疑是对男权话语的一种颠覆，更加突出了小说的女性主题。同时，笑子与丽子命运的鲜明对比，深刻反映出了美国社会的种族歧视对人性的残害，很好地展示了作者的价值取向。

三　结束语

《非色》是有吉社会问题小说的开篇之作，小说最初在《中央公论》杂志上连载。1982 年秋，该书的中文译者李德纯先生在日本会见有吉佐和子时，她欣然命笔为《非色》中译本写了一篇简短的“序言”，这篇序言虽然未能在中译本上刊用，但它却道出了作家的创作目

① ［日］有吉佐和子:《非色》，李德纯译，上海译文出版社 1984 年版，第 259 页。
② ［日］有吉佐和子:《非色》，李德纯译，上海译文出版社 1984 年版，第 260 页。

的与作品的意义："读者可能以为，这篇小说描述了当时纽约的种族问题，而我的意图却想假托美国，来刻画普遍存在于世界各国的不平等思想。目前，美国黑人运动同60年代相比，发生了很大的变化。日本的战争新娘几乎全部离婚，她们大多是60岁左右的人了。然而，我认为，只要人们本能具有的那种优越感、自卑感，还在产生歧视意识，那么，要想彻底解决这个问题是很困难的。从这个意义上来说，这篇小说的主题，不论再过多少年也不会过时的。"① 由此可以看出，有吉创作这部小说的真正动机在于消除人类本能具有的优越感、自卑感和歧视意识，主张人类平等。

小说在素材的选择上，有吉没有机械地罗列，而是通过四位"战争新娘"在美国社会的"他者"形象，真实地再现她们的遭遇，这就决定了小说具有强烈的女性主题，所以，《非色》又是一部女性作品。有吉塑造的人物有血有肉，通过主人公笑子展示了女性的顽强与伟大。对于爱情，她是一位勇于为自己的人生做主的女性；对于孩子，她是一位敢于牺牲的伟大母亲；对于生活，她是一位顽强面对残酷现实的强者。可以说，有吉在这部小说中采用"他者"之"他者"的双层结构，通过"战争新娘"，揭露了日本战败后为了生存来到美国的"他者"形象，再通过她们在美国的遭遇与目睹的现实，揭露了美国社会存在严重的种族歧视。解读这部小说中的"他者"形象，能够帮助我们更好地理解作品的内涵与价值，展示有吉佐和子文学的真髓。

① 李德纯：《战后日本文学》，辽宁人民出版社1988年版，第3页。

中　编

日本文学与中国都市意象

日本文学中泰山书写的思想建构*

阅读提示 从跨文化研究的视角对日本文学的泰山书写进行思想层面的阐发与建构，可以发现在中国文学的参照系下，日本文学的泰山书写呈现出审美思想、宗教思想、生态伦理思想、“他者”思想的发展趋势，具体表现为审美思想的“雄、秀”之美与“物哀”之美的意象表达，宗教思想的“重层文化”特性：道教、佛教与神道教的融合，生态伦理思想所体现的与中国文学的共通性：山与人、神的合一，以及“他者”思想的断层与偏见并存的特点。

泰山作为中日两国文学深度关联的一个契合点具有重要的思想意义。目前中日学界对于泰山的研究已颇具成果，然而，以文学文本为切入点的泰山研究为数甚少，① 对日本文学的“泰山”书写没有形成

---

* 本文原载《山东社会科学》2017 年第 2 期。

① 国内主要有著名学者周郢的《泰山神信仰在日本》《泰山文化与日本》《泰山研究在日本》《漫说泰山与中日文化交流》《日本学者泰山论著略述》、王晓平的《泰山府君与日本古代的都状》，这些文章主要从中日文化交流的角度对泰山文化进行了论述，虽涉及了部分日本文学作品，但并未对文学文本进行深入分析；王雪的《涩川玄耳的泰山研究》《近代日本人游历考察泰山述论》，关注了明治时期的诗人涩川玄耳及近代日本人的中国游记；李杰玲的《涩川氏的泰山和歌与清代泰山诗》《清代山东、日本港口贸易及泰山诗东传》《二十世纪日本社科界泰山研究动态》继续关注了涩川玄耳的《在山东歌集》及《岱崂杂记》等作品，并对20 世纪日本社科界的泰山研究现状进行了梳理。日本学者的研究，主要有黑田彰的《「泰山府君」と千秋万歳——桜町中納言譚をめぐって（芸能史ノート）》、桥口晋作的《延慶本〈平家物語〉，〈源平盛衰記〉，覚一本〈平家物語〉における泰山府君》、清田弘的《世阿弥作品の鑑賞と分析——〈泰山府君〉について》等，这些文章主要围绕世阿弥的谣曲《泰山府君》及《平家物语》《源平盛衰记》中的“泰山府君”形象及泰山府君祭的情况进行了研究。

系统化、体系化的论著，对其研究的深度和广度有待继续深入和拓展。鉴于此，笔者立足于日本文学的“泰山”书写，从跨文化研究的视角对泰山进行思想层面的观照，试图梳理出一条泰山思想文化发展的脉络，并对日本文学中泰山书写的思想进行阐发与建构。对于“文学”这一概念范畴，本文采用了王向远先生在《比较文学学科新论》中提出的“涉外文学”的概念。他指出：“涉外文学”的内涵和外延都大于“形象学”，它包含了一个国涉及另一个国的所有形式的文学作品以及该作品的所有方面。它包括了异国人物形象，也包括了异国背景、异国舞台、异国题材、异国主题等；它包括了“想象”性的、主观性的纯虚构文学，也包括了写实性的、纪实性的游记、见闻报道、报告文学、传记文学等。[①] 因此，本文中的日本文学既包括虚构性的纯文学文本，也包括写实性的非纯文学文本。

一　日本文学中泰山的审美思想——“雄、秀”之美与“物哀”之美的意象表达

泰山作为独特的文化空间，是中国艺术家的思想源泉，泰山的文学书写是泰山审美意象的载体。“意象”作为东方美学的核心概念，能够体现东方艺术精神的独特魅力。刘勰《文心雕龙·神思》篇中的“使玄解之宰，寻声律而定墨；独照之匠，窥意象而运斤”[②]，第一次把意象作为美学范畴加以探讨，他指出艺术家要进行意象创作。唐宋以后，意象被运用到诗歌、书法、绘画等艺术领域，尤其是宋代以后，意象与自然风物的描写紧密相连。意象是情与景的交融，“景无情不发，情无景不生”（南宋范晞文语）。泰山诗是泰山审美意象的具象表达，泰山之美，美于“雄”，美于“秀”。

《诗经·鲁颂》的“泰山岩岩，鲁邦所詹”，是最早见之于典籍的

① 参见王向远《比较文学学科新论》，江西教育出版社 2002 年版，第 236 页。

② （南朝梁）刘勰：《文心雕龙》卷六，上海古籍出版社影印上海图书馆藏元刻本 1984 年版，第 116 页。

泰山书写，由此可窥见泰山雄浑宏大之气势。“孔子登东山而小鲁，登泰山而小天下”（出自《孟子·尽心上》），可见泰山凌驾于群山之上的雄伟磅礴。汉武帝曾八次登上泰山，并发出一连串感叹：“高矣！极矣！大矣！特矣！壮矣！赫矣！骇矣！惑矣！”唐玄宗的《纪泰山铭》，镌刻于岱顶大观峰，至今犹存。“其方处万物之始，故称岱焉；其位居五岳之伯，故称宗焉”，称泰山是“万物之始”“五岳之伯”，可见，连汉武帝、唐玄宗这样伟大的帝王也被雄视天下的泰山所折服。杜甫的《望岳》更是泰山诗中的千古绝唱，“岱宗夫如何？齐鲁青未了。造化钟神秀，阴阳割昏晓。荡胸生层云，决眦入归鸟。会当凌绝顶，一览众山小”。诗句淋漓尽致地再现了泰山的磅礴气势、神奇秀丽、气象万千。其中“造化钟神秀，阴阳割昏晓”将神奇、秀丽都赋予了泰山。“会当凌绝顶，一览众山小”又突出了泰山的高峻，雄视一切的雄姿与气势。

泰山的“雄”与“秀”引发了先贤们的无限遐想与赞叹，泰山的“雄”展示了一种男性的阳刚，泰山的“秀”则体现了女性的温柔。“雄”与“秀”兼备，体现了泰山的刚性与韧性，刚柔并济，合为一体，又体现了中华传统文化中“和”的精神，这些都是审美视域中泰山赋予我们的精神财富。联系泰山神信仰的演变过程，可以知道，泰山有两位神仙，一位是“泰山府君”，为男性神，后来被封为“东岳大帝”；另一位相传是泰山神之女的碧霞元君，① 即“泰山老奶奶”，是女性神。这两位神仙一阳一阴，与泰山自然风光的“雄、秀”之美达到了和谐的统一。

日本文学中初见“泰山”一词，是在平安时期的文献中，《日本后记》大同三年（808 年），“泰山”作为汉籍中的修饰语被引用。《日本三代实录》贞观二年（860 年）仁王讲的咒愿文记载：“护持宝位泰

① 关于碧霞元君的来历，主要有三种说法。一说为黄帝所遣之玉女；一说为华山玉女，但一般作为泰山女神，为泰山神之女；一说为汉代民女石玉叶，凭灵泰岱。

山之安，珍卫仙龄劫石之固”[①]，这里用“泰山之安”来象征国泰民安。此后，关于“泰山”的文学书写大量出现，关于泰山“雄”与“秀”的书写也频见于各类典籍之中。在《本朝文粹》中有“泰山的深山中，桂叶经霜尚绿”[②] 的描写，赞美了泰山景色之幽深秀丽。在《近世思想家文集》中有“泰山之高，千里之外亦可见，本是一撮土之积”[③]。这里的泰山“千里之外亦可见”，则体现了其雄伟磅礴的气势。

日本文学中的泰山书写，在“雄、秀”之美以外，还深刻体现了“物哀”之美。“物哀”是日本18世纪江户时代“国学”的集大成者本居宣长在《紫文要领》和《石上私淑言》等著作中提出来的。他强调：“物哀”与“知物哀”就是知人性、重人情、可人心、解人意，富有风流雅趣，就是要有贵族般的超然与优雅、女性般的柔软细腻之心，就是要从自然人性出发、不受道德观念束缚及对万事万物的包容、理解与同情，尤其对思恋、哀怨、忧愁、悲伤等刻骨铭心的心理情趣有充分的共感力。[④] 本居宣长认为，以物语与和歌为代表的日本文学的创作宗旨就是“物哀”，作者只是将自己的观察、感受与感动，如实表现出来并与读者共享，以寻求审美共鸣和心理满足，此外并没有教诲、教训读者等其他功利目的。同时，“物哀”也是意象的核心概念。明治时期日本诗人涩川玄耳的泰山和歌，是“物哀”之美的完美体现。在一首题为《后石坞》的和歌中，他这样写道：

后石坞

岳北后区，距岱顶约十五里，故称后十五。泰山幽胜过此者无，黄华传为玉女炼真处，至今修仙以此为佳者多矣。

---

① 转引自［日］松田佳代『日本における泰山府君信仰』,『伝承文化研究』2001年8月，第61頁。

② ［日］小島宪之校注：『日本古典文学大系69·懷風藻　文华秀麗集　本朝文粹』，東京：岩波書店1964年版，第371頁。

③ ［日］家用三郎等校注：『日本古典文学大系97·近世思想家文集』，東京：岩波書店1966年版，第74頁。

④ 参见王向远《日本物哀》，吉林出版集团有限责任公司2010年版，第1页。

富士白霜眺望遥，此山林间岩穴好。
窃闻惧祸入山者，仙家自乐水音绕。
仙人若还在当世，会见吾饮溪间水。
所知有限寿有时，苦思长生可有期。
不知人世尊何宝，遗忘红尘入山讨。
无酒有风忽满袖，乘云欲去心思重。
思妹情意山烦恼，无鱼传书海滔滔。[①]

涩川玄耳对泰山后石坞的美景赞叹不已，“泰山幽胜过此者无”道出了泰山后石坞景色之清雅秀美，“此山林间岩穴好”“会见吾饮溪间水”使得玄耳想“遗忘红尘入山讨”，然而却“思妹情意山烦恼”，表现了诗人的浪漫主义情怀，由诗人所思、所感所体现的“物哀”之美，是这首和歌的最大特点。它并未致力于表达慷慨激昂的家国情怀，而是将诗人望泰山而兴叹的心情抒发得淋漓尽致。在《泰山绝顶》的和歌中又有“吾今居高山，仿佛自天降。山中迷雾重，静待拂晓还”[②]。“仿佛自天降”一句，描写了雄伟高大的泰山之势，“山中迷雾重，静待拂晓还”则是情景交融，体现了诗人期待拂晓天晴云散的坦然心态。在题为《南天门》的和歌中则有“扶攀石阶千八级，天门屹立浓云间。四顾目眩蝙蝠扇，天门高风拂下轻”[③]。此诗颇有李白《游泰山》六首中“天门一长啸，万里清风来”的气势，可见不同国家、不同时期的诗人面对雄伟磅礴的泰山，都不禁会发出相同的感叹。这种感叹是诗人真情实感的流露，是“物哀”之美的意象表达。不同的是，李白除了对泰山的感叹，还表现出官场失意而寄情山水的人生追求，因此，他在泰山诗中写道“旷然小宇宙，弃世何悠哉”。这种家国情怀与寻求审美共鸣的“物哀”之美截然不同，日本文学的“泰山”书写更倾向于“物哀”的意象表达是显而易见的。

---

① 李杰玲：《涩川氏泰山和歌与清代泰山诗》，《泰山学院学报》2014 年第 2 期。
② 李杰玲：《涩川氏泰山和歌与清代泰山诗》，《泰山学院学报》2014 年第 2 期。
③ 李杰玲：《涩川氏泰山和歌与清代泰山诗》，《泰山学院学报》2014 年第 2 期。

除此以外，近代以降，日本文化人的泰山体验是泰山书写的重要组成部分。日本著名史学家桑原骘藏在《考史游记·山东河南游记》中描写了乘坐山轿下十八盘的感受，“仰望则天空近在咫尺，俯视则脚下谷深千丈，几乎令人有羽化登仙之感”①。德富苏峰在《中国漫游记·七十八日游记》中，对于泰山大观峰唐玄宗所立石碑，赞叹道：“笔锋淳厚、豪迈，充分显示了他（唐玄宗）的帝王之气。”② 对于泰山的景色，德富苏峰描写道：“山路越来越陡，路旁的岩石上写着‘渐入佳境’四个字，实际情况也的确如此。过了仙人桥，人就像进入了画境。”③ 尽管近代以来，中日关系出现了复杂的局面，但面对泰山美景时，日本文化人不经意间流露出来的感受与感动，是“物哀”之美的体现。可以说，日本文学的泰山书写所体现的泰山审美思想是“雄、秀”之美与“物哀”之美意象的和谐统一，也是其审美思想的主要特点。

二 日本文学中泰山的宗教思想——“重层文化”的特性：道教、佛教与神道教的融合

德国唯物主义哲学家费尔巴哈曾经指出：“自然是宗教的最初的原始对象，这一点是一切宗教和一切民族的历史所充分证明的。”④ 英国人类学家爱德华·泰勒在《原始文化》一书中提出著名的“万物有灵论”，古人的山岳崇拜即为“万物有灵论”的一种表现形式，而封禅大典则是山岳祭祀中最隆重的仪式，也是泰山政治地位的体现。可见，政治与宗教密不可分，宗教通过政治力量得以彰显。

---

① ［日］桑原骘藏：《考史游记·山东河南游记》，张明杰译，中华书局2007年版，第133页。

② ［日］德富苏峰：《中国漫游记·七十八日游记》，刘红译，中华书局2008年版，第226页。

③ ［日］德富苏峰：《中国漫游记·七十八日游记》，刘红译，中华书局2008年版，第222页。

④ ［德］费尔巴哈：《宗教的本质》，王太庆译，人民出版社1999年版，第2页。

在中日交流史上，日本使节曾两次参加中国皇帝的泰山封禅大典。《旧唐书·刘仁轨传》记载："麟德二年（665 年），封泰山，仁轨率新罗及百济、耽罗、倭四国酋长赴会。"这里的"倭"即日本，这是日本使节首次参加泰山的封禅典礼；第二次是在开元十三年（725 年），《旧唐书·礼仪志》记载：唐玄宗御朝觐帐殿，时"日本、新罗、靺鞨之待子及使……咸在位"。中国皇帝允许遣唐使参加封禅大典，一方面显示了盛唐时期泱泱大国的繁荣昌盛；另一方面也促进了泰山神信仰在日本的传播。

泰山是儒、释、道融合的宗教山，泰山之神"泰山府君"作为道教山神，东传日本，在与日本文化碰撞后，产生了变异与融合，日本文学中"泰山府君"形象出现宗教化描写倾向，主要表现在"神道化"和"佛教化"两个方面，最终"泰山府君"在"文化的他国化"过程中成为"神佛合体"的，与神道教的素盏鸣尊、佛教的地藏菩萨信仰相融合的"日本化"神明。[①] 日本学者和辻哲郎在《日本精神》中提出了著名的"日本文化的重层性"理论。和辻哲郎从日常生活的衣食住、宗教、艺术领域三方面论述了日本文化"重层性"的特点。在宗教的"重层性"方面，他指出日本人在接受外来宗教，如佛教和基督教的同时，并没有放弃原始宗教样式和宗教活动。[②] 日本文化具有"重层性"的特点是毋庸置疑的。如古代日本对中国文化的受容，近、现代日本对欧美文化的受容，日本外来文化与传统文化的融合等都体现了"重层性"的特点。"泰山府君"信仰在日本的受容，正是日本文化"重层性"的例证。用"重层性"反观泰山文化，笔者认为日本文学的泰山书写所表现的泰山宗教思想，具有"重层文化"的特性。

"泰山府君祭"是泰山宗教思想的集中体现。日本学者松田佳代曾指出，"泰山府君祭"最早出现于延喜十九年（919 年）五月二十八日

① 参见拙文《碰撞、变异与融合：论日本文学中的"泰山府君"》，《东北亚外语研究》2016 年第 3 期。

② 参见［日］和辻哲郎『日本精神』，『和辻哲郎全集』（第四卷），東京：岩波書店 1962 年版，第 314—320 頁。

《贞信公记》的“七献上草祭”，在《伊吕波字类抄》中对“泰山府君祭”的解释中有这样一条：“又曰七献上章祭”，这里只是“草”和“章”的一字之差，因此可推断，“七献上草祭”即为泰山府君祭，但是在《贞信公记》中并未描写祭祀的目的和祭祀者，所以并没有足够的理由说明，“七献上草祭”一定为“泰山府君祭”[①]。针对松田佳代的论断，笔者查阅了《贞信公记》五月二十八日的日记，上面赫然写道：“甲午、七献上章祭”[②]，若按照松田佳代所述“泰山府君祭”与“七献上章祭”的关联，则出现了矛盾，从808年平安时期文献中初见“泰山”一词的时间推断，按照《伊吕波字类抄》中对“泰山府君祭”的解释：“又曰七献上章祭”，笔者认为919年《贞信公记》所记载的“七献上章祭”就是“泰山府君祭”。以“泰山府君祭”之名出现在文献中的记载，最早见于永祚元年（989年）二月十一日的《小右记》，皇太后诠子患重病，在为其祈愿的祈愿文中写道：“皇太后宫俄有御恼，摄政被驰参，昨日院仰事，今日申摄政，令勘申尊胜法·太山府君祭，曰：‘御修法事，遣天台座主许，御祭，晴明奉仕’。”[③] 从这则记载中可以看出，举行“泰山府君祭”的目的是为了皇太后诠子病愈，祭祀者是阴阳师安倍晴明，可见当时的日本“泰山府君祭”已在贵族阶层盛行。

关于泰山府君祭的记载，日本的后冷泉天皇（1045—1068年）曾亲笔书写《泰山府君都状》，其内容如下：

> 谨上　　泰山府君都状
> 南阎浮洲大日本国天子亲仁御笔　年二十六
> 献上　冥道诸神一十二座

① 参见［日］松田佳代『日本における泰山府君信仰』，『伝承文化研究』2001年8月，第61—68頁。

② ［日］藤原忠平：『贞信公記』，東京大学史料編纂所編纂，東京：岩波書店1956年版，第63頁。

③ 转引自［日］松田佳代『日本における泰山府君信仰』，『伝承文化研究』2001年8月，第62頁。

银钱　二百四十贯文

白绢　一百二十匹

鞍马　一十二匹

勇奴　三十六人

亲仁　谨启泰山府君、冥道诸神等，御践祚之后，未经几年，顷日苍天为变，黄地妖致，怪物数数，梦想纷纷。司天阴阳，勘奏不轻，其徵尤重。若非蒙冥道之恩助，何攘人间之凶厄哉。乃为攘祸胎于未萌，延宝祚于将来，敬设礼奠，谨献诸神。昔日崔希夷希之祈东岳延九十之算，赵顽子之奠中林授八百户祚，古今虽异，精诚惟同。伏愿垂彼玄鉴，答此丹祈。谨启拂除灾危，赐余宝祚，删死籍于北宫，录生名于南简，延年增算，长生久视。

永承五年十月十八日　天子亲仁（御笔）谨状[①]

从都状内容可以看出，后冷泉天皇愿献上不同数量的冥道诸神、银钱、白绢、鞍马、勇奴，祈求“泰山府君”保佑国泰民安。日本天皇祭祀“泰山府君”这样的外来神明，这在西方基督教世界是不可想象的，而且，“泰山府君祭”作为土御门神道的主祭，成为日本天皇一代一度的祭祀活动，“泰山府君”信仰深刻影响了日本人的精神世界，这种对外来宗教的受容正是日本文化“重层性”的有力体现。

泰山的宗教思想，不仅影响了日本的贵族阶层，在普通民众中也产生了深远影响。日本文学的泰山书写，是泰山“重层文化”的见证。日本的《今昔物语集》记载了阴阳师安倍晴明祭拜泰山府君的故事，而且“泰山府君”“泰山”“泰山庙”等关于泰山的书写曾多次出现。《今昔物语集》卷七有“震旦唐代，某僧夜宿大山庙诵仁王经”，“行宿泰山庙诵法华经见神”的故事，这里的“大山庙”即“泰山庙”“泰山府君庙堂”，记载了僧人夜宿泰山府君庙，夜半诵经不禁梦见泰

① ［日］遠藤克己：『近世陰陽道史の研究』，東京：豊文社 1988 年版，第 715—716 頁。

山府君的故事。泰山府君掌管人的生死，可以召唤人的魂魄，该僧到泰山府君庙，可见是有求死的念头的。在第九卷出现了“大山主簿”“阎罗王如同人间的天子，泰山府君如同尚书”[①] 的描写，此处，道家天曹地府祭的“泰山府君”与佛教掌管地狱的阎罗王一样，司命生死，是天曹的直属执行官。在第十九卷中有“某僧舍命替师祭泰山府君”的故事，讲的是一位弟子，为了救身染重病的师父，请阴阳师安倍晴明做都状拜祭泰山府君，愿以己之命换师父之命，终于泰山府君显灵，师父病情痊愈，府君念其衷心，使其免于一死。除《今昔物语集》以外，在其他日本古典文学作品中关于“泰山”的书写也频繁出现，但多数以描写“泰山府君祭”为主。《平家物语》第九卷第十七章的《知章之死》中，记载了平宗盛请新中纳言为自己代养法皇最钟爱的宝马，“新中纳言很是喜爱，每月朔日必拜祭泰山府君，为此马祈求息灾延命”。[②]《太平记》第二十三卷的《直义病恼上皇御愿书》中，描写了光岩上皇为了治愈身患重病的直义而祭拜泰山府君的故事。《源平盛衰记》讲的是樱町中纳言喜爱樱花，可惜樱花的花期太短，只有七天，于是向泰山府君祈求将樱花的花期延长的故事。《上田秋成集》的《胆大小心录》中，也出现了与之相同的故事。世阿弥的谣曲《泰山府君》也是根据这个故事改编的。可见，“泰山府君”不仅能够掌管人的生死，还能为马祈福，为花延命，类似这样的描写在中国文学的“泰山”书写中并未出现。另外，《谣曲集》上卷《花筐》中，世阿弥还提到了汉武帝思念李夫人，太子劝武帝在九华帐内燃返魂香，据传可在燃香的烟雾中看到故人的样子。李夫人去世后的归处即为“泰山府君”处，由此可见，泰山府君是掌管人生死的神，这点是不言而喻的。《谣曲集》下卷《正尊》中也出现了“五道的冥官泰山府君”的描写。《古今著闻集》中也有祭拜“泰山府君”的记载。“泰山府君”被解释为相当于日本“素盏呜尊”的神。

---

① ［日］山田孝雄校注：『日本古典文学大系 23・今昔物语集二』，東京：岩波書店 1960 年版，第 251 頁。

② ［日］无名氏：《平家物语》，王玉华译，云南人民出版社 2002 年版，第 350 页。

道教之神“泰山府君”在与日本文化融合的过程中，成为土御门神道的主神，转变成为日本化的神明，成为日本上至天皇、贵族，下至普通民众所信仰的对象。以“泰山府君”信仰为主的日本文学的泰山书写，体现了具有“重层文化”特征的宗教思想。

三　日本文学中泰山的生态伦理思想——与中国文学的共通性：山与人、神的合一

生态伦理思想起源于西方，是解读人与自然关系的新范式。本文借用生态伦理思想来解读泰山，是因为泰山体现了人与自然的和谐统一。生态伦理思想以泰山的宗教思想为依托，“万物有灵论”、山岳崇拜是生态伦理思想形成的根本原因。孔子将“知者乐水，仁者乐山”（《论语·雍也》篇）赋予高山，尤其像泰山那样稳如磐石、雄震天下的高山以“人格化”的特征，是泰山伦理化的表现，作为泰山之神的“泰山府君”，其“人格化”特征已十分明显。

《辞源》中对“府君”的释义有两种：第一，“汉魏时太守自辟僚属如公府，因尊称太守为府君”；第二，“汉魏以来对人的敬称”。[①] 无论哪一种释义，“府君”都是对人的称呼。“泰山府君”这一称呼，本身就是泰山“人格化”的体现。中国文学初见“泰山府君”，是在《搜神记》卷四的“胡母班”条：胡母班字季友，泰山人也。曾至泰山之侧，忽于树间逢一绛衣驺，呼班云：“泰山府君召。”班惊愕，逡巡未答。复有一驺出，呼之。遂随行数十步，驺请班暂瞑。少顷，便见宫室，威仪甚严。班乃入阁拜谒。主为设食，语班曰：“欲见君，无他，欲附书与女婿耳。”班问：“女郎何在?”曰：“女为河伯妇。”班曰：“辄当奉书，不知缘何得达?”答曰：“今适河中流，便扣舟呼青衣，当自有取书者。”班乃辞出。[②] 此处“泰山府君”之女嫁为“河伯

① 广东、广西、湖南、河南《辞源》修订组、商务印书馆编辑部：《辞源》，商务印书馆1988年版，第0544页。

② （晋）干宝：《搜神记》，中华书局1979年版，第44—45页。

妇”的具象描写，将泰山神“人格化”的特征鲜明地表现出来。

不仅如此，自唐代开始，对泰山神不断加封，更加凸显其帝王化和“人格化”的倾向。武则天曾两度加封泰山，垂拱二年（686 年）七月初一，封东岳泰山为“神岳天中王”，万岁通天元年（696 年）四月初一，尊东岳为“天齐君”。唐玄宗开元十三年（725 年），封泰山为“天齐王”。宋真宗大中祥符元年（1008 年），加封泰山为“仁圣天齐王”，祥符五年（1013 年），又加封泰山为“天齐仁圣帝”，宋真宗不仅加封泰山，还加封泰山夫人为“淑明皇后”，加封泰山的五子分别为侯、为王，加封泰山女儿为“玉仙娘娘”。到了元代，至元二十八年（1291 年），元世祖又加封泰山为“天齐大生仁圣帝”。[①] 这里的泰山女儿“玉仙娘娘”，即后来的碧霞元君。

泰山、“泰山府君”被“人格化”“神格化”，是泰山生态伦理思想的体现，这种生态伦理思想在日本文学的“泰山”书写中也充分地展现。泰山神信仰东传日本后，供奉泰山府君的赤山神社，也受到皇室的尊崇。水尾上皇赐予“泰山府君”为“赤山大明神”。此后，清和天皇、光孝天皇、宇多天皇、醍醐天皇等也对“泰山府君”以礼相待，为其增修殿宇，加官晋爵。泰山神的“人格化”“神格化”特征在日本文学中也被书写得淋漓尽致。《今昔物语集》第十九卷的《某僧舍命替师祭泰山府君》的故事中，当弟子为了救师父之命而决心赴死之时，感动了冥王泰山府君，府君让其免于一死。“泰山府君”作为能够决定人生死的冥王，竟然受到了舍命救师父的弟子的感动，使其免于一死，这里，“泰山府君”是仁慈的冥王形象。

能乐大师世阿弥的谣曲《泰山府君》，影响非常广泛。该谣曲取材于《源平盛衰记·清盛息女事》卷二，《清盛息女事》讲的是樱町中纳言深爱樱花，可惜，樱花的花期只有七日，于是举行泰山府君祭，请求府君延长花期的故事。在世阿弥的谣曲《泰山府君》中，增加了

① 参见《绘图三教源流搜神大全》（外二种），上海古籍出版社 1990 年版，第 46—47 页；（元）马端临《文献通考》，中华书局 1986 年版，第 757 页；（明）王圻《续文献通考》，商务印书馆 1936 年版，第 3465 页。

偷折樱花的“天女”这一角色，樱町中纳言怜惜樱花，“天女”偷花，在冲突中“泰山府君”将矛盾化解。故事中，府君明察秋毫，对偷折樱花的“天女”严加斥责：“偷盗樱花的天女赶快出来!”天女带着偷去的樱花，脸上带着令人怜爱的神情出现在府君面前。府君在梵天、帝释天、阎魔王的帮助下，阻挡了刮向花枝的风雨，使樱花的花期延长了37天。可见，“泰山府君”不仅能掌管人的生死，还能干预植物的生死，无所不能。这个故事加进了作者的想象，即由“泰山府君”是掌管人生死的神自然转化为能够掌管植物的生死。故事中，“泰山府君”对偷折樱花的天女的责备，并极力帮助樱町中纳言延长花期，这个故事通过“泰山府君”主持正义的行动描写，突出了他是正义化身的神明形象。

泰山所体现出的山与人、神合一的人与自然的关系，即泰山的“人格化”“神格化”描写，是泰山生态伦理思想的体现。在中国文学作品如《搜神记》中，就已经体现出“泰山府君”“人格化”书写的特点，随着“泰山府君”信仰的东传，这种“人格化”“神格化”的书写在日本文学中得到了继承与发扬。可以说，基于泰山书写的生态伦理思想，是中日文学的泰山书写所共通的现象。

四 日本文学中泰山的“他者”思想——断层与偏见并存

日本文学的泰山书写，并不是一以贯之的。在本文写作的过程中，笔者查阅了《日本古典文学大系》《日本近代文学大系》及《现代日本文学大系》，发现日本文学的“泰山”书写多集中在古典文学作品中，在近现代文学的纯文学作品中涉及甚少。到了近代，日本文学的泰山书写出现了断层与偏见并存的现象。

在近现代文学中，日本作家的泰山游记是泰山书写的重要组成部分，如德富苏峰的《中国漫游记》、桑原骘藏的《考史游记·山东河南游记》、佐佐木健一的《登泰山》、中西亨的《泰山·黄山·芦山和济南、曲阜游记》、涩川玄耳的《岱崂杂记》等。在这些游记中，日本文人在感叹泰山的美景之余，似乎还存在另外一种态度。桑原骘藏在《考史游记・山东河南游记》中写道：

> 泰山路皆是铺石造阶，宽约三四米，路两旁桧柏遮天蔽阴，令人心旷神怡。只是到处乞丐群集，望见人影则吵吵嚷嚷乞怜不止，令人厌恶。①

德富苏峰在《中国漫游记・七十八日游记》中也有类似的描写：

> 泰山上有很多有名的东西。第一就是石头，整座山上到处都是石头。第二是牛粪……第三是乞丐，而且乞丐不仅是泰山特产，或者可以说是中国的特产。②

桑原骘藏对泰山乞丐的描写，以及德富苏峰视乞丐为泰山特产，无不带有东方主义的偏见，日本文学的泰山书写出现了"他者"化的特征。"他者"是后殖民理论的一个重要术语，是相对于主体存在的客体，按照萨义德东方学立场上的阐释，"他者"是相对于西方而存在的东方。

关于泰山乞丐的描写，在中国人的泰山游记中也有所体现，傅振伦先生在《重游泰山记》中有这样的描述：

> 沿途乞丐甚多，逢人索物，并云"千舍千有、万舍得福"、"步步升高"、"积德吧，掏钱吧"、"个人行好是自个的"，不予则不得前行。③

---

① ［日］桑原骘藏：《考史游记・山东河南游记》，张明杰译，中华书局 2007 年版，第 129 页。

② ［日］德富苏峰：《中国漫游记・七十八日游记》，刘红译，中华书局 2008 年版，第 227 页。

③ 转引自陈伟军《泰山文化概论》，山东人民出版社 2012 年版，第 83 页。

无独有偶，张岱在《岱志》中关于泰山的乞丐，也做了细致的描写：

> 初登封门，沿山皆乞丐。持竹筐乞钱，不顾人头面。入山愈多，至朝阳洞稍杀。其乞法、扮法、叫法，是吴道子一幅《地狱变相》，奇奇怪怪，真不可思议也。山中两可恨者，乞丐其一，而又有进香姓氏，各立小碑，或刻之崖石，如万代瞻仰、万古流芳等字，处处可厌。乞丐者求利于泰山者也，进香者求名于泰山者也。泰山清净土，无处不受此两项人作践，则知天下名利人之作践世界也，与此正等。①

同样是对于泰山乞丐的描写，桑原骘藏和德富苏峰用了“吵吵嚷嚷”“泰山特产”来形容乞丐，言辞间不乏贬低、讽刺之意，而傅振伦描写的乞丐，与泰山文化联系在了一起，读起来似乎更加可爱。张岱将乞丐的扮相与吴道子的名画《地狱变相》，乞丐求利与香客求名相提并论，语气诙谐，虽表示了对乞丐的讨厌，但似乎并无贬低之意。但并不是说，桑原骘藏和德富苏峰的描写是不客观的，之所以会产生这样的差距，主要是由于作者的文化成见决定的。关于这一点，王向远先生在《比较文学学科论》中有这样的论述：

> 任何一个作家都属于某一特定的种族、时代和阶级，即属于特定的文化群体，因而，任何一个作家都有自己的文化成见，乃至意识形态的倾向性，并在自己的创作中或多或少、或明或暗地表现出来。②

处于两种意识形态下的日本作家和中国作家，对同一事物做出了

---

① 转引自陈伟军《泰山文化概论》，山东人民出版社 2012 年版，第 164 页。

② 王向远：《比较文学学科论》，江西教育出版社 2002 年版，第 239 页。

不同的情感表达也是合理的。然而，造成日本作家这种判断的原因恐怕是多方面的，联系中日关系交流史，近代以前的中日关系，在隋以前，中日两国是“宗属”关系，日本是中国的宗属国。到了隋唐时期，中日关系出现“对等”状态。至五代、两宋时期，中日“无邦交”。到了元明时期，中日两国因战争而出现“恩怨”。封建晚期，中日两国是“隔离”关系。近代以降，随着鸦片战争的失败，清政府的腐败无能暴露无遗，日本自古以来视中华文明为先进、为榜样，到了近代出现了“华夷之变”，中日关系骤变。也正是在这一时期，日本文学的泰山书写出现了断层与偏见并存的现象。这种偏见不仅表现在日本文学的泰山书写中，在日本文化人的中国体验、中国游记类作品中也随处可见。芥川龙之介的《中国游记》表现得尤为突出。《中国游记》中充斥着芥川对中国的蔑视，对中国人、中国文化的极尽厌恶与贬低。因此，围绕《中国游记》曾展开过中日学界的大讨论。《中国游记》在一定程度上伤害了中国知识分子的民族感情，成为东方学视角下日本文学的中国书写的典范之作。

近代以降，日本文学的泰山书写所表现的断层与偏见并存的现象背后，是国家综合实力的显现。一个积贫积弱的民族，它的文化何谈国际影响！可见，文化繁荣的背后必然要有国家强大的综合实力作支撑，文化的繁荣、发展、传播是国家真正强盛的综合体现，一个国家在国际上真正的影响力取决于它的文化是否具有影响力，即是否具有掌握世界的能力。马克思曾提出过宗教的、艺术的、实践的“掌握世界”的三种方式，今天，“若要‘掌握’世界、‘掌握’日本，似乎还应该需要‘学术的掌握’这样一种方式。‘学术的掌握’是将‘艺术的’、‘实践的’结合起来的一种方式”。[①] 然而，对日本“学术的掌握”，必须要在文化对话的基础上去实现。泰山是中华民族的精神家园，作为中国的一个文化符号，是一个特殊存在。泰山文化是东方文

① 王向远：《中国的“日本学”何为?》，《中国社会科学报》2014 年 2 月 7 日第 B01 版。

化的重要组成部分，因此，如何看待泰山文化、弘扬泰山文化是一个至关重要的问题。对此，季羡林先生指出："泰山是中国文化的主要象征之一。欲弘扬中华文化，必先弘扬泰山文化，这是顺理成章的事。"[①]然而，要弘扬泰山文化，必须要在双方互视的基础上进行文化"对话"，对泰山进行言说，把握泰山研究的学术话语权。这种文化互视、跨文化对话的过程，不仅是认识对方的途径，也是重新审视自身文化的过程。只有与他国文化对话，我们才能够实现对对方话语的"学术的掌握"。

① 宋绍香：《季羡林的"泰山观"》，《泰山晨刊》2005 年 9 月 19 日第 3 版。

碰撞、变异与融合：论日本文学中的“泰山府君”*

阅读提示 泰山文化备受学界关注。从文学角度探讨日本文学中的“泰山府君”，经历了从碰撞到变异与融合的过程。在碰撞过程中，“泰山府君”信仰得到了东传及其在日本受容，在变异与融合过程中，日本文学中“泰山府君”形象出现宗教化倾向，主要表现在“神道化”和“佛教化”两个方面，最终“泰山府君”在“文化的他国化”过程中成为“神佛合体”的，与神道教的素盏鸣尊、佛教的地藏菩萨信仰相融合的“日本化”神明。

一 前言

目前，中日学者对泰山文化做了大量研究，但是，以文学为切入点的泰山研究尚处于起步阶段。文学作品是社会生活的反映，正如恩格斯在评论巴尔扎克的《人间喜剧》时说：“他在《人间喜剧》里给我们提供了一部法国‘社会’，特别是巴黎上流社会的无比精彩的现实主义历史……我从这里，甚至在经济细节方面（诸如革命以后动产和不动产的重新分配）所学到的东西，也要比从当时所有职业的史学家、经济学家和统计学家那里学到的东西还要多。”① 日本文学作品中出现的“泰山府君”书写，是泰山之神——“泰山府君”东渡日本，对日

* 本文原载《东北亚外语研究》2016 年第 3 期。

① 中共中央马克思恩格斯列宁斯大林著作编译局：《马克思恩格斯选集》第四卷，人民出版社 2012 年版，第 590—591 页。

本人精神世界产生深远影响的产物。将描写“泰山府君”的纯文学文本和非纯文学文本[①]同时进行观照，能够更加清晰地呈现“泰山府君”信仰在日本受容及传播的面貌。

二　碰撞：“泰山府君”信仰东传及其在日本文学和社会文化中的受容

泰山，自古以来就被认为是神圣的宗教之山。应劭在《风俗通义》中对泰山的评价可谓精彩全面：“东方泰山，《诗》云‘泰山岩岩，鲁邦所詹。’泰山，山之尊者。一曰岱宗。岱者，始也；宗者，长也。万物之始，阴阳交代，云触石而出，肤寸而合，不崇朝而遍雨天下，唯泰山乎！故为五岳之长。王者受命易姓，改制应天，功成封禅，以告天地。孔子曰：‘封泰山，禅梁父，可得而数，七十有二。’”[②] 泰山被赋予了万物之始、阴阳交替之意，也与王者改朝换代、受命于天、功成封禅相契合，且泰山“不崇朝而遍雨天下”，使其神秘、神圣的色彩更加浓厚。

中日文学作品中出现的“泰山府君”书写，与泰山的宗教属性密不可分。“泰山治鬼”说与《搜神记》《冥报记》等志怪小说的东传，为“泰山府君”信仰在日本的传播奠定了基础。

“泰山府君”这一称呼，可以说是佛教中国化的产物，它揭示了佛教与中国文化的“碰撞、变异、融合”的过程。汉代，泰山成为“鬼神之府”，“泰山治鬼”说在民间盛行，《后汉书》卷九十的《乌桓鲜卑列传第八十》说：“如中国人死者魂神归岱山也。”[③] 泰山南麓的蒿

① 这里采用了王向远先生在《比较文学学科新论》中提出的“涉外文学”的概念。他指出：“涉外文学”包括了“想象”性的、主观性的纯虚构文学，也包括了写实性、纪实性的游记、见闻报道、报告文学、传记文学等。换个角度说，“涉外文学”包括了通常我们今天所谓的纯文学，也包含了许多非纯文学，它具有文学研究的价值，也有超越于纯文学的多方面的文化价值。（王向远：《比较文学学科新论》，江西教育出版社2002年版，第236页。）

② 应劭：《风俗通义》，贵州人民出版社1998年版，第374页。

③ （东汉）范晔：《后汉书》，中华书局2012年版，第2396页。

里山也被人们称为冥界地府，汉乐府古曲《蒿里》也说，“蒿里谁家地，聚敛魂魄无贤愚”①。关于“泰山治鬼”说的起源，栾保群②对顾炎武《日知录》中“泰山治鬼”一条进行了分析，他指出“泰山治鬼”说起源于东汉末期。

东汉时期，佛教作为一种外来宗教传入中国，为了其自身传播的需要，主动与当时流行的“泰山治鬼”的民间信仰相适应，在佛经翻译时，僧人们主动把佛经中的“地狱”译成了“太山”。三国时代吴国的康僧会所译《六度集经》卷七有：“或以闻太山汤火之毒，酷烈之痛，饿鬼饥馑积本之劳，畜生屠剥割截之苦，存之愕然，一心得禅。”③此处的“太山”即“地狱之山”，在古代，“太山”与“泰山”相通，所以，“太山”可以理解为东岳“泰山”。钱锺书在《管锥编》第一册的《史记会注考证》“封禅书”条记载：“《日知录》卷三〇、《陔馀丛考》卷三五、《茶香室丛抄》卷一六考汉魏时泰山治鬼之说，已得涯略。吴锡麟《有正味斋骈体文》卷一五《游泰山记》全本《日知录》。经来白马，泰山更成地狱之别名，如吴支谦译《八吉祥神咒经》即云‘泰山地狱饿鬼畜生道’，隋费长房《历代三宝记》卷九所谓‘泰山’为‘梵言’而强以‘东方岱岳’译之者。然则泰山之行，非长生登仙，乃趨死路而入鬼箓耳。”④ 佛经翻译者将“地狱”译成“太山”，即“地狱之山”，在民间传说中却与东岳“泰山”含糊地杂糅，将东岳泰山转换成人间的冥府，而“泰山府君”成为冥府之神，掌管生死。

“泰山府君”这一称呼，初见于晋代干宝的《搜神记》。《搜神记》卷四的《胡母班传书》记载：“胡母班字季友，泰山人也。曾至泰山之侧，忽于树间逢一绛衣驺，呼班云：‘泰山府君召。’班惊愕，逡巡未答。复有一驺出，呼之。遂随行数十步，驺请班暂瞑。少顷，便见宫室，威仪甚严。班乃入阁拜谒。主为设食，语班曰：‘欲见君，无他，

① （北宋）郭茂倩：《乐府诗集》，万卷出版公司2014年版，第49页。
② 栾保群：《“泰山治鬼说”的起源与中国冥府的形成》，《河北学刊》2015年第3期。
③ 蒲正信注：《六度集经》，巴蜀书社2012年版，第266页。
④ 钱锺书：《管锥编》，生活·读书·新知三联书店2007年版，第472页。

欲附书与女婿耳。’班问：‘女郎何在?’曰：‘女为河伯妇。’班曰：‘辄当奉书，不知缘何得达?’答曰：‘今适河中流，便扣舟“青衣”，当自有取书者。’班乃辞出……”[①] 讲述了胡母班在泰山，被诏令给“泰山府君”嫁给河伯的女儿送信的故事。《搜神记》中出现的“泰山府君”书写，表明“泰山府君”信仰在当时社会已经具有相当高的认同程度。

日本有关《搜神记》的最早文献记载，是在宇多天皇宽平三年(891 年)，藤原佐理在《日本国见在书目录》一书的目录中写道：“《搜神记》三十卷，干宝撰；《搜神记后记》十卷，陶潜撰。”[②] 可见，《搜神记》传入日本是客观事实。

《冥报记》成书于唐朝永徽年间（650—655 年），该书在中国早已失传，而在日本则有高山寺藏本、前田家尊经阁藏本、知恩院现藏本等诸版本。该书所收录的故事多为佛教因果报应的故事。这些故事皆具有千篇一律的套路，即人死后被带到冥间受阎罗王的审判，但多因尘缘未了、寿数未尽而被放回人间，在回到人间之前，多被带去参观地狱，在地狱看到了善有善报、恶有恶报的场面。《冥报记》中这些故事的流传，对佛教观念在日本社会的受容亦具有积极意义。

《冥报记》传入日本的具体时间现已无法考证，但据《日本灵异记》[③] 上卷序文记载：“熟瞰世人也，方好鄙行，翘利养，贪财物，（略）欲他分，惜己物，（略）匪呈善恶之状，何以直于曲执而定是非：叵示因果之报，何由改于恶心而修善道乎。昔汉地造冥报记，大唐国作般若验记。何唯慎乎他国传录，弗信恐乎自土奇事。粤起目瞩之，不得忍寝。居心思之，不能默然。故聊注侧闻，号曰日本国现报善恶灵异记，作上中下叁卷，以流季业。”[④] 由此可见，《冥报记》在

① （晋）干宝：《搜神记》，上海三联书店 2012 年版，第 82—83 页。

② 马兴国：《〈搜神记〉在日本的流传及影响》，《日本研究》1988 年第 2 期。

③ 全称为《日本国现报善恶灵异记》，成书于平安时代初期，即 794—1192 年，也有一说成书时间大约为 823 年。

④ 李铭敬：《日本说话文学中中国古典作品接受研究所存问题刍议——以〈日本灵异记〉和〈今昔物语集〉为例》，《日语学习与研究》2009 年第 2 期。

平安时代（794—1192 年）初期早已传入日本，而日本文学中初见“泰山府君”的记载已到了公元十世纪。延喜十九年（919 年）五月二十八日的《贞信公记》中出现了“七献上草祭”[①] 的记载，而《伊吕波字类抄》中对“泰山府君祭”的解释有一条：“一名七献上章祭曰”[②]，因此日本学者松山佳代（2001 年）指出，七献上草祭与“泰山府君祭”可能相同。然而在《贞信公记》中并未记载具体的祭祀情况，所以并没有足够的理由说明，“七献上草祭”一定为“泰山府君祭”。以“泰山府君祭”之名出现在文献中的最早记载，见于永祚元年（989 年）二月十一日的《小右记》，“皇太后宫俄有御恼，摄政被驰参，昨日院仰事今日申摄政，令勘申尊胜法·太山府君祭曰：御修法事，□遣天台座主许，御祭□晴明奉仕’”[③]。这里记载的安倍晴明为皇太后宫诠子进行“泰山府君祭”，是为了向“泰山府君”祈求消灾祛病。

由以上可以确定，在“泰山府君”信仰东传日本之前，《搜神记》《冥报记》已经流传到日本。这些文学作品中，经常出现将死之人冥冥中谒见泰山府君的故事，这些故事在一定意义上影响了“泰山府君”信仰在日本的受容程度。概言之，《搜神记》《冥报记》等志怪小说的东传，促进了“泰山府君”信仰在日本的传播。

三　变异与融合：日本文学中“泰山府君”形象的宗教化倾向

道教的“泰山府君”信仰东传日本，与神道教的素盏鸣尊、佛教的地藏菩萨信仰相融合，成为极具日本特色的神明。“泰山府君”信仰的东传，是由与中国有着深厚渊源的阿倍仲麻吕（698—770 年）完成的。天台宗僧人圆仁（793—864 年）将“泰山府君”像请回日本，他

---

① ［日］藤原忠平：『大日本古記録・貞信公記』，東京：岩波書店 1956 年版，第 63 頁。

② ［日］松山佳代：『日本における泰山府君信仰』，『伝承文化研究』2001 年第 1 期。

③ ［日］松山佳代：『日本における泰山府君信仰』，『伝承文化研究』2001 年第 1 期。

的弟子遵其遗嘱，修建了今天位于京都附近的赤山禅院，供奉“泰山府君”的坐像。“泰山府君”信仰传到日本后，被阴阳道①纳入其神祇体系，得到了日本皇室的极大尊崇，尊称“泰山府君”为“赤山大明神”，使原本属于阴阳道土御门家的祭祀活动，逐渐发展成为日本国祭。中国道教的“泰山府君”信仰，在与日本文化“碰撞、变异、融合”的过程中，实现了其日本化的转变。

“泰山府君”信仰的日本化转变，也使日本文学中“泰山府君”的形象发生了变异。“泰山府君”形象的演变，可以说是“文化的他国化”过程。关于“他国化”，曹顺庆在《比较文学概论》“变异学”一节中有这样的论述：“文学的他国化是指一国文学在传播到他国后，经过文化过滤、译介、接受之后的一种更为深层次的变异，这种变异主要体现在传播国文学本身的文化规则和文学话语已经在根本上被他国所化，从而成为他国文学和文化的一部分，这种现象称为文学的他国化，文化的他国化研究是指对这种现象的研究。”② 此处，曹顺庆对“文化的他国化”研究的界定，是指对“文学他国化”的现象的研究，而日本文学中的“泰山府君”书写，是以“泰山府君”信仰在日本的传播为前提，即以文化的传播为基础的。若没有泰山文化传播作为前提，日本文学的“泰山府君”书写是无法成立的。如笔者在前言中所述，文学作品是社会生活的反映，日本文学的“泰山府君”书写即是“泰山府君”信仰这一宗教文化在日本传播的产物，在传播过程中，被日本文化所化，成为日本文化的一个组成部分，即“泰山府君”信仰这一文化体系与日本文化“碰撞、变异、融合”的过程。笔者认为，这一过程亦可称为“文化的他国化”。分析日本文学中“泰山府君”形象的演变，可以对“泰山府君”信仰由“神道化”“佛教化”的转变，进而完成“日本化”的过程有更加清晰的认识。同时，厘清“泰山府君”信仰的日本化转变过程也是认

① 阴阳道源自古代中国的自然哲学思想与阴阳五行学说，传入日本后，逐渐发展成富有特色的一门自然科学与咒术系统，成为日本神道的一部分，同时也是日本法术的代名词。史实上的阴阳道，以“天文”“历法”“漏刻”等为正职，而并行“占卜”“追傩”等事。

② 曹顺庆主编：《比较文学概论》，高等教育出版社 2015 年版，第 180 页。

识泰山文化“他国化”的有效途径。

（一）日本文学中“泰山府君”形象的“神道化”倾向

“泰山府君祭”之所以被纳入日本神道教的神祇体系中，除了阴阳道将其改造成为与日本人现实利益相关的神明外，也与大和朝廷的政治制度有关。天武天皇（631—686年）时期，日本仿效唐朝设置了“阴阳寮”，推进了阴阳道在日本的发展。阴阳师所在的“阴阳寮”，是国家机关的重要组成部分，若掌控了“阴阳寮”，就等于掌控了诠释一切的神圣权力。在“阴阳寮”中形成了贺茂家和安倍家两派势力，江户时代中期，安倍家的土御门神道在日本取得了至高无上的地位，使阴阳道在日本盛行。安倍家的“泰山府君祭”作为土御门神道的重要祭祀活动，逐渐发展成为国祭。可以说，“泰山府君”信仰之所以能够在日本社会扎根，与安倍家土御门神道所具有的话语地位密不可分，“泰山府君”信仰的神道化特征亦可见一斑。

“泰山府君”具有掌管人生死的神奇力量，成为人们祈求长寿、平安、祛病消灾的对象。平安时代，阴阳道的“泰山府君祭”在日本贵族阶层极其盛行，日本文学作品中，多次出现安倍晴明为日本贵族进行“泰山府君祭”的故事。在《今昔物语集》[①] 第十九卷中有《某僧舍命替师祭泰山府君》的故事，讲的是三井寺的一位圣僧身染重病，于是请阴阳师安倍晴明进行“泰山府君祭”，但是若要救圣僧性命，必须用以命抵命的方式。在众弟子踌躇之际，平日里一位不声不响的弟子站出来，愿以己之命换师父之命。终于师父病情痊愈，该弟子的行为感动了泰山府君，府君使其免于一死。在《古今著闻集》[②] 中也有关于“泰山府君祭”的记载，而且“泰山府君”被解释为相当于日本“素盏鸣尊”的神。

---

① 参阅［日］山田孝雄等校注『日本古典文学大系25・今昔物语集』，東京：岩波書店1962年版，第111—113頁。

② 参阅［日］永積安明等校注『日本古典文学大系84・古今著聞集』，東京：岩波書店1966年版，第131頁。

“泰山府君”不仅能够掌管人的生死，还能够主宰动植物的生死。在《平家物语》第九卷的《知章之死》中，记载了平宗盛请新中纳言为自己代养法皇最钟爱的宝马，“新中纳言见马大喜，宝爱有加，每月朔日必拜祭泰山府君，为此马祈祝延命消灾”。[①] 同时，在《平家物语》中樱町中纳言藤原成范因爱惜樱花，期望将樱花的花期延长而祭拜“泰山府君”。然而，《平家物语》依据版本不同，祭拜的对象也不同。在《屋代本平家物语》中，藤原成范祭拜的神明是“天照大神”，而《延庆本平家物语》中，祭拜的是“泰山府君”。可见“泰山府君”与神道教的“天照大神”具有相同魔力，这是“泰山府君”形象神道化的一个有力写照。“泰山府君”由掌管人生死的神灵，演变成为可以为马延命、为花延期的神明。这样的描写在中国文学作品中并未出现。这种差异性的书写，一方面体现了日本社会对“泰山府君”信仰的受容程度，另一方面也体现了“泰山府君”信仰的日本化转变。

在中国，“泰山府君”这一称谓，可以说是佛教地狱观念与道教冥府观念相融合的产物。“泰山府君”信仰传入日本后，与日本神道教相融合，成为阴阳道所信仰的主神。日本的后冷泉天皇曾亲笔书写《泰山府君都状》，拜请泰山府君保佑国泰民安。不仅是后冷泉天皇，在《朝野群载》中还记载了朝臣藤原显隆书写的《泰山府君都状》，内容如下：

> 谨上　　泰山府君
> 日本国从四位上行右中弁兼备中介藤原朝臣显隆年四十五
> 　　本命庚戌
> 　　行年庚戌
> 献上冥道诸神一十二座
> 银钱　　二百四十贯文

① ［日］高木市之助：『日本古典文学大系 33・平家物语』，東京：岩波書店 1960 年版，第 224 頁。

白绢　　一百二十匹
鞍马　　一十二匹
勇奴　　三十六人

谨启泰山府君冥道诸神等，夫信至高者天神怜之，慎至深者地祇护之。某管带右司郎中，位升大中大夫，是则蹐天跼地，仰神敬祇之故也。重祇冥应，更备清奠，聊薦黍稷之味，以望明德之馨，伏乞加级如思，升晋任意，蹈兰臺而攀秋月，步槐路而接青云，彼赵氏之延算，诚是天应，此鲁性之祈思，盍成地望，息灾延命，一家有福。谨启

永久二年十一月二十三日　从四位上行右中弁藤原朝臣谨状①

从都状的内容可以看出，藤原显隆愿意献上冥道诸神十二座、银钱及物品、鞍马、勇奴作为祭品，请求加官晋爵，“伏乞加级如思，升晋任意”，同时希望“息灾延命，一家有福”。可以看出，“泰山府君”信仰已经被日本文化所同化，成为日本人生活的组成部分。

以上日本文学中的“泰山府君”书写，体现了“泰山府君”信仰的神道化倾向。“泰山府君祭”在获得日本社会认同的同时，成为上至皇室下至百姓的祈愿对象，这种神道化的转变也是泰山文化“他国化”的有力体现。

（二）日本文学中“泰山府君”形象的“佛教化”倾向

在中国，随着佛教的传入，“泰山府君”与“东岳大帝”逐渐分离，“东岳大帝”与中国帝王封禅泰山“报天之功”“与天沟通”的思想相契合，更能体现政治层面的信仰对象，而“泰山府君”作为冥府的主宰，则更多体现在宗教层面上。“泰山府君”信仰传入日本与日本的阴阳道相融合，成为具有现实利益的神明而被日本人普遍接受，同时，佛教因素也渗入其中，日本文学作品中的“泰山府君”形象也出

① ［日］黒板勝美：『朝野群载』，東京：吉川弘文館 1964 年版，第 377 頁。

现了“佛教化”描写的倾向。

在《源平盛衰记》卷十的《赤山明神将来谭》中，有“本地的地藏菩萨叫做泰山府君”① 的描写，可见，“泰山府君”与佛教的地藏菩萨在日本人的观念中是相同的。“泰山府君”形象的“佛教化”倾向，在世阿弥的谣曲《泰山府君》中表现得尤为突出。该谣曲讲的是樱町中纳言藤原成范深爱樱花，于是祭奠泰山府君，请求将花期延长，一位天女从天而降，偷折了樱花飞上了天，泰山府君出现，斥责了偷盗樱花的天女，府君欣赏成范的风雅，将樱花的花期延长至三七日的故事。在谣曲《泰山府君》中，“泰山府君”登场时，说道：“我本是五道冥官泰山府君也。人间生命由我管，看守明暗两条路。”“双眼通力细察看，‘欲界色界无色界’，并非化天耶摩天，必是乐天下天之人偷折了樱花。”② 此处，泰山府官自称“五道冥君”，所谓“五道”即佛教中的天、人、饿鬼、畜生、地狱。“明暗两条路”，亦为佛教用语，明途是指婆娑，暗途则为冥途。“欲界色界无色界”，则是佛教中对世界的划分。在故事的最后，泰山府君在梵天帝释、阎魔王、五道轮回众生的帮助下，将樱花的寿命延长至三七日。三七日这一设定也不是随意的，在佛教中，三七日具有特殊意义。据《大正新修大藏经》第四十六卷《法华三昧忏仪》记载“行者若能如是，于三七日一心精进，修三昧时于三七日。中间或满三七日已有三种，行者证相不同，今当略分别之。一者下根行者证相，二者中根行者证相，三者上根行者证相。下根证相者。所谓三七日中间或三七日满，获得戒根清净”③。可见，三七日是一期，是验证修佛的一个标准。

在《曾我物语》④ 中收录了一则《泰山府君的故事》，讲的是在中

---

① 请参阅［日］松尾葦江校注『源平盛衰記』，東京：三弥井書店 1991 年版，第 124 頁。

② ［日］佐成谦太郎：『谣曲大观』，東京：明治書院 1931 年版，第 1733—1742 頁。

③ 佛陀教育基金会：《大正新修大藏经》（第四十六卷），台北：佛陀教育基金会出版社 1990 年版，第 954 页。

④ ［日］市古貞次、大島建彦校注：『日本古典文学大系 88・曾我物语』，東京：岩波書店 1966 年版，第 101—103 頁。

国有位大王，建造了奢华的宫殿，如同净土般庄严。因而招来了灾祸，后来在博士的劝告下烧毁了宫殿，才平息了祸端。这里用“泰山府君的故事”作为题目，是指祭拜“泰山府君”可以使“七难即灭，七福即生”。“七难”“七福”皆为佛教用语，其中，“七难”指“日月失度难、星宿失度难、灾火难、雨水难、恶风难、亢阳难、恶贼难”，“七福”指“无病、端正、身香衣净、肥体、多多人饶、所说肃用、自然衣服”。可见，故事情节的设计就将“泰山府君”与佛教结合在了一起。该故事详细描写了宫殿的奢华程度，其中，宫殿的装饰物皆为世间罕见的珠宝，其中，璎珞、花鬘、天盖等都是佛殿的装饰物，也被装饰在了宫殿里，可以理解为该宫殿奢华到了冒犯神明的程度。为了消除灾祸，大王向天神起誓，断食三七日，每日诵读《仁王经》。三七日满，原来天昏地暗、日月无光的景象消失，北斗七星出现在天际。该故事中，也出现了佛教中的三七日的描写。可见，日本文学中“泰山府君”形象的“佛教化”倾向已经非常普遍。

然而，佛教化的“泰山府君”在中国的文学作品中并不多见，在中国，“泰山府君”多以道教神仙的形象出现。干宝《搜神记》中记载“泰山府君”的女婿是河伯，“泰山府君”自己也是海龙王之类：“世言泰山府君，海龙王之类，鄙俗不可入文字。东坡作《明州僧寺御书楼铭》有咨尔。东南山君、海王、时节来朝、以谨其藏，岂惟融化语奇，亦见百神受职，意甚高也。”① 在道教传说中，往往习惯以龙王之类的形象作神仙人物。而在佛教典籍中，“泰山府君”多以阎魔王的太子形象出现。

在《大正新修大藏经》第四十五卷《慈悲道场忏法》中有这样的描写：“国王帝主土境人民父母师长，上中下座信施檀越，善恶知识诸天诸仙，护世四王，聪明正直天地虚空，主善罚恶守护持咒。五方龙王龙神八部，诸大魔王五帝大魔，一切魔王，阎罗王泰山府君，五道大神，十八狱主并诸官属，广及三界六道，无穷无尽含情抱识，有佛

① （明）陶宗仪：《说郛三种》，上海古籍出版社 1988 年版，第 1090 页。

性者，至诚归依十方尽虚空界一切三宝，愿以慈悲心同加摄受。以不可思议神力，覆护拯接。令诸天诸仙一切神王及三界六道一切众生，从今日去，越生死海到涅槃岸。行愿早圆俱登十地。”①

如前文所述，在中国，“泰山府君”是佛教中国化的产物，在佛教典籍中，“泰山府君”的“佛教化”书写到处可见，但是，在中国的纯文学作品中，几乎没有“泰山府君”的“佛教化”书写。日本文学中出现的“泰山府君”形象的“佛教化”倾向，可以理解为是对中国佛典中“泰山府君”形象的“佛教化”书写的延续，也就是说，“泰山府君”形象的“佛教化”倾向起源于中国，兴盛于日本。

日本文学中“泰山府君”形象的“神道化”“佛教化”倾向，是其“日本化”转变的过程，也是“泰山府君”信仰与日本文化的“碰撞、变异、融合”的“文化的他国化”过程。

四 结论

泰山是儒、释、道融合的宗教山，“泰山府君”是泰山的神格化象征，也是道教的冥府观念与佛教的地域观念相结合的产物。佛教的传入，佛经的“地狱”被译为“太山”，与中国东岳泰山的混淆融合，形成了“泰山府君”是冥府之神，主宰生死的冥界观念，可以说是佛教与中国本土文化“碰撞、变异、融合”的过程，即佛教中国化的一个写照。“泰山府君”作为道教之神，东传日本后，被日本阴阳道纳入其神祇体系，阴阳道信奉以“泰山府君”为首的天地神祇八百万神，在阴阳师安倍晴明时期，“泰山府君祭”成为日本社会极其盛行的祭祀活动，“泰山府君”信仰通过阴阳道的改造，被土御门神道纳入其神祇体系，“泰山府君”堪称日本的“天照大神”，实现了其“神道化”的转变。同时，随着“泰山府君”信仰的大众化，“泰山府君”也成为

① 佛陀教育基金会：《大正新修大藏经》（第四十六卷），台北：佛陀教育基金会出版社 1990 年版，第 951 页。

与佛教的地藏菩萨类似的神明，世阿弥的谣曲《泰山府君》的泛佛教化描写，显示了“泰山府君”的佛教化特征。可以说，“泰山府君”东传日本，成为“神佛合体”的“日本化”的神明，是“泰山府君”信仰与日本文化“碰撞、变异、融合”的过程，也是泰山文化“他国化”的过程。在这一过程中，“泰山府君”信仰已经下渗到日本思想文化的深层，成为极具特色的日本文化的一部分。

战时的风景

——日本东亚同文书院大旅行记中的“泰山”*

阅读提示　日本在中国上海成立的东亚同文书院以培养掌握中国国情的“中国通”为目的，以期为日本侵华战争政策的制定提供智囊团。自 1901 年成立至 1945 年日本战败，东亚同文书院的学生在中国各地开展了地毯式的踏查，他们撰写的游记性旅行日志，称为“大旅行记”。考察这些大旅行记中的“泰山”书写，不仅可以了解抗战时期泰山的社会风貌，也能够揭示泰山在中日文化交流史上的重要地位以及在日本侵华战争时期的特殊意义。

日本在中国创办的东亚同文书院，因其性质的特殊而备受中国学界关注，近年来自从国家图书馆编纂的巨著《东亚同文书院中国调查手稿丛刊》及《中国省别全志》出版以来，相关研究成果不断涌现，然而尚未出现对东亚同文书院大旅行记中所描写的泰山的研究。本文聚焦日人大旅行记中的泰山书写，通过文史互证的方法，试图梳理出以泰山为主轴的中日文化交流之历史景观，揭示泰山在中日文化交流史上的重要地位以及在日本侵华战争时期的特殊意义。

* 本文原载《泰山学院学报》2019 年第 6 期。

一　日人的中国调查：东亚同文书院及其大旅行记

鲁迅在1931年4月17日的日记中记载："往同文书院演讲一小时，题为《流氓与文学》，增田、镰田两君同去。"[①] 这里的"同文书院"指的就是东亚同文书院。东亚同文书院最初于1900年5月在中国南京成立，称为南京同文书院，不久因为义和团运动于同年8月迁至上海，1901年改为东亚同文书院。1939年，东亚同文书院由原来的三年制专科升格为四年制的东亚同文书院大学，招收日本各府县的学生，其办学宗旨是"教授中外实学，培育中日英才，一则有利于巩固中国的国基，二则有利于加强中日的友好关系。这也是保全中国、定策东亚长治久安、立计天下太平所在"[②]。与此办学宗旨相悖的是，他们培养的这些掌握中国文化和国情的"中国通"，是为日本"大陆政策"服务的，是日本侵华战争政策制定的智囊团。

东亚同文书院直至1945年日本战败方解散，该书院的部分教师回到日本后，创立了爱知大学。东亚同文书院40多年间培养了5000余名日本学生，每期学生毕业前，都会被派往中国各地进行校外教育，也就是将这些学生组成团队派到中国各地进行"大旅行"，让他们踏查并详细记录中国各地的经济、政治、文化、社会、风俗等实态。"每届学生在毕业前一年的夏天，持中国政府的执照，到中国内地进行调查旅行，以报告书作为毕业论文，并自费将其旅行志刊出。"[③] 他们调查的线路近700条，而作为调查内容的毕业论文分为两种，一种是踏查中国各地的游记性旅行日志，称为"大旅行记"；另一种是撰写专题调查报告，称为"大旅行报告书"。这些调查日志被命名为《旅行纪念

① 鲁迅：《鲁迅全集》编年版第6卷，人民文学出版社2013年版，第681页。

② ［日］根津一：《東亞同文書院創立要領・興学要旨》，收入大学史編纂委員會《東亞同文書院大学史——創立八十週年記念誌》，東京：社团法人滬友會1982年版，第715頁。

③ ［日］藤田佳久：《東亜同文書院中国調査大旅行の研究》序言，大明堂2000年版。

志》（1911 年）、《孤帆双蹄》（1912 年）、《乐此行》（1913 年）、《沐雨栉风》（1914 年）、《同舟渡江》（1915 年）、《千山万里》（1932 年）、《靖亚行》（1939 年）等游记色彩浓厚的名称，从这些游记的名称可以看出，东亚同文书院学生是训练有素的，他们将原本具有调查性质的间谍资料进行了专业包装，成为看似云淡风轻的普通游记。另外还有多种调查报告书，例如《山东省石炭调查》（1927 年）、《上海附近食料品市场》（1927 年）、《广东地区的丝绸调查》（1929 年）、《北京书业调查》（1930 年）等，根据这些调查报告书，1917 年至 1920 年东亚同文会在东京编纂出版了《支那省别全志》十八卷，其中第四卷为山东省。

当时，东亚同文书院山东班的学生对山东省展开了全方位的调查，他们撰写的“大旅行调查报告”内容涉及山东省的劳动者、煤炭、花生油、铁道、棉花、渔业、渤海沿岸各城市、教育设施、交通情况、山东方言、人口、羊毛、烟草、纺织业、金融状况等诸多方面，涵盖了政治、经济、商业、农业、交通、教育等各个领域，而且对青岛等重要城市还进行了专门调查。另外，东亚同文书院学生的“大旅行记”，足迹也遍布山东省的青岛、济南、兖州、泰安、曲阜等各个城市及村落。其中，在他们撰写的大旅行记中，多次出现泰山之行的记载和描写，而且他们对泰山表达出了无限憧憬之情，究其根源可知，日人对泰山的这种憧憬，实际上具有深厚的历史渊源。

二　日人的“泰山”憧憬：中日文化交流史上的泰山

泰山是中国古代帝王封禅的对象，是中国古代文化的象征，在中日文化交流史上具有重要意义。日本历史学家小仓芳彦曾指出：“在屹立于中国大地上的五岳之中，一般日本人感到最为亲切的恐怕属东岳泰山。其缘由不只以泰山榜居五岳之首，落处中国东方而距日本稍近，尚因古典文籍《史记》等对秦皇汉武诸帝于此封禅仪礼载有记述而名扬遐迩、蜚声中外，故此每使人多至关心。”① 可见，泰山所承载的厚重的历史文化，对日人的泰山憧憬产生了很大影响。

实际上，早在唐代，就有遣唐使参加中国皇帝封禅泰山祭典的记载。据《旧唐书·刘仁轨传》记载：“麟德二年（665 年），封泰山，仁轨率新罗及百济、耽罗、倭四国酋长赴会”。“倭”是中国古代对日本的称呼，这是日本遣唐使首次参加中国皇帝在泰山举行的封禅仪式。除此之外，《旧唐书·礼仪志》还记载：唐玄宗御朝覲帐殿，时“日本、新罗、靺鞨之待子及使……咸在位”，这一年是唐玄宗在位时期的开元十三年（725 年），可见，在唐代，日本遣唐使就开始活跃在泰山了。

关于日本对中国的调查，冯天瑜指出可分为两个阶段，除了上述东亚同文书院的中国调查以外，第一阶段早在日本平安时代（794—1185 年）就开始了，这一时期日本派出遣隋使、遣唐使、遣宋使，通过留学生和游学僧考察中国，是“对中国的学习性调查”②，主要学习“中国的汉字文化、儒学、中国化佛教、律令制度以及生产与生活方式”③。唐代日本遣唐使出现在封禅泰山的祭典上，说明泰山在当时已经成为日人关注的对象。对此，日本史学家铃木靖民曾指出：“日本之使参加唐朝的仪式，对日本在东亚保全日本的国际地位，具有极重要的意义。”④ 追溯到这之前的唐龙朔三年（663 年），日本在白村江战役中的惨败，使日本觊觎朝鲜的阴谋破产，日本痛感唐朝实力的强大，所以极力向唐朝示好以扭转其在东亚舞台上的不利局面，于是，当时

① ［日］小仓芳彦：《周郢文史论文集序》，收入《周郢文史论文集》，山东文艺出版社 1997 年版，第 1 页。

② 冯天瑜：《东亚同文书院中国调查的历史警示与当下启迪》，《文化软实力研究》2018 年第 6 期。

③ 冯天瑜：《东亚同文书院中国调查的历史警示与当下启迪》，《文化软实力研究》2018 年第 6 期。

④ ［日］铃木靖民：《古代对外关系的研究》，吉川弘文馆 1985 年版，转引自《日本历史与文化论集：王金林学术论文选编》，天津社会科学院出版社 2014 年版，第 89 页。

的天智天皇派遣了大批遣唐使到唐朝，其规模和影响力都远超白村江战役之前，可见日本遣唐使参加泰山封禅具有特殊的政治意义。

另外，在日本平安时期的文献《日本后记》（808 年）中，“泰山”首次出现在日本汉籍中。不仅如此，《日本三代实录》（860 年）仁王讲的咒愿文中还记载：“护持宝位泰山之安，珍卫仙龄劫石之固”①，可见，当时泰山已经成为日人祈求平安的象征。而且，在日本平安时期，天台宗僧人圆仁（793—864 年）历尽艰险，还将泰山之神“泰山府君”的神像请回日本，并在临终前叮嘱其弟子为“泰山府君”修建寺院，今天位于京都附近供奉“泰山府君”神像的赤山禅院，就是圆仁弟子所建。“泰山府君”信仰传到日本后，得到了日本皇家贵族的极力推崇，他们还将“泰山府君祭”纳入日本的阴阳道神祇体系，并逐渐发展成为日本国祭。可见，泰山及泰山神信仰在日本重要的特殊地位。

关于日本的“泰山府君祭”，曾多次出现在《朝野群载》《古今著闻集》《平家物语》《源平盛衰记》等日本古典著作中，而且，在日本近世时期，还出现了世阿弥（1363—1443 年）的谣曲《泰山府君》。谣曲是日本传统戏剧能乐的剧本，能乐是日人喜闻乐见的戏剧形式，作为能乐剧本的《泰山府君》传播范围很广，这无疑强化了日人对泰山的认知，而这些关于泰山神信仰的记载及描写，既表现了日本皇家贵族对泰山及泰山府君祭的推崇，也为日本明治、大正时期日人的泰山憧憬、泰山之行奠定了基础。

近代，中日两国真正意义上建立外交关系始于 1871 年《中日修好条约》在天津的签订。在这之前的 1862 年，日本在闭关锁国了 200 余年后，第一次向清朝派遣使船“千岁丸”号踏上中国的国土——上海，开启了日人中国纪行的序幕。明治、大正时期日本甚至产生了“中国情趣”的热潮，大批文人来到中国旅行，并根据旅行见闻撰写了大量

① 转引自松山佳代『日本における泰山府君信仰』，『伝承文化研究』2001 年 8 月，第 61 頁。

的游记。对泰山由来已久的憧憬，使泰山成为日人频繁光顾之地。日本步兵大尉大原里贤 1879 年就登上泰山，并著有《登泰山》诗。[①] 此外，德富苏峰的《中国漫游记·七十八日游记》（1906 年）、桑原骘藏以 1907 年至 1908 年的中国之行而著的《考史游记》（1942 年出版）等游记中，都描写了登泰山的体验。这一时期亲历泰山旅行的日本文人还有很多，井上圆了在《焉知诗堂集》中收录了其所著的诗《泰山及曲阜六首》，日本作家和诗人涩川玄耳也留下了著名的《岱崂杂记》《故乡他乡》等泰山游记及泰山诗，日本小说家芥川龙之介也来到中国旅行，写下了著名的《中国游记》。虽然在《中国游记》中并未出现芥川登泰山的记载，但是在他的小说《杜子春》的结尾，则出现了“泰山南麓一家人”的描写，可见，泰山在芥川的心中也是不容忽视的存在。

简言之，自古以来日人对泰山的憧憬，成为近代日人泰山之行的原动力。东亚同文书院学生在大旅行记中对泰山的记载和描写，是了解战时泰山社会文化风貌的一条途径。

三　泰山的战时记忆：日人大旅行中的独特“风景”

东亚同文书院学生对泰安的调查，一部分出于旅行目的，即怀着对泰山的憧憬前去爬泰山。在他们的大旅行记中，对泰山的景色及爬泰山的体验进行了细致描写。

昭和六年（1931 年）东亚同文书院的第 28 期学生，由堀川静等组成的山东山西游历班详细描写了他们一行人登泰山的经过。他们于 6 月 11 日中午经由曲阜到达泰安，然后便开始徒步登泰山，在“大旅行记”中有如下描写：

① 李庆：《起源和确立》，收入《日本汉学史》（1），上海外语教育出版社 2002 年版，第 185 页。

泰山虽然海拔只有五千四百尺，但是没有比泰山更雄伟的山了，也没有比泰山更古老的山了，泰山巍巍，万世瞻仰，威严耸立。经过一天门、斗母宫、东西桥，不觉有些疲倦，下午七点左右山势变得蜿蜒，渐入佳境，两岸柏树郁郁葱葱，云雾缭绕，于是我们便在这附近的庙里，铺上草席歇息过夜。①

由日记所记载的登山路径可知，堀川静一行人是从现在的红门路徒步登山，文中洋溢着对泰山的赞叹、敬仰以及对泰山美景的迷恋。第二天早晨他们继续登山：

早晨六点起床，吃了点汤面，七点出发。山势愈发陡峭，攀登石级越来越吃力。过了二天门，石级坡度稍缓。在红桥附近，我们喝了泰山的山水。从这里开始，两岸漂亮的松树，有点中国画的味道。过了十八盘就看到了南天门，因为都是陡坡，途中休息了数次……十一点钟，我们到了南天门，从这里到山顶，石阶不是很陡，而且很近。今天的风很大，站在山顶，吹着强风。泰山的岩石上刻着醒目的字。在山顶吃了汤面和鸡蛋作为午饭。因为赶着乘坐下午三点的火车，所以迅速下山。②

从他们对泰山景色的描写中可以看出20世纪30年代泰山的风貌，其雄伟与秀美的程度毫不逊色于今日之泰山。而且，文中特别提到了他们登山途中饮泰山山水的事情。泰山的山水清甜，即便在今天的泰山，泰安市民也有饮用山水的习惯，他们不定期地到山上提取山水，用于喝茶做饭，可见，在泰山，饮用山水的习俗由来已久。

关于登泰山的记载，东亚同文书院昭和九年（1934年）第31期

① 国家图书馆编：《东亚同文书院　中国调查手稿丛刊37》，国家图书馆出版社2016年版，第174页。

② 国家图书馆编：《东亚同文书院　中国调查手稿丛刊37》，国家图书馆出版社2016年版，第175页。

学生栗田五郎、广田恒雄等的日记中也有记载："7月6日，晴。到达泰安，晚上七点开始登泰山。"[①] 他们夜间登山，凌晨1点到达山顶，"从山顶向四周望去，泰山的威容，赏心悦目"[②]。

在昭和九年（1939年）第36期学生——山东调查班第三班的宫静夫的旅行日记中，开篇明确表达了来泰山的主要目的就是爬泰山。他们甚至是冒着生命危险前去登泰山，"据说泰山是匪贼的通路，我们一行四人（新野、宫、新民会的青年训练生两人）腰里带着枪出发了"[③]。对于泰山的景色，与上述堀川静等对泰山自然景观的关注不同，他们更多关注的是泰山的人文景观，在旅行日记中他们记载了泰山石刻："在山上的自然石上刻着各种名人的字，这些是登山者留下的纪念文字，巍然刻在雄伟高大的岩石上。"[④] 他们还记下了泰山山顶的小饭馆："山顶也很冷，只有十来户房子，是小饭馆，好像也可以住宿。"[⑤] 他们记录了泰山上的孔子庙，甚至注意到了山顶悬崖边竖立的"禁止投身自杀"的牌子、山上的四五十头牛，此外还写到了山上的尼寺、仙人桥等。

而且，他们在日记中尤其描写了泰山的轿夫和乞丐。有的人对乘坐轿子并不感兴趣："乘坐轿子虽是奢侈的事情，但是心情并不好，所以决定徒步登山。"[⑥] 有的人特意体验了乘坐轿子上山的感觉："据说徒步登山的话，三四天腿脚都动不了，于是雇用了这里有名的轿子。"[⑦]

---

① 国家图书馆编：《东亚同文书院　中国调查手稿丛刊41》，国家图书馆出版社2016年版，第423页。

② 国家图书馆编：《东亚同文书院　中国调查手稿丛刊41》，国家图书馆出版社2016年版，第424页。

③ 国家图书馆编：《东亚同文书院　中国调查手稿丛刊55》，国家图书馆出版社2016年版，第45页。

④ 国家图书馆编：《东亚同文书院　中国调查手稿丛刊55》，国家图书馆出版社2016年版，第48页。

⑤ 国家图书馆编：《东亚同文书院　中国调查手稿丛刊55》，国家图书馆出版社2016年版，第48页。

⑥ 国家图书馆编：《东亚同文书院　中国调查手稿丛刊37》，国家图书馆出版社2016年版，第173页。

⑦ 国家图书馆编：《东亚同文书院　中国调查手稿丛刊55》，国家图书馆出版社2016年版，第45页。

除此之外，他们还感怀于泰山的乞丐："夜里，我想起了今天的轿夫，不禁有些担心，让我吃惊的是，在登泰山的路上，乞食者众多。"[①] 关于泰山乞丐的描写，在近代日人的旅行记中随处可见，他们行文中表达出了对于乞丐的厌恶之情，甚至将乞丐比喻为"泰山特产"，这不仅表现了作者的中国观，也着实反映了当时泰山的社会风貌。

另外，"七七"事变爆发后，山东人民在中共山东省委的领导下奋起反抗，1938 年 1 月 1 日，发生在泰山的泰西武装起义给日本侵略者以沉重打击。大旅行记中也记载了东亚同文书院学生与泰安地区新民会的交往情况，这是从日本视角研究泰西武装起义的珍贵材料。在东亚同文书院昭和九年（1939 年）宫静夫 6 月 13 日的调查日志中，记载着"从济宁乘坐火车经兖州到达泰安，入住泰安旅馆，放下行李，访问了新民会，因为好意难却，于是搬去新民会住宿"[②]。

这里的"新民会"，实则是第二次世界大战时期日本在华北沦陷区建立的一个汉奸组织，目的是以华制华、收集情报、推行奴化教育、宣扬"新民主义"奴化思想，从而镇压沦陷区人民的反抗，为日本的侵略政策服务。1938 年日伪新民会在泰安成立训练所，伪县知事兼知所长，日本特务任事务主任，后改称"新民会泰安总会"，充当了"配合日军军事占领进而实施政治奴役、文化渗透、经济掠夺的帮凶"。[③] 宫静夫的记录正反映了这一日伪组织同日人密切勾结的情况。

宫静夫在 1939 年 6 月 15 日的调查日志中，详细记载了参加在泰安市夏张举行的新民会发会式活动：

> 距离市区四里，在西南方的一个小村庄夏张，今天在那里举行自治会的发会式。经许可，我们搭乘去夏张的军用火车前往。

---

① 国家图书馆编：《东亚同文书院　中国调查手稿丛刊 37》，国家图书馆出版社 2016 年版，第 174 页。

② 国家图书馆编：《东亚同文书院　中国调查手稿丛刊 55》，国家图书馆出版社 2016 年版，第 45 页。

③ 刘大可：《山东沦陷区新民会及其活动》，《山东社会科学》2001 年第 3 期。

> 虽然道路很宽，但是因为担心敌军袭击，桥梁全部坍塌，道路非常难行。车辆在途中两次熄火，可谓舍命前往。田里的农作物基本都是高粱，不到两尺高，因为没下雨所以农作物生长缓慢。两点左右到达夏张。据说昨夜发生了夜袭，我们见到了俘获的枪支、杂囊、掷弹筒。现在仍然可以看到战斗留下的血迹。参加自治会发会式的家伙们，完全都是田夫野人，据说占领后这里的优秀分子已经没有了。①

可见，夏张的自治会成立于1939年，宫静夫在日记中表达了对夏张自治会入会人员的不满，因为他们并不是“优秀分子”，而是“田夫野人”，说明这些人受教育程度很低，是容易被蛊惑利用的对象，也是容易被胁迫的对象。在6月16日的调查日志中宫静夫记载了“在夏张捕获的战利品中，发现一个小册子《泰西军政联席会议》，于是从新民会那里借来，心想也许会对战争有帮助，所以找人翻译”②。关于此事，在同行的新野岩男的日志中也有明确记载：“召集那个小册子的翻译，以及附近的农村联络员开会，作了关于农村的大家族报告。”③

而在宫静夫的日志中记载的“夜袭”，甚至在归途惧怕遭到抗日武装伏击而改道返回，表明泰安地区地方党组织及民众的抗日活动很活跃。1937年10月下旬，山东省委从济南转移到泰安县城，在泰安筹划起义之事。1938年1月1日凌晨，由中共党员张兆华、崔子明、远静沧等领导的泰西抗日武装起义在肥城县仪阳乡空杏寺、边院东向、夏张小学同时爆发，对该地区的汉奸维持会进行围剿，创建了泰西抗日根据地。在东亚同文书院学生宫静夫写于1939年6月15日和16日的日记中，可以看到山东泰安地方党的抗日活动情况，可见当时泰安地

---

① 国家图书馆编：《东亚同文书院　中国调查手稿丛刊55》，国家图书馆出版社2016年版，第46页。

② 国家图书馆编：《东亚同文书院　中国调查手稿丛刊55》，国家图书馆出版社2016年版，第47页。

③ 国家图书馆编：《东亚同文书院　中国调查手稿丛刊55》，国家图书馆出版社2016年版，第75页。

区抗日运动的高涨。

要言之，东亚同文书院学生在大旅行记中关于泰山的记载和描写，生动而具体地展示了“战时”泰山的景象，留下了较有价值的资料。然而，我们必须认识到的是，东亚同文书院对中国的调查是为日本侵略中国政策服务的，他们对泰山的调查，实则是在中国实施的密如蛛网的调查线路中的一个点而已。1903 年鲁迅在《中国地质略论》中，针对外国人对中国的地质调查行径进行了批判，他指出：“中国者，中国人之中国。可容外族之研究，不容外族之探捡；可容外族之赞叹，不容外族之觊觎者也。”[①] 前述鲁迅在东亚同文书院的演讲《流氓与文学》，因该文的流失所以在《鲁迅全集》中并未收录，后代学者根据当时聆听鲁迅演讲的东亚同文书院学生堀川静的笔记，对该文在一定程度上进行了还原，这位堀川静也是本文所论述的在大旅行记中描写泰山体验的东亚同文书院学生中的一员。据堀川静的记录，鲁迅在演讲中说：“流氓是什么呢？流氓等于无赖子，加上壮士加三百代言。流氓的造成大约有两种东西，一种是孔子之徒，就是儒；另一种是墨子之徒，就是侠。这两种东西本来也很好，可是后来他们的思想堕落，就慢慢地演变成了所谓流氓。”[②] 鲁迅演讲的核心内容是“流氓一得势，文学就要破产”[③]。其内容并未涉及日本，然而，1931 年鲁迅选择在东亚同文书院做这样一个演讲，是否别有深意？日本对中国的踏查以及所标榜的“大东亚共荣”的侵略行径，又与流氓之流有何异！

---

① 鲁迅：《鲁迅全集》编年版第 1 卷，人民文学出版社 2013 年版，第 43—44 页。

② 荣太之：《鲁迅在同文书院演讲的〈流氓与文学〉的新发现》，《鲁迅研究动态》1983 年第 6 期。

③ 荣太之：《鲁迅在同文书院演讲的〈流氓与文学〉的新发现》，《鲁迅研究动态》1983 年第 6 期。

跨文化“观看”的风景美学
——日本文学中的“成都”都市景观书写

阅读提示 日本文人对“成都”都市景观的“观看”与书写聚焦在成都自然景观、成都人文景观和成都风物景观等三个方面。其中，日本文人对成都自然景观的书写首先关注的焦点是作为千年古都的蜀都/成都的“气派”“安逸”，同时还有成都之“第一乐园”望江楼、“蜀都最繁华”之东大街、“坚固精致”之九眼桥和安顺桥以及被誉为日本“鸭川”之锦江。成都人文景观资源丰富，而吸引日本文人并令其赞叹不已的则主要是“锦官城外柏森森”的武侯祠、“水光竹影城西路”的杜甫草堂、“宫中的第一杰作”青羊宫、“神圣”的文庙、“日本见不到”的惜字塔等人文景观。对成都风物景观的书写多集中于被赞为“华人的俱乐部”的成都茶馆、蜀都的交通工具轿子和花干儿、昙花一现的东洋车和马车以及展现蜀人之雅趣的花市等等。对日本文学中的“成都”都市景观书写进行美学层面的理论烛照，可知其具有地域化、景观化、文化化、多元化、奇异化、他者化等特质。日本文人从日本这一“外部”视角对成都都市景观的“观看”与书写，不仅反映了当时成都人日常生活的一个侧面，也为中日文化互视、互识与互话提供了可参之鉴，是巴蜀文化在日本传播及影响的有力明证，同时也彰显了成都在中日文化交流史上的独特魅力和地位。

千年古都成都具有丰厚的历史文化底蕴，很早便成为日本文人的憧憬之地。最早入蜀的日本文人可以追溯到元代，如佛僧释雪村辗转长安到达成都，并著有诗集《岷峨集》。五百年后的1876年5月，作为驻华使馆外交官的竹添井井从北京出发，经河北、河南至陕西，翻越秦岭到达巴蜀，他的名著《栈云峡雨日记》即根据此次游历用汉文所作。此书在日本出版之际，卷首还刊登了李鸿章、俞樾等名流撰写的序言，对日本文坛影响深远，尤其是书中对“成都”之都市景观的书写令日本文人对蜀都悠然神往。

在1895年中日签订的《马关条约》中，“四川省重庆府”被增列为通商口岸。自此以后，众多日本教员、商人、领事等来到四川，他们对成都、对四川表现出浓厚的兴趣并付诸笔墨，留下了大量的日记、游记等文学作品。例如，1905年，山川早水以日本教习的身份入蜀任教，并根据在成都的经历撰写了《巴蜀旧影——一百年前一个日本人眼中的巴蜀风情》（以下简称《巴蜀》）；还有，中野孤山的《横跨中国大陆——游蜀杂俎》（以下简称《游蜀杂俎》）亦是于1906—1909年在成都担任教习期间所著；除此之外，东亚同文书院学生撰写的大旅行记等也对成都进行了多维书写。“成都”诸多都市景观例如武侯祠、杜甫草堂、望江楼、青羊宫等不仅是日本文人所热衷的游览胜地，也成为他们在文学作品中着力书写的对象。

“景观”（landscape）一词的源头，可追溯至古德语的“Landscipe”或“Landscaef”，该词来自16世纪的荷兰画派，“最初指眼睛立马能够抓取，目力所及的一片土地或者景色，时常意味着‘一片土地的画面或意象’”[①]。起初，“景观”是作为生态学和地理学的概念，后来被用于绘画、美术及艺术视觉领域。再后来，“景观”又与文化结合，发展出了“文化景观”这样的新意旨。卡尔·索尔（Carl Sauer）是研究这一领域的代表人物，他认为文化景观是“加在自然

① 张箭飞、金蕊：《从“风景”到“风景文学研究”——一种跨学科视角》，《长江丛刊》2020年9月上旬。

景观上的人类活动形态"[①]。在其历史发展过程中，"landscape" 的词义不断被阐释、被赋义、被重塑，如泰勒所言，"landscape" 一词的起源意味着"它是与文化过程及其价值相关的人工产物"[②]。而作为现代性城市术语，"都市景观" 不仅指都市的建筑或自然地理风貌，也指都市文化及其各种文化形态，它暗含着人与自然、人与人、人与都市空间、人与现代文明之间的各种关系，是都市社会活动之载体，亦为区域地理文化之表征。依此定义，"成都" 都市景观则应该既包括成都之自然景观，也包括承载着此都市文化活动及其意义的人文景观和风物景观。

到目前为止，中日学者对日本文学中"成都" 都市景观的研究[③]尚较为有限。本文以日本文人创作的一系列游记、诗歌等文学作品为研究对象，聚焦于跨越国界、跨文化"观看" 的"成都" 都市自然、人文及风物景观，探寻其在日本文学中的美学特质和价值，强化自然与人文的跨界互渗，促进中日文化的互视、互参与互话，进而阐明并重申成都在中日文化交流史上的特殊意义。

---

① 周尚意:《文化地理学》，高等教育出版社 2004 年版，第 7 页。

② Taylor, K., "Cultural Landscapes and Asia: Reconciling International and Southeast Asian Regional Values", *Landscape Research*, Vol. 34, No. 1, 2009, pp. 7 – 31.

③ 日本学者的研究主要有武部健一文的《蜀栈道纪行》(《交通》1994 年第 4—7 期)，该文由周郢翻译成中文《日本名人与蜀道》[《汉中师院学报》(社会科学版) 1995 年第 3 期] 发表，文章主要介绍了日本文人竹添井井的《栈云峡雨日记》及其对蜀道的描写，类似的文章还有石川忠久的《竹添井井与〈栈云峡雨日记〉》(《学鐙》第 98 卷第 4 期，2001 年第 4 期) 等；中国学者的研究，主要有冯岁平《竹添井井及其〈栈云峡雨日记〉》、蓝勇《山川早水〈巴蜀〉与近代四川风情》、吴增辉《穿越历史的沉重——〈横跨中国大陆——游蜀杂俎〉札记》、蒋蕾《山川早水与其〈巴蜀旧影〉研究》、王晓梅《晚清时期日本学者的两部中国西南纪行》、薛玉楠《近代日本人四川游记中的成都形象——以〈巴蜀〉〈横跨中国大陆——游蜀杂俎〉为史料的考察》等，这些文章以《栈云峡雨日记》《巴蜀》《游蜀杂俎》为研究对象，从成都和四川的形象、成都人的气质和风俗、成都的外国人等方面进行了研究；另外，房锐的《清末日本人游记中的成都杜甫草堂》、寇淑婷的《日本文人眼中的近代成都——以东亚同文书院大旅行记为中心》等文章以文史互证的方法对成都进行了多维研究。

一　地域化与景观化：日本文学中的成都自然景观

对于景观或称风景，中国学者张箭飞等指出："风景是一种观看方式，也可以说，'我看故景在'，说到'看'，中西词典里都有特别丰富的词汇，说明'观看'在各自的文化体系里相当重要。诸如'大视''审视''俯瞰''眺望'等观视动词建立了人与世界的'视觉关系'，决定着风景的美学特征。"① 日本文人对成都都市景观的"观看"显示出与众不同的面貌，从其对"成都"都市景观的书写可知，他们最初关注的焦点仍然是成都别具魅力的自然景观。

日本文人"观看"的成都自然景观首先表现出地域化的美学特质，这一特征主要表现在他们对蜀都整体面貌的书写上。竹添井井在《栈云峡雨日记》开篇便写道："明治八年（1875 年）乙亥十一月，余从森公使航清国，驻北京公馆者数月。每闻客自蜀中来，谈其山水风土，神飞魂驰，不能自禁。"② 不仅如此，在这之后的东亚同文书院大旅行记中，日本文人也曾多次表达出对蜀都山水的憧憬、迷恋之情："成都是我们憧憬之地……天刚放亮，等待城门打开的我们就最先冲进了城内。终于来到了旅途中梦寐以求的蜀都成都，心中是如此激动。宽阔美丽的城内，这就是成都，它现在就呈现于我们眼前。"③ 蜀都/成都对日本文人而言具有与生俱来的魅力，然而，他们遥想的成都与现实中的成都却具有很大差别，对此，中野孤山在《游蜀杂俎》中表示："或许有人认为四川省都是山峦重叠，峻岭连绵，没有平地。我当初也认为如此。一旦登上巴峡进入省内，则是沃野千里，良田无际，与自己

---

① 张箭飞、金蕊：《从"风景"到"风景文学研究"——一种跨学科视角》，《长江丛刊》2020 年 9 月上旬。

② ［日］竹添进一郎：《栈云峡雨日记》，张明杰整理，中华书局 2007 年版，第 20 页。

③ 冯天瑜、刘柏林、李少军编：《东亚同文书院中国调查资料选译》，李少军等译，社会科学文献出版社 2012 年版，第 97 页。

一贯的想象极为不同。”[①] 可见，日本文人目之所及的成都与“天府之国”的称号极其吻合，而且，当时成都“实乃西部中国之雄镇”[②]。对于成都的人口，日本文人也极其关注：“我的确不知道蜀都的人口是多少。有的说有一百万，有的说是八十万，还有说七十万的。不过，可以肯定的是，每天经过征收厘金的海关大门搬运进来的稻谷超过五十万石。”[③] 由此可知，成都平原沃野千里，雄踞中国西部，人口甚至达百万。

中野孤山观察到的是20世纪初期的成都面貌，进入20世纪20年代，东亚同文书院学生对四川进行了多方调查，在1920年第18期学生所撰《粤射陇游》的“滇云蜀水”中，成都既“气派”又“安逸”，“自古以来，成都就作为蜀国的都城而声名远扬，它虽然不是那么漂亮的现代化城市，但作为省会来说算是够气派的”。[④] 此外，1922年第20期学生在《跋涉秦山蜀水》中认为：“成都不愧是三国时代蜀国的都城，舒缓而整洁，使人感到安逸，3里城墙围起城区虽不免使人产生有点狭窄之感，但城内第一大道东大道却有10间之宽，其大气上海也比不了，赞之以‘金铺交映，玉题相辉，比屋连甍，既丽且崇’，也不为过。”[⑤] 可见，在东亚同文书院学生眼中，近代成都是气派的、繁华的，堪与中国大上海媲美，又是富足的、安逸的，当之不愧为蜀国之都城。

日本文人“观看”蜀都，关注并书写蜀都的自然景观，日本文学中“成都”都市景观的地域化特征表明蜀都/成都在日本文人心中是一个令人憧憬的特殊存在，也昭示着成都在中日文化交流史上的重要地

---

① ［日］中野孤山：《横跨中国大陆——游蜀杂俎》，张明杰主编，郭举昆译，中华书局2007年版，第64页。

② ［日］中野孤山：《横跨中国大陆——游蜀杂俎》，张明杰主编，郭举昆译，中华书局2007年版，第97页。

③ ［日］中野孤山：《横跨中国大陆——游蜀杂俎》，张明杰主编，郭举昆译，中华书局2007年版，第98页。

④ ［日］沪友会编：《上海东亚同文书院大旅行记录》，杨华等译，商务印书馆2000年版，第254页。

⑤ 冯天瑜、刘柏林、李少军编：《东亚同文书院中国调查资料选译》，李少军等译，社会科学文献出版社2012年版，第98页。

位。另外，日本文学中成都自然景观书写还具有景观化的美学特质。

日本文人在“观看”望江楼时，认为其是成都“第一乐园”。对此，山川早水在《巴蜀》中赞美：望江楼是“成都城外的第一游乐园”[①]。望江楼“虽以楼命名，实为园的总称。城南各胜地，如武侯祠、双孝祠、二仙庵、青羊宫、杜少陵祠等可数的名胜中，此园才是游人最喜欢聚集的地方。门前的标牌上写道：禁止携带妓女进入。园内到处树竹翠绿，幽静曲池，柴门石梁，奇石陶砌，极具中国情趣”[②]。此外，中野孤山在《游蜀杂俎》中对望江楼也赞不绝口：“楼高约五丈余，为四层构造。彩亮凌空，楼椽高挑。从楼上远眺，风景如画；往楼下俯瞰，江水滔滔；放眼前方，雄伟的蜀城进入视野；转睛回眸，开阔的田园尽收眼底。”[③]

他们在“观看”东大街之时，认为其是“蜀都最繁华的”大街，甚至堪称日本东京的银座大街，京都的“四条”大街。对此，中野孤山在《游蜀杂俎》中写道：“东大街是蜀都最繁华的地方，陈列着蜀锦的店铺鳞次栉比，错落参差，煞是美观……东大街的确是一个漂亮整洁、充满情趣、独具魅力的地方。以我国为例来讲，它相当于东京的银座大街。”[④] 不仅如此，1921 年东亚同文书院第 19 期学生在《思黔蜀之地》中认为：“如果把成都比作京都，那么东大街就是京都的四条大街。道路宽约 8 米，没有黄包车，却有轿子来来往往，非常热闹。”[⑤] 东大街是成都的中心大街，日本文人将其称为日本东京的“银座大街”，又将其与京都的“四条”大街相提并论，可见东大街的繁华漂

① ［日］山川早水：《巴蜀旧影——一百年前一个日本人眼中的巴蜀风情》，李密等译，四川出版集团、四川人民出版社 2005 年版，第 133 页。

② ［日］山川早水：《巴蜀旧影——一百年前一个日本人眼中的巴蜀风情》，李密等译，四川出版集团、四川人民出版社 2005 年版，第 133 页。

③ ［日］中野孤山：《横跨中国大陆——游蜀杂俎》，张明杰主编，郭举昆译，中华书局 2007 年版，第 155 页。

④ ［日］中野孤山：《横跨中国大陆——游蜀杂俎》，张明杰主编，郭举昆译，中华书局 2007 年版，第 139 页。

⑤ 冯天瑜、刘柏林、李少军编：《东亚同文书院中国调查资料选译》，李少军等译，社会科学文献出版社 2012 年版，第 134 页。

亮，且独具蜀国之特色。

日本文人在“观看”九眼桥和安顺桥后印象是这样的：山川早水在《巴蜀》中赞九眼桥“坚固精致……是一座独一无二的巨大石桥”。[①] 而“安顺桥是木板桥，同样架设在锦江上。桥上并排建有住房，左右两侧还有各种商店，非常热闹。桥中央人来马往，摩肩接踵”[②]。可见，九眼桥和安顺桥也是日本文人眼中独特的风景。

此外，锦江被誉为日本的“鸭川”。山川早水追溯了锦江的由来，并对其水质进行了探究：“锦江原为洗锦之水，故以锦命名。这条江现在还在，虽然江水浑浊，但古时可能是很清澈的。如果自古以来就是浑浊的，岂能洗锦？清浊姑且不谈，能洗其丝，犹如我国的鸭川。”[③] 可见，当时锦江水质比较浑浊，但是山川早水认为能够洗锦的江水在古代一定是清澈的，故将其与日本京都的“鸭川”相提并论。

对于锦江，在东亚同文书院学生的大旅行记中也进行了记载：“流经南门的是岷江的一条支流，即所谓古代蜀人在此洗锦的锦江。夏季浊水泛滥，虽然秋冬时节沧然清凛，水底可以拾针，大概可与我西京加茂的水匹敌无差。”[④] 由此观之，这一时期锦江水质有所改善，秋冬季节“水底可以拾针”，说明江水清澈见底，而且他们认为锦江可与西京[⑤]加茂的水相媲美。

简言之，日本文人对成都的憧憬决定了他们对成都自然景观的地域化和景观化“观看”，在他们眼中，“成都”自然景观是其与日本类似景观进行比较的对象，例如将东大街与日本银座大街、京都四条大

---

① ［日］中野孤山：《横跨中国大陆——游蜀杂俎》，张明杰主编，郭举昆译，中华书局2007年版，第100页。

② ［日］中野孤山：《横跨中国大陆——游蜀杂俎》，张明杰主编，郭举昆译，中华书局2007年版，第100—101页。

③ ［日］山川早水：《巴蜀旧影——一百年前一个日本人眼中的巴蜀风情》，李密等译，四川出版集团、四川人民出版社2005年版，第125页。

④ ［日］沪友会编：《上海东亚同文书院大旅行记录》，杨华等译，商务印书馆2000年版，第91页。

⑤ 这里的“西京”指的就是日本原首都“京都”，是相对于现在的首都“东京”而言的。

街相提并论，将锦江看成日本京都的“鸭川”等，无疑，他们眼中的“成都”是作为对象化的成都，是日本文人眼中“景观化”的成都，他们怀着新奇感观看成都、体验成都、书写成都、评价成都。“成都”自然景观是日本文人最直接的观察对象，而承载着深厚文化底蕴的成都人文景观则是他们所景仰的对象。

二　文化化与多元化：日本文学中的成都人文景观

对于景观或称风景与文化的关系，美国学者米切尔指出：“风景是以文化为媒介的自然景色”，“风景这一媒介存在于所有文化中”。[①] 由此可知，风景既是承载文化的本体，亦是文化的媒介。成都拥有丰富的历史文化古迹，著名的武侯祠、杜甫草堂等名胜皆为日本文人对成都人文景观热衷书写的对象，这也决定了其所具有的文化化与多元化的美学特质。

日本文人对武侯祠的欣赏，除了其建筑别具一格以外，还因其所承载的忠义精神。在游览武侯祠后，诸葛武侯的忠义精神受到日本文人的称赞与景仰。竹添井井曾作《武侯墓》一诗歌颂武侯的功绩：“阿瞒仲谋草窃耳，高卧南阳不肯起。龙孙三顾何频烦，君臣相契如鱼水。率土谁非汉家臣，鞠躬誓欲扫风尘。蛮酋七擒伏天讨，出师二表泣鬼神。北风不竞我武扬，中原父老争壶浆。俗儒安知王者师，漫言用兵非所长。星陨郡原炎运整，一家热血歼绵竹。家国存亡终始同，惠陵无人杜鹃哭。山色千年犹如故，老柏深藏垂相墓。眼中一掬英雄泪，洒向定军山下路。”[②] 此诗对刘备三顾茅庐、与诸葛武侯的君臣之情以及武侯的功绩进行了歌颂，情真意切、感人肺腑。同时，他还将武侯视为日本武士楠木正成，写了一首汉诗名为《又》：“三

① ［美］W. J. T. 米切尔编：《风景与权力》，杨丽、万信琼译，译林出版社 2014 年版，第 5 页。

② ［日］竹添进一郎：《栈云峡雨日记》，张明杰整理，中华书局 2007 年版，第 96 页。

吊忠魂泣湊河，定军山下又滂沱。人生勿作读书子，到处不堪感泪多（我朝楠公与武侯事相类，楠公墓在湊河上）”，竹添井井在此诗中则对武侯的遭遇表示叹息，而将其与楠木正成相提并论是因为两人皆具忠义精神。

竹添井井对武侯祠的书写，对后世日本文人产生了极大影响。1920 年东亚同文书院第 18 期学生在其所撰《粤射陇游》的“滇云蜀水”中有这样的描写：“过了锦官城锦江，拜访了英雄诸葛亮的武侯祠。它位于南门外五六里处，路上的野草已渐渐变黄，整个四川平原都变成了黄色，只有武侯祠附近坐落在苍松翠柏丛中。进去后便可看见一个冠冕堂皇的殿堂，里面立着一个赞扬孔明功德的石碑，殿堂的上下左右都挂满了刷金的漂亮匾额，前后是石刻的《出师表》，这更使人感到他的忠心义胆。”① 可见，与武侯祠美丽清幽的自然景观相比，诸葛武侯的忠义精神更加令日本文人感到敬佩。中野孤山在《游蜀杂俎》中也有同感：“进入祠内一看，一围两围的楠柏遮天蔽日，昼间都有薄暮之感……身临其境，崇敬之意油然而生。”② 中野孤山身临其境于武侯祠中，他熟谙诸葛武侯的历史故事，不禁观景生情、感动不已。

此外，山川早水在《巴蜀》中赞：“武侯祠是蜀中第一名胜古迹。”③ 而且认为：“如此地方在中国极为少见。每当祭拜祠堂时我必临此园休息。那种幽寂典雅的景致，令人忘记了天已近黄昏。”④ 由此可见，武侯祠景色的清幽典雅也是吸引日本文人的重要原因。

除了武侯祠，竹添井井还对杜甫草堂表现出浓厚兴趣，他在《栈云峡雨诗草》中写有《草堂寺》一诗：“大耳经营壁垒荒，三郎遗迹

---

① ［日］沪友会编：《上海东亚同文书院大旅行记录》，杨华等译，商务印书馆 2000 年版，第 256 页。

② ［日］中野孤山：《横跨中国大陆——游蜀杂俎》，张明杰主编，郭举昆译，中华书局 2007 年版，第 153 页。

③ ［日］山川早水：《巴蜀旧影——一百年前一个日本人眼中的巴蜀风情》，李密等译，四川出版集团、四川人民出版社 2005 年版，第 128 页。

④ ［日］山川早水：《巴蜀旧影——一百年前一个日本人眼中的巴蜀风情》，李密等译，四川出版集团、四川人民出版社 2005 年版，第 129 页。

亦茫茫。水光竹影城西路，来访诗人旧草堂。"① 此处的"草堂"指的就是杜甫草堂。对于草堂寺的来历，竹添井井写道："草堂寺自梁时已著名。工部流离秦陇，卜地于西枝村，将置草堂，为诗纪之，未果。乾元已亥（759 年）冬，入蜀依严武，其居适与寺邻，遂名为草堂。今祠所在即遗址也。"②

中野孤山在《游蜀杂俎》中也盛赞草堂寺的美景："此乃一巨刹，寺内甚宽。一年四季楠柏森森，修竹苍翠。"③ 此外，他还关注了草堂寺的人日习俗："草堂寺在人日那天，游访的人络绎不绝，有'锦里春风公占却，草堂人日我归来'等诗句（'公'指的是草堂寺祭祀的诗圣杜甫）。"④ 对此习俗，山川早水在《巴蜀》中也有描写："少陵草堂，平常寂静，少有人访。但每年正月初七，当所谓人日时，二里长（日本里数）的田间小路上参拜者络绎不绝，草堂突然呈现出一派热闹景象。"⑤ 可见，成都人在正月初七的人日参拜草堂寺的习俗由来已久。

此外，青羊宫被誉为"宫中的第一杰作"，对此，山川早水写道："双孝祠的西边有数条街、小邑。邑中有一座大寺叫青羊宫，是四川道教本山之一，与武侯祠并列为成都城外两大景观……庭间有一所八角堂，结构的精妙可谓是'宫中的第一杰作'，这也是我入清以来未曾见过的精巧建筑。"⑥ 可见，青羊宫的建筑具有巧夺天工之妙。竹添井井在《栈云峡雨日记》中对青羊宫也有描述："归途过青羊宫。规模极

---

① ［日］竹添进一郎：《栈云峡雨日记》，张明杰整理，中华书局 2007 年版，第 104 页。

② ［日］竹添进一郎：《栈云峡雨日记》，张明杰整理，中华书局 2007 年版，第 59 页。

③ ［日］中野孤山：《横跨中国大陆——游蜀杂俎》，张明杰主编，郭举昆译，中华书局 2007 年版，第 153—154 页。

④ ［日］中野孤山：《横跨中国大陆——游蜀杂俎》，张明杰主编，郭举昆译，中华书局 2007 年版，第 106 页。

⑤ ［日］山川早水：《巴蜀旧影——一百年前一个日本人眼中的巴蜀风情》，李密等译，四川出版集团、四川人民出版社 2005 年版，第 143—146 页。

⑥ ［日］山川早水：《巴蜀旧影——一百年前一个日本人眼中的巴蜀风情》，李密等译，四川出版集团、四川人民出版社 2005 年版，第 128 页。

大，中设剧场。商贾云集，百货山积，人雷汗雨，殊为可厌。”[①] 由此可知，青羊宫不仅是道教胜地，还集娱乐、商业于一身。

日本文人还关注了成都的文庙和惜字塔。对于文庙，中野孤山在《巴蜀》中进行了详细的描写：“文庙就是圣堂，是祭祀孔子的庙宇。文庙仅成都就有三个，一个属成都府，另外两个归华阳县和成都府共有。三个文庙都庄严肃穆，花柏四季郁郁葱葱，显得非常神圣。尤其是成都府的那个文庙，幽雅气派，每年的二月和八月，要举行祭奠。平时，庙门紧闭，不让人进，但在此祭日，却要把圣域内重重锁闭的左右大门全部打开。”[②] 可见，文庙是祭祀孔圣人的庙宇，而且主要用于祭祀，足以见出当时成都官方和民众对孔圣人的景仰和对传统文化的重视。

而惜字塔在日本则是见不到的，对此，中野孤山强调：“惜字塔在我国是完全见不到的东西。大的塔有一丈高、一间见方大小。惜字塔数量非常多，各学堂都有，用来焚烧书写过的废纸。其命名相当有意思。”[③] 可见，惜字塔在日本并不存在，是中国特有的文物古迹。对于惜字塔的功用，中野孤山写道：“众所周知，中国自古以来就是一个尊重文字的国家，历代的书体以及各个时代的雄笔名墨都会刻于金石，保留至今。儿童一进校门，首先以摹写字画开始，然后依照临摹本书写。他们的笔记记得非常认真，字迹美观漂亮，如同出自书法家之手。他们不允许在文字上乱涂乱抹，也很忌讳把写有文字的纸扔在地上任人践踏。像我国那样用来擦鼻涕、擦屁股的做法，则更是一大禁忌。一切废纸都要收进惜字塔中，并满怀无限惋惜之情将其焚烧。不过也有把废纸放在鼎中或干净的地上焚烧的情况。此乃该文字大国中不可

---

① ［日］竹添进一郎：《栈云峡雨日记》，张明杰整理，中华书局 2007 年版，第 59 页。

② ［日］中野孤山：《横跨中国大陆——游蜀杂俎》，张明杰主编，郭举昆译，中华书局 2007 年版，第 118 页。

③ ［日］中野孤山：《横跨中国大陆——游蜀杂俎》，张明杰主编，郭举昆译，中华书局 2007 年版，第 121 页。

忽视的习俗之一。”[①] 由此可知，当时中国的惜字塔数量甚多，并有将写着文字的废纸在惜字塔中焚烧的习俗，从中可以明确看出中国古人对文字的尊重、对文化的重视。

要言之，日本文人对成都人文景观的书写主要集中在对武侯祠、杜甫草堂、青羊宫、文庙、惜字塔等景观上，这些人文景观承载着成都悠久的历史与文化。也就是说，这些景观本身就是文化景观，具有文化属性，是都市文化的载体。成都人文景观所承载的忠义精神、对文化的尊重等中国传统文化是吸引他们观赏这些人文景观的一个要因，日本文人在观看、书写这些文化景观之时，将中国对这些景观的文化认同与其自身文化认同相比较、相结合，进而得出个人的认识与认同，这些认识与认同有些会与中国的普遍认同相一致，有些相悖，有些则不同，具有多元化特点，成都都市景观文化的传播与影响的发生也与这一过程相伴相随。可以认为，成都人文景观为其反观日本自身文化提供了可参之镜鉴。

三　奇异化与他者化：日本文学中的成都风物景观

日本文人在做景观化“观看”的同时，吸引他们目光的还有奇异化的成都风物景观。

“奇异化”亦作与众不同之解，即差异性。中国学者金惠敏指出：“差异即对话”[②]，“言说差异就是将差异带入对话，差异性话语就是渴望对话的话语”[③]。日本文人对成都风物景观的“观看”，亦在奇异化、差异性中寻求着中日异文化的互视、互参与互话，而且，其间还伴随着他者化的美学特征。

① ［日］中野孤山：《横跨中国大陆——游蜀杂俎》，张明杰主编，郭举昆译，中华书局2007年版，第121页。

② 金惠敏：《差异即对话》，中国社会科学出版社2019年版，第18页。

③ 金惠敏：《差异即对话》，中国社会科学出版社2019年版，第17页。

提到成都风物景观，成都茶馆最具代表性，其被誉为“华人的俱乐部”。日本文人对成都茶馆的观察细致入微：“在中国各个城镇逛一圈，进入视线最多的莫过于茶馆。茶馆众多是中国的特色，它遍及各城镇的大街小巷。”① 茶馆之所以如此受欢迎，与其社会功能密不可分：“茶馆是华人的俱乐部，是最有益的社交场所。每日的物价以及政治上、社会上的事件，事无巨细，都是茶客口耳相传的内容。在没有报纸杂志的蜀都，这种场所显得尤为重要。”② 由此可知，茶馆既是一个休闲交际的场所，也是一个具有传播媒介功能的特殊场所，还是承载着都市文化的空间。

此外，蜀都的交通工具轿子和花干儿也成为日本文人关注的对象。“蜀都唯一的交通工具是轿子，可与我国的马车媲美。不过，轿子分好几种，有下等人乘坐的、中等阶层以上的人乘坐的和高官乘坐的。根据其种类的不同，其结构有精致、粗糙之别。下等人乘坐的轿子由两人抬，中等以上的轿子由三个人抬，高官的由六人或十二人来抬。使用最多的是三人抬的上等轿子。”③ 轿子是中国古代重要的交通工具，但是日本文人对轿子却很好奇，也正因如此，轿子也吸引了他们的目光，这在东亚同文书院第19期学生（1921年6月26日出发，10月12日回校）撰写的《蜀汉之旅》中也有详细记载：“巴蜀之地，随处有河有山，河道行船，陆上则穿山铺石，到处都可得轿子、花干儿、马匹之便，畅通无阻。”④ 他们甚至将轿子想象成日本神社前的鸟居：“轿子类似于我国的舆（日本神社入口之门，其形类似于中国的牌坊），结构非常简单，是个大约四尺高的涂黑的盒子，只在前端有个开

① ［日］中野孤山：《横跨中国大陆——游蜀杂俎》，张明杰主编，郭举昆译，中华书局2007年版，第122页。

② ［日］中野孤山：《横跨中国大陆——游蜀杂俎》，张明杰主编，郭举昆译，中华书局2007年版，第122页。

③ ［日］中野孤山：《横跨中国大陆——游蜀杂俎》，张明杰主编，郭举昆译，中华书局2007年版，第108页。

④ 冯天瑜、刘柏林、李少军编：《东亚同文书院中国调查资料选译》，李少军等译，社会科学文献出版社2012年版，第51页。

口，垂着帘子，两侧有窗，设有扶手，并固定有两根用来抬的棒子。”[①] 轿子的形象使日本文人将其想象成日本神社前的“鸟居”，这其实是完全不同的东西，可见这种想象极其奇特。

另外还有一种叫作“花干儿”的简化轿子，1921 年东亚同文书院第 19 期学生在《蜀汉之旅》中有这样的记载：“花干儿是四川特有的东西，它只不过是所谓轿子的简化形式，多是使用四川盛产的竹子，将细圆竹编成骨架，用竹片编的坐垫当椅子，再将其固定在两根用来抬的竹竿上，由前后两个轿夫来抬。这只是下层之人的交通工具，乘用者以小商人居多，我们也得了它相当的恩惠。”[②] 可见，花干儿是四川特有的，是根据轿子结构改良的简易的交通工具。

中野孤山还对抬轿子和花干儿的轿夫进行了近距离的素描，那就是他们之间有一个约定俗成的习惯：把客人送到约定的地方之后轿夫一定会向乘客“讨酒钱”，而且“这个习俗是四百余州通行的，而非蜀都独有。并且，这种情况，不仅仅局限于轿夫，苦力自不必说，就连伙计也会如法炮制。这可以说是国风”。[③] 此处的“讨酒钱”类似于今天服务行业的潜规则“收小费”，日本文人将其视为中国的“国风”，他们认为“在下等人眼中，乘轿人只是有钱而已，谁要是希望得到伙计或轿夫的诚实和忠诚，那简直是异想天开。不过，在我国，要想得到伙计、婢女、车夫和马丁的忠诚也绝非易事。在这一点上，大概任何国家的情况都是相同的”[④]。由此可见，在任何国度，底层人的生活都具有相同的困苦和不堪。

相对于蜀都的轿子和花干儿而言，昙花一现的东洋车和马车是在

---

① 冯天瑜、刘柏林、李少军编：《东亚同文书院中国调查资料选译》，李少军等译，社会科学文献出版社 2012 年版，第 55 页。

② 冯天瑜、刘柏林、李少军编：《东亚同文书院中国调查资料选译》，李少军等译，社会科学文献出版社 2012 年版，第 55 页。

③ ［日］中野孤山：《横跨中国大陆——游蜀杂俎》，张明杰主编，郭举昆译，中华书局 2007 年版，第 110 页。

④ ［日］中野孤山：《横跨中国大陆——游蜀杂俎》，张明杰主编，郭举昆译，中华书局 2007 年版，第 110 页。

特殊时期使用的交通工具："东洋车（人力车）和马车，于光绪三十二年三月四川省劝工总会（劝工博览会）召开之际开始出现。当时，在蜀都南门外约有五十辆人力车和四辆马车往来于二仙庵与蜀都之间约七八华里的路段。此乃蜀都人力车和马车之开端。"[①] 这里所谓的东洋车并非汽车，而是人力车，"人力车在蜀地被称为东洋车，由两个乞丐一前一后地推拉着运转"[②]。东洋车是由两名车夫一前一后拉着的人力车，而马车则是由马来驾驭的车。对于车夫来说，东洋车和马车是外来的"洋物"，他们驾驭这两种车并不熟练，"作为文明先驱而出现的东洋车居然是经过这些乞丐的双手才开始了它的初始运转，此等现象可悲可叹。这种事情开世界之先河，在世界上绝无仅有，乞丐车夫也始发于此"[③]。在日本文人眼中，东洋车和马车代表着先进文明，而驾驭者却是底层的乞丐车夫，两者形成了鲜明的反差。"东洋车的名声没有打响，与轿夫的快步如飞简直无法相提并论。于劝工总会闭幕的同时，五十辆东洋车和马车也就销声匿迹了。"[④] 代表先进文明的东洋车和马车仅在成都持续使用了四五十天就销声匿迹，也说明这两种车并不适用于大众，与前述普遍使用的轿子和花干儿形成了鲜明的对比。

不仅如此，成都的"花市"也极具特色。山川早水在《巴蜀》中这样写道："据《成都古今记》记载，成都古有十二市。即正月灯市、二月花市、三月蚕市、四月锦市、五月扇市、六月香市、七月七宝市、八月桂市、九月药市、十月酒市、十一月梅市、十二月桃符市。创立于什么年代还不清楚，如今尚存者，只有花市。"[⑤] 花市被传承下来定

---

① ［日］中野孤山：《横跨中国大陆——游蜀杂俎》，张明杰主编，郭举昆译，中华书局2007年版，第111页。

② ［日］中野孤山：《横跨中国大陆——游蜀杂俎》，张明杰主编，郭举昆译，中华书局2007年版，第112页。

③ ［日］中野孤山：《横跨中国大陆——游蜀杂俎》，张明杰主编，郭举昆译，中华书局2007年版，第112页。

④ ［日］中野孤山：《横跨中国大陆——游蜀杂俎》，张明杰主编，郭举昆译，中华书局2007年版，第112页。

⑤ ［日］山川早水：《巴蜀旧影——一百年前一个日本人眼中的巴蜀风情》，李密等译，四川出版集团、四川人民出版社2005年版，第138页。

有受民众喜欢的原因，这种雅趣是蜀人风雅之表现，中野孤山对花市也给予浓厚兴趣：“我也见到在物质上表现出的蜀人的风雅。就近的成都而论，青羊宫开办的花市、草堂人日的参拜、四月八日锦江的放生会、祠庙园池的布置、盆景的赠答等等，要发现他们的雅趣这些都非看不可。”[①] 对于花市期间的活动，山川早水考察后发现：“如今名为花市。但实际上是四川大博览会……蜀人都是机灵之辈，如今再不敢称花市，而呼之为赛会了。”[②] 可见，所谓花市是借其名而进行的商业博览会，其中以青羊宫为代表的花市最为闻名：“走入二仙庵内，上百个盆景布满了广场。产于蜀土的奇草珍木，大部分都集中在这里，其中混杂有洋花洋草，连盆景店里都早有文明之花开放。”[③] 在花市中有奇花异草，也有洋花洋草，可见当时成都花市已经具有跨国的交流与合作，这里的“洋花洋草”被誉为“文明之花”，可知在日本文人眼中，成都仍然具有他者化存在的一面。

总而言之，日本文人对成都风物景观的书写，主要集中在对成都茶馆，以及作为交通工具的轿子、花干儿、东洋车、马车和以花市为名的商业活动的书写上，这些来自“异域之眼”的观看与观察反映了当时成都人日常生活的一个侧面。在日本文人眼中，与昙花一现的东洋车和马车相比，蜀人更加喜欢轿子和花干儿这样的交通工具，并且将轿子想象成日本神社前面的鸟居，等等。日本文人在观看成都都市景观之时对奇异化的追寻，实则是在寻求中日都市景观的差异性。由此观之，日本文人对成都都市景观的奇异化书写，是建立在中日文化比较和互视基础之上的，在无意识状态下形成了中日文化间的对话关系。这种差异性对话既是日本文人立足于成都都市景观审视自身文化的出发点，亦是对成都都市景观在文化上的接受与认同。

---

① ［日］中野孤山：《横跨中国大陆——游蜀杂俎》，张明杰主编，郭举昆译，中华书局2007年版，第93页。

② ［日］山川早水：《巴蜀旧影——一百年前一个日本人眼中的巴蜀风情》，李密等译，四川出版集团、四川人民出版社2005年版，第138—139页。

③ ［日］山川早水：《巴蜀旧影——一百年前一个日本人眼中的巴蜀风情》，李密等译，四川出版集团、四川人民出版社2005年版，第138—139页。

同时，日本文人对成都风物景观的“观看”，也表现出他者化的美学特质。在经历了成都乞丐轿夫“讨酒钱”之后，他们将其视之“国风”；对于驾驭代表着文明先驱的东洋车的乞丐，日本文人认为此事“开世界之先河”，此等事情“可悲可叹”；在写到成都花市的“洋花洋草”时，日本文人认为这是“文明之花”等，这一系列“观看”与书写无不是出于他者之眼的观察。日本文人对成都风物景观的他者化书写，背后的实质是政治话语权的显现。正如安·伯明翰所指出的：“风景——即使是如画的风景——都是一种政治话语模式。”[①] 在日本文人眼中，日本和西方是当时先进文明的代表，他们书写的成都都市景观自然具有他者化的美学特质，这在近代日本文人的中国游记中是普遍存在的现象，具有代表性的实例是日本著名小说家芥川龙之介的《中国游记》，其中充斥着对中国的贬低与厌恶之词。因此，日本文人对成都都市景观的他者化书写，可以认为是近代日本文人中国观的一个具象表达。

综合而论，日本文人对“成都”都市景观的“观看”与书写聚焦在成都自然景观、成都人文景观和成都风物景观等三个方面。其中，日本文人对成都自然景观的书写首先关注的焦点是作为千年古都的蜀都/成都的“气派”“安逸”，同时还有成都之“第一乐园”望江楼、“蜀都最繁华”之东大街、“坚固精致”之九眼桥和安顺桥以及被誉为日本“鸭川”之锦江。成都人文景观资源丰富，而吸引日本文人并令其赞叹不已的则主要是“锦官城外柏森森”的武侯祠、“水光竹影城西路”的杜甫草堂、“宫中的第一杰作”青羊宫、“神圣”的文庙、“日本见不到”的惜字塔等人文景观。对成都风物景观的书写多集中于被赞为“华人的俱乐部”的成都茶馆、蜀都的交通工具轿子和花干儿、昙花一现的东洋车和马车以及展现蜀人之雅趣的花市等。对日本文学

① ［美］安·伯明翰：《系统、秩序及抽象：1795年前后英国风景画的政治》，载［美］W. J. T. 米切尔编《风景与权力》，杨丽、万信琼译，译林出版社2014年版，第83页。

中的“成都”都市景观书写进行美学层面的理论烛照，可知其具有地域化、景观化、文化化、多元化、奇异化、他者化等特质。日本文人从日本这一“外部”视角对成都都市景观的“观看”与书写，不仅反映了当时成都人日常生活的一个侧面，也为中日文化互视、互识与互话提供了可参之鉴，是巴蜀文化在日本传播及影响的有力明证，同时也彰显了成都在中日文化交流史上的独特魅力和地位。

日本文人眼中的近代成都
——以东亚同文书院大旅行记为中心*

阅读提示　考察东亚同文书院大旅行记中的近代成都书写可知，日本文人以观察者的身份对成都的踏查聚焦于近代成都的都市形象、近代成都教育、报纸杂志以及保路运动等方面。研究发现，日本文人眼中的近代成都形象，既是“安逸之都”，也是被作为对象化的他者之都；日本教习和西方传教士在成都的教育活动促进了近代成都教育的发展，然而处于外国势力操控下的近代成都教育既具有一定的国际水准，又具有文化殖民倾向；日本文人从自身角度出发所记录的以报纸杂志为载体的成都新思想和发生在四川的保路运动，从日本观察者的侧面证明了近代成都是抗日活动和革命运动前沿阵地这一不争的事实。综合而论，东亚同文书院大旅行记中的成都书写，表现了日本文人强烈的大东亚主义、国家主义意识。

近代以降，尤其是1895年《马关条约》将“四川省重庆府”列为通商口岸以来，日本势力逐渐向四川渗透，作为千年古都的成都，自然成为日本文人关注的焦点。在入川的诸多日本势力中，东亚同文书院是一支强劲的力量。

---

* 本文原载《现代中国文化与文学》2019年第4期。

1901 年，东亚同文书院成立于中国上海，承袭了其前身 19 世纪 80 年代汉口乐善堂和 90 年代上海日清贸易研究所的传统，以培养服务日本“大陆政策”的“中国通”为目的，十分重视对中国社会状况的实地踏查。自创办之初开始，东亚同文书院学生组成不同的调查团，通过获得中国政府颁发的许可证，到中国各地进行为期三个月到半年的旅行，在旅行中记录各地的经济、政治、文化、社会、风俗等实态，并最终将这些旅行见闻整理成旅行报告书，称为“大旅行记”。这些大旅行记虽然被命名为类似《游蜀杂俎》等颇具文采的名字，然而这些调查报告却成为日本侵华政策制定的直接向导。至 1945 年日本战败，东亚同文书院共派出 5000 余人，旅行线路达 700 条，踏查了中国除西藏以外的所有省区。在他们撰写的大旅行记中，留下了大量关于成都的记录，这些旅行日记与一般游记类作品注重书写旅行地的风景、名胜古迹以及抒发见闻感受不同，而是更加注重对成都的实地踏查，这成为研究近代成都不可多得的一手材料。

中日学界从日本文学的角度对成都的研究，虽然取得了一定的成果，[①] 但是日本学者关注的重点仅局限在竹添进一郎及《栈云峡雨日记》上，中国学者的研究也大多停留在被翻译成中文的三部巴蜀游记上，即对《栈云峡雨日记》、《巴蜀旧影——一百年前一个日本人眼中的巴蜀风情》（以下

① 日本学者的研究主要有武部健一文的《蜀栈道纪行》（《交通》1994 年第 4—7 期），该文已由中国学者周郢翻译为中文《日本名人与蜀道》［《汉中师院学报》（社会科学版）1995 年第 3 期］，文章主要介绍了日本作家竹添井井的《栈云峡雨日记》，以及竹添井井对蜀道的描写，类似的论文还有石川忠久的《竹添井井と〈栈雲峡雨日記〉》（《学鐙》第 98 卷第 4 期，2001 年第 4 期），除此之外，财木美树的《竹添井井と〈栈雲峡雨日記〉訳注》，从 1997 年开始陆续发表于《東洋古典學研究》上；中国学者的研究，主要有冯岁平的《竹添井井及其〈栈云峡雨日记〉》［《成都大学学报》（社会科学版）2003 年第 4 期］、蓝勇的《山川早水〈巴蜀〉与近代四川风情》［《西南师范大学学报（人文社会科学版）》2004 年第 5 期］、吴增辉的《穿越历史的沉重——〈横跨中国大陆——游蜀杂俎〉札记》（《书屋》2009 年第 11 期）、蒋蕾的《山川早水与其〈巴蜀旧影〉研究》（2015 年）、王晓梅的《晚清时期日本学者的两部中国西南纪行》［《贵州大学学报》（社会科学版）2013 年第 3 期］、薛玉楠的《近代日本人四川游记中的成都形象——以〈巴蜀〉〈横跨中国大陆——游蜀杂俎〉为史料的考察》［《剑南文学》（经典教苑）2011 年第 8 期］、房锐的《清末日本人游记中的成都杜甫草堂》（《杜甫研究学刊》2015 年第 3 期）、黄义华的《清末日本人巴蜀游记研究——以四川的教育为中心》（硕士学位论文，四川师范大学，2016 年）等。

简称《巴蜀》)、《横跨中国大陆——游蜀杂俎》(以下简称《游蜀杂俎》)的研究上。本文立足于东亚同文书院大旅行记中的成都书写，并将上述三部巴蜀游记作为“互文”对象，试图从日本观察者的角度再现近代成都的都市形象、教育现状及成都的新思想、革命活动等具体面向，揭示近代成都的发展轨迹及其在中外文化交流史上的重要地位。

一　“安逸之都”与他者之都：日本文人眼中的近代成都形象

日本文人对蜀都/成都的憧憬由来已久，这是因为成都自古以来就是中华文化重镇，汉赋、唐诗、宋词的集大成者司马相如、扬雄、李白、杜甫、苏东坡一门的三苏父子等都与成都结下了不解之缘。成都又是古代蜀国，是《三国演义》所描写的三国故事的发源地。据中国学者研究，《三国演义》在江户时代已经传入日本，而且“《三国演义》传入日本的时间肯定在1689年之前”①，这些经典在日本的传播与受容，对日本文人产生了很大影响，蜀都·成都自然成为日本文人关注和憧憬的对象。

最早入蜀的日本文人可以追溯到元代，佛僧雪村友梅辗转长安到达成都，并著有诗集《岷峨集》。在他之后，1876年竹添进一郎游览蜀地并撰写了《栈云峡雨日记》，这本游记在日本学界产生了很大影响，竹添所描写的蜀地风情使日本文人对成都产生了更加浓厚的憧憬之情。1905年，山川早水以四川高等学堂教习的身份入蜀任教，撰写了游记《巴蜀》。中野孤山的《游蜀杂俎》也是1906年至1909年在成都任教期间的见闻录。东亚同文书院学生撰写的大旅行记与这些巴蜀游记几乎是同一时期，虽然在内容上具有某些重合之处，但是各有侧重。

首先，在东亚同文书院大旅行记中，他们既表现出了对蜀都/成都的

① 赵莹：《〈三国演义〉在日本的译介与研究》，博士学位论文，天津师范大学，2012年，第9页。

憧憬之情，又流露出日本对中国的政治野心。明治四十四年（1911 年）六月末，由东亚同文书院第 9 期的 6 名学生组成的“楚蜀队”从上海出发，经武汉到达四川省的重庆、成都市，撰写了大旅行记《孤帆双蹄》。楚蜀队出发前，他们在墙上贴了这样的字句：“巴蜀的山，湘楚的水呦，曾多少次入我梦中……会有看到美好的大和樱花与旭日国旗在蜀山之巅高高辉耀的那一天。”① 文中自然流露出对成都的憧憬之情，然而，字里行间却渗透着日本的政治野心，所谓“大和樱花与旭日国旗在蜀山之巅高高辉耀”，也就是日本占领成都、占领四川之意。

对于这种政治野心，中野孤山在《游蜀杂俎》中已经表现得淋漓尽致：“主宰着中国四百余州府之生死存亡、左右着世界之前途命运的是横贯大陆的扬子江。要洞察观望当今世界之大势，必将目光集中于扬子江流域。汉土十八省中，以扬子江干流为纽带，无论是占地面积或人口方面，还是在民族的强健和物产的富饶方面，最具优势者当推古代巴蜀，即现今的四川省。此地真可谓大清帝国之第一宝库。”② 可见，在游览巴蜀之前，中野孤山已经对四川在中国的重要性了解得一清二楚，《游蜀杂俎》虽是旅行见闻，实则以踏查记录为目的。

其次，在东亚同文书院的大旅行记中，日本文人也不惜笔墨地描写了对成都的印象以及一百余年前成都的都市面貌。“成都不愧是三国时代蜀国的都城，舒缓而整洁，使人感到安逸，3 里城墙围起城区虽不免使人产生有点狭窄之感，但城内第一大道东大道却有 10 间之宽，其大气上海也比不了，赞之以‘金铺交映，玉题相辉，比屋连甍，既丽且崇’，也不为过。”③ 可见，当年的成都既干净又整洁，被认为是“安逸”之都，甚至其大气程度还超过了上海。

而且，他们遥想的成都与眼前的成都也有很大不同，“或许有人认

---

① ［日］沪友会编：《上海东亚同文书院大旅行记录》，杨华等译，商务印书馆 2000 年版，第 33 页。

② ［日］中野孤山：《横跨中国大陆——游蜀杂俎》，张明杰主编，郭举昆译，中华书局 2007 年版，第 3 页。

③ 冯天瑜、刘柏林、李少军编：《东亚同文书院中国调查资料选译》，李少军等译，社会科学文献出版社 2012 年版，第 98 页。

为四川省都是山峦重叠，峻岭连绵，没有平地。我当初也认为如此。一旦登上巴峡进入省内，则是沃野千里，良田无际，与自己一贯的想象极为不同”[①]。“盛夏的成都平原归于宁静，极目都是青青的稻穗之海，白墙房子星星点点散处于绿色的沃野中。”[②] 日本文人所体验的成都“沃野千里”，是孕育着丰收、富足的成都。并且，“我也见到在物质上表现出的蜀人的风雅。就近的成都而论，青羊宫开办的花市、草堂人日的参拜、四月八日锦江的放生会、祠庙园池的布置、盆景的赠答等等，要发现他们的雅趣这些都非看不可”[③]。从成都的这些社会风俗可知，成都不仅富足，而且蜀人具有风流雅趣。

在大旅行记中，日本文人还关注了成都的茶馆，“茶馆是华人的俱乐部，是最有益的社交场所。每日的物价以及政治上、社会上的事件，事无巨细，都是茶客口耳相传的内容。在没有报纸杂志的蜀都，这种场所显得尤为重要”[④]。可见，茶馆当时不仅是休闲场所，它更重要的作用是都市文化的载体。

最后，在大旅行记中，日本文人对成都都市景观也进行了重点描写。“过了锦官城锦江，拜访了英雄诸葛亮的武侯祠。它位于南门外五六里路处，路上的野草已渐渐变黄，整个四川平原都变成了黄色，只有武侯祠附近坐落在苍松翠柏中。”[⑤] 从这里可以看出日本文人对诸葛亮的敬仰之情，另外，草堂寺、昭烈庙、锦官城、万里桥、大慈寺等名胜古迹也是日本文人必须游览之地。竹添进一郎在《栈云峡雨诗草》中，对于成都的都市景观曾赋诗多首，在《草堂寺》一诗中，他写道：

---

① ［日］中野孤山：《横跨中国大陆——游蜀杂俎》，张明杰主编，郭举昆译，中华书局2007年版，第64页。

② 冯天瑜、刘柏林、李少军编：《东亚同文书院中国调查资料选译》，李少军等译，社会科学文献出版社2012年版，第53页。

③ ［日］中野孤山：《横跨中国大陆——游蜀杂俎》，张明杰主编，郭举昆译，中华书局2007年版，第93页。

④ ［日］中野孤山：《横跨中国大陆——游蜀杂俎》，张明杰主编，郭举昆译，中华书局2007年版，第122页。

⑤ 冯天瑜、刘柏林、李少军编：《东亚同文书院中国调查资料选译》，李少军等译，社会科学文献出版社2012年版，第256页。

“大耳经营壁垒荒，三郎遗迹亦茫茫。水光竹影城西路，来访诗人旧草堂。”① 这首诗表现了竹添对杜甫的缅怀崇敬之情。

除此之外，在东亚同文书院大旅行记中，也表现出了当时成都的不尽如人意之处。“成都城内名胜古迹众多，但该国不太注意加以保护，于是很多在风雨侵蚀下烟消云散，实在是太过可惜。”② “人力车夫与普通人不同，头上没留辫子，只有一寸长左右的刘海儿，很有趣。乍一看，他们个个营养不良，原来，他们就是那两个乞丐工厂的乞丐。”③ “听别人说某地的饭馆很干净，可是去了才知道跑堂的伙计身穿满是污垢的破衣烂衫端菜送饭并用极其肮脏的抹布擦拭碗筷……有人说，中国餐馆得闭着眼睛享用。”④ 诸如此类言辞，在大旅行记中也随处可见，日本文人作为一个外国观察者，实际上是将成都作为了一个他者化的对象，出于政治目的，他们在旅行见闻中纪实的同时，也不免掺杂着个人的主观判断和优越的日本民族主义意识。

由以上论述可知，日本文人在东亚同文书院大旅行记中，表现出了对成都的憧憬之情，但是也夹杂着明显的政治目的，他们对成都印象、成都都市面貌以及都市景观等的书写，是以观察者的眼光审视成都，既有对现实中的成都的赞美，将成都描写成安逸之都、富足风雅之都，同时也充斥着将成都视为他者的对象化表达。

二　国际水准与文化殖民倾向：日本文人眼中的近代成都教育

在东亚同文书院大旅行记中，有大量关于成都教育状况的记录，

---

① ［日］竹添进一郎：《栈云峡雨日记》，张明杰整理，中华书局2007年版，第104页。

② 冯天瑜、刘柏林、李少军编：《东亚同文书院中国调查资料选译》，李少军等译，社会科学文献出版社2012年版，第98页。

③ ［日］中野孤山：《横跨中国大陆——游蜀杂俎》，张明杰主编，郭举昆译，中华书局2007年版，第106页。

④ ［日］中野孤山：《横跨中国大陆——游蜀杂俎》，张明杰主编，郭举昆译，中华书局2007年版，第151—152页。

这些记载对于认识四川当时的教育状况具有重要价值。在1911年6月东亚同文书院第9期学生撰写的大旅行记《孤帆双蹄》中，记录了在成都工作的日本教习情况。“在成都的日本人，加上子女共40余人。除了一两个商人之外，其余都分别在学堂做教习和在工局做技师……这些大人执教的学堂有高等学堂、铁道学堂、师范学堂、中等工业学堂、陆军测绘学堂、农政学堂、中学堂等，所有中等以上的学堂全都在我同胞的指导下，吸取着文明的空气。”[①] 他们“在胡风吹拂的万里异域为祖国忘我地从事着邻邦教育”[②]。从这段文字可以看出，当时成都的教育已经有日本教育专家参与教学，但在日本文人的眼中，成都是文明不发达地区，是胡风吹拂下的异域，而在这里传播文明的日本教习，是在替日本向邻邦传播文明，这一逻辑具有强烈的国家主义色彩。

这种观点与中野孤山在《游蜀杂俎》中的论调几乎一致：

> 我们日本与其是近邻，而且人种相同，文字相近。我们以启发东洋为天职，因此，应该说我们对其有启发的义务。更何况我们期待的是维护东洋永久的和平，相互提携，共同富强呢。
>
> 正好，四川总督锡良开办学校振兴教育，谋求本省发达，并遣使我国，择聘教育专家。[③]

可见，成都教育系统聘请日本教习这一举措，是在四川总督锡良的倡导下进行的，可知当时四川的教育已具有国际合作举措。中野孤山的观点是日本文明优越论的表现，同时也反映了近代以来日本宣扬的大东亚主义、大东亚共荣的思想意识。当时日本在中日甲午战争中

---

① ［日］沪友会编：《上海东亚同文书院大旅行记录》，杨华等译，商务印书馆2000年版，第91页。

② ［日］沪友会编：《上海东亚同文书院大旅行记录》，杨华等译，商务印书馆2000年版，第91页。

③ ［日］中野孤山：《横跨中国大陆——游蜀杂俎》，张明杰主编，郭举昆译，中华书局2007年版，第4页。

取得了胜利，正在逐步加紧侵华步伐，东亚同文书院的禹域踏查，也正是为了给侵华战争政策的制定提供资鉴。

在东亚同文书院第 18 期学生（五四运动前后）撰写的《粤射陇游》中，写到了当时嘉定中学的学生熊焕文因中秋节喝酒过多而性命危在旦夕，于是“我忙给他吃仁丹医治，大伙非常感恩戴德，我也因此得到中国人的信任，在月光下为他们治疗各种各样的病。这一晚我们大受欢迎。我们的所作所为已竭尽亲善之意，而日本之所以从大处着眼，帮助可爱的被压迫的中华民众正是源于真正的中日亲善之故吧”①。可见，东亚同文书院学生所表现出来的这种大东亚主义意识是他们共通的思想意识，他们的所作所为是在践行中日亲善，表现出强烈的国家主义意识。

另外，除了日本教习对成都的教育发挥作用之外，西方传教士的势力也是不容忽视的存在。在大旅行记中，他们对传教士的记载与华西大学密切相关。在日本文人眼中，华西大学“自建立以来已有近 20 年历史，校舍高大雄伟，西洋式建筑，并在其中添加了红色、绿色，可谓是中西合璧的建筑”②。可见，华西大学是一座中西合璧、雄伟壮观的高校。回顾华西大学的历史可知，1910 年，美、英、加等五个教会组织联合在成都华西坝创办了华西协合大学，该大学是西方基督教会以向中国西部介绍西方科学文化和发展传教事业为目的创建的教会大学。

对于传教士在成都的活动，大旅行记中有详细的描写：“传教士所到之处对人亲切热情，这只能让人感到惊奇。他们向脏得像乞丐一样的中国人耐心解释，向他们问安，如果他们生病的话给他们药吃。他们给中国人讲神的教义，还教他们手工，甚至想到了副业，如果来了土匪，他们就去保护他们……另外，经过这些传教士的努

① ［日］沪友会编：《上海东亚同文书院大旅行记录》，杨华等译，商务印书馆 2000 年版，第 248 页。

② ［日］沪友会编：《上海东亚同文书院大旅行记录》，杨华等译，商务印书馆 2000 年版，第 257 页。

力，还把优秀的学生源源不断地送到本国去，让他们学习、接受教育。对此，不光是中国人，连日本人也感动得流泪。正是因为有了一颗善良的心，才能忍受那样的不自由和贫困，在这未开化之地创造那精神的王国。”[①] 在日本文人的笔下，传教士所做的一切活动都充满仁爱，与此相反，中国人成为一个他者的存在，诸如“脏得像乞丐一样”“未开化之地”一样的描写，与前述日本文人的论调具有异曲同工之处。

据大旅行记记载，传教士兴办的“华西大学设医、理、文及神学四个专业，学制为 5 年……在四川，可以说中等以上的学校全部属教会经营管理。也许可以说从这些学校出来的中国新一代青年人正在变得与众不同”[②]。可见，当时成都的教育掌控在了西方传教士的手中，他们对成都教育事业的发展的确做出了不可估量的贡献，然而其背后也隐藏着政治意图。

诚然，传教士的所为也引起了日本文人的质疑。“这家医院的正面挂着一个很大的时钟，据说这个时钟所显示的时间就成了成都的标准时间。由此可以窥见他所隐藏起来的真实意图究竟是什么。”[③] 日本文人的质疑不无道理，西方传教士通过行医、创办学校来传播基督教精神，实际上，他们期待的是在基督教熏陶下培养中国掌握科技的人才，从而更好地为他们传播基督教的福音，具有明显的文化殖民倾向。

西方传教士的行为，也成为日本明鉴自身的一面镜子，于是他们自省道：“看到那些外国人的样子，我们不能不痛切深思。日本的与中国相关的研究者理推我们这些人，也就是就读于东亚同文书院的学生，如果我们不站在第一线高举旗帜，又有谁能够呢？在成都我们痛感到

---

① ［日］沪友会编：《上海东亚同文书院大旅行记录》，杨华等译，商务印书馆 2000 年版，第 258 页。

② ［日］沪友会编：《上海东亚同文书院大旅行记录》，杨华等译，商务印书馆 2000 年版，第 258—259 页。

③ 冯天瑜、刘柏林、李少军编：《东亚同文书院中国调查资料选译》，李少军等译，社会科学文献出版社 2012 年版，第 99 页。

这一点。”[①] 东亚同文书院的学生面对西方传教士，痛感日本研究中国的人数太少，研究力度不够，而作为以研究中国为第一要务的东亚同文书院，更加要站在研究的第一线。可见，同样作为外国势力的传教士也成为他们比较和激励自身的对象。

简言之，近代成都教育发展与日本教习和外国传教士的活动密不可分，当时成都教育已开始与国际接轨，具有一定的国际水准，然而，无论是日本教习，还是西方传教士，他们的教育活动都带有明显的政治目的、宗教目的和文化殖民倾向，但不可否认的是，这无疑促进了四川教育事业的发展。

三　新思想与革命运动：日本文人眼中近代成都的报纸杂志与保路运动

在东亚同文书院大旅行记中，近代成都的报纸杂志和当时发生的保路运动也是他们着力书写的对象。近代成都发行的报纸杂志是新思想的承载对象。

在《粤射陇游》中，有如下记载：“走进一家书店，在那儿买了《四川学生救国报》及《半月刊杂志》，后者是本具有新思想的杂志，上面登了一些男女同学的观点……那份报纸是反日运动以来作为救国的义举而创办的。上海的学生们热衷于发行报纸，即使在四川的山村里也办得热火朝天。其中登载了用倭奴、劣等货等令人不堪入目的字眼写的评论，日本的名声扫地，即使在领事馆，在发生反日运动时也有危险，听说他们都做好了随时阵亡的思想准备。成都与北京、广州不同，作为兴起某种特别文化的地方，自古以来就非常重要。”[②] 从这段记载可知，成都虽然位于中国西南部，但是成都的抗日运动、新思

① 冯天瑜、刘柏林、李少军编：《东亚同文书院中国调查资料选译》，李少军等译，社会科学文献出版社 2012 年版，第 100 页。

② ［日］沪友会编：《上海东亚同文书院大旅行记录》，杨华等译，商务印书馆 2000 年版，第 255 页。

想并不落后，在成都既有宣传抗战思想的报纸，也有抗日运动，甚至在四川的山村里也洋溢着新思想。

关于成都的报纸杂志，中野孤山在《游蜀杂俎》中提到了1905年年初开始发行的《成都日报》："杂志就是前面提到的《四川学报》，另外有《四川官报》《成都启蒙通俗报》共三种。"① 与中野孤山所看到的情况不同，实际上，在成都，1901年清朝实施新政后，改良派人士就开始积极创办报纸杂志。其中，"原《蜀学报》访事傅樵村等创办了《算学报》、《启蒙通俗报》、《通俗画报》。工商界创办了《成都商报》，官办的《四川官报》、《成都日报》也先后出版。辛亥革命前夕四川保路运动中，《蜀报》、《四川保路同志会报告》、《西顾报》等先后创刊。辛亥革命到五四运动前夕，成都的报业有较大发展，新政权创办了《四川军政府官报》、《四川督府政报》，各政党办了《天民报》、《西蜀新闻》等报，宣传政见。各路军人也办了《军报》、《公言报》等，宣传新思想新文化的报纸也产生了，如《川报》等。此后，中国共产党、国民党、地方军阀、实业人士等都纷纷办起了报纸。报纸之多，令人目不暇接，但很多报纸的生命力不强，有些就是昙花一现。"② 当时成都报业之发达不言而喻，报纸杂志作为宣传新思想的载体，是近代成都新思想活跃的一种体现。上述东亚同文书院学生所记载的《四川学生救国报》及《半月刊杂志》，应该是当时宣传抗日思想的学生群体创办的报刊，由此观之，近代成都的学生是积极投入了抗日战争之中的。

对于成都的革命活动，在东亚同文书院大旅行记中，有大量关于四川"保路运动"的记载，他们不仅亲眼见到了川汉铁路的施工进展，也亲历了四川人民参加保路运动的过程。

1911年6月末，东亚同文书院第9期学生在他们撰写的《孤帆双

① ［日］中野孤山：《横跨中国大陆——游蜀杂俎》，张明杰主编，郭举昆译，中华书局2007年版，第94页。

② 蔡尚伟：《成都、重庆的城市文化与报业》，博士学位论文，四川大学，2003年，第41页。

蹄》中记录了8月7日在宜昌参观川汉铁路工程进展的情形："从汉口到成都全长1300余里的川汉铁路，虽然距离不是长得惊人，但从工程的难度来讲，恐怕远非我鹿儿岛及中央线可比。"[①] 川汉铁路是四川总督锡良在四川人民的强烈要求下奏请清政府自办的铁路，1904年1月，成立了"官办川汉铁路公司"，以"租股"的方式兴建，即采用抽租的办法，也就是说全四川人民都与川汉铁路发生了经济联系。1911年5月9日，清政府为了应对财政难关，宣布将川汉铁路收归国有并意欲将其拱手卖给帝国主义，这一举措引起了四川民众的强烈不满。6月7日，川汉铁路公司股东代表大会在成都召开并当即成立了"保路同志会"，爆发了轰轰烈烈的保路运动。

关于四川的保路运动，他们有如下记载："保路同志会事件进而演变成地方暴徒土匪的飞扬跋扈，到处施行劫掠烧杀，其情状犹如无政府一样。在各地方的外国人及在成都的一部分外国人，在事态尚未白热化之前就已撤离到了重庆，而留在成都的外国人尤其是我40余名同胞，因为事件爆发以来音信断绝，一直生死不明，（日本）当局也大伤脑筋。"[②]"原以为到成都后调查就可成功，但实际上因为时局的原因连行动都不自由……保路同志会事件使全国十八省混乱如麻……四方的大路因为匪徒之因全部关闭，现在已无归路了。"[③] 从这些记载可知，日本文人以自身为出发点，关注的是在保路事件进行过程中对当地滞留的日本人的影响等等，虽然有些片面，然而，这些记载却如实地反映了当时成都的实际情况以及保路同志会当时所处的危险境地。

实际上，在保路运动事件爆发后的9月7日，四川总督赵尔丰诱捕保路同志会的领导人蒲殿俊、罗纶、张澜等人，并屠杀手无寸铁的请愿民众，制造了骇人听闻的"成都血案"，这就可以理解为何东亚同

---

① ［日］沪友会编：《上海东亚同文书院大旅行记录》，杨华等译，商务印书馆2000年版，第54页。

② ［日］沪友会编：《上海东亚同文书院大旅行记录》，杨华等译，商务印书馆2000年版，第81页。

③ ［日］沪友会编：《上海东亚同文书院大旅行记录》，杨华等译，商务印书馆2000年版，第88页。

文书院学生所看到的当时成都是处于“无政府状态”了。次日，成都附近的保路同志军爆发起义，围攻成都，四川同盟会员借机发动了武装起义，这为武昌起义的爆发提供了条件，成为辛亥革命的导火线，这次起义在中国历史上的意义重大，孙中山先生认为，如果没有四川保路同志会的起义，武昌革命或许要迟一年半载的。

要言之，在东亚同文书院大旅行记中，日本文人对成都的报纸杂志所承载的新思想以及对四川保路运动给予了强烈的关注，从中可以清晰地看出成都抗日活动的高涨以及在抵抗封建主义、帝国主义的斗争中，成都人民是与全国人民一道并肩前行的。不仅如此，大旅行记的记载也真实地反映了成都革命群众的奋起反抗以及牺牲精神，四川保路运动具有重要历史意义，它成为辛亥革命爆发的导火线。

综上所述，东亚东文书院大旅行记中的成都书写，聚焦于对近代成都形象、成都教育、报纸杂志和保路运动等方面，从日本文人对成都形象的描写可知，成都是近代的安逸之都，富足风雅，他们在对成都表现出憧憬、赞美之情的同时，也将成都作为了对象化的他者，对成都的踏查具有明显政治目的。另外，从日本文人对成都教育现状的记载可知，近代成都也是日本、西方传教士等外国势力的角逐场，日本教习和西方传教士在成都的执教活动，促进了成都教育、四川教育的发展，使之具有一定的国际水准。然而，这些执教活动的政治意图也暴露无遗，日本文人大旅行记的字里行间渗透着强烈的大东亚主义、国家主义色彩，这与东亚同文书院对中国实地踏查的宗旨密切相关，它是基于日本对华政策制定而进行的踏查，是为日本的“大陆政策”服务，是当时中日关系现状的反映，传教士的活动更是具有明显的文化殖民倾向。再者，作为以研究中国为主要任务的东亚同文书院学生，他们作为“闯入者”以及后来的“入侵者”，对于成都新思想、反日活动、革命运动的关注也是必然。在成都，承载新思想的报纸杂志甚至在山村也办得如火如荼，发生在四川的保路运动更是轰轰烈烈。日本文人的亲眼所见、亲身经历为我们提供了认识近代成都的一个新途径，由此可知成都进步人士及民众在宣传新思想、反抗日本及英美等西方帝国主义侵略斗争中所做出的重要贡献，尤其是四川保路运动作为辛亥革命的导火索具有重要的历史意义。

千年古都成都所承载的厚重的历史文化底蕴，与近代成都的发展密不可分，而东亚同文书院的大旅行记，从日本文人的视野向我们呈现了近代成都的一条发展轨迹。近代成都不仅是安逸之都，也是具有国际水准的教育之都，同时也是宣传新思想、开展革命运动的前沿阵地。

下　编

中日文论与文化互系研究

日本“文学”概念的古今流变

——以铃木贞美《文学的概念》的研究为中心*

阅读提示　日本学者铃木贞美《文学的概念》是考察和研究日本“文学”概念古今流变的范本。日本当今的“文学”概念是在（古代）中国和（现代）西方的双重影响下而形成的。受中国的影响，日本古代的“文学”是指以儒学为中心的学问和汉诗文，后来“文学”也成为讲授经书、负责公文撰写及管理的儒者的官职名称，再后来，“文学”又逐渐表示学习朱子学、一般儒学和汉诗文的学生以及学习本身，而日本“和歌”“俳谐”等文学形式则始终未被纳入“文学”的范畴。近代日本在接受西欧观念的过程中，“文学”的概念逐渐成为英语“literature”的翻译语，其意义和范畴扩大，“日本文学”的概念随之实现了近代转型，由此而确立了“日本近代文学”。

1998年10月铃木贞美《日本“文学”的概念》（中译本译为《文学的概念》）由日本作品社出版后，在国际学界引起强烈反响。中国学者魏大海在《铃木贞美的“文学”概念论》一文中指出：“铃木贞美的‘文学’概念论，表面上也是一种基础性理论视野中的‘文学’概念研究，实际上却具有某种前沿性特征。因为论著不仅涉及日本现代

* 本文原载《贵州社会科学》2020年第9期。

'文学'概念的确立、'文学'概念的论争以及'日本现代文学'的起源，也在重新审视、重新定义'文学'概念的努力中，探究了概念背后或底层潜在的特定作用力，更在论及日本'私小说'和其他文学现象的过程中，将最终的归结置放于日本文学史的重新审视与编写中。"[①] 2011 年，该书的中文译本由清华大学的王成教授翻译并在中央编译出版社出版。王成先生在"译后记"中指出，该书"从文艺学、思想史、文化研究等各个角度，围绕'文学'这一概念，对近代文学的知识体系进行了重新梳理"[②]。在中译本问世之前，该书的英译本和韩译本早已出版，作者铃木贞美在"中文版序言"中坦言该书"在国际上引起的反响比日本国内还要大"[③]。有评论家认为，"此书把日本文学研究推向一个新的阶段"[④]。然而，中国学者对此书的关注度似乎并不高，据笔者查阅中国知网论文数据库显示，截至 2020 年 9 月，除前述魏大海的《铃木贞美的"文学"概念论》之外，并未见其他学者的相关论述。本文立足于铃木贞美的《文学的概念》，通过对它的细读、引证和评议，更清晰地展示日本"文学"概念的传统与流变。

一 日本"文学"概念的中国渊源

与欧洲不同，日本的"文学"概念具有独特的传统，其词源来自汉语，受到中国古代"文学"概念的影响；当然，在接受中国影响之同时，其自身也在不断发生变化。铃木贞美在《文学的概念》中对日本的"文学"概念进行了追根溯源的考证，发现其具有深厚的中国渊源。

铃木贞美指出，首先，在日本上古时期，"文学"一词最早出现在 718 年的"养老令"中，这个"养老令"是指在亲王家（内亲王除

---

① 魏大海：《铃木贞美的"文学"概念论》，《外国文学评论》2006 年第 2 期。

② ［日］铃木贞美：《文学的概念》，王成译，中央编译出版社 2011 年版，第 335 页。

③ ［日］铃木贞美：《文学的概念》，王成译，中央编译出版社 2011 年版，第 1 页。

④ ［日］铃木贞美：《文学的概念》，王成译，中央编译出版社 2011 年版，第 335 页。

外）讲授经书的官职。① 而作为一般文艺意义上的“文学”一词，则出现在日本现存最早的汉诗集《怀风藻》（751 年）的序文中，“旅文学之士，时开置醴之游”②。此处的“文学”是指“学问”，特别是儒学。铃木贞美认为，当时日本受到中国六朝时代将一般文艺与“文章”之学相结合的“文学”概念的影响，故认为这里的“文学”是一般“学问”与“文章”之学相结合的概念。然而，他强调日本不同于中国的是，日本虽然在观念上承认儒学是学问的中心，但却形成了日本独有的神道教，而且当时佛教的地位也很高。在汉诗集《怀风藻》的 64 位诗人中，有 18 位诗人的名字出现在了不久之后编纂的日本第一部诗歌（和歌）总集《万叶集》中，这一时期是日本汉诗与和歌同时形成的时期，但是，那时和歌并没有被称作“文学”或者“文章”，即是说，“文学”始终是用来指代以儒学为中心的学问与汉诗文。

其次，中古时期，日本受到中国从六朝时期到唐朝时期学问重组及“文学”观念变化的影响，其学问分为明经道（经学）、明法道（律令）、记传道（历史、文章）、算道（占术、算数）等四道。与经学的地位相比，研究《汉书》《史记》《三国志》等史书和《文选》的“记传道”日益兴盛。这里将《文选》列入“记传道”，可以看出其兼具“文章”之学，故“记传道”也称“文章道”，而讲授记传道的人则被称为“记传博士”或“文章博士”，“经史”一词之后成为“学问”的代名词而被使用。在空海（774—835 年）的《三教指归》（797 年）和《遍照发挥性灵集》（9 世纪前期）中，“文学”一词曾作为亲王讲师的官职出现，③ 而空海的另一部论著《文镜秘府论》则对中国六朝以后盛行的“文体”即文章分类法进行了详细解说，这是作

---

① 作为官职的“文学”出处，《大言海》中列举了《职员令义解》，《大汉和词典》列举了《家令职员令》，《日本国语大辞典》列举了《职员令义解》（一）和《性灵集》（四）“为藤大夫启”。

② ［日］小島宪之校注：『日本古典文学大系 69 · 懐風藻　文华秀麗集　本朝文粹』，東京：岩波書店 1964 年版，第 59—60 頁。

③ ［日］小島宪之校注：《三教指帰　性霊集》，收录于《日本古典文学大系 71》，東京：岩波書店 1965 年版，第 84、256 頁。

为“文章”之学的“文学”观念得以广泛传播的证明。日本僧侣中出现很多如空海以及文章博士都良香（834—879 年）等诗文家，据此，铃木贞美指出当时日本的“文学”概念与中国相比更加脱离儒学，是更加偏向“文章”的学问，但并未完全脱离儒学。

在日本天皇敕命纪贯之编纂的《古今和歌集》（905 年）中，纪淑望（？—919 年）以汉文形式为该书撰写了“真名序”，他将中国诗歌的理想几乎原封不动地赋予了日本和歌。而且，他还感叹平城天皇时代（806—809 年）《万叶集》编纂以来，“十代百年”间“和歌被弃置无人问津”①，并声称要改变此种状态。这确立了和歌与汉诗作为同一体裁的文体认识，但仍旧未将和歌视作日本的“文学”，“文学”始终用来指代从中国输入的作品。

最后，进入“中世”，“文学”一词仍旧是指汉诗和公文类汉文文章；直到近世，日本的“文学”概念才得以重新确立。最早重新确立日本“文学”的是织田信长（1534—1582 年）。织田信长在《京中仕置文》（1573 年）中提出“致力于儒道之学，深深励志于匡扶国家者或忠孝义烈者，乃最为重要之事”，这表明他认为儒学是治理国家之根本，力求通过儒学来治理乱世的理想。他的这种思想被后来的德川幕府采用并大力推行。德川家康（1542—1616 年）任用儒学者藤原惺窝（1561—1619 年）及其门人林罗山（1583—1657 年）大兴儒学之道，奖励儒学，奠定了德川家 260 余年的治国基业，“文学”成为诸藩专聘的儒者，即讲授经书、负责公文撰写及管理的官职名称。此外，在各藩讲授儒学的教习也称“文学”，之后，“文学”又逐渐指代学习朱子学、一般儒学和“文章”即汉诗文的学生以及学习本身。

近世“文学”的概念最初是沿用朱子学而确立的。中村幸彦在《近世儒者的文学观》（1958 年）中，将朱子学启蒙时期的“文学”观称作“劝惩论的文学观”。中村幸彦认为，“道为朱子学所言人伦应

---

① ［日］奥村恒哉：『古今和歌集』，收录于『新潮日本古典集成』，新潮社 1978 年版，第 379 頁。

行之道即道德，文为文章博学之意”。铃木贞美认为中村幸彦这种对于“劝惩论的文学观”的解释蕴含极大错误，他指出中村幸彦在“文为文章博学之意”之后继续写道：“这个句子中也包含了尚未允许从儒学中独立出来的现今意义上的文学”，而且中村认为“在近世人的意识中，所有的文学作品分为应该称为阶级的两个群体。一个是传统的文学，即日本的和歌和文以及中国舶来的汉诗汉文的群体。另一个是产生于中世纪末期形成于近世的俳谐、歌舞伎、净琉璃以及包括假名草子、浮世草子以及之后的近世小说在内的新形式群。近世的人们将前者称为雅文学、后者称为俗文学，有意识地将其区分开来”。[①] 铃木贞美指出中村幸彦对近世文学作品区分的依据是社会的现状，即“雅文学”与“俗文学”之分，但是当时还存在一种非常有影响力的区分，即是否为“中国舶来品”，这是辨别是否为“文学”的标准。铃木贞美强调，虽然将“诗歌”、汉诗与和歌归纳为一种体裁的意识自古有之，但是将和歌称作“文学”并形成习惯的先例则从未有过，至于将俳谐和歌舞伎脚本以及浮世草子等纳入同一范畴并在此基础上进行区分就更加不可能了。

虽然如此，但是在德川时期的日本出现了没有界限的“游艺”这一概念：“说起游艺无不涉猎。和歌诗作、品茶蹴鞠、三弦汉画都颇有造诣。但兵法暂且不说，连摔跤比赛都没有参加过。”[②] 上田秋成所言“游艺”一词，是相对“武艺”而言，可见“游艺”概念的范围很广，汉诗也被包括其中，这意味着汉诗与儒学开始分离。当时盛行对汉诗本身的欣赏，儒学者服部南郭校订的《唐诗选》（16 世纪后期）是当时最畅销的书籍。中村幸彦将“日本的和歌与《诗经》和唐诗视做本质相同的作品，并进一步将同时代的创作文学与《诗经》及其功德的性质画上了等号。这种认识综合了百科全书式的思想界的各种特色，

① ［日］中村幸彦：『近代儒者の文學觀』，東京：岩波書店 1958 年版，第 9 頁。

② ［日］上田秋成：『上田秋成全集』（第七巻），東京：中央公論社 1990 年版，第 65 頁。

为文学从儒学中独立出来提供了充分的理论依据”①。中村幸彦进一步指出：“元禄时期的文学观中仍然存在着自中世纪以来的思想统摄文学这一模式的观念，而到了享保年间，尽管传统思想中儒学仍然根深蒂固，但文学观念已经倒置为文学统摄思想的近代模式。”② 铃木贞美认为，只有先设定语言艺术被思想统摄这种观念的形成，这种“文学从儒学中独立出来”并形成了“文学统摄思想的近代模式”的说法才能成立，因此，这种说法实际上投射了理论化的近代观念，他认为虽然当时出现了汉诗从儒学中独立出来的倾向，但并不意味着“文学”从儒学中独立出来。

即使在德川中期江村北海（1713—1788 年）编写的《日本诗史》5 卷（1771 年）以及《日本诗选》10 卷（1774 年）中，屡次出现“文学”一词，在德川光国（1628—1700 年）命令编纂的《大日本史》（1870 年）中有“文学传”一卷，但综观整个德川时期，“文学”的意义始终与儒学密切相连。

简言之，“文学”概念受中国古代文学观念的影响，并没有出现像欧洲近代那样将诗歌、戏曲、小说等纳入同一语言艺术的观念，但已经具备了接受这一观念的条件。

二　日本“文学”概念的西方接受

首先，日本近代化的过程亦是引入西欧文明即“欧化”的过程，在接受西欧观念的过程中，日本的“文学”概念与英语“literature”的邂逅，成为日本“文学”概念之意义重构的先决条件。

据日本学者千叶宣一③考证，最早将“literature”翻译成“文学”一词，是在 1881 年 4 月东京大学三学部印行的《哲学词汇》中。关于英语

① ［日］中村幸彦：『近代儒者の文学観』，東京：岩波書店 1958 年版，第 21—22 頁。

② ［日］中村幸彦：『近代儒者の文學観』，東京：岩波書店 1958 年版，第 25 頁。

③ ［日］千葉宣一：『進化論と文學』，收录于三好行雄、竹盛天雄編『近代文學——黎明期の近代文學』，東京：有斐閣 1978 年版，第 195 頁。

“literature”翻译成“文学”的原因，铃木贞美认为，首先“literature”与“文学”意义之扩展范围正好互相重合。“literature”一词来源于拉丁语“litera”，其本义指的是文字或者与文字相关之事物，后来其意义则指代在以拉丁语为通用语言的中世纪欧洲文化阶层精通希腊语和拉丁语并能够运用这两种语言进行读写的能力，或者以希腊语和拉丁语的古典书籍为中心的高级书籍。这与汉字文化圈精通中国古典的观念不谋而合，而且，与这种观念密切相关的“文章”的意思所合成的“文学”一词的用法和意义基本对应。拉丁语和英语的关系，在中国相当于美文（雅语）和日常用语或者方言的关系，在德川时期的日本则相当于汉诗文（包括日本化的汉诗文）和日语的关系，因此，铃木贞美指出，这种对应关系是促使“polite literature”一词作为“文学”译语成立的原因，然后形成了用“literature”一个词代替“polite literature”的使用习惯，于是“文学”即“literature”的用法便在日本确定下来。

还有一个原因是英国和法国在 17 世纪中叶产生了注重韵文的潮流，这与中国六朝出现的尊重“文章”即“韵文”（美文）的观念相对应，这也成为中国和日本采用“文学”作为“literature”译语的理由。铃木贞美强调，“文学”就是“literature”的习惯，最初正是由于“文章”与“polite literature”的意思重合而形成并确定。

然而，汉语和日语的“文学”概念与英语“polite literature”虽然基本对应，但是“literature”意义内涵的构成与“文学”有很大不同。在西欧，随着浪漫主义的兴盛，产生了“富于想象力”“艺术的”“创造性的”价值观念，逐渐形成了以诗歌、小说和戏剧为中心的“literature”的近代观念。而在尚未大规模接受西方观念的中国，民众所喜爱的六朝志怪、唐传奇、评书、元曲等卑俗之物，没有被纳入“文学”的范畴。在德川中期以后的日本，将与学问相结合的汉诗文视为高级艺术的观念仍然处于统治地位，但是随着民众文化素养的提高，与“武艺”相对的“游艺”观念也成为共识。

日本学者西周（1829—1897 年）是引进西方观念的先驱，在他负责起草的《德川家沼津学校追加规定》（1869 年 4 月制定）中，出现了“文学”一词：“第三条　文学之义在于政律史道医科利用之四科”①，这里的“政治法律、历史道德、医学和利用”四科总称为“文学”。另外，在西周的讲义录《百学连环》（1870 年）“总论”部分和“文章学”一章中对“literature”一词的译语有三个，分别是“文章”“文章学”“文学”。西周在《日本文学会社创始的方法》（1880 年）这篇文章中写道：“例如历史政事法律哲学经济等关系人心的学问与文学多有关涉，即便其各自最初的原理有所差异，基本上还是可以相兼容的。”② 他提出将人文社会系的学问概括为“关系人心的学问”，用“文学”作为其代表名称。可见，西周对“literature”的译语及用法具有不稳定性。

“文学”作为表示一般学术的用法，最早出现在福泽谕吉（1834—1901 年）的《西洋事情》“初编”卷之“文学技术”（1866 年）中：“据说尔后欧罗巴诸邦文学技术的开化皆阿拉伯人所赐……1423 年版刻发明之后，文学大为进步，经学、性理、诗歌、历史之学极其盛美，独至究理之学不然。”③ 这里“文学技术”中的“文学”，即中世纪所说的“liberal art”（学艺），可以看出对该词的翻译使用了具有儒学和汉诗文之意义的“文学”一词。在《劝学篇》初编（1871 年）中，福泽谕吉写道：“学问并非只是辨识难字、阅读难解之古文、玩味和歌、作诗等世间不实际的文学。这些文学即便为取悦人心而反复斟酌推敲，也不是像自古以来世间的儒者和学者所说的那样值得尊崇。”④ 此处的“玩味和歌、作诗等”“文学”则是近代“literature”所具有的高级语言艺术的观念。另外，在《劝学篇》第六编（1874 年）中，福泽谕吉用了“文学科学”⑤ 一词，这里的“科学”是不限定于自然科学的“science”，即分科学或学科之意。

---

① ［日］西周：『西周全集』第 2 巻，東京：宗高書房 1962 年版，第 532—533 頁。
② ［日］西周：『西周全集』第 2 巻，東京：宗高書房 1962 年版，第 587 頁。
③ ［日］福澤諭吉：『福澤諭吉全集』第 1 巻，岩波書店 1958 年版，第 301—302 頁。
④ ［日］福澤諭吉：『福澤諭吉全集』第 3 巻，岩波書店 1959 年版，第 30 頁。
⑤ ［日］福澤諭吉：『福澤諭吉全集』第 3 巻，岩波書店 1959 年版，第 69 頁。

此外，在日本1881年7月出台的新闻条例中涉及新闻报道的范围时，在经济事件和社会变动之后列出了“造工新器、学艺诗歌、衣服饮食、昆虫草木、药剂物产……洋书译文”[①]，此处将“学艺诗歌”并称。在1873年新闻条例中，这一条修订为“官报、文学、工艺、游宴、衣食、田宅、洋书、译文”[②]，比较这两条内容可知，“造工新器”变为“工艺”，“衣服饮食”变为“衣食”，“洋书译文”变为“洋书、译文”。铃木贞美据此推断“学艺诗歌”很可能变为“文学”。在这篇面向公众的公文中，初次出现“文学”一词作为“学艺”与“诗歌”并称的用法。对此，铃木贞美指出，对这种用例进一步推测的话，其中可能就包括了戏作的范畴，其依据是明治五年（1872年）政府根据“三条教宪”推出了以神道教为中心的民众教化政策（翌年又增加了文明开化和富国强兵等政策），其中便包括了戏作和歌舞伎。在这之前，日本戏作家假名垣鲁文响应该政策，将戏作改变为教化民众即劝善惩恶的作品。另外，与以政论为中心的“大新闻”路线不同，1874年发行的以市井事件和读物为中心的“小新闻”便加入了戏作等文艺趣味。

由此观之，日本“文学”的概念在接受西方观念的过程中，其意义及范畴已扩大化，发生了近代性的转变。

三 “日本文学”的近代转型

日本“文学”概念意义范畴的扩大促使“日本文学”概念发生了近代转型。首先，福地樱痴（1841—1906年）于1875年4月26日发表在《东京日日新闻》上的文章《感叹日本文学的衰落》，据矶田光一考证，这是以印刷形式出现的“最早使用作为表示艺术体裁的‘literature’译语的‘文学’一词”，而且“可以说是19世纪欧洲形成的‘literature’概念找到了最适合日本的形式并固定下来”[③]的文章。若

① ［日］柳田泉：『明治初期の文学思想』，東京：春秋社1965年版，第67—73頁。
② ［日］柳田泉：『明治初期の文学思想』，東京：春秋社1965年版，第67—73頁。
③ ［日］矶田光一：『矶田光一著作集』5，東京：小沢書店1991年版，第95頁。

矶田光一所言不谬，那么这篇文章便是我们今天所使用的“日本文学”观念在报纸上出现最早的文章。该文开篇写道：“日本文学的衰落由来已久”①，衰落的证明是日本虽然有《日本书纪》《大日本史》《日本外史》等汉文写就的历史，但“没有以普通日本人能够读懂的文章写就的历史”。福地樱痴指出，“全新的历史尚未出世”，就连出使欧美使节的旅行记都没有。随后他提出“小说传奇”即有着“比起状物写情的细密，使读者的喜怒之情得以抒发的文章之妙”的“小说文学”才是第一位的“文学”，还认为“演戏院本”即“义太夫丸本”是“文学中最宝贵的作品”，此外“和歌、连歌、俳谐是日本的诗”，“而且将纯粹的古语保存至今的作品非和歌莫属，论及写景抒情连俳亦不逊于和歌，这些是诗学文学中的要义”。

铃木贞美指出，在这篇文章中“文学”一词的用法几乎涵盖了英语“literature”所具有的众多意义的全部，也就是说，福地樱痴是在掌握了“literature”一词的多义用法后写的这篇文章。在这篇文章中，福地樱痴将“小说”视为第一位的“文学”，认为贬低“小说文学”的做法是日本独有的风潮，这与德川时期重视儒学和汉诗文的现状密切相关。福地樱痴在诗、小说和戏曲中，最先列举了“novel”，这反映了19世纪后半期欧洲小说的兴盛。他将“novel”译为“小说传奇”，将“drama”翻译为“演戏院本”，此举是将其等同于歌舞伎和净琉璃的剧本之意，“drama”的译文后来固定为“戏曲”。他又将“poem”翻译成“诗”，当时的“诗”指的是“汉诗”，但是福地樱痴从此将“汉诗”排除在外，宣称“和歌、连歌、俳谐才是日本的诗”。铃木贞美指出，福地樱痴的“日本文学”观反映了语言民族主义，即无视汉诗在日本存在的现状而将其仅限定于日语写就的著作，他之所以对和歌评价为“将纯粹的古语保存至今的作品”，是因为接受了德川时期日本“国学”者的主张。

---

① ［日］福地桜痴：『福地桜痴集』，東京：筑摩書房1966年版，第342頁。以下引文皆出自该书342—343页，不再标注。

其次，日本文学史中“文学”概念的变化也是一个重要方面，柳田泉认为，明治时期相继出版的《日本教育史略》（1877 年）和《文艺类纂》（1879 年）以及田口卯吉的《日本开化小史》（1877—1887 年）是日本“文学史”的开端。

《日本教育史略》是 1876 年为了费城的万国博览会在日本政府聘用的外国人大卫·穆雷（David Murray，1830—1905 年）倡议下编纂的，至德川时期为止，日本教育的主力是以儒学为中心的学问和以汉诗文为中心的文字教育，传统上称为“文学”。这相当于英语“literature”的中性意义。柳田泉指出，[①] 该书也记载了日本“文学”的历史，纵观日本在中性意义上“literature”所实施的全面教育，会发现“日本及支那文学（习字、读书、作文）”的展开，以及作为“古代”（指此前的时代）的“文学”，“历史理学诗赋小说”的并列。在“日本及支那文学”一语中，“文学”指的是读写能力的全面教育，其包括入门基础的识字教育在内的“文学”改变了以往表示汉诗文意思的“文学”概念，而在“历史理学诗赋小说”中的“理学”一词，据推测是与当时的“哲学”并用、作为“philosophy”译语使用的词语，因此可以认为其指代的是儒学。而第三部“文艺概略”（二）“文章”一节中包括了日本的“日记纪行、物语文、和歌序、歌”[②]，“文艺概略”（三）“文学总论”一节列举了以儒学为首的绘画学、医学、药物学、历书学等，这里的“文学”是作为整个学问或百科之学的意义使用的。由此可知，通过对“literature”一词的接受，传统的“文学”用法发生了变化，增加了日语及其教育以及日语书写的整个文艺的概念，这与福地樱痴在《感叹日本文学的衰落》中的用法相同。柳田泉指出，与福地樱痴强调语言艺术相对，穆雷在该书第一部“教育概言”中宣称“文学”教育正在效仿西洋向“分科学”的教育转换，以往的“文学”教育是在“无用的诗赋上浪费光阴”[③]。

---

① ［日］柳田泉：『明治初期の文学思想』，東京：春秋社 1965 年版，第 324 頁。

② ［日］柳田泉：『明治初期の文学思想』，東京：春秋社 1965 年版，第 323 頁。

③ ［日］柳田泉：『明治初期の文学思想』，東京：春秋社 1965 年版，第 324 頁。

《文艺类纂》是1879年在西村茂树的建议下编纂的，该书最初设定了40个门类，1896年由“帝王部”开始刊行，1900年将分类变为30个门类，1914年完成。其中，“文学门类”于1901年刊行，该门类以“文字”“音韵”“国语学”等语言学相关内容开头，之后是“和文”“汉文”“书简文”“歌”“连歌”“俳谐”“歌合”“歌会”“歌集”“诗”“和学”“汉学”“经学”“史学”“有职学”“心学”“小说”等韵文与散文，并加上了“外国语学　付洋学”，还有“大学”等学校制度，“汉籍”等书志，然后又有“算数”“书法”“绘画”“印刷”“印章”，最后以“纸”“笔”“砚”结束。可见，“文学”包括了语言学和全体学问，以及书画等与纸上创作相关的一切事物。

《日本开化小史》（全六卷）的作者是当时活跃的深受西欧启蒙思想影响的历史学家和经济学者田口卯吉。铃木贞美指出，田口卯吉承认该书确实有“日本文学史”的萌芽。《日本开化小史》第四卷（1877年前后）第七章“从日本文学的起源到一千八百年代”开头这样写道：“文学是人内心的显像。表现出人的内心世界的领域有很多。或者表现在政治上，或者表现在风俗上。文学即是其在文章上的表现，其表现的内容有智有情。表现情的文章叫做记事体，历史、小说之类即属于此。表现智的文章叫做论文，学文、论说即属于此……”[①] 这里将语言书写的一切总称为“文学”，又将“文学”作为“智”与“情”的表现，而“记事”即历史、小说，并未将这两者进行区分。另外，田口卯吉在这里说的“从日本文学的起源到一千八百年代”中的“一千八百年代”是指“神武天皇以来纪元一千八百年代”，是镰仓幕府成立之前的时间，这里并未将“神话”与“历史”或“文学”区分开来，对此，铃木贞美指出，田口卯吉虽然身为洋学者，却从民族主义的立场上试图对《古事记》以来广泛意义上的“日本文学”展开通史式的概论。

---

① ［日］田口鼎軒：『田口鼎軒集』，收录于《明治文学全集》14，東京：筑摩書房1967年版，第50頁。

三上参次和高津锹三郎合著的《日本文学史》于明治二十三年（1890 年）十月由金港堂出版，被誉为日本最早的“文学史”。在该书序言中，作者写道：这部文学史将要叙述“理文学”和“美文学”合到一起的“文学的全体”的历史，在第二章“给文学下定义是困难的事情”中，作者指出在欧洲语言中“文学”一词具有多义性，中文的“文学”一词用法也不固定，如今日本的情况也与之相同。铃木贞美指出，明治二十三年是宣告“日本文学史”开始的季节，之后，山路爱山的《明治文学史》（《国民新闻》1890 年 3—5 月），北村透谷的《明治文学管见》（1891 年 4—5 月），内田鲁庵的《现代文学》（《国民之友》1891 年 11 月至 1892 年 1 月），以及大和田建树的《明治文学史》（1892 年 10 月）都试图探讨广义“文学”的历史。这段时期，其他学者还展开了对“美文学”“纯文学”“软文学”“硬文学”等的一系列探讨，铃木贞美通过对明治时期日本文学史类著作的进一步分析，得出这样的结论：在日本，以语言艺术为中心的近代“文学”概念固定下来，是在 20 世纪初到 1910 年之间，如果需要画一条线的话，可以选明治三十九年（1906 年）这一年。

最后，东京帝国大学“文学部”的设立使“文学”在制度上得到承认并形成了“和文学”（日本文学）这一新观念。日本大学制度的形成首先效仿的是欧洲特别是德国 19 世纪的大学制度，日本于 1870 年颁布了《大学规则》，在大学分科中分为“教科”“法科”“理科”“医科”和“文科”，[①]“文科”教授的是“纪传学”“文章学”和“性理学”。明治十年（1877 年）经合并后成立的东京大学，取消了 1870 年颁布的《大学规则》中的“教科”，整体上由“法、理、医、文”四个院系构成，其中“文学部”第一科为史学、哲学和政治学科，第二科为和汉文学科，简单地说第一科是西洋部，第二科是日本、中国部。[②] 在这之后的 1886 年，帝国大学令颁布，作为与法科大学、医科

① 『東京帝大五十年史』，東京帝国大学 1932 年版，第 64 頁。

② 『東京大学百年史——部局史一』，東京大学出版社 1986 年版，第 414 頁。

大学、理科大学、工科大学相并列的文科大学之一，文学部被改组为文科大学。当时开设有哲学科、和文学科、汉文科、博言学科四科，1887 年 9 月又增设了史学科、英文学科、德文学科，1888 年将历来在汉文学科授课的日本历史，添加到了史学科的授课目录中，1889 年又新设了国史科，和文学科和汉文学科更名为国文科和汉学科。[①] 这样，日本的“历史”和“文学”从制度上分离开来。铃木贞美指出，矶田光一认为日本近代“文学”成立于明治二十年前后，就是以此制度为依据的。同时，他指出将西洋的学问引入大学并使其固定下来的过程，是儒学这一称呼变为“汉学”进而变为“汉文学”以及“和文学”这一新的观念诞生并稳定下来的过程，亦是“文学”这一观念从哲学和历史中独立出来的过程。

要言之，日本的“文学”概念在接受西方影响的过程中，其概念的意义范畴发生了极大变化，在近代化过程中，“日本文学”也实现了近代转型。

四　“日本近代文学”的起源

对于“日本近代文学”起源的问题存在“现实主义”源流说。铃木贞美认为，对“近代文学”的定义决定着“日本近代文学”的起源问题，他认为把“日本近代文学”定义为“近代自我”，论述其在“日本近代”中的未成熟性是“近代自我”史观的表现。对于“近代自我”的定义，濑沼茂树指出，这一定义是在模糊不清的情况下展开讨论的，并将其定义为“资本家的精神”[②]。但是，一旦将“资本家的精神”赋予“近代自我”，那么江户时期井原西鹤的《日本永代藏》和《世间的如意算盘》就会成为反例。还有一种说法是把表现脱离村

---

① 『東京大学百年史——部局史一』，東京：東京大学出版社 1986 年版，第 418—419 頁。

② ［日］瀬沼茂树：『近代文学の中の自我問題』，收录于『現代文芸評論集』（日本現代文學全集 107），講談社 1969 年版，第 317 頁。

落共同体而生活在近代社会中的人的“孤独内心”作为标准。若如此，德川时代的抒情表现则又成为争议的问题，例如中村真一郎的《近代女流诗人》（1991 年）在德川时代女性汉诗人的作品中找到了近代的都市抒情性。此外“近代自我”还被表达为怀疑信仰的心灵、独立于权力之外的个人、被社会边缘化的顾虑等等，可以说这在德川时代的文艺中到处可见。

另外，中村光夫在《日本的近代小说》（1954 年）中，通过坪内逍遥的《小说神髓》和《当代书生气质》、二叶亭四迷的《浮云》得出“写实”与“言文一致”是同时确定的，并且指出坪内逍遥选择“戏作”改良的道路，而没有选择“政治小说”是导致日本的“近代小说”丧失对政治和社会广泛关注视野的一个原因。[①] 铃木贞美对此分析指出，中村光夫认为日本的“自然主义”丧失了对政治和社会广泛关注的视野，其根源在坪内逍遥身上。对于中村光夫而言，正是因为他认为“自然主义”产生了“私小说”，所以他“认为消除虚构是小说近代化的最本质的方法而展开的自然主义”这一限定的做法才能成立，问题的核心还在“私小说”。铃木贞美指出，“私小说”并不是“日本近代文学”的主流，仅仅是存在以“私小说”的问题为中心思考日本近代文学的历史观而已，正因如此才设定出坪内逍遥、二叶亭四迷—“自然主义”—“私小说”这条线，此外再也不去关心客观的现实主义是否存在的问题。

对于现实主义源流，铃木贞美指出，中村光夫在《小说入门》中把确立读者“接触到作者思想真面目”的文章看作西欧近代现实主义技法确立的前提条件之一，并解释说这种方法是由蒙田（Michel Montaigne）首先创立并完成的。[②] 铃木贞美强调，蒙田在《散文》三卷（Essais，1488 年）中，对于上帝的怀疑是用法语写的。而对于上帝的怀疑被看作近代人性的指标，不用拉丁语而用法国的民众口语，即以

① ［日］中村光夫：『日本的近代小說』，東京：岩波書店 1954 年版，第 39—51 頁。
② ［日］中村光夫：『小說入門』，東京：新潮文庫 1959 年版，第 26—27 頁。

俗语为基础的文体书写才是显示文章现代性的两个重要条件。但这是欧洲“近代”的基准，日本仅仅排除了传统的修辞法是不够的。

针对现实主义确立于坪内逍遥和二叶亭四迷这个定论，铃木贞美通过对江藤淳在《现实主义的源流——写生文与他者的问题》所论述的正冈子规和高滨虚子的“写生文”观念，指出正冈子规的“写生”也近似于近代小说为打动市民社会所选择的现实主义技法。

正冈子规的“写生”学说来自安托尼奥·冯塔内奇（Antonio Fontanesi），松井贵子对此研究指出，在《冯塔内奇讲义》中的临摹学说，即论述轮廓、色彩、远近法的准确性和为聚焦主题而作的取舍以及构图的重要性理论经由其弟子们的传播，通过中村不折影响了正冈子规，正冈子规将其应用到了俳句创作中。[①] 与正冈子规一样，国木田独步（1871—1908年）的“写生”学说也来自绘画，他在《武藏野》（1901年）、《小阳春》（1900年）等作品中，多次出现速写以及“写生”的词语。德富芦花（1868—1927年）也在《自然与人生》（1900年）中提出了“写生”学说。铃木贞美指出，明治三十三年（1900年），正冈子规创作的“叙事文”发表在报纸《日本》上，若以此作为“写生文”宣言的话，国木田独步在1898年已经发表了《武藏野》，德富芦花在1900年的相同年月也已发表了《自然与人生》的《现在的富士曙光》，可知正冈子规的“写生”学说、“叙事文”宣言与国木田独步的“写生”、德富芦花的“写生”是处于同时代的。但是，国木田独步的“写生”是以华兹华斯的诗歌和屠格涅夫的风景描写为范本，是与浪漫美学同时存在的，铃木贞美批判道，从这个意义上讲，柄谷行人把正冈子规和国木田独步相提并论是勇敢的尝试。

最后，铃木贞美指出，江藤淳作为“现实主义源流”而论述正冈子规的“写生”，柄谷行人作为“近代文学起源”而阐述国木田独步的“写生”都是在传统的理念和表现形式范围内理解欧洲的近代理念和表

---

① ［日］松井貴子：『近代〈寫生〉の系譜——子規とフォンタネージの繪画論』，『比較文学』第三十九巻1996年。

现形式，然后试图在各自的领域内开拓远远超出他们那个时代的表现水准。第二次世界大战后批评不证自明地接受按照现代主义立场设定的“近代文学”和“现实主义”概念，以及基于此概念的“文学史”观，在这个框架内谋求精密化，试图颠倒黑白，这样的评论远远落伍了。铃木贞美进一步强调说，把现代化主义的策略作为默认的前提接受下来，试图从“日清”“日俄”两次战争期间寻找近代文艺源头的评论甚至可以说远远落后于他们同时代的评论。因为越智治雄在《近代文学的诞生》中早已指出，明治二十三年（1890 年）大日本帝国宪法颁布的第二年，打算执行坪内逍遥路线的作家们早已对“近代文学”概念，即对坪内逍遥式的现实主义以及“日本近代”表示出怀疑。“日清”“日俄”两次战争期间国家与社会、国家与个人之间出现裂痕，或者说是一个不和谐日趋明显而剧烈的时代。坪内稔典也明确指出，这样的裂痕也理应出现在与国家保持一致的正冈子规的“写生”深处。

对于越智治雄指出的作为理想的“西洋近代”和现实的“日本近代”的差距所产生的深度怀疑，亦是日本的“近代”理想和现实的断裂所产生的怀疑，而对于现实的“日本近代”的绝望，无论怎样组合“近代”对“反近代”、“欧化主义”对“传统主义”，都是难以理解的。对于这一问题，铃木贞美指出用哲学上的“近代的超克”思想解决“文学”所面对的难题。他指出，日本“近代的超克”理念萌芽是在日俄战争前后，其形成和发展与“大正生命主义”密不可分，20 世纪 20 年代前后日本产生了多种“近代的超克”思想的倾向，但是 20 世纪 40 年代全部因为赞同军国主义而堕落。

铃木贞美所言“近代的超克”在第二次世界大战中的日本盛极一时，战后又再度复兴，它在以“‘日本对西方’的逻辑寻求日本民族主体性的华丽辞藻下，掩藏的却是为日本帝国主义发动对外侵略战争加以辩解之词”①。对于“近代的超克”的本质，丸山真男指出：“‘超克

① 唐永亮：《日本的“近代”与“近代的超克”之辩——以丸山真男的近代观为中心》，《世界历史》2017 年第 2 期。

论’是要打倒以英、美、法等为代表的落后于时代的自由主义诸种意识形态，助力日本、德国、意大利等轴心国站在前列不断向前推进的‘世界新秩序’的建设。”[①] 在对“近代的超克”思想分析之后，铃木贞美指出，对于20世纪的日本来说，如果不仔细研究“近代的超克”的思想和艺术潮流是如何从理解“近代”、超越“近代”最终堕落到与军国主义同流合污的境地，就无法把握包括20世纪文艺在内的思潮和文化的实况。而采用“近代的超克”的系谱以及与其相关的生命主义会迫使文艺作品的解读方法发生大幅度变化，进而改写迄今为止的思想史、文化史、文艺史。

简言之，铃木贞美并未认定“日本近代文学”起源的现实主义源流说，其对“私小说”“写生文”的批判也表明他试图用“近代的超克”思想重新审视日本近代文学的旨归并重写文艺史的文学理想。

“文学”的概念一直是中外学者探讨的热点话题，[②] 综观日本的“文学”概念之形成、流变的历史，可知日本当今的“文学”概念是在（古代）中国和（现代）西方的双重影响下而形成的，今天日本的“和歌”“俳谐”“物语”“戏剧”等文学形式，并非日本古代意义上的“文学”。受中国的影响，日本古代的“文学”是指以儒学为中心的学问和汉诗文，后来“文学”也成为讲授经书、负责公文撰写及管理的儒者的官职名称，再后来“文学”又逐渐表示学习朱子学、一般儒学和汉诗文的学生以及学习本身。进入近代，日本在“西化”“欧化”的过程中，其“文学”观念逐渐变化，“文学”的概念逐渐成为英语“literature”的翻译语，其意义范畴扩大化，这促使“日本文学”的概

---

① ［日］丸山真男：《〈日本政治思想史研究〉英文版作者序文》，载《丸山真男集》第12卷，岩波書店1996年版，第93—94頁。

② 例如中国学者金惠敏提出的“没有文学的文学理论”，参见金惠敏《没有文学的文学理论》，《文艺理论与批评》2004年第3期，《阐释的政治学：从“没有文学的文学理论”说起》，《学术研究》2019年第1期；［英］特里·伊格尔顿《文学理论导论》，文化艺术出版社1987年版；［美］勒内·韦勒克《文学理论》，生活·读书·新知三联书店1984年版；等等。

念发生了近代转型，并由此而确立了“日本近代文学”。而对于“日本近代文学”的起源问题，以铃木贞美为代表的日本学者，并不认定“日本近代文学”起源于“现实主义”，他对“私小说”“写生文”的批判也表明其试图用“近代的超克”思想重新审视日本近代文学的旨归并重写文艺史的文学理想。这种对“日本近代文学”起源的讨论，也为后世学者提供了研究的向度和空间。

“和服”艺术与日本文化

阅读提示 日本的“和服”吸收了中国隋唐时期服装的特点，在“和”化的过程中逐渐成为具有日本民族特色的传统服装。和服表现了日本民族“亲自然”的情愫，体现了日本民族善于“包装”的文化特征。此外，日本人的宗教思想和强烈的序列意识和等级观念也对和服文化产生了深远影响。

一 和服及其由来

提起日本，我们眼前情不自禁地就会浮现出身着华丽和服，有着优雅神韵的日本女人的身影来。和服，让日本女人走向了世界，也让世界认识了日本。我们这里所说的和服，即日本传统的民族服装。日本是单一民族的国家，就是大和民族，和服我们也可以理解为是大和民族的服装。在日本，和服也叫“着物”，这是日语中对和服的称呼。和服是根据我国隋唐时代的服装改制的，因为是从我国江浙一带“移植”过去的，所以又称为“吴服”。虽然日本人对该服装进行了“和”化，但是依然保留着我国古代服装的特点。和服分为很多种类，其中一种叫“浴衣”，是一种简单的和服，因为很适合洗浴后穿着，故称浴衣。日本的夏天比较炎热，很适合穿这种休闲感很强的浴衣。未婚女性的礼服，叫“振袖”，根据袖子长短分为“大振袖”“中振袖”“小振袖”，但是穿得最多的还是“中振袖”，如成人礼、毕业礼、宴会、晚会、茶会等场合。已婚女性的礼服叫“留袖”，为黑色，染有五种花纹。此外还有"访问着"，又称"色留袖"，穿着场合较广，如婚宴、晚会、茶会等可以穿，没有年龄及婚否的限制。再有就是"花嫁衣裳"，即新娘结婚时穿的婚礼服；"普段着"，就是日常所穿的和服；"毕业服"，在毕业典礼和学位授予仪式上的穿着。另外，从和服款式上看，婚、宴、丧、礼，春、夏、秋、冬各不相同。还有，和服的穿着场合也有限定，如1月15日是日本的成人节，参加这一仪式的人要求穿成人式的和服，传统的穿法是穿色留袖，现在这个规定不是那么严格了。一件和服，从选料、剪裁到穿着方法有很复杂的讲究，我们姑且不谈了。笔者试图以"和服"为切入点，探究其所反映的日本人的精神面貌及日本文化的特征。

二 "和服"穿出来的日本文化

（一）日本民族具有"亲自然"的情愫

日本是一个受自然恩惠的国家，自古以来很少受到外敌的入侵。这与日本岛国的地理位置是分不开的，日本的统治者也因此可以高枕无忧。日本人欣赏自然的美，赞美自然的情趣，在日本历史上涌现出很多像松尾芭蕉一样优秀的俳人和"云雾萦峦时，须臾绘百景"（松尾芭蕉赞美富士山的诗句）这样优美的俳句。和服的美就来源于大自然的造化。日本人平时的着装素以淡雅为主，但到了节日，女性纷纷换上和服盛装，成为点缀大街小巷的一朵朵艳丽的花朵，真是美不胜收。日本不仅是一个清洁的国家，还是一个风景如画的国家，气候宜人，山川秀美。春天的樱花，秋天的红叶，无不令人心旷神怡。大自然的美陶冶了日本人的审美意识，孕育了日本人独特的审美情调，同样也映射到和服上。和服上的图案，色彩艳丽而不俗，也绝无杂浊之处，这就充分体现了日本人对圣洁的大自然的理解与把握。

和服的手绘按照纹样形象地分为以下三种。一种是植物绘成的纹样。早春的梅、夏天的菖蒲、秋天的枫、冬天的松柏等与日本人的季节感直接相关的花草都被作为题材加以表现。樱花纹充分表现出春天活跃热情的气息，然而纷纷飘落而下的樱花，又让人感受到留恋短暂生命的那种感伤情怀和忧郁情绪。

另一种是自然物绘成的纹样。自然物的形象一般体现在“文学纹样”中，这是日本和服手绘纹样中一种典型的象征图形。它是从日本古典文学作品以及各种古歌中某些故事的情节、场景、道具中提炼出来的，逐步演变为一种隐喻符号。例如，依据《源氏物语》中某些章节而设计的“近江八景”纹样，是由落雁、暮雪、晚钟、夜雨、夕照、晴岚、归帆、秋月这些故事中的场景凝练成的视觉符号，借纹样寄托人的忧郁和寂寞之情。

还有一种是用素雅色彩绘成的纹样。日本民族自古就崇尚自然色，崇尚简素的色彩。例如，日本人喜欢白色，源于“雪、月、花”的自然景观。雪是白色的，月是白色的，花在日本人的色彩感受中也以白色为最美。日本人喜欢青色，因为青色是日本人赖以生存的山野和湖泊的自然环境之色。另外，日本古典女性身着和服时，梳理成长发，使之与装饰融为一体。这如同在大自然中树木的枝干，也有着天然的梳理一样，树枝垂挂如同梳理的长发。这些无不体现出日本人“亲自然”的情结。

（二）日本民族是善于“包装”的民族

和服之所以在日本大受欢迎，是与日本人的爱好和习惯一脉相承的。众所周知，日本是世界上最深谙包装之道的民族，讲究包装是日本人的最大特点之一。例如，在商场购物时，精美的包装令人眼花缭乱，即使是很小的一件物品，日本的商家也会包装得非常精致，让人爱不释手。对日本人来说，和服是日常生活中不可缺少的物品，和服对日本女性的包装真乃美妙绝伦。日本女人，尤其在古代，她们身材大多矮小、腰粗、腿不直，从视觉上看不能称之为美，然而穿上和服就不一样了。和服全身上下没有一个扣子，采用整体裁剪，只用一个衣带系住。和服的奥妙就在一裹一系之间。裹，裹出了修长的身材，系，系出了婀娜的身形。和服和衣带是吸取西方传教士长袍的衣带与朝鲜人衣着之“平带”的特点加宽而创制的，成为和服上的画龙点睛之物。衣带缠于腰间，在背后打一个大结，形同小包。有的还在打结处衬上一个好似小枕头的小软托，其目的是协调身段、衬托身材。这样，即使是相貌平平的女性穿上和服也会显得妖娆美丽。我国古代各朝各代的审美标准都不一样，楚以女子细腰为美，唐朝以女子胖为美，清朝以女子脚小为美。而日本男人对女子脖颈有特殊喜好，所以和服的衣领比较特殊，穿和服时露出女性的玉颈，配上木屐，用小碎步行走，充分显现出日本女性娇小的“小绵羊”形象，也不失为百媚千娇、风情万种。可以说，和服实际上是夫权时代下的产物，演变到现在完全是为了取悦男性的。在古代，日本女性的社会地位是很低的，随着日本社会封建程度的加深以及男性地位的不断提高，女性和服的腰带越来越宽，曾经一度宽到缠绕身躯上部时将胸部都遮盖了起来的程度。这种装束，虽然绚美华贵，典雅而不俗，但又宽又厚的带子缠在身上的感觉很难说是舒适。实际上，她们长期形成的逢迎男性的心态使其并不以为苦而是乐于背负着美的重负，一直为美做出心甘情愿的牺牲。即使是现在的日本，男女差别依然存在，但是女性已经甩掉了和服的束缚，可以潇洒地穿上洋装，只有在特殊场合才穿上传统的和服，而且和服的样式也可以更加合乎个人心意了。

（三）日本人的宗教思想对和服文化的影响

古代日本除了受到中国文化的影响外，宗教的影响也是不容忽视的。

在日本，信奉佛教、神道教、基督教、天主教等信徒人数远远超过了本国国民人口。而且，一个人可能不只有一种宗教信仰，可能兼信几种宗教。宗教思想中“宽”的意念也体现在了和服上。《服装美学》中关于服装起源，有一种说法叫作宽袍大袖说。先前奈良时期的服饰，依然传承了唐衣的宽袍大袖，孟浩然《春情》诗曰：“坐时衣带萦纤草，行即裙裾扫落梅。”诗中描绘的女性形象就是《簪花仕女图》中的仕女的穿着。“宽”的容量是比较大的，服饰越宽，那么人的躯体就越抽象，这样不仅仅隐藏了具体的躯体，也隐藏了人的性格。日语中有很多“暧昧”语，人与人之间沟通时，彼此都不轻易外露感情和想法，讲究“以心传心”，也称为“腹艺”，而且日本人之间有着丰富而细腻的感觉，他们可以通过微小的眼神、语气的变化，甚至是肢体上的细微动作来传神达意。如果从小不生活在日本、不受日本教育并长期同日本人交流的话，外国人很难完全掌握“腹艺”这种非语言的沟通形式。另外，在和服的色彩上，日本人对自然色彩，特别是四季的色彩变化、植物世界的色彩变化，有着极其细腻的感受。春天的嫩黄粉绿，秋季的橙黄橘绿，夏天郁郁葱葱的青，冬天晶莹透明的白，充分展示出日本独特的四季自然之美。这种自然色彩的审美情趣，源于日本人简约淡泊的性格所形成的素朴淡雅的审美意识，也源于受禅宗“空”“无”思想影响而追求不以艳色取悦于目的简素纯雅之色的审美心理。

（四）日本人强烈的序列意识和等级观念对和服文化的影响

日本人重视“纵式”关系，他们趋向于把人、社会集团、国家等一切事物想象成一个序列。因此，他们对于自己在集团或国家的等级序列中的地位比较敏感，这与受到中国传统的儒学和礼制影响分不开，本尼迪克特在《菊与刀》中曾经说过：日本是个讲究礼仪的民族，不仅等级差别要经常以适当礼仪来确认，甚至在相同的两个人之间，在不同情况下也要表示不同程度的尊敬。在礼制的约束下，不同阶层、不同范围的人们都要按照自己的社会定位去遵守相应的行为规范。和服作为生活中重要的服饰，在式样及纹样装饰以及穿着的仪态上都有着严格的规定。在明治维新以前，朝廷规定了严格的服制，不仅将军，实际的行政首脑、大名领主、高级武士和中下级武士的服装各不相同，而且城镇里的老板与伙计、工匠与徒弟，农村里的地主、自耕农与佃农的衣服也不一样。当时规定，武士阶层以上的人才能穿绫罗绸缎，老百姓只能穿麻、棉布。一种腰间有直条式横条花纹的名叫“熨斗目”的外衣，规定只有身份等级高的武士才能穿，还有一种叫“白无垢”

的白色内衣，规定只有四品以上的官员才能穿。在妇女和服中，黑留袖是已婚妇女的正式礼服，纹样装饰通常装饰在黑色和服的下摆，格调高又典雅。振袖，即长袖，是未婚女性的正式礼服。这种服饰上的差别可以看出日本存在的等级制度影响之深。

三　结束语

以上笔者从四个方面阐述了和服与日本人及日本文化的深层联系，在日本文化的发展历程中，和服只是一个小小的缩影而已。然而，窥一斑而知全豹，中国文化对日本文化产生了深远影响，但是日本人并没有全盘吸收，而是进行了“相得益彰”的优化组合，有选择、有取舍地学习。中国封建制度中最典型的科举制、宦官制等，却没有被“衣冠唐制度”的日本所吸收，儒家思想、伦常规范对日本文化产生了深远影响，朱子学成为江户时代的“官学”，但妇女裹足的陋习，日本人并不学。纵观日本文化的发展历程可知，日本古代文化为“唐化”（中国化），近代文化为“欧化”（西洋化），现代文化为“美化”（美国化）。然而，这种概括并不完全准确，尽管它在某种程度上能说明日本文化演进的过程，但是它却忽略或淡化了日本文化对本民族文化的传承性。纵观日本文化发展史，可以说日本文化是对外来文化的选择性兼容与对本民族优秀文化挖掘、承传的集合体，正如和服的发展史一样。有人把这种多元复合的文化结构称为“苹果梨”，是十分形象的，在日本文化中已分不清何为本体、何为异体，就像苹果梨一样，它既不是苹果又不是梨，既是苹果，又是梨。

近代日本中国文学史著中的《文心雕龙》*

阅读提示　《文心雕龙》在海外的接受与传播是中华文化“走出去”的一个重要证明。早在唐代，《文心雕龙》就已东渐日本。具有悠久传播史的《文心雕龙》被写入日本的中国文学史著肇始于近代明治时期古城贞吉的《中国文学史》，该书出版于1897年；其后涌现出以铃木虎雄、户田浩晓等为代表的“龙学”大家。近代日本学者对《文心雕龙》进行了多方面的研究，有宏观，也有微观。特别是其中对《文心雕龙》的文体定性与文学史定位，对中国学界具有重要参考价值：他们起先认定《文心雕龙》为“六朝散文”，为“批评文学”，而后赞其是“修辞主义文学思潮的代表作”，最后仰其为“初期中国文学评论著作的最高峰”。

刘勰撰著于中国齐梁时期的《文心雕龙》是中国第一部体系完备的文学理论著作。随着海外中国学的繁荣发展，《文心雕龙》在海外的传播已呈蔚为大观之势，“龙学”热经久不衰。早在唐代《文心雕龙》就已经漂洋过海，日本高僧空海在《文镜秘府论》里曾有相关论述。藤原佐世在《日本国见在书目》（889—897年）中也录有《文心雕龙》。1731年，日本已经出现了两种《文心雕龙》版本，即《尚古堂

* 本文原载《中外文化与文论》第47辑，四川大学出版社2021年版。

木活字本》和《冈白驹校正句读本》。可见，《文心雕龙》在日本的传播已具有逾千年的悠久历史。

日本学者将《文心雕龙》写进日本的中国文学史著始于近代的明治时期，距今也有大约140年的历史。诞生在日本的第一部中国文学史著作是1882年年末松谦澄编纂的《中国古文学略史》[①]，该书开启了日本学者撰写中国文学史著的先河。但由于该书仅涉及先秦时段的文学，故《文心雕龙》不在论述之列。首次对《文心雕龙》进行记录评论的文学史著作是1897年出版的古城贞吉的《中国文学史》。自1897年至今的120余年间，日本学者共编纂了70余部中国文学史著，他们在这些文学史著中不同程度地对《文心雕龙》进行了述评。据日本“龙学”研究者门胁广文在《文心雕龙研究》[②]一书的统计，近代日本[③]（1868—1945年）的中国文学史著中对《文心雕龙》进行述评的著作共计22种，其中包括日本“龙学”研究大家铃木虎雄、户田浩晓、青木正儿等诸多学者的著作。但是笔者在考察的过程中发现，其中很多著作，例如笹川种郎的《中国文学史》（1898年）、中跟淑的《中国文学史要》（1900年）、盐谷温的《中国文学概论讲话》（1919年）等并未提及《文心雕龙》。目前，《文心雕龙》研究已成为显学，然而中日学界尚未从日本学者所撰中国文学史著的角度对此进行专门研究，[④]本文以近代日本的中国文学史著为研究对象，分析日本学者的

---

① 该书的原名为《支那古文学略史》，因“支那”一词早已废除，故本文统一将“支那”称为“中国”，下同。

② ［日］门胁广文：《文心雕龙研究》，東京：創文社2005年版，第440—441頁。

③ “近代日本”是指日本从明治维新到第二次世界大战结束，即1868—1945年这段时期。

④ 中日学者从文学史角度对《文心雕龙》的研究，主要有中国学者张少康等编著的《〈文心雕龙〉研究史》（2001年），其中第二章对铃木虎雄的《支那诗论史》（1925年）所评述的《文心雕龙》进行了介绍。王晓平在《中国文学经典的传播与翻译》（2014年）中，将都良香、菅原道真等日本学者对《文心雕龙》在日本传播的促进作用进行了梳理与考察；日本学者户田浩晓的《〈文心雕龙〉小史》（1987年）对中国和日本的《文心雕龙》研究概况进行了论述，兴膳宏在《中国文学理论》（1988年）中专门对《日本对〈文心雕龙〉受容与研究》进行了考察，这些成果虽然涉及个别日本文学史著，但并未从文学史著角度进行全面系统的研究。

《文心雕龙》述评和研究，试图呈现近代日本《文心雕龙》的传播样态及其在日本文学史上的地位和影响。本文之所以选择文学史著作为研究视角，乃是考虑到史学著作的一般特征即客观性、历史性、知识性、权威性等，对《文心雕龙》的论述最能代表其在日本的传播和接受程度。

一　近代日本中国文学史著《文心雕龙》研究概览

近代日本中国文学史著中对《文心雕龙》的述评经历了明治、大正和昭和三个时期。第一，明治时期是近代日本对中国文学史著《文心雕龙》研究的发轫期。

日本学者末松谦澄的《中国古文学略史》（1882 年）是日本第一部文学史著作，该书分为上下两卷。作者的“古文学”概念是指先秦文学，其所选编的范围为中国秦代以前（含秦代）的文学，故并不可能涉及齐梁时期的《文心雕龙》。

日本文学史著中第一次对刘勰及其《文心雕龙》进行述评的是古城贞吉的《中国文学史》（1897 年），被誉为日本乃至世界上第一部中国文学通史，在该书第三章“六朝散文”中，古城氏介绍了刘勰的生平以及《文心雕龙》的结构：“《原道》以下二十五篇，论述的是文章体制，《神思》以下二十四篇是修辞论，《序志》一篇论述著书缘由。”① 此外，古城氏还指出，中国古代的文章诗赋自汉魏以来兴盛，文章之法到建安、黄初年间已经完备，刘勰的《文心雕龙》最早对文体源流及优劣进行了探究，而且，其行文使用的是当时流行的骈文，每篇结尾都有赞语，这是该书的独特风格。古城氏对《文心雕龙》的述评虽然简略，但这堪称一个标志性的文学事件，即开启了日本文学史著中《文心雕龙》书写的序幕。

---

① ［日］古城貞吉：『支那文学史』，東京：経濟雜誌社 1897 年版，第 295 頁。

这一时期，论及《文心雕龙》的文学史著作还有久保天随的《中国文学史》（1903 年）和儿岛献吉郎的《中国大文学史古代篇》（1909 年）。久保天随（1875—1935 年），本名久保得二，是日本的中国文学研究者，1899 年毕业于东京帝国大学汉学科，后来成为台北帝国大学教授。在其《中国文学史》[①] 中，久保氏将《文心雕龙》与昭明太子的《文选》、钟嵘的《诗品》相提并论，他指出这三部著作是南北朝时期文运兴盛的象征，但并未对《文心雕龙》本身进行详细介绍和评价。

另外，儿岛献吉郎在《中国大文学史古代篇》[②] 中对《文心雕龙》的记述几乎与古城贞吉如出一辙，仅对《文心雕龙》的构成做了简单介绍，列举了五十篇的篇名。儿岛献吉郎（1866—1931 年），1888 年毕业于东京帝国大学文科古典科，日本的中国文学研究者，时为东京帝国大学教授，二松学舍大学校长。他在《中国大文学史古代篇》中指出："钟嵘的《诗品》和刘勰的《文心雕龙》是当代批评文学的代表作。"[③] 在此需要解释，"当代"是指钟嵘和刘勰所处的时代，"批评文学"是日本学者对具有文学特点的批评论著的特殊称谓（详后）。

可见，这一时期日本文学史著中对《文心雕龙》尚处于介绍、评论阶段，而且关注的焦点也仅局限于《文心雕龙》的结构。

第二，大正时期日本文学史著中出现了真正意义上的《文心雕龙》研究，涌现出日本"龙学"研究大家铃木虎雄。大正初期，儿岛献吉郎在其《中国文学史纲》（1912 年）中详细论述了昭明太子的《文选》，但对《文心雕龙》也顺带有评价。他指出，刘勰的《文心雕龙》和钟嵘的《诗品》是这一时期"批评文学的始祖，是文学史上的好资料"[④]。他在《中国文学考：第二篇韵文考》（1922 年）中再次涉论《文心雕龙》，虽然话语仍然不多，但也算是要言不烦了："梁朝刘勰

① ［日］久保天随：『支那文学史』，東京：人文社 1903 年版，第 217—218 頁。
② ［日］儿岛献吉郎：『支那大文学史古代篇』，東京：富山房 1909 年版，第 1092 頁。
③ ［日］儿岛献吉郎：『支那大文学史古代篇』，東京：富山房 1909 年版，第 1089 頁。
④ ［日］儿岛献吉郎：『支那文学史纲』，東京：富山房 1912 年版，第 151—152 頁。

的《文心雕龙》可称在心为志，发言为诗，由此可知在修辞时代，诗人还是以情为本，以志为主。”① 由此可知，儿岛氏对《文心雕龙》的文体界定是“批评文学”。

随着铃木虎雄在日本学界的活跃，近代日本对《文心雕龙》的研究步入了一个崭新的阶段。铃木虎雄（1878—1963 年）出生在日本新潟县西蒲原郡粟生津村（现吉田町），其祖父铃木文台和父亲铃木惕轩皆为汉学家。其祖父在当地创立专门讲授汉学的私塾“长善馆”，后来由他父亲接任，该私塾培养了上千名门生。铃木虎雄从小受到汉学熏陶，十岁能诗，1900 年毕业于东京大学汉文学专业，并于 1908 年在狩野直喜的引荐下，任京都帝国大学的助教授，教授中国文学课程，凭借其对《文心雕龙》等汉学的研究，成为日本中国学京都学派的创始人之一，被称作日本近代“中国文学研究的第一人”②。铃木氏在《中国诗论史》（1925 年）中，对刘勰及其《文心雕龙》进行了极其详细的研究。在同一时期，铃木氏的《敦煌本〈文心雕龙〉校勘记》（1926 年）和《黄叔琳本〈文心雕龙〉校勘记》（1928 年）对日本“龙学”的发展奠定了坚实的基础，为“龙学”研究做出了重要贡献。

第三，昭和时期日本文学史著中的《文心雕龙》研究，主要以青木正儿和户田浩晓为代表。

青木正儿（1887—1964 年）是日本著名汉学家，1911 年毕业于京都帝国大学中国哲学文学科，师从狩野直喜、铃木虎雄等著名汉学家。京大毕业后任教于同志社大学，1919 年与京大同学小岛佑马、本田成之等组成“丽泽社”，创办《支那学》杂志。青木正儿被誉为“日本研究中国曲学的泰斗”。他在《中国文学思想史》（1943 年）中，对刘勰及其《文心雕龙》进行了颇有见地的评价。青木正儿主攻方向为中国戏曲，其对《文心雕龙》的关注一方面是由于《文心雕龙》在文学史上的重要地位，另一方面也因受到了他的老师铃木虎雄等的影响。

---

① ［日］儿岛献吉郎：『支那文学考：第二篇韵文考』，東京：木黑書店 1919 年版，第 93 頁。

② ［日］近藤春雄：『日本汉文学大事典』，東京：明治書院 1985 年版，第 457 頁。

此外，日本著名“龙学”家户田浩晓（1910 年—　）为立正大学教授，长期致力于《文心雕龙》研究并取得丰硕成果。他的第一篇《文心雕龙》研究论文《〈文心雕龙〉练字篇的现代意义》于 1942 年发表在《斯文》第二十四篇第十一号上，接着 1943 年 8 月又发表了《从〈文心雕龙〉看文章载道说的构造》[《立正大学论丛》第八号（文学篇第三号）]。此二文随后皆收入其《文心雕龙》研究著作《中国文学论考》（汲古书院 1987 年版）中。对于户田氏的《文心雕龙》研究，中国著名“龙学”家杨明照先生评价道：户田浩晓“比其前辈铃木虎雄、斯波六郎、吉川幸次郎诸先生，实有过之而无不及”[①]。1985 年，户田氏将其四十余年的研究成果结集为《文心雕龙研究》在日本出版，此书在学界产生强烈反响，并引起中国学者如王元化先生的关注，后在王元化先生的积极推动下该书被翻译为中文，于 1987 年在中国出版。

二　近代日本中国文学史著《文心雕龙》研究的三大代表

（一）铃木虎雄及其《中国诗论史》

铃木虎雄在《中国诗论史》（1925 年）中认为《文心雕龙》上篇的二十五篇属于文章体裁论，下篇的二十四篇讲的是修辞原理，因此，《文心雕龙》全书结构就是文体论和修辞论。铃木氏主要就下篇的修辞论进行阐释。

铃木氏对《文心雕龙》文道观进行了分析，认为刘勰“虽然并未直接说‘道即文’，但是体味‘原道’篇的语气可知刘勰就是此意无疑”，他“把文看作道德的表彰”。[②] 接着，铃木氏对“神思”及以下各篇进行了解说，并对个别篇章的细节做了分析。铃木氏认为“程器”

① ［日］户田浩晓：《文心雕龙研究》，曹旭译，上海古籍出版社 1992 年版，第 2 页。

② ［日］铃木虎雄：『支那詩論史』，東京：弘文堂書房 1925 年版，第 97 頁。

“序志”两篇阐明了刘勰著书的目的及其抱负，“隐秀”“总术”两篇归类不明，“时序”“才略”“知音”三篇多倾向于对历史的评论，其余各篇则皆为修辞原理和方法。

同时，铃木氏认为刘勰的《文心雕龙》与之前陆机的《文赋》相比，补充了陆机的不足之处。铃木氏指出：“刘勰对儒教精神了解得很透彻，文章与事业不可兼得，文人应该修备德行，而且，他正如其他儒学之流所为，不应该将文学与道德混同相待。他继承了昭明太子的思想，他对文章的根本思想实际上与昭明太子相契合。”① 由此可知，铃木氏本人是反对将文学与道德混为一谈的。

铃木氏继续指出，刘勰为了论述修辞，在“情采”篇、“养气”篇用心极深，并主张以力为主，以性情为本，文采应该放在第二位。这些为“熔裁”篇的统一论述准备了必要条件。此外，刘勰还论述了章句、声律，还有对句、比兴、古言古事、字形、物色，可以说，凡中国文学中值得注意的地方皆有关注。铃木氏给予刘勰《文心雕龙》极高的评价，他说：“如果说在细微处后人还有阐释余地，那么刘勰的卓越见识则是至今未见其超越者。”② 最后，铃木氏声称：“刘勰所著《文心雕龙》，其文追逐时风，使用四六体。唐代刘知岁所撰《史通》，所用也为四六体，可谓文学、史学两届的巨篇，不可不谓之伟业。”③ 可见，铃木氏对《文心雕龙》从内容到形式均推崇备至。

（二）青木正儿及其《中国文学思想史》

青木正儿在《中国文学思想史》（1943 年）中指出，《文心雕龙》是齐梁时代“修辞主义风潮下具有指导意义的理想理论”④。青木氏对《文心雕龙》结构的划分与其师铃木虎雄不同，他认为从“原道”至“正纬”四篇主要论述文的起源，“辨骚”至“书记”二十一篇，论述

① ［日］铃木虎雄：『支那詩論史』，東京：弘文堂書房 1925 年版，第 110 頁。
② ［日］铃木虎雄：『支那詩論史』，東京：弘文堂書房 1925 年版，第 110—111 頁。
③ ［日］铃木虎雄：『支那詩論史』，東京：弘文堂書房 1925 年版，第 111 頁。
④ ［日］青木正儿：『支那文学思想史』，東京：岩波書店 1943 年版，第 80 頁。

的是文的诸体裁并阐明其区别，“神思”至“定势”五篇论述文学创作的基础，“情采”至“隐秀”十篇论述修辞理论，“指瑕”至“程器”总论文章关键问题，最后的“序志”篇为自序。

青木氏认为《文心雕龙》是当时修辞主义思潮的代表作，另外随着时代潮流的变迁，也反映了作者试图矫正汉儒之儒家文学论所反对的浮华流弊的修辞意向。这就是说，刘勰本人既处身在当时修辞主义思潮之中，但同时又有他自己的警惕和反省。与汉儒之所主张“德为文之根本”不同，青木氏认为文因辅助经而有其价值，六经为文学之根本，因而六经亦应包含在文学之中。关于文学的起源，在青木氏看来，文分为“道之文”“人文”“言之文”三种，文之为德也大矣，与天地并生，天地间的森罗万象皆为“道之文”，人据此创作出“人文”。而且，人文的根本是太极，研究太极的理论是《易》。因此，六经中《易》是文学的渊源。然而，易之始为万象，孔子提出“文言传”（之），这是“言之文”的天地之心。之后产生了《诗》《书》等诸经，因此，六经为文学的根本。

对于文学创作论，青木氏指出，[①] 刘勰并未对风、骨进行界定，但推测其意可知，风为作者活泼精神的反映，骨是坚实的文辞，而且，这里的“风”与曹丕所谓的“气”略相近似。

值得注意的是，青木氏与儒家主张的“德为文之根本”不同，认为“六经”才是文学的根本，而“六经”又根之于“道”，与自然万物相关，故而可以说，青木氏在文德关系的认识上较之于其师铃木虎雄有了较大的推进。

（三）户田浩晓及其初期的《文心雕龙》研究

户田浩晓在《〈文心雕龙〉练字篇的现代意义》（1942 年）一文中从汉字形音义的修辞学意义、“练字”篇的文学论、字形论的四忌说、形音义说中的分析与综合、日语标记中四忌说的效用与界限等五个方

① ［日］青木正儿：『支那文学思想史』，東京：岩波書店 1943 年版，第 79 頁。

面进行了论述。

在文章中，户田氏指出，文字是能否写成文章佳句的第一条件。要写成雄篇丽章，就必须以正确的知识进行文字的练择。中国六朝时期，文学论的惊人发展得益于对文字形、音、义的研究成为修辞学和文学批评的组成部分。于是，户田氏论述了《文心雕龙》中“练字”篇所涉及的文学理论的重要部分，即字形论。在字形的四忌说中，户田氏[①]指出，刘勰对于字形的四忌，即“诡异”“联边”“重出”和“单复”，指摘其瑕疵的仅为第一“诡异”之病，黄叔琳注的《文心雕龙》也仅提到三接之例，对于“重出”和“单复”并未言及，那是因为判断某个字的字形是否诡异，纯属主观感觉，很难得出彼此认同的论断。但是，“联边”“重出”和“单复”这三者，人们会有一个共通的纯客观的判断标准。黄叔琳在注释《文心雕龙》时并未举出“重出”和“单复”的例子，恐怕就有这个原因。对于日语标记中的四忌说，户田氏[②]指出，“重出”和“单复”对日本文学非常适用。将假名这一笔画简单的文字与汉字这一笔画复杂的文字同时使用，本身就已经具备了单复互参的美感。刘勰提出的字形四原则对日本文学虽然并不全部适用，但是其提出的文学作品字面的美丑与这一作品的优劣存在某种程度的关系，他的这一经常支配文章价值的修辞论，确实堪称灼见。

在文章最后，户田氏强调，日本文部省在制定新常用汉字的时候，不应该忽视修辞论中字形美的问题。在这一意义上，《文心雕龙》“练字”篇至今还有新的生命。

在《从〈文心雕龙〉看文章载道说的构造》（1943 年）中，户田浩晓[③]指出，刘勰是“文章载道说”的一个信奉者，因此，整理散见在《文心雕龙》五十篇中的文章载道说，从中可以呈现出刘勰的思想体系，也能清晰地看到刘勰文章载道说的全貌。对此，户田氏从文学与五经的文章、经事之器的文学、作为文学批评尺度的六义、文人道德论等四个

① ［日］户田浩晓：『中国文学論考』，東京：汲古書院 1987 年版，第 65 頁。
② ［日］户田浩晓：『中国文学論考』，東京：汲古書院 1987 年版，第 68—69 頁。
③ ［日］户田浩晓：『中国文学論考』，東京：汲古書院 1987 年版，第 24—25 頁。

方面展开其论述。在文章中，户田氏指出，刘勰的文学观是载道的文学观，“道”是作为天地自然理法的道，“文”是“道”的显现，从日月星辰、山川动植、道林籁泉石之响，全部是作为这一“道”所显现的“文”，即“道之文”。而且，人参之天地，开始成为天、地、人三才，则人文生焉。在这期间，无识开始向有心展开，心生而言立，作为人言之文，即言之文就产生了。此处的“言之文”即文章，乃至文学。至此，“道”也从天地自然理法的道，向圣人大道之道转化。“道沿圣以垂文，圣因文而明道。”对于刘勰来说，作为“言文”根源的“人文”，原本发端于太极，而《易》是推究太极之理的，故五经之中，《易》为大本，《诗》《书》《礼》《春秋》等四者皆出于《易》。

户田氏还指出，刘勰具有文章经事的功利主义文学观，而且认为一切文章都源于经典，所有文章的源流都能在经典中找到根源，由此便产生了文学思想的尚古主义倾向。对于具有文章载道观的刘勰来说，作者的人格具有特别重大的意义。对于作家的人格要求，不言而喻的是儒教的道德性，不仅包括作家的哲学、宗教乃至人生论的内在精神方面，而且超出了对于一般士人同等要求的伦理规范。

户田氏在以上两篇文章中关注了《文心雕龙》“练字”篇及“文章载道”说，是其初期研究《文心雕龙》的成果，虽并未成体系，但是也表现了其《文心雕龙》研究的立场和文学观。以此为开端，户田浩晓逐渐成长为日本继铃木虎雄、兴膳宏之后的又一位“龙学”大家。

三　近代日本中国文学史著对《文心雕龙》的文体定性与文学史定位

（一）从“六朝散文”到“批评文学”

近代日本文学史著中第一次对刘勰及其《文心雕龙》进行评论的是古城贞吉。他在《中国文学史》（1897 年）的第三章“六朝散文”中，介绍了刘勰的生平以及《文心雕龙》的篇章结构。显而易见，古城氏在文体上将《文心雕龙》归类为散文，这也就是说，他将文论类散文视同文学类散文。称文论也是文学，这与我们今日流行的观点有所不同。

之后，儿岛献吉郎在《中国大文学史古代篇》（1909年）中称赞：《文心雕龙》是“当代批评文学的代表作”[①]。在其另一部著作《中国文学史纲》（1912年）中，他再次强调：刘勰的《文心雕龙》是这一时期“批评文学的始祖”[②]。这实际上与古城贞吉是一脉相承的，即是说，《文心雕龙》在内容上是“文学批评”（理论），而在形式上是“批评文学”（作品），批评采取了文学的形式，从而也具有了文学的性质和特点。

此外，户田浩晓在《文心雕龙研究小史》中也指出，日本最早认为《文心雕龙》对日本文学产生影响的是土田幸村，他在1928年所著的《文学的发生》（《国文学的哲学性研究》第二卷）第八章“批评文学的发生及其源泉”中，论述了《古今集序》与《文心雕龙》的关系。[③] 可见，土田氏也将《文心雕龙》归入“批评文学”之类。

关于“批评文学”，中国学者张志平指出：批评文学在中国具有悠久历史，“古代文学批评家开创了以诗评析诗文、用诗解释诗文的传统。这些评析诗文、解释诗文的诗，是地道、纯粹的‘批评文学’作品，批评家在其中以诗为工具，形象地描述作者创作个性和作品独特风格，逼真地描绘自然景物，成功地塑造艺术形象，同时直率或委婉地表达自己的思想感情”[④]。这一概括大抵不错，然而必须指出，中国文学史上虽不乏“批评文学”的实际性存在，但并无“批评文学”这一概念性存在。

张志平认为，在中国最接近“批评文学”概念的是周作人的“美文”。周氏于1921年6月8日在《晨刊》副刊上发表的《美文》中指

① ［日］儿岛献吉郎：『支那大文学史古代篇』，東京：富山房1909年版，第1089頁。

② ［日］儿岛献吉郎：『支那文学史纲』，東京：富山房1912年版，第151—152頁。

③ ［日］户田浩晓：『中国文学論考』，東京：汲古書院1987年版，第13頁。《古今集序》是纪贯之为《古今和歌集》所作的序言。

④ 张志平：《文学批评也是一门艺术——论“五四”以来中国“批评文学”》，《文学评论》2016年第5期。

出："外国文学里有一种所谓论文，其中大约可以分作两类。一批评的，是学术性的。二记述的，是艺术性的，又称作美文，这里边又可以分出叙事与抒情，但也很多两者夹杂的。"[①] 对于周作人此处所称之"美文"，张志平阐释说："他（周作人）所说的'美文'是一种篇幅短小、内容广泛、形式活泼、不以叙事说理而以抒情为主的小品文，其中包括'批评文学'。"[②] 这里对周作人的原意有所歪曲，需要划重点的是，周氏写作此文，其意在于鼓励治新文学的人不妨尝试一下"艺术性的""论文"，即所谓的"美文"，这一文体既"有许多思想"[③]，又兼之以小说、诗歌以及其他"一切文学作品"那样的"艺术性"的笔法。而这恰恰就是"批评文学"的要义。周作人是日本文学专家，此文所言之"外国文学"当然应该包括日本文学，虽然文中他只谈欧洲文学中的"美文"而未提日本文学中的"批评文学"，但其言及于此而实意有于彼的。若说周氏不熟悉日本"批评文学"这一概念，怕是不好想象的。

张志平列举了中国古代"批评文学"的代表作，并认为刘勰的《文心雕龙》是古代"批评文学"的典范。对于"批评文学"与散文的关系，张志平认为："从文体上看，'五四'以来中国'批评文学'是散文，其中一些语段是抒情散文。"[④] 由此可知，散文与"批评文学"具有统属关系，前述古城氏将《文心雕龙》划归到散文这一文体也是合理的。无论如何，将《文心雕龙》视为"批评文学"，是中日学者的共识。

（二）作为"修辞主义文学思潮代表作"的《文心雕龙》

青木正儿在《中国文学思想史》（1943 年）中指出，《文心雕龙》

---

① 周作人：《周作人散文选集》，百花文艺出版社 1987 年版，第 30 页。

② 张志平：《文学批评也是一门艺术——论"五四"以来中国"批评文学"》，《文学评论》2016 年第 5 期。

③ 周作人：《周作人散文选集》，百花文艺出版社 1987 年版，第 30—31 页。

④ 张志平：《文学批评也是一门艺术——论"五四"以来中国"批评文学"》，《文学评论》2016 年第 5 期。

是齐梁时代“修辞主义文学思潮的代表作”①。他认为，迄今为止中国文艺思潮发生了三次变迁：上古至汉代的“实用娱乐时代”，六朝至唐代的“文艺至上时代”，宋代至清代的“傲古低徊时代”。② 同时，青木氏采用“达意主义”“气格主义”“修辞主义”三种文学理念对中国文学的发展脉络予以总结。关于“修辞主义”，他认为中国先秦两汉是修辞主义的萌芽期，魏晋六朝及隋唐是修辞主义的繁荣期，宋元明清是达意主义与修辞主义的竞争期。

而且，“修辞主义”和“达意主义”是一组对立的思潮，青木氏指出：“若求修辞风格，则需采取文饰；若是达意而已，则质朴足矣。而若能达到文质双全，则至为善哉。然视一般之内在材质，无不长于此而疏于彼。职是之故，自古而今，在文学思想上常常是两派对立。”③ 但是，受到儒道文艺观的影响，中国文学思想史的传统反对修辞主义，反对以辞害意，“繁华损枝，膏腴害骨”（刘勰），甚至认为浮词华藻几近道德败坏。对此，中国学者李勇一针见血：“将原本处于中国文艺思想边缘地位的‘修辞主义’提升至与‘达意主义’并立的位置，潜含着对儒家实用主义文艺观的批判反思。青木正儿及其授业导师铃木虎雄（1878—1963 年）均反对道德伦理化的文学批评方法。”④ 此论断验证了上述铃木虎雄之反对“将文学与道德混为一谈”与青木正儿之反对儒家的“德为文的根本”等观点。

青木氏主张《文心雕龙》为“修辞主义”的文学观，与京都学派兴膳宏之所论“《文心雕龙》的文体是‘文学即装饰’”⑤ 具有相通之处。然而，兴膳宏还继续补充说：“把刘勰的文章评为丽辞美文的极致

---

① ［日］青木正儿：『支那文学思想史』，東京：岩波書店 1943 年版，第 78 頁。

② ［日］青木正儿：『支那文学思想史』，東京：岩波書店 1943 年版，第 12—13 頁。

③ ［日］青木正儿：『支那文学思想史』，東京：岩波書店 1943 年版，第 21—22 頁。

④ 李勇：《“修辞主义”与青木正儿的中国文学观》，《保定学院学报》2019 年第 6 期。

⑤ ［日］兴膳宏：《〈文心雕龙〉总说》，载《兴膳宏〈文心雕龙〉论文集》，程恩华编译，齐鲁书社 1984 年版，第 120 页。

大概是不会有异议的。”[①] 但是，“刘勰并未对这样的六朝特别是齐梁时代的文学作全面的称扬，也没有从中寻求自己的创作活动原理。诚然，齐、梁的文学史是华丽和装饰性的，但是这种本来的华丽并非空泛而无内容的修辞主义，而是内容充实、自然地发出光辉的真正的华丽和装饰性的文学”[②]。由此可见，兴膳宏对青木氏所言《文心雕龙》为“修辞主义文学思潮代表作”之说并不完全赞同，而是认为《文心雕龙》虽然辞藻华丽，但其文并不害其质，所谓“文质彬彬”者是也，不能等同于完全意义上的修辞主义之作。

早在 1922 年，中国学者杨鸿烈就于其《文心雕龙的研究》一文中建议把“《文心雕龙》当做修辞书去读”[③]。对此，当代学者戚良德[④]指出，视《文心雕龙》为修辞书是当时较为普遍的观点。这里的“修辞书”与青木氏所言“修辞主义”相通，但也不尽相同，青木氏强调的是《文心雕龙》语言形式上的华词丽藻，而杨鸿烈所谓的“修辞书”，则亦含有技术层面方法论的意味。

（三）作为“初期中国文学评论著作的最高峰”的《文心雕龙》

户田浩晓在《〈文心雕龙〉练字篇的现代意义》（1942 年）一文中称赞，刘勰的《文心雕龙》与钟嵘的《诗品》是“初期中国文学评论著作的最高峰”[⑤]。

对于其所使用的“初期”“中国”“文学评论”这三个术语的含义，户田氏在之后出版的《中国文学论考》[⑥] 中做了专门解释。他说，批评是心理本能的冲动，是主体的外化，当我们把文学作为对象予以

---

① ［日］兴膳宏：《〈文心雕龙〉总说》，载《兴膳宏〈文心雕龙〉论文集》，程恩华编译，齐鲁书社 1984 年版，第 120 页。

② ［日］兴膳宏：《〈文心雕龙〉总说》，载《兴膳宏〈文心雕龙〉论文集》，程恩华编译，齐鲁书社 1984 年版，第 121 页。

③ 杨鸿烈：《文心雕龙的研究》，《晨报》副刊，1922 年 10 月 24 日。

④ 戚良德：《〈文心雕龙〉文学美学思想研究》，博士学位论文，山东大学，2007 年，第 2 页。

⑤ ［日］户田浩晓：『中国文学論考』，東京：汲古書院 1987 年版，第 60 頁。

⑥ ［日］户田浩晓：『中国文学論考』，東京：汲古書院 1987 年版，第 229 頁。

客观化的时候，作为研究对象的“文学批评”（注：户田氏所言“文学批评”与“文学评论”同义）便产生了。对中国来说，在某种意义上“文学批评”可追溯至很早以前的古代，但其内容却是朴素的和幼稚的，可供研究的资料也比较稀少。而且，批评包含解释（Interpretation）这一形式，在文学研究上采用的是文本校勘（Textual Criticism），若从这一意义上来说，汉代和清代是批评的隆盛期。但是，这种意义上的文学批评总不免个别、分散、局限。我们只有将这种个别的、零散的研究纳入一个综合的有机统一体进行鉴赏（Appreciation），甚至是判断（Judgment），最终得出必然的结论，这样的批评才算是标准意义上的“文学批评”（Literary Criticism）。户田氏认为这种意义上的文学批评，在中国产生于魏晋以后。因此，严格地说，中国文学批评史应该从魏晋时代开始写起。这也是户田氏称《文心雕龙》为“初期中国文学评论著作的最高峰”之原因所在。

1938 年，中国学者敞厂在其《文心雕龙及其作者》一文中也是将《文心雕龙》主要作为“文学批评”著作，他说：《文心雕龙》“介乎文学史、文学概论、文学批评三者之间，而以文学批评的成分比较浓厚，所以后人论《文心雕龙》，每每誉之以中国的第一部文学批评专著”①。可以发现，敞厂的“文学批评”概念显然减掉了户田氏“文学批评”所包含的“文学史”“文学概论”两部分，含义要狭窄了许多，无法概括《文心雕龙》的实际贡献。

户田氏还借用刘勰本人对当时“文学批评”的品第来支持其将《文心雕龙》作为“初期中国文学评论著作的最高峰”这一论断。刘勰在“序志”篇是这样说的：“详观近代之论文者多矣，至于魏文述《典》、陈思序《书》、应玚《文论》、陆机《文赋》、仲洽《流别》，宏范《翰林》，各照隅隙，鲜观衢路，或臧否当时之才，或铨品前修之文，或泛举雅俗之旨，或撮题篇章之意。魏《典》密而不周，陈《书》辩而无当，应《论》华而疏略，陆《赋》巧而碎乱，《流别》精

① 敞厂：《文心雕龙及其作者》，《庸报》1938 年 6 月 14、15 日。

而少功，《翰林》浅而寡要。又君山、公幹之徒，吉甫、士龙之辈，泛议文意，往往间出，并未能振叶以寻根，观澜而索源。不述先哲之诰，无益后生之虑。"[①] 此处可见，户田氏之称《文心雕龙》为"最高峰"云云，乃在于如刘勰对当时文论著述的批评中所高悬的标准，振叶寻根，观澜索源，祖述先诰，启迪后人，等等，而这一标准正是户田氏所发现的刘勰对文论的体系性的追求。关于《文心雕龙》的体系性特点，日本学者兼作家高桥和巳也认为《文心雕龙》是"集大成的中国最具理论体系的文学理论著作"[②]。刘勰的确做到了这一点，故以户田氏之见，《文心雕龙》当得起"文学批评"或"文学评论"之美誉。那种随感而发、泛论文意、疏略碎乱、不见衢路的文字是不能称其为"批评"或"评论"的。鲁迅对《文心雕龙》的经典性评论，"解析神质，包举洪纤，开源发流"，也含有对其体系性的指认。这一点实际上已成为当代中国学者的共识。[③]

综上所述，近代日本学者在其中国文学史著中对《文心雕龙》的述评及研究经历了明治、大正及昭和三个发展阶段，涌现出一批以铃木虎雄、青木正儿和户田浩晓等为代表的"龙学"大家。从内容看，其研究焦点从初期之对《文心雕龙》的简短介绍，发展到后来的研究《文心雕龙》篇章结构、"文章载道说"等核心问题。在这些评论和研究中，他们对《文心雕龙》的文体定性与文学史定位对于中国学界尤具参考价值：《文心雕龙》依次被视作"六朝散文""批评文学"，而后为"修辞主义文学思潮的代表作"，最后是"初期中国文学评论著作

---

① 陆侃如、牟世金：《文心雕龙译注》，齐鲁书社 1982 年版，第 416 页。

② ［日］高橋和巳：『高橋和巳全集』第二十卷，東京：河出書房新社 1980 年版，第 357 頁。

③ 杨明照言《文心雕龙》是"我国古代的文学理论批评专著，内容最丰富、体系最完备"（杨明照：《文心雕龙校注拾遗》，上海古籍出版社 1982 年版，"前言"第 1 页）。戚良德认为"《文心雕龙》乃是中国古代最为系统、最具理论深度、最贴近文学创作实际的文学美学著作"（戚良德：《〈文心雕龙〉文学美学思想研究》，博士学位论文，山东大学，2007 年，"摘要"第 2 页）。张少康言《文心雕龙》具有"严密的理论体系"和"丰富的具体内容"（张少康：《刘勰及其〈文心雕龙〉研究》，北京大学出版社 2010 年版，"前言"第 1 页）。

的最高峰”。铃木虎雄、户田浩晓这样的“龙学”大家的出现，使日本的《文心雕龙》研究逐渐成为显学。作为日本中国学研究的一个重要领域，日本“龙学”研究走上了一个崭新的发展阶段。

回想《文心雕龙》在近代日本的传播史，如果考虑到这一时期中日之间在政治、经济、军事上的种种冲突和对抗，特别是在这些冲突和对抗中一直以来中国所处的劣势地位和被压迫、被欺凌的历史，让我们不由感叹中国文化本身的魅力和力量。可以预见，在中国作为全球大国日益崛起的新时代，在中日关系日益向好的 21 世纪，中国传统文化将贡献出更多、更新的共享价值。

后　记

秋末初冬的川大校园又迎来了一年中的黄金时节，满树金黄的银杏熠熠生辉，令人赏心悦目。说起银杏，最难忘的是北师大校园邱季端体育馆附近的那片银杏林，每到这个季节，银杏的靓照都会毫无疑问地“占领”微信朋友圈。还有一处难忘的赏银杏记忆，那就是东京大学驹场校区的银杏大道。这些关于银杏的记忆，串联着我这些年的生活和学术轨迹，在“北京—日本—成都”的区域游移中，也贯穿着文化跨界的学术追求。

本书的内容基本上是我攻读博士（2015 年）以来的学术成果，其中“中日文学的跨学科研究”有 7 篇；“日本文学与中国都市意象” 5 篇；“中日文论与文化互系研究” 3 篇，构成了“七五三”的框架。这一结构也许受到了日本文化的影响，中国人喜欢偶数，而日本人则偏好奇数。另外，“七五三”节也是日本的传统节日，类似于儿童节，孕育着希望。本书的大部分文章都曾在核心期刊发表，收录到本书之时有所删减和改动，不作逐一说明。

本书的出版得到了中国社会科学出版社王茵副总编和王丽媛编辑的大力支持，另外，在出版经费方面得到了四川大学“双一流”学科经费的资助，在此表示感谢！此外，日本学者岛村辉教授在百忙之中为本书撰写了序言，荣幸之至！感激不尽！

博士毕业后来到川大工作已近三年，在成都温润气候的滋养下，在川大厚重的人文底蕴的影响下，我的生活和学术也发生了意想不到的变化。来到成都，来到川大，想来乃是人生之幸！我会将本书的出版作为新的起点，不忘初心，笔耕不辍！也期待各位方家学者批评指正！

寇淑婷

2020 年 12 月 1 日于川大望江